GOLDMANN

Autoren

Allan Cole und Chris Bunch, Freunde seit über dreißig Jahren, sind hierzulande mit der Fantasy-Saga um die *Fernen Königreiche* bekannt geworden. Ihre achtteilige Sten-Saga gehört zu den erfolgreichsten amerikanischen Science-fiction-Serien und wird komplett im Goldmann Verlag erscheinen. Chris Bunch lebt im Staat Washington, Allan Cole in New Mexico.

Allan Cole & Chris Bunch im Goldmann Verlag

Die Fernen Königreiche. Fantasy-Roman (24608)
Das Reich der Kriegerinnen. Fantasy-Roman (24609)
Das Reich der Finsternis. Fantasy-Roman (24610)
Die Rückkehr der Kriegerin. Fantasy-Roman (24686)

ALLAN COLE / CHRIS BUNCH

DIE STEN CHRONIKEN

STERN DER REBELLEN

Aus dem Amerikanischen
von Gerald Jung

GOLDMANN VERLAG

Die amerikanische Originalausgabe erschien 1982
unter dem Titel »Sten« bei Del Rey Books, New York

Für
Jason und Alissa
und den verstorbenen
Robert Willey

Umwelthinweis:
Alle bedruckten Materialien dieses Taschenbuches
sind chlorfrei und umweltschonend.
Das Papier enthält Recycling-Anteile.

Der Goldmann Verlag
ist ein Unternehmen der Verlagsgruppe Bertelsmann

Deutsche Erstveröffentlichung 5/96

Umschlaggestaltung: Design Team München
Umschlagillustration:
Christian Vankeer/Schlück, Garbsen
Satz: deutsch-türkischer fotosatz, Berlin
Druck: Elsnerdruck, Berlin
Verlagsnummer: 25000
SN / Redaktion: Gert Rottenecker
Herstellung: Peter Papenbrok
Made in Germany
ISBN 3-442-25000-5

3 5 7 9 10 8 6 4 2

Buch I

VULKAN

Kapitel 1

Der Tod fegte die *Pinte* ohne jede Vorwarnung hinweg.

Der Anzug stank fürchterlich. Drinnen steckte ein Tech und blickte durch die zerkratzte Sichtscheibe auf das Leitungsrohr, das sich um die Außenwand der Freizeitkuppel wand. Dann stieß er eine Reihe von Flüchen aus, die jeden abgebrühten Weltraumtrapper in Verlegenheit gebracht hätten.

Er sehnte sich mehr denn je nach einem großen kalten Narkobier, um die dumpfen Trommelschläge des Katers vom vergangenen Abend in seinem Kopf zum Schweigen zu bringen. Wonach ihm absolut nicht der Sinn stand, war außerhalb von Vulcan im All zu hängen und auf eine fingerdicke Metalleitung zu starren, die sich nicht mehr anschließen lassen wollte.

Er klemmte seine Waldos an den Flansch, stellte das Drehmoment nach Fingerspitzengefühl ein und gab eine weitere Sammlung ausgesuchter Obszönitäten von sich, wobei er diesmal seinen Vorgesetzten mit einbezog, sowie alle stinkenden Migs, die sich dort drin amüsierten, einen Meter und eine ganze Welt von ihm entfernt.

Erledigt. Er zog die Waldos wieder ab und aktivierte die winzige Antriebseinheit des Anzugs. Nicht nur, daß sein Vorgesetzter ein ausgemachter Schwachkopf und ehemaliger Joyboy war, nein, wegen dieses blöden Auftrags kam er auch noch zu spät für die ersten sechs Runden. Der Tech stellte sein völlig genulltes Gehirn auf Schongang und ließ sich per Rückstoßdüsen zur Schleuse treiben.

Natürlich hatte er nicht ganz das korrekte Drehmoment erwischt. Das wäre nicht so schlimm gewesen, wäre durch diese

Leitung nicht ausgerechnet Fluor gepumpt worden, und das unter Hochdruck.

Das überdrehte Kupplungsstück riß, und nach und nach fraß sich das reine Fluor nach außen durch. Mehrere Schichten lang sprühte ein dünner Faden harmlos ins All hinaus, doch als sich der Riß verbreiterte, klatschte der Strahl direkt gegen die Außenhülle der *Pinte,* fraß sich durch die Isolierung und allmählich bis zur Innenverkleidung durch.

Zuerst war das Loch kaum größer als ein Stecknadelkopf. Der daraus resultierende Druckabfall im Innern der Kuppel war nicht einmal so dramatisch, daß die Überwachungsanlage in der Kontrollkapsel hoch über der *Pinte* angesprungen wäre.

Die *Pinte* sah aus wie irgendein x-beliebiger Rotlichtbezirk auf irgendeinem der eine Million Pionierplaneten; firmeneigene Joygirls und Joyboys drängten sich durch die Massen der Migs, stets auf der Suche nach einem dieser ungelernten Migrationsarbeiter, der noch ein paar Credits auf seiner Karte guthatte.

Lange Reihen von Spielecomputern versuchten die vorübergehenden Arbeiter mit verführerischen Aufforderungen zum Spiel zu verlocken und ließen ein leises Maschinengurren verlauten, wenn sie wieder ein einfältiges Opfer gefunden hatten.

Die *Pinte* war eines der firmeneigenen Erholungszentren, ganz auf die »grundlegenden Bedürfnisse« der Migs zugeschnitten. »Glücklich ist der Mig, der kräftig feiert«, hatte ein Psychologe der Company einmal gesagt. Was er nicht erwähnt hatte – und auch nicht eigens erwähnen mußte –, war die Tatsache, daß ein feiernder Mig auch jede Menge Credits ausgab und dabei seine Karte in den meisten Fällen überzog. Jedes Minus auf der Karte aber bedeutete zusätzliche Stunden bis zur Erfüllung des Arbeitsvertrags.

Aus diesem Grunde war die Stimmung in der *Pinte* trotz der Musik und des lauten Lachens eher gereizt und gedrückt.

Vor dem Eingang zur *Pinte* lungerten zwei muskelbepackte

Männer von der Soziopatrouille herum. Der ältere der beiden Wachmänner nickte drei lärmenden Migs zu, die von einer Schluckbude zur nächsten torkelten, und wandte sich dann an seinen Partner: »Wenn du jedesmal zusammenzuckst, wenn dich einer von denen anstarrt, Kumpel, dann wird es nicht lang dauern, bis einer dieser Migs ausprobiert, was du wirklich draufhast.«

Der Neue legte die Hand auf seinen Betäubungsknüppel: »Das würde ich ihnen nur zu gerne mal zeigen.«

Der Ältere seufzte und blickte den Korridor hinunter. »Oh je. Ärger.«

Sein Partner wäre vor Aufregung fast aus seiner Uniform gehüpft. »Wo? Wo?«

Sein Blick folgte dem Finger des Älteren. Ein Stück weiter hinten verließ Amos Sten gerade das Gleitband und kam auf die *Pinte* zu. Der Neuling mußte beim Anblick dieses untersetzten Mannes mittleren Alters unwillkürlich lachen, bis er die Muskelstränge bemerkte, die sich über Amos' Nacken und an seinen Armen wölbten – und die Fäuste, die wie zwei Vorschlaghämmer aussahen.

Sein älterer Partner lehnte sich jedoch gleich wieder mit einem Seufzer der Erleichterung zurück an den Eisenträger.

»Alles in Ordnung, Kleiner. Er hat seine Familie dabei.«

Eine müde aussehende Frau und zwei Kinder sprangen vom Gleitband und trotteten hinter Amos her.

»Was zum Teufel ...«, sagte der junge Mann. »Dieser Zwerg kommt mir nicht gerade wie ein besonders harter Brocken vor.«

»Du kennst Amos nicht. Andernfalls hättest du dir gleich die Hosen vollgemacht – vor allem, wenn Amos gerade der Sinn nach einer lustigen kleinen Schlägerei gestanden hätte.«

Jeder der vier Migs hielt ein kleines, weißes Rechteck gegen ein Lesegerät, und Vulcans Zentralrechner speicherte sofort ab, daß MIG STEN, AMOS; MIG STEN, FREED; MIG-ANGEHÖRIGER STEN, AHD; MIG-ANGEHÖRIGE STEN, JOHS die *Pinte* betraten.

Als Familie Sten an den beiden Wachmännern vorüberging, lächelte der ältere und nickte Amos knapp zu. Sein Partner bemühte sich weiterhin um einen finsteren Gesichtsausdruck. Amos ignorierte beide und dirigierte seine Familie auf die Eingangsschleuse zu.

»Dieser Mig prügelt sich also gerne, hm? Sowas nennt man nicht gerade firmentreues Sozialverhalten.«

»Söhnchen, wenn wir jedem Mig, der in der *Pinte* Rabatz macht, eins über die Rübe ziehen würden, hätten wir bald Mangel an Arbeitskräften.«

»Vielleicht sollten wir ihn etwas zurechtstutzen.«

»Meinst du wirklich, daß du der richtige Mann für diese Aufgabe bist?«

Der junge Wachmann nickte: »Warum nicht? Ich schnapp' ihn mir hinter einer Narkobude und verpaß ihm ein ordentliches Ding.«

Der Ältere lächelte und strich sich unwillkürlich über die lange, leuchtende Narbe am rechten Arm. »Das haben schon ganz andere versucht; bessere als du. Aber vielleicht täusche ich mich, und du bist derjenige, der es schafft. Eins darfst du allerdings nie vergessen: Amos ist nicht irgendein blöder Mig.«

»Was ist denn so Besonderes an ihm?«

»Dort, wo er herkommt, fressen sie kleine Jungs wie dich zum Frühstück.« Der Wachmann hatte plötzlich genug von seinem neuen Partner und der ganzen Unterhaltung.

Verärgert starrte der junge Mann wieder mit finsterem Blick vor sich hin. Dann fiel ihm ein, daß ihm sein Kollege trotz seines Bierbauchs noch immer zwanzig Kilo und fünfzehn Jahre voraus hatte. Er drehte sich um und richtete seinen mißmutigen Blick auf eine ältere Frau, die angeheitert aus der *Pinte* herausgewankt kam. Sie schaute ihn an, grinste zahnlos und spuckte genau zwischen den Beinen des Probanden auf den Fußboden.

»Verfluchte Migs!«

Amos schob seine Karte durch den Scanner am Eingang des Theaters, und der Computer erweiterte seinen Arbeitsvertrag automatisch um eine Stunde. Die vier betraten das Foyer, und Amos blickte sich um.

»Ich sehe den Jungen nicht.«

»Karl hat gesagt, er muß in der Schule nachsitzen«, erinnerte ihn Freed, seine Frau.

Amos zuckte die Achseln.

»Viel verpaßt er sowieso nicht. Ein Kumpel aus meiner Schicht war kürzlich hier; hat erzählt, die erste Vorstellung ist irgendein Mist über einen Manag, der sich in ein Joygirl verliebt und sie dann ganz zu sich nimmt mit hinauf ins Auge.«

Aus dem Theater plärrte Musik nach draußen.

»Komm schon, Paps, wir gehen rein.«

Amos folgte seiner Familie in den Saal.

Stens Finger flogen über die Computertastatur. Schließlich drückte er die Taste für JOB INPUT. Der Bildschirm flackerte auf und wurde dann leer und grau. Sten zuckte zusammen. Wie sollte er es auf diese Weise noch rechtzeitig zum Treffpunkt mit seiner Familie schaffen? Das veraltete Computersystem seiner Schule war einfach nicht auf so viele Schüler eingerichtet, wie sich in Stens Unterrichtsschicht eingeschrieben hatten.

Sten blickte sich um. Niemand beobachtete ihn. Er drückte auf BASIS FUNKTION und dann eine rasche Tastenkombination. Er hatte herausgefunden, wie man sich in eine Hauptdatenbank des Zentralcomputers einklinken konnte. Natürlich entsprach das nicht ganz den Gepflogenheiten der Schule, doch wie jeder andere Siebzehnjährige überließ Sten die Sorgen von morgen getrost der Zukunft.

Nachdem die Verbindung hergestellt war, schob er seine Aufgabenkarte ein und stöhnte auf, als sein Auftrag auf dem Schirm erschien. Es war eine Cybrolathe-Übung zur Fertigung von L-Trägern.

Es würde ewig dauern, bis die Schweißnaht fertig war, und er konnte sich jetzt schon ausrechnen, daß durch die hier verlangte Technik, die sogar nach Schulstandard bemessen veraltet war, drei Mikrometer von der Verbindungsstelle entfernt eine Bruchnaht entstehen würde.

Plötzlich zog sich ein Grinsen über Stens Gesicht. Da er sich ohnehin schon auf verbotenem Terrain bewegte …

Er malte mit dem Lichtgriffel zwei Stäbe aus Stahllegierung auf den Schirm und änderte die Inputfunktion zu JOB PROGRAMM. Dann schaltete er die Funktion des Stifts auf SCHWEISSEN um. Ein paar rasche Bewegungen, und irgendwo auf Vulcan wurden zwei Metallstäbe miteinander verschweißt.

Vielleicht war es ohnehin nur eine simulierte Übung.

Der Bildschirm wurde gelöscht, und Sten wartete voller Spannung, bis er wieder aufflackerte und die Mitteilung AUFGABE ZUFRIEDENSTELLEND GELÖST einblendete. Er war fertig. Noch einmal flitzten Stens Finger über die Tastatur. In Windeseile kappte er sämtliche illegalen Verbindungen, klinkte sich wieder in den Schulcomputer ein, der sich gerade erschöpft ins WARTEPROGRAMM retten wollte, und rief das AUFGABE ZUFRIEDENSTELLEND GELÖST aus dem Speicher seines Terminals ab. Dann schaltete er alles aus. Aufspringen und zur Tür hinausstürzen war eins.

»Ehrlich gesagt, meine Herren«, verkündete Baron Thoresen, »mache ich mir eher Sorgen um die Gesundheit unserer Company, als um irgendwelche Verstöße des R&D-Programms gegen irgendwelche eingebildeten ethischen Grundsätze des Imperiums.«

Eigentlich hatte es nur eine Routinesitzung des Aufsichtsrats sein sollen, ein ganz gewöhnliches Treffen des sechsköpfigen Gremiums, das die Schicksale von beinahe einer Milliarde Menschen lenkte. Dann hatte der alte Lester jedoch ganz beiläufig seine Frage losgelassen.

Thoresen hatte sich erhoben und marschierte jetzt plötzlich auf und ab. Die Aufmerksamkeit der Mitglieder wurde ebenso von der stämmigen Gestalt des Direktors wie auch von seiner polternden Stimme und seiner Autorität in Bann gehalten.

»Es tut mir leid, wenn meine Äußerungen unpatriotisch klingen, aber ich bin Geschäftsmann, kein Diplomat. Wie schon mein Großvater vor mir glaube ich an nichts anderes als an die Company.«

Nur einer seiner Zuhörer zeigte sich nicht beeindruckt. Lester. Vertraue niemals einem alten Dieb, dachte der Baron. Der Kerl hat seine Schäfchen bereits im Trockenen und kann sich erlauben, den Ehrenmann rauszuhängen.

»Sehr eindrucksvoll«, sagte Lester. »Doch wir – die Mitglieder des Aufsichtsrats – haben Sie nicht nach einem Treueschwur gefragt. Wir wollten etwas über die weiteren Kosten von Projekt Bravo erfahren. Sie haben sich geweigert, uns Genaueres über Sinn und Zweck Ihrer Experimente mitzuteilen, verlangen aber ein ums andere Mal zusätzliche Finanzmittel. Ich habe mich nur erkundigt, ob es womöglich eine militärische Verwendung gibt, um vielleicht an die eine oder andere Subvention aus den Töpfen der imperialen Programme heranzukommen.«

Der Baron sah Lester nachdenklich, aber unbeeindruckt an. Letztendlich war Thoresen der Mann mit sämtlichen Karten in der Hand. Doch er hütete sich davor, dem mit allen Wassern gewaschenen Nahkämpfer auch nur die kleinste Lücke in seiner Deckung zu gewähren. Er wußte auch, daß er mit Drohungen nicht weit kam. Lester hatte zu viel mitgemacht, um sich noch vor irgend etwas zu fürchten.

»Ich bin für Ihre Anstrengung überaus dankbar, ebenso wie über Ihre Sorge hinsichtlich der notwendigen Ausgaben. Trotzdem ist dieses Projekt für unsere Zukunft viel zu wichtig, als daß ich eine undichte Stelle riskieren könnte.«

»Höre ich da so etwas wie Mißtrauen heraus?«

»Nicht Ihnen gegenüber, meine Herren, seien Sie nicht albern.

Doch wenn unsere Konkurrenten etwas von den Zielen des Projekts Bravo erfahren, können nicht einmal meine engen Verbindungen zum Imperator sie davon abhalten, uns die Früchte unserer Arbeit wegzunehmen – und uns damit zu ruinieren.«

»Selbst wenn es eine undichte Stelle gäbe«, hakte ein anderes Mitglied nach, »hätten wir immer noch die Option, den Nachschub an AM_2 zu drosseln.«

»Jedenfalls wenn Sie Ihre engen, persönlichen Verbindungen zum Imperator spielen lassen«, ergänzte Lester glattzüngig.

Der Baron lächelte gequält.

»Nicht einmal ich würde mich derart auf eine Freundschaft verlassen. AM_2 ist die Energiequelle, durch die das Imperium und der Imperator selbst blühen und gedeihen. Sonst niemand.«

Stille. Sogar Lester schwieg. Der Geist des Ewigen Imperators beendete die Unterhaltung. Der Baron warf noch einen Blick in die Runde und fuhr in seinem üblichen gelangweilten Tonfall fort.

»Wenn es keine weiteren Einwände gibt, vermerke ich die zusätzliche Finanzierung als gesichert. Jetzt aber zu einer weniger komplizierten Angelegenheit. Glücklicherweise darf ich Ihnen verkünden, daß die Ausgaben für Instandsetzungsaufgaben auf Vulcans Raumhafenanlagen um fünfzehn Prozent gesunken sind. Das betrifft nicht nur die innerbetrieblichen Liegeplätze, sondern auch die Containerversiegelungsanlagen. Trotzdem bin ich noch nicht zufrieden. Es wäre wesentlich besser, wenn …«

Als die Vorstellung zu Ende war und die Lichter wieder angingen, riß Amos die Augen auf. Soweit er die Handlung verfolgt hatte, waren der Manag und sein Joygirl nach dem Umzug ins Auge auf einen Pionierplaneten geflogen und dort von was auch immer angegriffen worden.

Er gähnte. Amos hielt nicht viel von Live-Vorführungen, doch hin und wieder kam ihm ein ruhiges Schläfchen ganz gelegen.

Ahd stieß ihn an. »Wenn ich mal groß bin, will ich auch Manag werden.«

Amos schüttelte sich und war plötzlich hellwach. »Wieso das denn, mein Junge?«

»Weil sie viele Abenteuer erleben und Geld kriegen und Medaillen und ... und ... und alle meine Freunde wollen auch Manags werden.«

»Das schlag dir mal gleich wieder aus dem Kopf«, fauchte Freed. »Unsereiner hat mit Manags nichts am Hut.«

Der Junge ließ den Kopf hängen. Amos klopfte ihm auf die Schulter. »Glaub nicht, daß du nicht gut genug dafür bist, Junge. Meine Fresse, jeder Stein ist sechs von diesen Scheiß-«

»Amos!«

»Entschuldigung. Von diesen Leuten, wollte ich sagen.« Dann verbesserte er sich erneut. »Zum Teufel nochmal. Was ist denn so schlimm daran, wenn man Manags Scheißkerle nennt? Schließlich sind das alles Scheißkerle. Wie auch immer, Ahd, diese Manags sind keine Helden. Das sind ganz üble Burschen. Die gehen über Leichen, um ihr Soll zu erfüllen. Und dann prellen sie noch die Hinterbliebenen um die Gratifikation bei Todesfall. Wenn du ein Manag wärst, würdest du mich und deine Mama nicht gerade stolz machen; und dich auch nicht.«

Dann kam sein Töchterchen an die Reihe.

»Ich möchte ein Joygirl werden«, verkündete sie.

Amos sah, wie Freed anderthalb Meter in die Luft sprang, und verbarg sein Grinsen. Damit sollte sie sich gefälligst auseinandersetzen.

Nachdem die Leitung unter dem zunehmenden Druck geplatzt war, wurde sie von dem austretenden Gas direkt in das Loch gepreßt, daß das Fluor bereits in die Freizeitkuppel gefressen hatte.

Als erster starb ein alter Mig, der sich wenige Zentimeter von der plötzlichen Öffnung entfernt an die gewölbte Außenwand der Kuppel lehnte. Vielleicht konnte er noch zusehen, wie sich das Fluor durch sein Fleisch und seinen Brustkorb fraß und die roten, pulsierenden Lungen blanklegte, bevor er starb.

In der Kontrollkapsel der *Pinte* sah eine Gruppe gelangweilter Techs einem abgebrannten Mig dabei zu, wie er versuchte, ein Joygirl zu einer Party mit ermäßigter Gebühr zu überreden. Einer der Techs wollte wetten, doch niemand hielt dagegen. Joygirls gewährten keine Sondertarife.

Als der Druck schließlich unter den kritischen Wert sank, ging der Alarm los. Deshalb geriet niemand gleich in Panik. Zusammenbrüche und Alarme gehörten auf Vulcan zum Alltag und kamen beinahe in jeder Schicht vor.

Der Cheftechniker schlenderte lässig zum Hauptcomputer, tippte auf der Tastatur herum und stellte das *Bong-Bong-Bong* sowie die zuckenden Alarmlichter ab.

»Mal sehen, was jetzt schon wieder los ist.«

Die Antwort flammte kurz darauf auf den Bildschirm.

»Hmm. Sieht ja ziemlich knifflig aus. Sehen Sie sich das mal an.«

Sein Assistent blickte ihm über die Schulter.

»Da strömt irgendeine Chemikalie in die Kuppel. Ich versuch's mal ein bißchen einzugrenzen.« Der Tech hämmerte erneut auf der Tastatur herum und hangelte sich ein Stück weiter durch die Datenbanken.

VERLUST VON ATEMLUFT GEMELDET; GIFTIGE SUBSTANZ FESTGESTELLT; POTENTIELLE LEBENSGEFAHR; ALARMSTUFE ROT.

Jetzt endlich zeigte der Cheftechniker eine andere Reaktion als blanke Langeweile.

»Diese Idioten von der Instandsetzung und ihre verfluchten undichten Leitungen! Die glauben wohl, wir hätten nichts Besseres zu tun, als ständig hinter ihnen aufzuwischen! Am liebsten würde ich mich dermaßen über diese hirnlosen Blödmänner beschweren, daß ihnen –«

»Äh, Sir?«

»Stören Sie mich nicht beim Fluchen! Was ist denn?«
»Sollte das nicht schleunigst repariert werden?«
»Doch, doch. Wenn ich nur rauskriegen würde, wo ... die meisten dieser verdammten Sensoren sind kaputt, oder jemand hat Bier hineingeschüttet. Wenn ich jedesmal einen Credit kriegen würde, wenn jemand ...«
Seine Stimme wurde immer leiser, während er versuchte, das Leck zu lokalisieren. Die Suche per Computer brachte ihn immer näher heran, Rohr für Rohr, Leitung für Leitung.
»Mist. Um da ranzukommen, müssen wir uns umziehen. Das läuft um diese Laboratoriumskuppel herum – ach du Schreck!«
Das Diagramm, das er gerade durchging, ließ sich nicht weiter bewegen. Rote Buchstaben blinkten auf: JEDEN ZWISCHENFALL IN VERBINDUNG MIT PROJEKT BRAVO DIREKT AN THORESEN WEITERLEITEN.
»Aber warum macht es jetzt ...«, wunderte sich sein Assistent, unterbrach sich dann jedoch, als er merkte, daß ihn der Cheftechniker ignorierte.
»Diese blöden Manags. Wegen jedem Dreck wollen sie persönlich um Rat gefragt werden ...« Er holte das Verzeichnis auf den Schirm, fand Thoresens Kode, drückte auf die Eingabe-Taste und lehnte sich abwartend im Stuhl zurück.

Als sie den Raum verließen, schüttelte der Baron jedem einzelnen seiner Aufsichtsratsmitglieder die Hand, erkundigte sich nach der Familie, schlug ein gemeinsames Abendessen vor oder lobte einen besonders guten Vorschlag. Bis Lester an die Reihe kam.
»Ich bin froh, Sie dabeizuhaben, Lester, auch wenn Sie es nicht glauben. Ihre Klugheit übt unbestritten einen wegweisenden Einfluß auf den weiteren Kurs unseres ...«
»Ziemlich gutes Ausweichmanöver, Thoresen. Hätte ich auch nicht besser hingekriegt.«
»Aber ich bin Ihnen doch nicht ausgewichen, mein Bester. Ich habe nur ...«

»Selbstverständlich haben Sie nur. Heben Sie sich die Schmeicheleien für die anderen Narren auf. Wir beide wissen unsere Positionen besser einzuschätzen.«

»Schmeicheleien?«

»Schon gut.« Lester schob sich an ihm vorbei, drehte sich jedoch noch einmal um. »Ich hoffe, Sie nehmen es nicht persönlich, Thoresen. Genau wie Ihnen liegt mir nur das Wohlergehen *unserer* Company am Herzen.«

Der Baron nickte. »Ich würde niemals etwas anderes von Ihnen erwarten.«

Thoresen sah dem alten Mann nach, wie er davonhinkte. Alte Halunken werden kindisch, dachte er. Was war denn noch persönlicher als Macht?

Als hinter ihm ein diskretes Summen erklang, drehte er sich zur Quelle des Geräusches um und streckte den Zeigefinger aus. Sechs Regale mit offensichtlich antiken Büchern schoben sich zur Seite und gaben eine Computerkonsole frei.

Mit drei gemächlichen Schritten stand er davor und nahm den eingehenden Ruf entgegen. Auf dem Bildschirm wurde der Cheftechniker sichtbar. »Wir haben ein Problem, Sir, hier in FK 26.

»Berichten Sie«, sagte der Baron nickend.

Der Cheftechniker tippte auf seiner Tastatur herum, der Bildschirm teilte sich, und die Details des Lecks in der *Pinte* scrollten über die eine Hälfte. Der Baron verstand sofort. Den Berechnungen des Computers zufolge würde das tödliche Gas die Freizeitkuppel innerhalb der nächsten fünfzehn Minuten ausfüllen.

»Warum bringen Sie das nicht in Ordnung, Techniker?«

»Weil der blöde Computer mir ständig ›Projekt Bravo, Projekt Bravo‹ signalisiert«, knurrte der Cheftechniker. »Sobald ich Ihre Zustimmung habe, ist das Ding in Nullkommanix repariert, das merkt keine ... Ich meine, ich würde es sofort reparieren lassen.«

Der Baron dachte einen Augenblick nach.

»Kommen Sie denn wirklich nicht auf einem anderen Weg an das Leck heran – außer durch das Projektlabor? Warum schicken Sie keinen Instandsetzungstechniker im Anzug raus?«

»Bringt nichts. Die Leitung ist so verzogen, daß wir sie sofort abkoppeln müssen. Wir müssen in dieses Labor.«

»Dann kann ich Ihnen auch nicht weiterhelfen.«

Der Cheftechniker erstarrte.

»Aber ... dieses Leck wird sich nicht auf FK 26 beschränken. Das verdammte Fluor reagiert mit allem möglichen und frißt sich dann durch alles bis auf Glaswände.«

»Dann weg mit Sechsundzwanzig.«

»Aber ... da sind an die vierzehnhundert Leute ...«

»Befolgen Sie Ihre Befehle.«

Der Cheftechniker starrte Thoresen ungläubig an. Dann nickte er und schaltete ab.

Der Baron seufzte. Er durfte nicht vergessen, der Personalabteilung mitzuteilen, den Anwerbungsquotienten für ungelernte Arbeiter hochzusetzen. Dann überdachte er die Geschichte noch einmal, um sicherzugehen, daß er nichts übersehen hatte.

Es gab ein Sicherheitsproblem. Der Cheftechniker – und natürlich auch seine Assistenten. Er könnte die Männer versetzen, oder, was noch einfacher war ... Thoresen wischte das Problem zur Seite. Auf dem Bildschirm flammte die Speisekarte für sein Abendessen auf.

Der Cheftechniker pfiff tonlos vor sich hin und trommelte leise mit dem Fingernagel auf den Bildschirm. Sein Assistent stand unschlüssig neben ihm.

»Äh, müssen wir denn nicht ...?«

Der Cheftechniker sah ihn an, sagte dann aber lieber doch nichts. Er drehte sich vom Terminal weg und entriegelte mit raschen Handgriffen das grellrote Tastenfeld mit der Aufschrift NOTMASSNAHMEN.

Sten setzte über einen wütenden Tech hinweg und rannte weiter durch den Korridor. Kurz vor dem Eingang zur *Pinte,* wo er seine Karte aus der Tasche zog, stellte sich ihm der junge Wachmann in den Weg.

»Ich habe das genau beobachtet, Bursche!«

»Was denn?«

»Was du mit dem Tech gemacht hast. Hat man dir keine Manieren beigebracht?«

»Meine Güte, Sir, er ist ausgerutscht. Da muß jemand was auf dem Gleitband verschüttet haben. Das ist von hier aus nicht so gut zu sehen. Besonders für einen älteren Mann.«

Er sah aus, als könnte er kein Wässerchen trüben.

Der Wachmann wollte gerade ausholen, da hielt ihn sein Partner am Handgelenk fest. »Schon gut. Das ist Stens Junge.«

»Trotzdem müssen wir ... Ach, geh schon. Mig. Geh rein!«

»Vielen Dank, Sir.«

Sten trat vor die Schleuse und streckte seine Karte dem Lesegerät entgegen.

»Mach nur so weiter, Bursche. Weißt du, was dann passiert?«

Sten wartete.

»Du wirst davonlaufen. Zu den Delinqs. Und dann jagen wir dich. Weißt du, was wir mit denjenigen machen, die wir schnappen? Wir löschen ihre Gehirne.«

Der Wachmann grinste.

»Dann sind sie ganz zahm. Manchmal überlassen sie uns die Mädchen für ein paar Schichten ... bevor sie sie auf die Gleitbänder rausstellen.«

Plötzlich kreischte die Hydraulik verborgener Mechanismen auf, und die Schotten zur Kuppel sausten krachend vor die Eingangstür. Sten hechtete zur Seite und ging zu Boden.

Er sah die beiden Wachmänner an, wollte etwas sagen ... Dann folgte er ihren Blicken zu den roten Blinklichtern über dem Eingang:

EINGANG VERSCHLOSSEN ... NOTFALL ...

Langsam erhob er sich. »Meine Eltern«, sagte Sten wie betäubt. »Sie sind da drin!«

Dann trommelte er gegen die soliden Stahltüren, bis ihn der ältere der beiden Wachmänner wegzog.

An sechs Segmenten der Kuppel lösten sich die Hochdruckbolzen. Im Brüllen des Sturms, den die ins All entweichende Luft entfachte, war ihr helles Klicken kaum zu hören.

Der Sog erfaßte die Trinkbuden der *Pinte* und die Leute darin fast wie in Zeitlupe und spie sie durch die Löcher hinaus in die endlose Schwärze.

Dann erstarb das Heulen des Windes ganz plötzlich wieder.

Was an Gebäudeteilen, Einrichtung und anderem Inventar noch übrig war, trieb im kalten Glanz der weit entfernten Sonne im All dahin, zusammen mit den seltsam verdrehten Körpern von 1385 Menschen.

Im Innern der leeren Kuppel, die einmal die *Pinte* gewesen war, starrte der Cheftechniker aus dem Bullauge der Kontrollkapsel hinaus. Sein Assistent erhob sich von den Bedienungselementen und legte eine Hand auf den Arm des Technikers.

»Ist ja gut. Es waren doch nur Migs.«

Sein Vorgesetzter atmete tief durch.

»Stimmt auch wieder. Nur Migs, nichts weiter.«

Kapitel 2

Vulcan.

Ein riesiger Haufen Schrott inmitten des Sterngeflimmers und der tiefsten Dunkelheit. Sein Zentrum besteht aus einem Konglomerat von Walzen, Fässern, Röhren, Pilzen und Quadern, beliebig ineinandergesteckt wie von einem schwachsinnigen Kind.

Die künstliche Welt von Vulcan, das Megamilliarden schwere Herz der Company. Die ultimative Maschinenhalle, ein Fabrikplanet ohne natürliche Umwelt.

Ununterbrochen lieferten die Erzschiffe der Company Rohstoffe nach Vulcan. Hier wurde alles verarbeitet, raffiniert und gefertigt, sowohl in Teilherstellung als auch in vielen Fällen bis zur Endmontage. Die Frachter der Company belieferten die halbe Galaxis. Für ein Imperium, das auf einem Wirtschaftsunternehmen aufgebaut war, war auch ein derartiger vertikaler Trust akzeptabel.

Vor sechshundert Jahren war Thoresens Großvater vom Ewigen Imperator aufgefordert worden, Vulcan zu errichten. Als Dreingabe gehörte zu dieser Aufforderung eine zusätzliche Tankerladung Antimaterie$_2$ der C-Klasse, der Energiequelle, die der Menschheit den Zugang zur Galaxis verschafft hatte.

Die Arbeiten begannen mit der Konstruktion des konischen Zylinders, der sich von achtzig auf sechzehn Kilometer Durchmesser verjüngte, und in dem die Verwaltungs- und Versorgungssysteme der neuen Welt untergebracht werden sollten.

Eigene Antriebseinheiten transportierten diesen Kern mehr als zwanzig Lichtjahre weit, um ihn in einem toten, aber sehr mineralreichen Sonnensystem zu verankern.

In anderen Systemen waren komplette Fabriken, ganze Cluster von Walzenelementen, vorgefertigt und dann an diese Kernwelt angeflanscht worden. Mit ihnen kamen Millionen von Lebenserhaltungssystemen, von Wohnquartieren über hydroponische Gärten bis hin zu Erholungseinrichtungen.

Computeranimierte Demonstrationen ließen die damals noch namenlose, künstliche Welt sehr eindrucksvoll erscheinen: ein gewaltiger, ultraeffizienter Koloss für die bestmögliche Ausbeutung von Material und Arbeitern. Was der Computer eigentlich nicht vorgesehen hatte, waren Menschen.

Im Laufe der Jahre war es oft einfacher, eine Fabrikeinheit nach der Erfüllung ihres Produktionszweckes zu schließen, anstatt sie komplett umzubauen. Und bei Bedarf wurden einfach weitere neue Fabriken, Wohnquartiere und Freizeitkuppeln irgendwo angebaut. In einer Welt, auf der die Schwerkraft von McLean-Generatoren kontrolliert wurde, war oben und unten allein eine Sache der Übereinkunft. Schon nach zweihundert Jahren erinnerte Vulcan an eine Metallskulptur mit dem Titel *Schrott auf der Suche nach einem Schweißer.*

Schließlich wurde oben auf diesen zusammengewürfelten Metallhaufen »Das Auge« montiert – der mit dem ursprünglichen zylindrischen Kern verbundene Sitz der Geschäftsleitung der Company. Der Pilz mit seinen sechzehn Kilometern Durchmesser kam nach der Zentralisierung der Company hinzu und war zu Stens Zeiten erst zweihundert Jahre alt.

Direkt unterhalb des Auges befand sich die Güterverladung, die im allgemeinen den Schiffen der Company vorbehalten blieb. Unabhängige Händler dockten außerhalb an und mußten sich den zusätzlichen Kosten für Fracht- und Passagiertransfer mittels Company-eigener Raumgleiter beugen.

Unterhalb der Ladezone lag die Besucherkuppel, ein normaler Freihandelshafen, wenn man einmal davon absah, daß jeder von einem Händler hier ausgegebene Credit direkt der Company gutgeschrieben wurde.

Keinem Außenweltler war es erlaubt, über die Besucherkuppel hinaus weiter nach Süden vorzudringen. Die Company war entschieden dagegen, daß Fremde mit ihren Arbeitern verhandelten – oder ihnen auch nur begegneten.

In der Galaxis machten wilde Gerüchte hinsichtlich Vulcan die Runde, doch hatte es noch niemals eine Kommission für Imperiale Rechte nach Vulcan verschlagen. Schließlich produzierte die Company seit ihrem Bestehen stets zur vollsten Zufriedenheit.

Der gigantische Moloch versorgte das Imperium mit genau dem, was es schon seit Jahrhunderten brauchte. Außerdem sorgte die Innere Sicherheit der Company dafür, daß es in ihrem Raumsektor vorbildlich ruhig blieb.

Der Ewige Imperator dankte es ihr. Er war so dankbar, daß er Thoresens Großvater in den Adelsstand erhoben hatte. Und die Company produzierte weiter.

Jeder Moloch – ob es sich nun um das Persische Reich oder General Motors handelt, um zwei Beispiele aus der Vergangenheit zu nennen, oder um das wuchernde Konglomerat aus der jüngsten Geschichte – gehorcht ab einem gewissen Punkt nur noch dem Gesetz der Trägheit. Eine Zeitlang jedenfalls. Sollte jemandem in Stens Zeit aufgefallen sein, daß die Company schon seit hundert Jahren keine neuen Fertigungstechniken mehr eingeführt hatte, oder daß die Personalabteilung der Company Innovation und Erfindungsgeist regelrecht im Keim erstickte, so war das Thoresens Aufmerksamkeit entgangen.

Selbst wenn jemand so mutig oder so närrisch gewesen wäre, bis zu ihm vorzudringen, hätte es nicht viel gefruchtet. Baron Thoresen quälte die Tatsache, daß ihm das Werk seines Großvaters langsam zwischen den Fingern zerrann. Er machte seinen Vater dafür verantwortlich, einen kriecherischen Weichling, der es zugelassen hatte, daß die Ingenieure von Bürokraten verdrängt wurden. Doch selbst wenn der dritte Thoresen ein Mann mit Phantasie gewesen wäre, wäre es wahrscheinlich unmöglich gewesen, das vielköpfige Monster, das der ältere Thoresen geschaffen hatte, unter Kontrolle zu bringen.

Die ungestüme Tatkraft und die Begeisterung für den Kampf bis aufs Messer – sowohl körperlich als auch im gesellschaftlichen Sinne –, die seinen Großvater ausgezeichnet hatten, ließen sich auch beim Baron finden; die angeborene Anständigkeit des Alten hatte er jedoch nicht geerbt. Als sein Vater eines Tages weit weg von Vulcan unvermutet auf Nimmerwiedersehen verschwand, war es keine Frage, daß der junge Mann den Vorsitz des Aufsichtsrats übernahm.

Jetzt war er fest entschlossen, den alten Geist, mit dem sein Großvater einst angefangen hatte, wieder aufleben zu lassen – allerdings nicht, indem er die Company auf den Kopf stellte und ordentlich durchschüttelte. Thoresen wollte viel mehr als das. Er war wie besessen von der Idee eines perfekten Coups, von seiner Version eines Meisterschlags beim Kendo.

Projekt Bravo.

Sein großer Coup stand inzwischen nur noch wenige Jahre vor der Vollendung.

Unter dem Baron rangierten sein Aufsichtsrat sowie die weniger wichtigen Verwaltungskräfte, die Manags. Da die Führungselite ausschließlich im Auge lebte und arbeitete, war sie nicht nur durch eiserne Verträge und hohe Gehälter an die Company gebunden, sondern auch durch die wunderbarste aller Sonderleistungen: beinahe uneingeschränkte Macht.

Eine Stufe unter den Manags standen die Techniker, hochausgebildete und angesehene Spezialisten. Ihre Verträge liefen meist über einen Zeitraum zwischen fünf und zehn Jahren.

Nach Auslaufen seines Vertrags konnte ein Tech als reicher Mann nach Hause zurückkehren und sich selbständig machen – wobei sich die Company natürlich die Vertriebsrechte aller eventuell neu entwickelten Produkte exklusiv vorbehielt – oder sich zur Ruhe setzen.

Für einen Manag oder einen Tech war Vulcan so etwas wie ein industrielles Paradies.

Für die Migs war es die Hölle.

Es ist bezeichnend, daß der Gewinner des von der Company ausgeschriebenen Wettbewerbs »Wie soll unser Planet heißen?«, ein gewitzter ungelernter Wanderarbeiter, das Preisgeld sofort dazu benutzt hatte, sich aus seinem Vertrag freizukaufen und soweit wie möglich von Vulcan zu flüchten.

Fellachen, verarmte Farmer aus Oklahoma – es wird wohl immer Wanderarbeiter geben, die irgendwo die Drecksarbeit verrichten. Doch ebenso wie sich ägyptische Fellachen über die handwerkliche Geschicklichkeit der Familie Joad gewundert hätten, so würde der Fließbandmalocher des zwanzigsten Jahrhunderts über Leute wie Amos Sten staunen.

Es gab keine Welt, die für Amos groß genug war. Für einen vollen Bauch, einen Liter Rachenputzer und ein Ticket in die nächste Welt reparierte Amos jeden Omni, brachte einen heruntergewirtschafteten Mähdrescher wieder auf Vordermann oder schleppte einen neuen Robot sechs Treppen hinauf.

Und dann zog er weiter.

Freed, seine Ehefrau, war irgendwo in der Pampa auf einer Farm aufgewachsen und war ebenso neugierig auf jede neue Welt. Die beiden glaubten fest daran, daß sie irgendwann die richtige Welt finden und sich dort endgültig niederlassen würden. Eine Welt, auf der es nicht zu viele Menschen gab, und wo ein Mann und eine Frau nicht für die Geschäfte eines anderen den Buckel krumm machen mußten. Solange sie diesen Ort nicht gefunden hatten, war jede Welt besser als die vorige.

Bis auf Vulcan.

Was der Anwerber gesagt hatte, hörte sich geradezu ideal an.

Fünfundzwanzigtausend Credits im Jahr für ihn, plus unzählige Vergünstigungen für einen Mann mit seinen Talenten. Sogar ein Zehntausender-Kontrakt für Freed. Und die Möglichkeit, mit den höchstentwickelten Werkzeugen der ganzen Galaxis zu arbeiten.

Der Anwerber hatte nicht gelogen.

Die Fabrik, in der Amos arbeitete, war moderner als alle Maschinen, die er jemals gesehen hatte. Die Maschine wurde mit drei Streifen aus unterschiedlichen Metallen gefüttert. Die Streifen wurden simultan gewalzt und elektronisch miteinander verbunden. Die Toleranzgrenze für diese Träger – es dauerte zehn Jahre, bis Amos herausfand, was er da eigentlich herstellte – lag bei einem Millionstel Millimeter, plus oder minus ein Tausendmillionstel.

Amos war als Maschinenmeister angestellt.

Doch seine einzige Aufgabe bestand darin, die Metallgrate, die den Müllsaugern entgangen waren, unter den Abfallöffnungen der Maschinenstraße zusammenzukehren. Alles andere erfolgte automatisch und wurde von einem Computer gesteuert, der eine halbe Welt entfernt saß.

Auch bei den Löhnen hatte er nicht gelogen. Allerdings hatte der Anwerber nicht erwähnt, daß ein Overall hundert Credits kostete, Sojafleisch zehn Credits pro Portion, oder daß die Miete für ihre drei Wohnzellen sich auf eintausend Credits im Monat belief.

Während Amos und Freed auf einen Ausweg sannen, rückte das Auslaufdatum ihrer Verträge immer weiter in die Zukunft. Außerdem waren da noch die Kinder, ungeplant, aber willkommen. Kindern stand die Company positiv gegenüber. Sie bildeten das Arbeitermaterial für die nächste Generation, und das ohne Rekrutierungs- und Transportkosten.

Amos und Freed bekämpften die Konditionierungsprozesse der Company, doch es war so schwer, jemandem, der in gewölbten grauen Kuppeln und auf Gleitbändern aufwuchs, zu erklären, was ein freier Himmel oder ein Spaziergang auf einer unbekannten Straße bedeutete.

Nach einer schier endlosen Auseinandersetzung hatte Freed ihren Kontrakt um sechs Monate aufgestockt, um dafür ein wandgroßes Muralive, ein lebensechtes Wandbild anzuschaffen, auf dem eine schneebedeckte Landschaft auf einer unberührten Grenzwelt abgebildet war.

Fast acht Monate vergingen, bevor der Schnee aufhörte, auf die einsame Ansammlung von Kuppeln zu fallen, und die Tür, hinter der ein warmes, heimeliges Feuer prasselte, nicht mehr aufschwang, um den heimkehrenden Arbeiter zu empfangen.

Sten bedeutete das Wandgemälde weit weniger als Amos und Freed. Trotzdem hatte sogar der junge Karl, der nicht die geringste Vorstellung von einem Leben besaß, in dem man beim Ausstrecken der Arme nicht gleich an die nächste Wand stieß, rasch gelernt, daß das einzige Ziel in seinem Leben darin bestand, Vulcan um jeden Preis zu verlassen.

Kapitel 3

»Eins darfst du nie vergessen, mein Sohn: Es kommt immer darauf an, aus welcher Perspektive man einen Bären betrachtet.«

»Was ist ein Bär, Papa?«

»Weißt du doch. Wir haben einmal einen auf 'nem Vid gesehen. So wie der, mit dem die Imperiale Wache für sich wirbt.«

»Genau. Sieht genau wie der Berater aus.«

»So ähnlich, nur ein bißchen haariger und nicht so dumm. Wie auch immer, wenn du in einem Spähwagen sitzt und auf den Bär hinunterschaust, sieht er nicht sehr gefährlich aus. Wenn er sich aber direkt vor dir aufbaut ...«

»Verstehe ich nicht.«

»So ein Bär ist wie Vulcan. Wenn du oben im Auge sitzt, kommt es dir wahrscheinlich nicht so schlimm vor. Aber wenn du ein Mig bist, hier unten ...«

Amos Sten nickte und goß sich noch einen halben Liter Narkobier ein.

»Das einzige, was du beim Kampf mit einem Bären niemals vergessen darfst, Karl, ist, daß du auf keinen Fall den zweiten Platz belegen darfst. Noch wichtiger ist, sich gar nicht erst von einem Bären erwischen zu lassen.«

Diese Lektion hatte Sten bereits gelernt. Von Elmore. Elmore war ein alter Mig, der in der Einzelwohnung am Ende des Korridors hauste. Den Großteil seiner arbeitsfreien Zeit verbrachte er jedoch in der Spielzone der Kinder und erzählte ihnen seine Geschichten.

Sie waren der zusammengeflunkerte, wundervolle Teil einer mündlichen Überlieferung, die die industriellen Wanderarbeiter von tausend Welten nach Vulcan mitgebracht und daraus eine eigene Underground-Folklore geschaffen hatten.

Die heimliche Besiedlung von Ardmore. Das Geisterschiff von Capella. Der Bauer, der König wurde.

Und die auf Vulcan selbst entstandenen Legenden, wie etwa *Die Delinqs, die die Company retteten.* Diese unheimlichen, nur geflüstert vorgetragenen Geschichten von verlassenen Lagerhallen und Fabrikkuppeln, die schon seit Generationen nicht mehr von den Menschen benutzt wurden ... und in denen sich doch noch Leben regte.

Stens Lieblingsgeschichte war die, die Elmore nur sehr selten erzählte: sie berichtete davon, wie sich eines Tages alles ändern würde, wie eines Tages jemand aus einer anderen Welt kommen und die Migs hinauf ins Auge führen würde. Dann war der Tag der Abrechnung gekommen, an dem das Blut der Manags aus der Luftumwälzanlage quellen würde. Das Allerbeste kam ganz zum Schluß, wenn Elmore leise sagte, daß der Mann, der die Migs anführen würde, selbst einmal ein Mig gewesen war.

Die Eltern der Kinder auf diesem Korridor kümmerten sich nicht um Elmore. Er sorgte dafür, daß ihnen die Kinder nicht unter den Füßen herumwuselten, und aus Dankbarkeit legten sie einmal im Jahr zusammen, um Elmore zum Gründertag ein kleines Geschenk zu überreichen. Falls sie wußten, daß die meisten seiner Geschichten gegen die Company gerichtet waren, erwähnten sie nie etwas davon. Es hätte sie auch nicht großartig gestört.

Das böse Ende konnte nicht ausbleiben. Eines der Kinder plapperte im falschen Moment etwas aus, und der Berater bekam Wind davon.

Eines Tages kehrte Elmore nicht von der Arbeit zurück, und alle fragten sich, was wohl mit ihm geschehen war. Nach einiger Zeit wurde das Thema jedoch langweilig, und keiner dachte mehr daran.

Bis auf Sten. Er sah Elmore wieder, in der *Pinte.* Der Mann war nur noch eine wandelnde Hülle, die hinter einer Reinigungsmaschine hertrottete. Er blieb neben Sten stehen und blickte zu dem Jungen herunter.

Elmore öffnete den Mund und versuchte zu sprechen. Aber seine Zunge rollte nur hilflos hin und her, aus seiner Kehle drang kaum mehr als ein gutturales Stöhnen. Die Maschine stieß einen Pfiff aus, Elmore drehte sich um und stolperte wieder gehorsam hinter ihr her. Ein Wort kristallisierte sich in Stens Gedanken: Gehirnlöschung.

Er erzählte seinem Vater, was er gesehen hatte. Amos verzog das Gesicht. »Du darfst eine Lektion nie vergessen, mein Junge: du mußt ihnen immer aus dem Weg gehen.«

»Habe ich dir nicht gesagt, du sollst solchen Dingen aus dem Weg gehen, mein Sohn?«

»Wie denn, Papa? Sie waren zu viert und viel größer als ich.«

»Schlimm für dich. Aber es werden noch eine Menge Dinge auf dich zukommen, die größer sind als du. Wie willst du damit fertigwerden?«

Sten überlegte kurz.

»Von hinten gesehen wirkten sie längst nicht mehr so groß, stimmt's, Papa?«

»Ein fürchterlicher Gedanke, Karl. Ganz schrecklich. Besonders, weil er wahr ist.«

Sten erhob sich.

»Wo willst du hin?«

»Ich ... ich geh spielen.«

»Nein. Warte, bis das blaue Auge abgeschwollen ist. Niemand soll sich daran erinnern.«

Zwei Wochen später kletterte einer der vier Jungs in der Turnstunde am Seil hinauf. Plötzlich riß es ab, und er knallte sechs Meter tiefer auf den Stahlboden.

Drei Tage danach erforschten zwei andere Mitglieder der Gruppe einen noch nicht ganz fertiggestellten Korridor. Vielleicht hatten sie einfach nur Pech, ausgerechnet in dem Moment unter der Wandplatte zu stehen, als sie sich aus ihren Halterungen löste. Als die Jungs aus dem Krankenhaus entlassen wurden, erteilte der Berater den Eltern eine Verwarnung.

Auch der Anführer von Stens Angreifern hatte Pech. Als er

sich nach der Ausgangssperre draußen herumtrieb, fiel ihn plötzlich etwas von hinten an und prügelte ihn bewußtlos. Nach der kurzen Untersuchung des Falls meinte der Berater, daß es sich um einen Delinq gehandelt haben mußte – einen Angehörigen jener wilden Banden, die in den verlassenen Sektoren von Vulcan umhervagabundierten, in der ständigen Angst, erwischt und gelöscht zu werden.

Trotz dieser Erklärungen wurde Sten danach weitgehend in Ruhe gelassen.

»Ich muß mal mit dir reden, Karl.«

»Was ist denn, Papa?«

»Ich war mit den anderen bei einer Sitzung mit dem Berater.«

»Na und?«

»Willst du wissen, was er von uns wollte?«

»Ja doch, klar.«

»Kannst du es dir nicht denken?«

»Nein, keine Ahnung.«

»Dachte ich mir schon. Offensichtlich hat ein Mig-Sprößling etwas erfunden, eine Art Spray. Du weißt also nichts davon, mein Junge?«

»Nein.«

»Mmhmm. Dieses Spray stinkt wie ... wie damals, als der Umwandler der Kläranlage unten im Korridor 18–45 explodierte. Erinnerst du dich noch?«

»Klar.«

»Wir sind heute etwas maulfaul, was? Egal. Jemand hat also den Berater und vier seiner Hilfskräfte mit diesem Spray besprüht; die ganzen Hosen voll, als sie sich irgendwo hinsetzten. Unterdrückst du da etwa ein Lachen?«

»Nein, bestimmt nicht.«

»Kam mir so vor. Der Berater möchte, daß wir Eltern nachforschen, in welcher Familie sich ein antisoziales Kind aufhält und es anzeigen.«

»Was wirst du tun, Papa?«

»Schon erledigt. Ich hab kurz in der Mikrobibliothek vorbeigeschaut. Deine Mutter hat mit der Bibliothekarin ein Schwätzchen gehalten, und ich habe nachgesehen, wer sich in der letzten Zeit besonders intensiv mit Chemiebüchern beschäftigt hat.«

»Oh je.«

»Genau. Oh je. Leider habe ich vergessen, die Liste wieder zurückzulegen.«

Sten sagte nichts.

»Mein Pa gab mir einmal einen guten Rat: wenn du vorhast, jemandem den Fuß zu verbrennen, sorge immer dafür, daß mindestens sechs andere ebenfalls einen Schweißapparat in der Werkzeugtasche haben. Kapierst du, was ich damit sagen will?«

»Jawohl.«

»Dann ist's ja gut.«

Mit am liebsten erinnerte sich Sten an den sogenannten Freizeit-Xypaca.

Xypacas waren widerliche kleine Raubtiere, die von einem der Erkundungsschiffe der Company auf irgendeinem Höllenplaneten entdeckt worden waren. Niemand wußte so recht, aus welchem Grund die Mannschaft einige Exemplare dieser psychopathischen Reptilien mitnahm, aber so war es nun mal.

Obwohl ein Xypaca kaum zwanzig Zentimeter groß wurde, war er jederzeit bereit, sich mit Zähnen und Klauen auf alles zu stürzen, was seine eigene Körpergröße nicht um mehr als ein hundertfaches übertraf. Einer von Stens Lehrern, der noch von der Erstwelt stammte, sagte, sie sähen wie kleine Tyrannosaurier aus, was immer das sein mochte.

Die Xypacas reagierten auf alles mit der gleichen Aggressivität, doch auf ihre Artgenossen waren sie besonders scharf. Mit Ausnahme der kurzen Zeitspanne für die Fortpflanzung gab es für einen Xypaca nichts Schöneres, als einen anderen Xypaca zu zerreißen. Das wiederum machte sie zu idealen Kampftieren.

Amos war gerade von der Company für den Verbesserungsvorschlag belohnt worden, daß seine Fabrik bis zur jeweils nächsten Wartung gut tausend Stunden länger laufen könnte, wenn die Abluft nicht ausgerechnet über den Ansaugrohren der Kühlung für die Computer ausgestoßen würde. Mit großem Brimborium wurde Amos ein ganzes Jahr von seinem Arbeitsvertrag erlassen.

Doch Amos, der noch nie gerne kleine Brötchen gebacken hatte, nahm statt dessen die Credits für dieses ganze Jahr und kaufte sich dafür einen Xypaca.

Sten haßte das Reptil vom ersten Augenblick an, als es blitzschnell nach ihm geschnappt und ihm beinahe den kleinen Finger abgebissen hätte.

Amos erklärte ihm die Sache: »Mir gefällt das Vieh auch nicht besonders. Ich mag nicht, wie es aussieht, ich mag nicht, wie es riecht, und ich mag nicht, wie es frißt. Aber es ist unsere Fahrkarte weg von Vulcan.«

Seine Worte klangen überzeugend. Amos hatte vor, seinen Xypaca nur in den unbedeutenden Vorrunden kämpfen zu lassen, mit wenig Einsatz. »Wir machen nur kleine Gewinne – hier einen Monat vom Vertrag weg, dort eine Woche. Aber früher oder später wird er uns hier herausbringen.« Sogar Stens Mutter war überzeugt davon, daß Amos' neueste Idee etwas für sich hatte.

Und Sten, damals beinahe fünfzehn, wollte nichts sehnlicher, als Vulcan zu verlassen. Aus diesem Grund fütterte er den Xypaca gewissenhaft, gewöhnte sich an seinen beißenden Geruch und versuchte, nicht zu laut zu schreien, wenn er die Hand nach der Fütterung nicht rechtzeitig aus dem Käfig zog.

Eine Zeitlang sah es ganz so aus, als würde Amos' großer Plan funktionieren – bis eines Abends der Berater bei den Kämpfen erschien, die in einem unbenutzten Korridor ein paar Blocks entfernt abgehalten wurden.

Sten ging hinter Amos her und trug den Käfig mit dem Xypaca in die Arena.

Der Berater erblickte sie von der anderen Seite des Rings aus und kam gleich zu ihnen herüber. »Hallo Amos«, sagte er kumpelhaft. »Wußte gar nicht, daß du auch ein Xy-Mann bist.«

Amos nickte bedächtig.

Der Berater betrachtete das fauchende Scheusal unter Stens Arm. »Da hast du ja ein schönes Tierchen, Amos. Was hältst du davon, es im ersten Kampf gegen meins antreten zu lassen?«

Stens Blick fiel auf den bulligen, ungewöhnlich großen Xypaca, der neben einem der Handlanger des Beraters auf der anderen Seite des Rings stand. »Papa«, sagte er. »Das geht doch nicht. Er wird ...«

Der Berater warf Sten einen finsteren Blick zu.

»Läßt du jetzt schon deinen Jungen bestimmen, Amos?«

Amos schüttelte den Kopf.

»Na schön. Dann zeigen wir ihnen, daß wir die besten Sportsmänner überhaupt sind. Wir zeigen den anderen Korridoren, daß uns ihre Eidechsen so sehr langweilen, daß wir lieber unsere eigenen kämpfen lassen!«

Er wartete. Amos holte einige Male tief Luft. »Ich vermute, daß Sie Ihre Entscheidung hinsichtlich der Versetzung in die Drahtfabrik noch nicht gefällt haben, Sir?« fragte er schließlich.

»Genau«, antwortete der Berater grinsend.

Sogar Sten wußte, daß die Arbeit an den unendlich langen weißglühenden Stahlspiralen der lebensgefährlichste Job in Amos' Fabrik war.

»Wir – ich und mein Junge – sind stolz darauf, gegen Sie anzutreten, Sir.«

»Na wunderbar«, erwiderte der Berater. »Dann wollen wir ihnen eine schöne Vorstellung liefern.«

Er eilte um die behelfsmäßige Arena herum.

»Paps«, stammelte Sten, »sein Xy ist doppelt so groß wie unserer. Wir haben keine Chance.«

Amos nickte. »Sieht ganz so aus. Aber du erinnerst dich doch bestimmt noch an das, was ich dir vor einiger Zeit erzählt habe;

daß man die Dinge nicht so angehen darf, wie es die Leute von einem erwarten. Hier, nimm meine Karte, dann verdrückst du dich rüber zum Soyastand und kaufst soviel von dem Zeug, wie du unter deiner Jacke verstecken kannst.«

Sten nahm die Karte des Vaters und verschwand in der Menge.

Der Berater war viel zu sehr damit beschäftigt, vor seinen Kumpels mit den Leistungen seines Xy anzugeben, als daß er bemerkt hätte, wie Sten ganze Soyastränge in den Käfig des riesigen Xypaca stopfte.

Nachdem genügend gefeilscht und geprahlt worden war und alle Wetten standen, trug man die Käfige in den Ring. Dort wurden sie umgekippt und rasch geöffnet.

Der sorgfältig überfütterte Xypaca des Beraters stolperte aus seinem Käfig, gähnte herzhaft und wollte sich zum Schlaf zusammenrollen. Als er aus dem Halbschlaf schreckte, hatte ihn Amos' Xypaca bereits halb verschlungen.

Ringsum in der Arena herrschte tödliches Schweigen. Amos blickte so unschuldig drein, wie er nur konnte. »Ganz recht, Sir. Sie hatten vollkommen recht, Sir. Wir haben ihnen gezeigt, daß wir die besten Sportsmänner überhaupt sind. Stimmt's?«

Der Berater antwortete ihm nicht. Er drehte sich einfach um und bahnte sich einen Weg durch die Menge.

Danach wollte niemand mehr seinen Xypaca gegen Amos' Killer antreten lassen, egal wie die Wetten auch standen. Als der Xypaca – wie alle anderen auch – einen oder zwei Monate später einging, war niemand so richtig traurig darüber. Jemand behauptete, der Mangel an lebensnotwendigen Spurenelementen sei schuld daran gewesen.

Zu diesem Zeitpunkt tüftelte Amos bereits am nächsten Plan, wie er und seine Familie Vulcan verlassen könnten.

Der Plan hatte noch nicht ganz Gestalt angenommen, als Thoresen die *Pinte* einfach absprengen ließ.

Kapitel 4

Die Worte des Barons brachen sich mehrfach am hohen Deckengewölbe der Korridorkreuzung. Hin und wieder verstand Sten einen Satzfetzen:

»Vorbildliche Menschen ... echte Vulcanpioniere ... ihr Leben für die Company gelassen ... niemals ihre Namen vergessen ... immer in der Erinnerung unserer dreißig Millionen Bewohner ...«

Sten fühlte sich wie betäubt.

Einer dieser dreißig Millionen Bewohner, der gerade von der Schicht zurückkam, bahnte sich mit mürrischem Gesichtsausdruck und unter Ellenbogeneinsatz einen Weg durch die Menge von vielleicht fünfzig trauernden Migs. Als er bemerkte, was hier vor sich ging, setzte er einen seiner Meinung nach sorgenvollen Blick auf und verschwand in einer der Tunnelöffnungen.

Sten nahm ihn nicht einmal wahr.

Er starrte zur Decke hinauf, auf die das überlebensgroße Abbild des Barons projiziert wurde. Der Mann stand in seinem Garten und trug eines dieser fließenden Gewänder, wie sie die Manags zu festlichen Gelegenheiten anlegten.

Der Baron hatte seine Kleidung für die Beerdigungszeremonie sorgfältig ausgewählt. Er war davon überzeugt, daß seine Anteilnahme die Migs berührte und beeindruckte. In Stens Augen war er jedoch nicht mehr als eine speckigere, noch hinterhältigere Ausgabe des Beraters.

Sten hatte die erste Woche überstanden, den Schock irgendwie überlebt. Doch noch immer versuchte sein Verstand den Verlust zu begreifen, wie ein Amputierter, der noch immer die Körperteile deutlich spürt, die er unwiederbringlich verloren hat.

Die meiste Zeit über hatte sich Sten in der Wohnung verkrochen. In regelmäßigen Abständen hatte die Versorgungsklappe gerattert, dann war er hinübergegangen und hatte von den pneumatischen Tabletts etwas Nahrung zu sich genommen.

Eigentlich war es ihm ganz recht gewesen, daß ihn die Company in Ruhe ließ. Erst Jahre später fand er heraus, daß die Company einfach nur die Vorschriften befolgte, die unter »Arbeitsunfälle (tödlich), Umgang mit überlebenden Angehörigen« festgehalten waren.

Von den rasch übermittelten Beileidsbekundungen der Vorgesetzten von Amos und Freed sowie der Lehrer der Kinder bis zu den Unterstützungcredits und Gutscheinen für das nächstgelegene Freizeitcenter, war die Kanalisierung des Kummers der Hinterbliebenen sorgfältig und detailliert geregelt. Besonders die Isolation, denn das Letzte, was die Company brauchen konnte, waren trauernde Angehörige, die durch die Gänge schlurften und die Leute daran erinnerten, wie schmal in ihrer künstlichen, profitorientierten Welt der Grat zwischen Leben und Tod war.

Plötzlich kamen Sten die dröhnenden Worte des Barons nur noch wie Krach vor. Er wandte sich ab. Jemand gesellte sich zu ihm. Sten drehte den Kopf und erstarrte. Es war der Berater.

»Bewegende Zeremonie«, sagt er. »Ergreifend. Sehr ergreifend.«

Er dirigierte Sten in eine Kneipe neben dem Gleitband und dort auf einen Stuhl. Dann schob er seine Karte in einen Schlitz und bediente die Tastatur. Der Ausschank spie zwei Getränke aus. Der Berater nahm einen Schluck und rollte ihn im Mund herum. Sten starrte auf den Becher vor seiner Nase.

»Ich kann deinen Kummer gut verstehen, junger Sten«, sagte der Berater. »Aber das Leben geht weiter.«

Er zog etwas aus der Tasche und legte es vor Sten auf den Tisch. Es war eine Plakette. Ganz oben stand zu lesen: KARL STEN, 03857-CON19-2-MIG-UNGEL. Sten fragte sich, wann sie das Foto von ihm gemacht hatten, das darunter abgedruckt war.

»Ich weiß, daß nach der durchaus verständlichen Trauerperiode deine größte Sorge darin besteht, was jetzt aus dir werden soll. Schließlich hast du keinen Job. Keine Credits, keinerlei Unterstützung, nichts.«

Er legte eine Pause ein und nippte an seinem Drink.

»Wir sind deine Akte durchgegangen und zu dem Schluß gekommen, daß du eine besondere Behandlung verdienst.« Der Berater lächelte und pochte mit einem gelben Fingernagel auf die Karte.

»Wir haben uns dazu entschlossen, dir die vollen Bürgerrechte eines Arbeiters zu verleihen, inklusive aller Vorteile, die dir daraus entstehen: monatlicher Credit wie ein erwachsener Mann; uneingeschränkter Zutritt zu allen Freizeiteinrichtungen; eine eigene Wohnung – die, in der du aufgewachsen bist.«

Dann lehnte sich der Berater nach vorn, um dem allem die Krone aufzusetzen: »Ab morgen, Karl Sten, wirst du den Platz deines Vaters an den Fertigungsbändern von Vulcan einnehmen.«

Sten schwieg. Womöglich nahm der Berater an, aus Dankbarkeit. »Das heißt natürlich auch, daß du die letzten paar Jahre, für die sich dein Vater verpflichtet hat, abarbeiten wirst. Ich glaube, es sind noch neunzehn. Die Zeit deiner Mutter hat dir die Company erlassen.«

»Wie großzügig von der Company«, preßte Sten hervor.

»Allerdings, da hast du recht. Aber wie Baron Thoresen bei unseren regelmäßigen Gesprächen – in seinem Garten, wenn ich das ergänzen darf – mir gegenüber schon oft betont hat, liegt der Company zuallererst das Wohlergehen unserer Arbeiter am Herzen. ›Ein glücklicher Arbeiter ist ein produktiver Arbeiter‹, sagt er immer wieder.«

»Das glaube ich gern.«

Wieder breitete sich ein Lächeln auf dem Gesicht des Beraters aus. Er tätschelte Stens Hand und erhob sich. Dann zögerte er, schob die Karte erneut in den Schlitz und drückte auf einige Knöpfe. Ein zweiter Becher erschien im Ausgabefach. »Genehmige dir gleich noch einen, Bürger Sten. Geht auf meine Kosten. Ich möchte gern der erste sein, der dir dazu gratuliert.«

Wieder tätschelte er Stens Hand, dann drehte er sich um und ging den Korridor hinab. Sten blickte ihm nach. Er nahm in jede Hand einen Becher und schüttete den Inhalt auf den Fußboden.

Kapitel 5

Das Signal zur nächsten Schicht schrillte, und Sten setzte sich verdrossen auf. Er war schon seit zwei Stunden wach und hatte darauf gewartet.

Auch nach vier Zyklen war die Dreizimmerwohnung noch immer leer. Sten hatte gelernt, daß die Toten selbst um sich trauern mußten. Er hatte diesen Bereich abgeschottet, doch manchmal geriet er versehentlich hinein, dann kam ein Teil des Kummers wieder in ihm hoch.

Alles in allem gelang es ihm recht gut, sich in einen so geduldigen, gehorsamen Mig zu verwandeln, wie ihn die Company haben wollte. Zumindest nach außen hin.

Der Schlitz in der Wand klickte, und das Tablett mit dem üblichen schnellwirkenden Energiegetränk und mehreren Hilfsmitteln gegen Kater sowie Antidepressiva glitt daraus hervor.

Sten suchte sich eine bunte Mischung davon aus und warf sie in den Abfallschacht. Er wollte und brauchte dieses Zeug nicht, doch er wußte, daß er das Tablett nicht ignorieren durfte.

Nach einigen Stunden würde es wieder eingezogen werden und den Verbrauch melden. Ein Computer würde Stens abweichendes Konsumverhalten weiterleiten, was wiederum zu einer Rüge vom Berater führen würde.

Sten stöhnte auf. Überall mußte man bestimmte Quoten erfüllen.

Weit vorne in der Schlange legte ein Arbeiter seine Karte auf die Medo-Uhr. Die Maschine blinkte, und der Mann schob ihr den Arm in den Rachen. Sie tat piepend seine Lebensfunktionen kund, registrierte, daß vom obligatorischen Rausch der vergangenen Nacht weder Alkohol noch andere Drogen in seinem Körper nachweisbar waren, und gab grünes Licht.

Der Mann verschwand in seiner Fabrik, und die Warteschlange rückte zwei Schritte auf.

Sten bewegte sich mit ihr vorwärts. Rings um ihn wurde eifrig getratscht.

»Wenn man bedenkt, daß Fran der schlimmste Schluckspecht mit einer gesalzenen Fehlquote auf dem Konto war, war das ziemlich nobel von der Company. Schön, er hat'n Arm verloren, aber mit dem hat er sowieso nur die Joygirls gezwickt. Sie haben ihm einen Monat gutgeschrieben, stimmt's?«

»Du kennst mich ja, mich schlägt so schnell keiner, wenn's ums Saufen geht – und ich bin schon ganz scharf auf die nächste Schicht, ich bin verrückt auf Quoten! Her damit, sag ich immer, und dann paßt mal auf ...«

Jetzt war Sten an der Reihe. Er legte seine Karte ein und starrte die Maschine ausdruckslos an. Sie überprüfte und akzeptierte ihn, dann trottete er widerwillig in die Fabrik.

Die gigantische Montagehalle war bis zur Decke hinauf mit Fließbändern, Laufschienen, Getriebeblöcken und Maschinen aller Art vollgestopft. Die Migs mußten sich auf langen, schmalen Stegen vorwärtsschieben, stets darauf bedacht, nicht abzustürzen oder in eine der Maschinen zu geraten. Sonst würde man unweigerlich zu irgendeinem merkwürdigen Gegenstand gestampft, gepreßt und geformt und am Ende der Fertigungsstraße wegen unerklärlicher Verunreinigungen aussortiert.

Nach zwei Monaten in der Fabrik war Sten soweit, daß er seinen Partner fast so sehr haßte wie die Arbeit selbst. Der Roboter sah eher wie ein plattgedrücktes Ei mit einem übergroßen Insektenauge aus, in dem jede Menge Sensoren untergebracht waren; er bewegte sich meist auf Rädern fort, nur zum Treppensteigen konnte er dünne Beinstelzen ausfahren. Lebendig wirkten an ihm lediglich das Sensorenauge und die wackelnden Tentakel.

Am meisten ging Sten diese hohe, nörgelnde Stimme auf die Nerven. Wie die alte Mikrobibliothekarin, an die er sich noch aus Kindergartenzeiten erinnerte.

»Beeilung«, schnarrte der Roboter, »wir liegen hinter der Quote. Ein guter Arbeiter fällt nie hinter die Quote zurück. Im letzten Zyklus hat ein Mig namens Myal Thorkenson im dritten Sektor sogar seine Quote doppelt geschafft. Solltest du diesem Vorbild nicht nacheifern?«

Sten blickte die Maschine an und überlegte kurz, ob er ihr einen Tritt verpassen sollte. Beim letzten Mal hatte er anschließend zwei Tage lang gehumpelt.

Der Roboter ließ nicht locker: »Beeilung! Noch einen Sitz.«

Sten hob die nächste Sitzschale vom Stapel vor der langgezogenen, silbernen Röhre herunter und brachte sie zu dem Roboter, der am Boden saß und wartete.

Sten und der Roboter arbeiteten am Ende eines langen Fertigungsbands, an dem Personenkabinen hergestellt wurden, Kapseln, die in den pneumatischen Nahverkehrssystemen der meisten industrialisierten Welten eingesetzt waren.

Der Roboter war der Techniker, Sten der Handlanger. Seine Arbeit bestand darin, eine Sitzfläche vom Stapel zu nehmen, in die dafür vorgesehene Aussparung zu schieben und so zu positionieren, daß der Roboter sie an den Rahmen schweißen konnte – ein stumpfsinniger Job, den er für seinen blechernen Boß nie korrekt genug erfüllte.

»Nicht dahin«, sagte der Roboter. »Du machst es immer falsch. Die Position ist doch deutlich angegeben. Schieb ihn weiter nach oben, nach oben.«

Der Schweißarm des Roboters blitzte auf.

»Beeilung. Den nächsten.«

Sten schlurfte den Gang hinab, wo er auf einen Arbeiter traf, dessen Namen er vergessen hatte. »He! Haste schon gehört? Ich bin befördert worden!«

»Glückwunsch.«

Der Mann strahlte. »Danke. Nach der Schicht schmeiß ich 'ne Runde. Alle sind eingeladen. Geht auf meine Rechnung.«

Sten sah dem Typen ins Gesicht. »Aber … wirft dich das nicht wieder zurück? Ich meine, damit ist doch die Beförderung wieder ausgeglichen.«

Der Mann zuckte die Achseln.

»Geht ja auf meine Karte! Macht nicht mehr als nochmal sechs Monate oder so aus.«

Sten überlegte kurz, ob er ihn fragen sollte, was denn so wichtig daran sei, nach jeder Erhöhung sofort den entsprechenden Betrag – und noch mehr – sofort auf den Kopf zu hauen, wie er einfach so sechs Monate seines Lebens wegwerfen konnte, nur um … Da er die Antwort bereits kannte, unterließ er es.

»Da hast du recht«, seufzte er. »Es geht ja auf deine Karte.«

Der Mig eilte weiter.

In jenen Tagen war Leta so ziemlich der einzige Lichtblick in Stens Leben.

In mancherlei Hinsicht war sie ein typisches Joygirl. Man hatte sie auf einem ähnlichen Hinterwäldlerplaneten wie seine Eltern angeheuert, und Leta wußte genau, daß sie nach Ablauf ihres Kontrakts auf eine der Vergnügungswelten des Imperiums auswandern, dort ein Mitglied der Kaiserlichen Familie treffen und einen lebenslangen Kontrakt mit ihm abschließen würde. Oder zumindest mit einem Handelsfürsten.

Obwohl Sten schlau genug war, nicht an die Nutte mit dem goldenen Herzen zu glauben, spürte er doch, daß ihr die Gespräche und der Sex mit ihm Spaß machten.

Sten lag schweigend auf seiner Seite des Betts.

Das Mädchen drängte sich an ihn heran und streichelte seinen Körper langsam mit den Fingerspitzen.

Sten drehte sich um und schaute zu ihr auf.

Letas Gesicht war sanft, die geweiteten Pupillen verrieten den Konsum von Freudendrogen.

»Was hast du?« murmelte sie.

»Verträge. Verträge und Quoten und Migs.«

Sie kicherte.

»Ist doch alles in Ordnung. Du bist ein Mig.«

Sten setzte sich auf.

»Aber nicht bis in alle Ewigkeit. Sobald mein Vertrag erfüllt ist, verlasse ich diese verdammte Welt, und dann erfahre ich endlich, was es heißt, ein freier Mann zu sein.«

Leta lachte.

»Ich meine es ernst. Keine besonderen Buchungen auf die Karte mehr. Keine Vertragsverlängerungen. Nie wieder diese Saufgelage in der Kuppel. Ich reiße hier nur noch meine Zeit ab und fertig.«

Sie atmete mehrmals tief ein, um einen klaren Gedanken fassen zu können.

»Das schaffst du nie.«

»Warum nicht?« fragte Sten. »Herrje, auch neunzehn Jahre sind nicht die Ewigkeit.«

»Du kannst es nicht schaffen, weil die ganze Sache gezinkt ist. Kontrolliert. Genau wie dein Job, wie die Spiele, wie ... sogar wie das hier. Sie drehen es so, daß du niemals von hier wegkommst. Du bist an sie gefesselt, und sie setzen alles daran, daß sich nichts daran ändert.«

Sten war verwirrt.

»Wenn alles gezinkt ist und keiner von Vulcan wegkommt – was ist dann mit dir?«

»Mit mir?«

»Du redest ständig davon, was du alles tun willst, wenn du erst einmal hier weg bist, von den Planeten, die du besuchen, den Männern, die du kennenlernen willst. Männer, die nicht nach Schweiß und Maschinenöl stinken.«

Leta legte eine Hand über Stens Mund.

»Das bin ich, Sten. Nicht du. Ich werde weggehen. Ich habe einen Vertrag, der mich mit Drogen und Essen und Trinken und allem, was ich brauche, versorgt. Aber ich kann noch nicht einmal an den Tischen spielen. Meine Karte wird dort nicht akzeptiert. Es spielt keine Rolle, was ich sonst tue. Solange ich am Leben bleibe, habe ich die Garantie, daß ich wieder von Vulcan wegkomme. Wie die anderen Joygirls, oder die Schausteller und die Händler. Sie alle verlassen Vulcan, wenn sie ihre Arbeit erledigt haben. Auch die Techs und die Männer von der Soziopatrouille. Die Migs nicht. Die Migs bleiben hier.«

Sten schüttelte den Kopf. Er glaubte ihr kein einziges Wort.

»Du bist ein netter Junge, Sten. Aber du wirst hier auf Vulcan sterben.«

Eine Zeitlang hielt er sich von Letas Wohnung fern, redete sich ein, daß er sie nicht brauchte. Er wollte niemanden um sich haben, der ihm solche ... Das konnten doch nur Lügen sein, oder?

Je länger er sich fernhielt, desto öfter dachte er darüber nach, und neue Fragen tauchten auf. Schließlich fand er, daß er mit ihr reden mußte. Er wollte ihr zeigen, daß sie vielleicht hinsichtlich der anderen Migs recht hatte – aber nicht, was ihn anging.

Zuerst taten die Leute in der Joysektion so, als hätten sie noch nie von ihr gehört. Dann erinnerten sie sich. »Ach ja, *Leta.* Sie ist versetzt worden, oder sowas. Ja, es geschah ganz plötzlich. Sie schien jedoch ganz glücklich darüber zu sein, als sie sie holen kamen. Wahrscheinlich zu einer Schicht in der neuen Freizeitzone für die Manags oben im Auge. Sowas in der Art.«

Sten wunderte sich.

Als er später, nach seiner Schicht, in Letas ehemalige Wohneinheit eindrang und das winzige Mikrofon in der Deckenverkleidung fand, wunderte er sich nicht mehr.

Er fragte sich immer wieder, was sie ihr für ihr Gerede angetan hatten.

AUSGABEN ERSTER MONAT

Unterkunft	1000 Credits
Verpflegung	500 Credits
Vorarbeitergebühr	225 Credits
Gehweggebühren	250 Credits
SUMME TOTAL	1975 Credits

ERSTES MONATSGEHALT:
2000 Credits abzüglich
1975 Credits Ausgaben
25 Credits angespart

Sten überprüfte den Kontoauszug auf dem Bildschirm schon zum zehnten Mal. Er hatte nur das Allernötigste ausgegeben, sämtliche Freizeitangebote gemieden und sich mit einer absoluten Hungerdiät ernährt. Trotzdem kam es stets aufs gleiche hinaus. Bei 25 Credits im Monat konnte er seinen Vertrag nie und nimmer verkürzen, nicht einmal um sechs Monate. Und wenn er weiterhin so lebte wie bisher, würde er innerhalb von fünf Jahren völlig durchdrehen.

Sten beschloß, alles noch einmal nachzuprüfen. Vielleicht hatte er etwas übersehen. Er tippte auf der Tastatur herum und rief das *Handbuch der Arbeitsrichtlinien* der Company auf. Absatz für Absatz rollte über den Bildschirm, doch er konnte nichts finden.

»Verdammt!« Er ging einige Zeilen zurück.

SONDERABZÜGE: Pro Lohnzyklus werden jedem Wanderarbeiter nicht weniger als 35 Credits und nicht mehr als 67 Credits abgezogen, es sei denn, er leistet das, was die Company als außergewöhnliche Arbeit erachtet, die erhöhte Gefahren hinsichtlich Verletzungen und/oder Tod einschließt. In diesem Fall dürfen die Abzüge nicht weniger als 75 Credits und nicht mehr als 125 Credits pro Zyklus betragen; für diese Abzüge erklärt sich die Company dazu bereit, für angemessene medizinische Versorgung zu sorgen und/oder bei Todesfall Prämien von nicht mehr als 750 Credits für Begräbniskosten und/oder ...

Er schlug mit der Faust auf die Tastatur. Der Bildschirm flackerte ein paarmal, dann erlosch das Bild.

Sie hatten einen am Wickel. Wie man es auch anstellte, als Mig war man immer angeschmiert.

Aufgebracht ging Sten im Zimmer auf und ab.

Der Roboter stellte die Kabine fertig, ließ sich aus der Eingangstür kippen und wartete, bis der nächste zigarrenförmige Wagen angerollt kam. Der fertiggestellte Wagen zischte leise in die pneumatische Frachtröhre und ab zum Frachtterminal. Doch jetzt war etwas schiefgelaufen. Etwas oder jemand hatte den nächsten Stapel Sitze noch nicht fertig.

Sten gähnte, während sich sein Roboter aufjaulend mit einer anderen Maschine über Quoten auseinandersetzte. Auch die zweite Maschine wollte die Verantwortung dafür nicht übernehmen. Sie meckerten sich weiter elektronisch an, bis der Deckenkran schließlich eine Ladung Sitze zwischen ihnen niederprasseln ließ. Der Roboter glitt in den Innenraum der Kabine. Sten lud sich einen Sitz auf die Schulter und schleppte ihn hinein.

Er setzte den Stuhl in Position und hörte dem Geschnatter des Roboters zu, während er den Sitz hin und her schob.

Mit ausgestrecktem Schweißarm beugte sich der Roboter nach vorn. Plötzlich fühlte Sten, wie ihn eine Woge der Übelkeit überkam. So sollte es also für den Rest seines Lebens weitergehen! Bis ans Ende seiner Tage mußte er die Vorträge dieses grauen Wichts über sich ergehen lassen.

Sten warf sich nach vorne. Der Sitz krachte gegen den Roboter, und die Maschine schweißte sich selbst an Sitz und Rahmen der Kabine fest.

»Hilfe! Hilfe! Ich hänge fest«, heulte sie auf. »Sofort die Zentrale benachrichtigen.«

Sten blinzelte. Dann verbiß er sich ein Grinsen.

»Klar. Wird sofort erledigt.«

Er schlenderte aus der Kabine hinaus und hinüber zur Kontrollkonsole der Fertigungsstraße, atmete tief durch und drückte auf die Taste ERLEDIGT. Die Türen des Wagens schlossen sich, und die Kabine glitt auf die Frachtröhre zu.

»Zentrale ... benachrichtigen ... Hilfe ... Hilfe ...«

Zum ersten Mal seit seiner Beförderung verspürte Sten das befriedigende Gefühl, eine Arbeit ordentlich erledigt zu haben.

Kapitel 6

Sten war über eine Woche »krank« bevor der Berater bei ihm aufkreuzte.

Am ersten Tag war er wirklich krank gewesen. Krank vor Angst, daß sein kleines Spielchen mit dem Roboter entdeckt worden war. Er war sicher, daß man es als glatte Sabotage einstufen würde. Mit etwas Glück unterzogen sie ihn einer geistigen Untersuchung und löschten die Bereiche in seinem Hirn, die nicht ganz dem idealen Arbeiterprofil entsprachen.

Vielleicht kam es auch schlimmer. Das war meistens so auf Vulcan. Sten wußte allerdings nicht, was »schlimmer« in diesem Fall bedeuten konnte. Er hatte schon so manche Geschichte über sogenannte Höllenfabriken gehört; dorthin wurden die Nichtresozialisierbaren geschickt. Allerdings kannte niemand jemanden, der tatsächlich dorthin geschickt worden war. Entweder waren diese Geschichten wirklich nur Geschichten, oder es kehrte nie jemand mehr von dort zurück. Manchmal fragte sich Sten, ob er in diesem Fall eine Gehirnlöschung nicht vorziehen und als willenloses Gemüse weitervegetieren würde.

Am zweiten Tag wachte er mit einem Lächeln auf. Ihm war klar geworden, daß niemand dahinter kommen würde, was wirklich mit dem Roboter geschehen war. Das feierte er damit, daß er erneut zu Hause blieb und bis zwei Stunden nach Schichtbeginn im Bett liegenblieb. Dann kramte er einige der Luxusnahrungsmittel hervor, die seine Eltern gehortet hatten, und starrte auf das Wandbild, auf dem es nicht mehr schneite. Er hütete sich davor, seine Karte ins Vid zu stecken und einen Film anzufordern, oder sich draußen in einer der Freizeitzonen sehen zu lassen. Dadurch würde ihm die Company nur noch schneller auf die Schliche kommen.

Die Flocken, die auf dem Wandbild einfach in der Luft hängengeblieben waren, faszinierten Sten. Gefrorenes Wasser, das vom Himmel fiel. Es kam ihm nicht allzu hygienisch vor. Wieder überlegte er, ob es nicht einen Ausweg aus dieser Welt hier gab. Auch wenn diese Schneeflocken nicht sehr nützlich aussahen, so könnte es doch interessant sein, sie sich anzuschauen. Wahrscheinlich war alles ziemlich interessant, was nichts mit der Company und mit Vulcan zu tun hatte.

Am dritten Tag beschloß er, nie wieder zur Arbeit zu gehen. Er wußte nicht, wie lange er sich noch drücken konnte, oder was mit ihm geschah, wenn sie ihn erwischten. Er blieb einfach sitzen und versuchte sich vorzustellen, wie es wohl war, durch diese Schneeflocken zu spazieren, ohne eine Karte in der Tasche, die einem ständig sagte, wo man hinzugehen hatte und was man tun mußte, sobald man dort angekommen war.

Gerade hatte er festgestellt, daß sich die Schneeflocken zu bewegen schienen, wenn er die Augen ein wenig zusammenkniff, da ertönte die Türklingel.

Er rührte sich nicht. Es klingelte erneut.

»Sten?« rief der Berater durch das Kontrollpanel. »Ich weiß, daß du da bist. Mach schon auf. Alles ist in Ordnung. Wir besprechen alles miteinander. Du mußt nur die Tür aufmachen. Alles ist in Ordnung.«

Sten wußte, daß das nicht stimmte. Trotzdem riß er sich zusammen und ging schließlich zur Tür. Wieder ertönte der Summer – dann fummelte jemand am ID-Schloß herum. Sten blieb an der Tür stehen.

Er zögerte einen Moment und stellte sich dann neben die Tür. Ein Klicken im Schloß, und die Tür glitt auf. Der Berater trat ein. Sein Mund war bereits offen, er wollte gerade ansetzen und etwas sagen. Mit erhobenen Fäusten ging Sten auf ihn los. Der Hieb erwischte den Berater seitlich am Kopf und ließ ihn gegen die Wand knallen. Der Berater rutschte an der Wandverkleidung herunter und fiel flach auf den Boden. Er bewegte sich nicht. Sein Mund stand noch immer offen.

Plötzlich fühlte sich Sten ganz ruhig. Er hatte gerade sämtliche anderen Möglichkeiten ein für allemal ausgeschlossen. Jetzt konnte er nur noch eins tun. Er beugte sich über den ohnmächtigen Berater und durchsuchte rasch seine Taschen. Er fand die Karte des Mannes und steckte sie ein. Wenn er sie anstelle der eigenen benutzte, brauchte die Sicherheit vielleicht etwas länger, um ihn aufzuspüren. Außerdem konnte er sich damit Zugang zu bestimmten Zonen verschaffen, die seiner Mig-Karte verschlossen blieben.

Sten drehte sich um und ließ seinen Blick durch die drei kahlen Zimmer wandern. Was auch immer geschehen würde, er sah sie jetzt zum letzten Mal. Dann rannte er hinaus in Richtung Gleitband, in Richtung Raumhafen, in Richtung irgendeiner Möglichkeit, von Vulcan wegzukommen.

Kaum hatte er das Gleitband verlassen, fühlte er sich am falschen Ort. Die Leute ringsum hatten sich verändert. Er sah nur noch wenige Migs in ihren auffälligen, schmuddeligen Overalls. Alle anderen sahen reicher und herausgeputzter aus: Techs, Büroleute, Verwaltungskräfte, hier und da sogar das Glitzern eigenartiger Kostüme von anderen Welten.

Sten begab sich rasch hinüber zum Kleiderautomaten, schob die Karte des Beraters in den Schlitz und hielt den Atem an. Würde sofort der Alarm losgehen? Eilte in diesem Moment bereits die Soziopatrouille auf die Plattform zu?

Die Maschine rülpste kurz und zeigte ihm ein Display mit verschiedenen Wahlmöglichkeiten. Sten drückte auf das erste Ding in seiner Größe, das für einen Mann tragbar erschien, und schon flutschte ein Päckchen in den Auffangbehälter. Er riß es an sich und schob sich durch die Menge in die nächstbeste Freizeitzone.

Mit Hilfe der Karte gelangte Sten bis ins Verwaltungszentrum des Raumhafens und versuchte so auszusehen, als gehörte er hierher. Wegen der Karte des Beraters mußte er bald etwas unternehmen. Wohin er auch ging, überall hinterließ er eine Spur, so breit wie ein Computerausdruck.

Nicht weit von ihm entfernt hämmerte ein verfetteter alter

Bürotyp gegen einen Narkobierautomaten. »Verdammte Maschine! Will mir erzählen, ich hätte nicht mehr genug Credits für ein lumpiges …«

Gelangweilt aber neugierig schlenderte Sten zu ihm hinüber. Der Mann war betrunken und wahrscheinlich so pleite, daß der Zentralcomputer seine Karte gesperrt hatte.

»Das kommt von diesen Höhenstrahlern«, sagte Sten.

Der Typ glotzte ihn an. »Meinen Sie?«

»Bestimmt. Mir ist das in der letzten Freischicht auch passiert. Hier, probieren Sie mal meine Karte. Vielleicht kriegt sich die Kiste wieder ein.«

Der Büroangestellte nickte, Sten drückte auf einen Knopf und die Karte des Mannes kam heraus. Er nahm sie an sich und schob die Karte des Beraters hinein. Einige Sekunden später torkelte der Mann glücklich an einem Narkobier nippend davon.

Drei Stunden später schnappten sie ihn. Der Angestellte saß gemütlich in seiner Stammkneipe und ließ sich anständig volllaufen, als ein ganzes Regiment Wachmänner der Soziopatrouille hereinstürmte. Bevor er Zeit hatte, sein Glas abzusetzen, hatten sie ihn zusammengeschlagen und gefesselt; dann schleppten sie ihn zur Verhörzentrale.

Der Anführer der Wachmänner schielte siegessicher auf die Ausweiskarte seines Opfers. Natürlich war es nicht seine. Es war die des Beraters.

Sten spürte es sofort, als er das Besucherzentrum des Raumhafens betrat. Selbst auf der Flucht erfaßte ihn sofort dieses Gefühl von – er konnte nicht genau sagen, was es eigentlich war. Vielleicht war das die Freiheit.

Er bewegte sich durch eine exotische Menge aus Diplomaten, Außerirdischen, grimmigen Händlern und Raumfahrern. Sogar die Gespräche klangen fremd und drehten sich um Sonnensysteme und Warp-Geschwindigkeit, Antimaterie-Triebwerke und imperiale Intrigen.

Sten schob sich an einem Joygirl vorbei in eine zwielichtige Kneipe, zwängte sich zwischen den Raumfahrern durch und fand einen freien Platz an der Theke.

»Dieser blöde Lieutenant ignoriert mich einfach. Das ist nicht zu fassen! Mich! Einen alten Hasen, der schon fünfzehn verdammte Jahre vor dem verfluchten Gerät hockt!«

Sein Freund schüttelte den Kopf. »Die sind alle gleich. Zwei Jahre im Offizierskindergarten, und schon glauben sie, sie wüßten alles.«

»Hör mal zu«, sagte der erste Mann wieder. »Ich melde Echos, und er sagt, es gibt keinen Anlaß für Echos. Ich sage ihm, da sind aber trotzdem Echos. Ein paar Minuten später geraten wir in den Meteoritenschwarm. Wir steckten bis zum Hals in diesem Schotter drin.

Der Pilot hat uns grade noch so hinausmanövriert, mit einer Ausweichspirale, die unseren Käpt'n fast aus den Unterhosen gestoßen hätte.«

Sten erhielt seinen Drink – er bezahlte mit einem seiner wenigen Creditstücke – und ging an der Theke entlang. Eine Gruppe Raumfahrer erregte seine Aufmerksamkeit. Sie saßen eng um einen Tisch gedrängt, unterhielten sich leise und nippten an ihren Getränken, anstatt sie einfach hinunterzustürzen. Sie trugen saubere Kleidung, waren frisch rasiert und sahen so aus, als wollten sie mit aller Kraft einen Kater loswerden.

Sie sahen aus wie Männer, die nach Hause fuhren.

»Zeit, die Leinen loszumachen«, sagte einer von ihnen.

Sie tranken gemeinsam aus und erhoben sich. Sten schloß sich ihnen an, als sie sich durch die Menge und dann zur Tür hinausschoben.

Sten kauerte im vorderen Teil des Shuttles. Eine Trennwand verbarg ihn vor den Blicken der Raumfahrer. Sie hoben von Vulcan ab, und einige Augenblicke später konnte Sten durch die gläserne Nase des Shuttles den Frachter erkennen, auf den sie zuschwebten.

Der Raumfrachter, ein enormes, vielfältig untergliedertes Insekt, erstreckte sich über mehrere Kilometer. Ein Schwarm käferartiger Schlepper zog weitere Segmente an die dafür vorgesehenen Stellen und machte sie dort fest. Das Steuersegment des Frachters sah flach und häßlich aus, mit stacheligen Auswüchsen rund um die Stirnseite. Als das Shuttle sich der Stirnseite näherte, öffnete sie sich wie ein grinsendes Maul.

Kurz bevor es ihn verschlang, mußte Sten daran denken, daß es das Schönste war, was er jemals gesehen hatte.

Er hörte den Richter kaum, der die Liste der Verbrechen aufzählte, die Sten der Company gegenüber begangen hatte. Sten war von Wachmännern umgeben. Direkt vor dem Richter hatte sich der Berater aufgebaut, den Kopf fast bis zur Unkenntlichkeit mit Plastimull umwickelt. Er nickte schmerzlich bei jedem Anklagepunkt, den der Richter anführte.

Sie hatten ihn im Shuttle aufgespürt, wo er sich unter einigen Decken versteckt hatte; um ihn herum lagen gestohlene Schiffsvorräte verstreut. Noch während er die Nachricht an Vulcan hinuntersandte, entschuldigte sich der Kapitän ein ums andere Mal. Er hatte so einiges über Vulcan gehört.

»Wir können dir nicht helfen«, sagte er. »Vor dem Start schickt Vulcan Sicherheitskräfte auf jeden Frachter, die alles nach Leuten wie dir absuchen.«

Sten sagte nichts.

»Versteh doch«, sagte der Kapitän. »Ich kann das Risiko nicht eingehen. Wenn ich dir helfe und dabei erwischt werde, zieht die Company meine Handelspapiere ein. Dann bin ich erledigt. Nicht nur ich. Ich muß auch an meine Mannschaft denken …«

Sten erwachte aus seiner Starre, als ihn ein Wachmann rüde anstieß. Der Richter war fertig. Zeit für den Urteilsspruch. Wie würde er ausfallen? Gehirnausbrennen? In diesem Fall hoffte Sten, daß er noch genug Verstand übrigbehielt, um Selbstmord zu begehen.

Der Richter erhob die Stimme: »Dir ist, wie ich hoffe, das Ausmaß deiner Straftaten bewußt?«

Sten dachte daran, den demütigen Mig zu spielen. Zum Teufel damit, dachte er dann. Er hatte nichts mehr zu verlieren. Statt dessen starrte er den Richter kalt an.

»Verstehe. Berater, haben Sie etwas vorzubringen, was die Umstände dieser Vorwürfe mildern könnte?«

Der Berater wollte etwas sagen, schüttelte dann aber nur den Kopf.

»Na schön. Da du, Karl Sten, noch jung an Jahren bist und der Company noch viele Jahre nützlich sein kannst, wir andererseits auch nicht unmenschlich sein und die Möglichkeit der Reue nicht ausschließen wollen, werde ich dich wieder in den Arbeitsprozeß eingliedern.«

Einen kurzen Augenblick lang keimte Hoffnung in Sten auf.

»Dein neuer Betätigungsbereich befindet sich in der Exotiksektion. Bis auf unbestimmte Zeit. Wenn sich die Umstände – ähem – dementsprechend gestalten, werde ich mich nach einer angemessenen Zeitspanne deines Urteils noch einmal annehmen.«

Der Richter nickte und berührte die INPUT-Taste auf seiner Konsole. Die Wachmänner führten Sten ab. Er wußte nicht genau, was der Richter damit meinte. Oder wie sein Urteil lautete. Er wußte nur, daß sein Verstand noch intakt und er noch am Leben war.

Als er sich an der Tür noch einmal umdrehte, konnte er am Grinsen des Beraters ablesen, daß das nicht unbedingt lange so bleiben mußte.

Buch II

HÖLLENWELT

Kapitel 7

»Alles eine Frage der Entropie, aber klar doch«, sagte der ältere Mann und hob seinen Becher.

Sein jüngerer Kollege neben ihm, im glänzenden Overall eines Raumkreuzeroffiziers, kicherte und knallte die Stiefel auf den Tisch. Das Namensschild auf seinem Overall wies ihn als RASCHID, H. E., MASCHINENOFFIZIER aus.

»Was ist denn daran komisch?« erkundigte sich sein älterer Kollege streitlustig und ließ den Blick über die vier anderen Raumfahrer wandern, die um den Tisch in der Taverne versammelt waren. »Das sind meine Offiziere, und sie haben nicht gehört, daß ich was Komisches gesagt hätte, oder?«

Raschid sah sich um und grinste breit, als es wie im Chor »Nein, Sir« zurückkam. Dann hob er den eigenen Becher mit beiden Händen an und leerte ihn in einem Zug.

»Noch 'ne Runde! Mannomann, seit ich als Stewardgehilfe anfing, hab ich schon vielen verlausten Pennern wie euch zugehört. Immer heißt es, alles geht den Bach runter, allen geht's so schlecht.«

Das Barmädchen – die größte und einzige Attraktion der Raumhafenkneipe – schob weitere Becher über den langen polierten Aluminiumtresen heran. Raschid blies den Schaum von seinem Bier und nahm einen kräftigen Schluck.

»Wenn man sich mit Idioten unterhält«, sagte er, »wird man schnell durstig. Selbst wenn es sich dabei um hochbezahlte Raumkreuzer-Kapitäne handelt.«

Der Kapitänsmaat zuckte mit den Schultern – eine Bewegung, die ihn schon auf Hunderten von Welten vor Schlägereien bewahrt hatte – und starrte finster vor sich hin. Wieder lachte Raschid auf.

»Wenn einer zu alt wird, um selbst zu pissen, findet er meistens einen Dödel, der es für ihn erledigt. Ich verrate dir was, Käpt'n: wenn du mir auch nur ein gutes Beispiel dafür nennst, daß alles immer mieser wird, glaube ich dir vielleicht – aber nur vielleicht.«

Der Kapitän stürzte sein Bier hinunter und wischte sich die Spuren von der ohnehin fleckigen Uniformbrust.

»Wie man uns behandelt. Sieh uns an. Wir sind Offiziere. Kontrakthändler. Milliarden Credits hängen von unseren Entscheidungen ab. Aber sieh dich um. Wir sind hier auf der Erstwelt, dem Herzen des Imperiums. Aber behandelt man uns vielleicht mit dem nötigen Respekt? Nicht die Bohne!«

»Ohne uns würde das ganze Imperium doch zusammenbrechen!« schrie einer seiner Offiziere.

»Was erwartet ihr denn?«

»Wie schon gesagt: Respekt. Noch vor zwei-, dreihundert Jahren hätten sie uns die Füße geküßt, wenn wir uns bloß über ihrem Planeten gezeigt hätten. Alle wollten wissen, wie's da draußen ist. Die Weiber sind über uns hergefallen, ich kann dir flüstern ...«

Der Kapitän stand auf und reckte einen Finger in die Luft. Leider wurde der Effekt von einem Rülpsen neutralisiert, das die Wände leicht erbeben ließ.

»Wenn ein Reich vergißt, wie man seine Helden behandelt, bricht es auseinander!« Er nickte triumphierend und wandte sich an seine Offiziere. »Ist das Beweis genug oder nicht?«

Raschid ignorierte die lautstarke Zustimmung. »Du meinst wirklich, es sollte noch so sein wie früher? Als es, sagen wir mal, noch Fackelschiffe gab?«

»Soweit mußt du nicht unbedingt zurückgehen, aber das Beispiel ist trotzdem gut. Mehr Bier! Damals, als es noch Ionenschiffe gab – und die dazu passenden Männer.«

»Verflucht sollen sie sein, die Fackelschiffe«, fauchte Raschid. Er spuckte auf den Boden. »Weißt du, wie diese Fackelschiffe funktioniert haben? Alles per Computer, vom Start bis zur Landung.«

Die anderen Raumfahrer am Tisch sahen ihn verdutzt an.

»Und was ist mit der Besatzung?«

»Ach ja, die Besatzung! Ich erzähl dir mal, was man in den Sendungen nie zu hören kriegt. Sieht ganz so aus, als seien die meisten dieser Schiffe ein bißchen zu heiß gewesen, von der Schnauze bis zu Schleuse 33, dort wo die Fracht und die Passagiere waren.

Nach ein paar Jahren hatten sie Probleme, junge Helden für ihre Mannschaften zu finden, nachdem diese jungen Helden auf den Trichter kamen, daß ihnen nach zwei oder drei Ausflügen die Knochen verfault aus den Uniformärmeln fielen.

Und wißt ihr, woraus diese Mannschaften bestanden? Schluckspechte aus dem Hafen, die gerademal noch genug Grips hatten, den Antrieb abzustoßen, wenn es über 33 hinaus heiß wurde. Sie schütteten sich mit billigem Synthalk voll, bis sie gar nicht mehr wissen wollten, was da auf der anderen Seite vor sich ging, drückten auf den START-Knopf und machten sich schleunigst aus dem Staub. Das waren eure verdammten Fackelschiffe und ihre heldenhaften Offiziere.

Und ihr glaubt, die Leute wußten nichts davon? Glaubt ihr etwa, diese Suffköppe hätten Fackelparaden gekriegt, wenn sie eine Reise überlebten? Wenn ihr das glaubt, dann seid ihr noch dümmer als ihr ausseht.«

Der Kapitän sah seine Mannschaft an. Sie warteten nur auf sein Zeichen.

»Woher weißt du denn so viel davon? Schleuse 33 und so. Das kann nur einer wissen, der selbst dabei war.« Der alte Mann knallte seinen Becher auf die Theke. »Das reicht! Wir sind hergekommen, um in Ruhe einen zu bechern, ein bißchen herumzusitzen und uns zu unterhalten ... Aber wir lassen uns von niemandem für dumm verkaufen, schon gar nicht, wenn er uns erzählen will –«

»Stimmt aber«, sagte Raschid barsch.

Der Mann verstummte. Sein Maat erhob sich.

»Willst du damit sagen, du bist tausend Jahre alt, Häuptling?«

»Nein. Älter.«

Der Kopf des Kapitäns fuhr zu seinem Maat herum. Der Maat ballte eine Faust, die man ohne weiteres als Abrißbirne hätte einsetzen können, und holte aus.

Raschids Kopf war bereits woanders.

Er warf sich quer über den Tisch nach vorn. Mit der Stirn krachte er gegen den dritten Offizier, der zusammen mit einem weiteren Mann in einem Tumult zerbrechender Stühle zu Boden ging.

Als sich der Maat umdrehte, kam Raschid wieder auf die Beine. Er unterlief den zweiten Schwinger des Maats und trieb drei messerscharfe Finger in die Innenseite des Oberarms seines Gegners. Der Maat klappte zusammen.

Raschid wirbelte herum, als sich die beiden anderen Männer vom Boden erhoben ... und duckte sich. Nicht tief genug. Der Becher des Kapitäns erwischte ihn noch am Hinterkopf, und Raschid taumelte gegen die Theke.

Sofort schnellte er wieder hoch, winkelte die Füße an und trat kräftig nach hinten aus. Der Arm des dritten Offiziers knackte, und der Mann ging stöhnend zu Boden. Raschid wirbelte ein Stück längs der Theke zur Seite, als der Maat erneut auf ihn einschlug, packte ihn dann am Arm und zog ihn mit aller Kraft heran.

Der Maat machte einen Satz nach vorn, erwischte den Zapfhahn voll mit der Stirn und demonstrierte recht gelungen, wie es aussieht, wenn jemand zur Salzsäule erstarrt.

Raschid stieß sich von der Theke ab, wehrte mit ausgestreckten Armen einen Stuhl ab, der ihm entgegengeschleudert worden war, und trat dem Kapitän in die Seite, was den Hitzkopf für einige Minuten außer Gefecht setzte.

Raschid lachte gutgelaunt, packte den vierten Mann am Revers ... da trat ihm der Offizier, dessen Arm er gebrochen hatte, die Beine unter dem Körper weg.

Raschid krachte zu Boden, woraufhin der vierte Mann eine ganze Serie von Faustschlägen auf ihn niederprasseln ließ. Gleichzeitig tänzelte der alte Kapitän, wie ein Pottwal keuchend, doch für einen Mann seines Alters überraschend leichtfüßig, am Rande des Geschehens auf und ab und rammte Raschid hin und wieder einen Stiefel zwischen die Rippen.

Plötzlich tauchten aus dem Nichts zwei Hände auf und knallten dermaßen heftig gegen die Ohren des Kapitäns, daß er wie ein gefällter Baum umkippte.

Raschid rappelte sich wieder auf, nickte dem neuen Teilnehmer an der Veranstaltung zu, packte sich dann den dritten Offizier und schleuderte ihn durch die Luft in Richtung seines unvermuteten Verbündeten, eines grauhaarigen Riesen, dessen Nase schon so oft gebrochen war, daß der Versuch, sie jemals wieder geradezurücken, recht aussichtslos erschien ... Nachdenklich ließ der Riese den dritten Offizier am ausgestreckten Arm baumeln. Dann rammte er ihm den Handballen direkt auf den Nasenrücken, ließ ihn fallen und sah sich nach dem nächsten Gegner um.

Der Mann mit dem Raschid-Namensschild saß rittlings auf dem vierten Raumfahrer. Er hielt ihn mit beiden Händen am Haarschopf fest und knallte den Kopf seines Gegners rhythmisch auf den Kneipenboden.

Der Grauhaarige kam herbei, schnappte sich das Bier, das der Maat nicht mehr hatte austrinken können, und leerte den Becher in einem Zug. Dann grunzte er.

»Ich glaube, du hast ihm deinen Standpunkt klargemacht.«

Raschid zog die Augenlider des vierten Mannes zurück, ließ den Kopf widerstrebend ein letztes Mal auf den Boden fallen und erhob sich.

Die beiden Männer musterten einander ausgiebig.

»Alles klar, Colonel?«

Der grauhaarige Mann schnaubte verächtlich. »H. E. Raschid. Die Kerle werden jedes Jahr blöder. Aber das geht ja allen so.«

»Das riecht verdammt nach Insubordination, Colonel.«

»'Tschuldigung. Würde der allerhöchste Ewige Imperator über Milliarden von Sonnen und Trilliarden von Planeten, der Gnädige Hüter Vielzuvieler Gottverdammter Menschen sich dazu herablassen, seinen guten und treuen Diener dorthin zurückzubegleiten, wo ihn wichtige Geschäfte erwarten, oder – oder willst du lieber hierbleiben und nach ein bißchen mehr Zoff Ausschau halten?«

»Später, Colonel, später. Ich möchte der Jugend kein schlechtes Vorbild sein.«

Der Ewige Herrscher legte einen Arm um seinen Helfer – Colonel Ian Mahoney, Oberster Befehlshabender des Mercury Corps, der im Verborgenen agierenden imperialen Organisation, die gleichzeitig für Nachrichtendienst, Spionage und verdeckte Operationen zuständig war. Dann traten die beiden Männer lachend in das fahle Sonnenlicht der Erstwelt hinaus.

Kapitel 8

Der Baron schritt nervös im Vorzimmer auf und ab. Gelegentlich fiel sein Blick auf die beiden riesenhaften Wachen des Garderegiments, die vor den Gemächern des Ewigen Herrschers Statue spielten. Wenn er darüber nachdachte – was Thoresen tunlichst vermied –, befiel ihn die Angst. Nicht gerade eine vertraute Situation für den Baron.

Man hatte ihn ohne die üblichen formellen Höflichkeiten des Imperialen Hofes quer durch die halbe Galaxis hierher beordert. Er war einfach aufgefordert worden, zu erscheinen. Sofort. Ohne weitere Erklärungen. Thoresen hoffte nur, daß es nichts mit Projekt Bravo zu tun hatte, obwohl er sich ziemlich sicher war, daß selbst das ausgeklügelte Spitzelsystem des Imperators noch nicht darauf gestoßen war. Andernfalls war Thoresen so gut wie tot.

Endlich zischten die Türen auf, und ein kleinwüchsiger, mit einer Robe bekleideter Bediensteter verbeugte sich vor ihm. Thoresen war ein wenig erleichtert, als die Wachen reglos an ihrem Platz stehenblieben. Der Baron betrat den dahinterliegenden Raum, wo der Bedienstete sich zurückzog und den Gast in einem riesigen Zimmer zurückließ, das mit exotischen Gegenständen eingerichtet war, die der Imperator in seinem mehr als tausendjährigen Leben zusammengetragen hatte. Fremdartige, gesattelte Tiere von Jagdausflügen auf fernen Welten, eigenartige Kunstobjekte, uralte Bücher mit wundervollen Illustrationen jenseits aller vorstellbaren Computerkunst.

Der Baron sah sich vorsichtig um und kam sich wie ein Tölpel von irgendeiner unbedeutenden Randwelt vor. Erst jetzt bemerkte er den Mann, der am anderen Ende des Zimmers zu warten schien. Er hatte Thoresen den Rücken zugewandt und blickte offensichtlich durch die große, gekrümmte Glaswand über die Hauptstadt der Erstwelt hinweg. Er war in einfache weiße Gewänder gekleidet.

Als Thoresen sich ihm näherte und seine Verbeugung machte, drehte der Ewige Imperator sich um.

»Unsere Adjutanten haben Uns darüber informiert«, sagte der Imperator, »daß Sie für Ihre Pünktlichkeit bekannt sind. Offensichtlich haben sie Uns falsch unterrichtet.«

Der Baron verschluckte sich fast: »Ich kam so schnell ich ...«

Der Imperator brachte ihn mit einem Wink zum Schweigen. Dann drehte er sich um und blickte wieder hinaus. Schweigen breitete sich aus. Der Baron wurde unruhig.

»Wenn es um den letzten Projektbericht der Company geht, Euer Hoheit, dann darf ich Euch versichern, daß er nicht übertrieben war. Ich würde doch nicht mein ganzes Ansehen ...«

»Sehen Sie sich das an«, sagte der Imperator.

Verstört blickte Thoresen nach draußen. Dort huschten Angehörige des Hofes in einem komplizierten Rasentanz über das Palastgelände.

»Eingebildete Laffen. Nur weil sie einen Titel tragen, glauben sie, das ganze Reich drehe sich nur um sie. Milliarden von Bürgern zahlen dafür, nur damit sie spielen können.«

Er wandte sich Thoresen zu. Auf seinem Gesicht zeichnete sich ein freundliches Lächeln ab. »Wir beide hingegen wissen es besser, stimmt's, Baron? Wir wissen, was es heißt, sich die Hände schmutzig zu machen. Wir wissen, was richtige Arbeit ist.«

Jetzt war Thoresen völlig durcheinander. Sein Gegenüber arbeitete mit Zuckerbrot und Peitsche. Was wollte er bloß? Waren die Gerüchte hinsichtlich seiner Senilität doch nicht so weit hergeholt? Das kann nicht sein, brachte er sich selbst zur Räson. Wie wäre das möglich gewesen? Schließlich hatte der Baron sie selbst in Umlauf gebracht.

»Nun?« erkundigte sich der Imperator.

»Was meint Ihr mit ›nun‹, Sir?«

»Warum ersuchten Sie um diese Audienz? Kommen Sie zum Punkt, Mann. Draußen warten Delegationen von zwanzig oder dreißig Planeten.«

»Äh, Euer Hoheit, vielleicht ist da irgendwo ein Fehler passiert – natürlich nicht von Eurer Seite. Aber … äh, ich dachte, Ihr wolltet, daß …«

»Jedenfalls sind wir froh, daß Sie gekommen sind, Baron«, unterbrach ihn der Imperator. »Wir müssen dringend mit Ihnen über einige ziemlich beunruhigende Berichte reden.« Er fing an, quer durch den Raum zu wandern, und Thoresen schloß sich ihm an. Noch immer versuchte er verzweifelt, die Situation zu durchschauen. Worum ging es hier eigentlich?

»Was für Berichte, Sir?«

»Wir sind sicher, daß es nichts bedeutet, doch einige Ihrer Handelsbevollmächtigten haben auserwählten Kunden gegenüber Andeutungen gemacht, die der eine oder andere Unserer –

ähem – Diplomaten womöglich als, nennen wir es: verräterisch interpretieren könnte.«

»Wie denn das, Euer Hoheit?« Thoresen spielte den Schockierten.

»Wir haben natürlich keine konkreten Anhaltspunkte. Nichts außer kleinen Bemerkungen, daß gewisse Dienstleistungen, die das Imperium anbietet, am besten in den Händen der Company aufgehoben wären.«

»Wer? Wer hat das gesagt? Ich werde sie auf der Stelle ...«

»Daran würden Wir niemals zweifeln, Baron. Springen Sie aber nicht zu hart mit ihnen um. Unserer Ansicht nach handelt es sich nurmehr um einen Fall überzogener Loyalität.«

»Trotzdem. Es geht nicht an, daß die Company von derlei Gerüchten vereinnahmt wird. Unsere Politik – genaugenommen ist es sogar unsere Satzung – belegt das ganz eindeutig.«

»Ja, gewiß, das ist uns bekannt. Ihr Großvater hat diese Satzung eigenhändig entworfen. Ich selbst habe sie als Unterzeichner dieser Charta anerkannt. Ein eindrucksvoller Mann, Ihr Großvater, sehr bemerkenswert. Da wir gerade von ihm sprechen: Wie geht es ihm denn?«

»Äh, er ist tot, Euer Hoheit. Schon seit ein paar hundert Jahren ...«

»Ja, richtig. Mein aufrichtiges Beileid.«

Sie waren wieder vor der Tür angekommen. Die Flügel öffneten sich geräuschlos und ließen den kleinen Bediensteten herein, der den völlig verwirrten Thoresen hinausführte. Der Imperator drehte sich um und wollte gerade davonschreiten, blieb dann jedoch stehen.

»Ach, Baron.«

»Jawohl, Euer Hoheit?«

»Sie haben Uns gar nicht mitgeteilt, weshalb Sie eigentlich gekommen sind. Gibt es ein Problem, oder können Wir Ihnen eine besondere Gefälligkeit erweisen?«

Thoresen wartete lange mit seiner Antwort. »Nein, vielen

Dank. Ich war nur zufälligerweise gerade auf der Erstwelt und kam vorbei, um mich zu erkundigen ... Ich meine, um Euch guten Tag zu sagen.«

»Sehr aufmerksam von Ihnen, Baron. Aber alles läuft zu Unserer vollsten Zufriedenheit. Wenn Sie Uns jetzt entschuldigen würden.«

Die Tür schloß sich mit einem Zischen. Hinter dem Imperator ertönte ein Rascheln, dann ein Geräusch, als würde jemand nach Luft ringen – vielleicht sogar ersticken – und ein Wandvorhang teilte sich. Mahoney trat dahinter hervor und wurde jetzt vom Lachen überwältigt.

Der Imperator grinste, begab sich zu einem alten, hölzernen Rollschreibtisch und zog eine Schublade auf. Darin befanden sich eine Flasche und zwei Gläser, die er großzügig einschenkte. »Hast du das schon 'mal probiert?«

Mahoney war vorsichtig. In einschlägigen Kreisen war sein Boß für seinen schrägen Humor bekannt. »Was ist das?«

»Nach zwanzig Jahren intensiver Forschung kommt es inzwischen ziemlich nah an das heran, was ich noch als höllisch gutes Getränk in Erinnerung habe. Früher nannte man es Bourbon.«

»Selbstgemacht, hm?«

»Ich habe mir etwas helfen lassen. Es kam heute morgen aus dem Labor.«

Mahoney atmete tief durch. Dann stürzte er das Getränk hinunter. Der Imperator betrachtete ihn mit großem Interesse. Nach einer langen Pause nickte Mahoney.

»Nicht übel.«

Während der Imperator an seinem Glas nippte, goß sich Mahoney erneut ein. Der Imperator ließ den Tropfen auf der Zunge zergehen und schluckte ihn dann hinunter. »Nicht sehr gut getroffen. Um ehrlich zu sein – es schmeckt wie der letzte Dreck.«

Er trank sein Glas aus und füllte es ein zweites Mal. »Und? Was hältst du von ihm?«

»Vom Baron? Er ist so falsch, daß er jeden Morgen zur Selbstkontrolle in den Spiegel schauen muß. Andererseits ist er kein Kriecher, auch wenn es so aussah, als du ihm wie einem Fisch den Köder vorgehalten hast.«

»Das ist dir also aufgefallen? Ich will dir mal was sagen: Wenn ich nicht der Oberguru wäre, hätte er mir den Kopf abgerissen. Jedenfalls hätte er es versucht.«

Der Imperator schenkte noch einmal kräftig nach und ließ sich dann gemütlich auf den Stuhl sinken; die Füße legte er auf den Tisch. »Na gut. Das war also unser persönliches Zusammentreffen – übrigens eine sehr gute Idee. Ich stimme dir zu, daß dieser Mann dumm und machthungrig genug ist, um dem Imperium gefährlich zu werden. Aber jetzt spuck's schon aus – worüber sollte ich mir mein durchlauchtes Haupt zerbrechen?«

Mahoney schob einen zweiten Stuhl heran, ließ sich darauf nieder und streckte die Füße neben die des Imperators.

»Über eine ganze Menge. Aber nichts, was wir beweisen könnten. Die heißeste Information, die ich bieten kann, stammt aus einer wirklich zuverlässigen Quelle und besagt, daß Thoresen massenhaft Credits verpulvert – für eine Sache, die er ›Projekt Bravo‹ nennt.«

»Und was ist das?«

»Weiß ich leider auch nicht. Vor ein paar Jahren ließ ich meinen Gewährsmann seinen Arsch riskieren und einfach danach fragen. Thoresen hat nichts verraten. Außer daß es, Zitat, für die Interessen der Company lebenswichtig ist, Zitat Ende.«

»Wer ist dein Mann?«

Mahoney grinste. »Darf ich nicht verraten.«

»Colonel! Ich habe Sie etwas gefragt!«

Mahoney setzte sich auf. Er vergaß nie, wer hier die Befehle erteilte. »Jawohl, Sir. Es handelt sich um einen Burschen im Aufsichtsrat. Sein Name ist Lester.«

»Lester ... Ich kenne ihn. Ich war bei seiner Geburtszeremonie anwesend. Absolut vertrauenswürdig, was die Belange des

Imperiums betrifft. Bei einer Pokerrunde allerdings ... Na ja, niemand ist vollkommen. Lester ist also mißtrauisch geworden, was dieses ›Projekt Bravo‹ angeht?«

»Sehr mißtrauisch. Thoresen läßt die Company buchstäblich ausbluten, um es zu finanzieren. Er behält kaum genug Gewinne ein, um die Aktionäre zufriedenzustellen. Und selbst da fälscht er, laut Lester, die Bilanzen.«

»Nicht gerade viele Anhaltspunkte. Selbst ich kann nicht auf eine bloße Vermutung hin die Garde auf Vulcan loslassen. Das würde mich jegliche Glaubwürdigkeit kosten. Schließlich habe ich dieses Imperium auf den Grundsätzen der freien Wirtschaft gegründet und jede Einmischung der Regierung ausgeschaltet.«

»Mußt du denn an deine eigene Propaganda glauben?«

Der Imperator dachte einen Augenblick darüber nach. Dann antwortete er bedauernd: »Ja.«

»Wie sollen wir jetzt damit umgehen?«

Der Imperator legte die Stirn in Falten, seufzte und stürzte seinen Drink hinunter. »Ich mache es nicht gerne, aber mir bleibt keine andere Wahl.«

»Und das heißt?«

»Daß ich einen prima Saufkumpan verliere. Jedenfalls eine Zeitlang.«

Voller Empörung sprang Mahoney auf die Füße. »Du willst mich doch nicht etwa in dieses gottverlassene Loch schicken? Vulcan ist so weit weg vom Schuß, daß sich nicht einmal ein Komet dorthin verirrt!«

»Hast du einen besseren Vorschlag?«

Mahoney dachte fieberhaft nach. Dann schüttelte er den Kopf und trank aus. »Wann breche ich auf?«

»Soll das etwa heißen, daß du noch hier bist?«

Kapitel 9

Ein Rasseln zeigte das Ende des Aufenthalts in der Luftschleuse an. Dickes gelbes Gas quoll in die Kammer. Sten konnte die anderen Arbeiter auf der gegenüberliegenden Seite kaum noch erkennen.

Das innere Schleusenschott glitt auf, und Sten machte sich auf den Weg zu seinem Arbeitsplatz, quer durch die kilometerweite Hemisphäre von Areal 35.

Seit er seine Strafe angetreten hatte, mußten an die zwei Jahre vergangen sein, plus oder minus ein bis sechs Zyklen. Wie schnell doch die Zeit vergeht, wenn man sich amüsiert, dachte er bitter.

Die Behälter, die auf dem Boden standen, kochten und blubberten; grauer Schleim kroch bis an die Laufstege herauf. Sten suchte sich seinen Weg um den gröbsten Dreck herum, wich riesigen, unablässig wachsenden Kristallklumpen aus.

Er machte an seiner ersten Station halt und kontrollierte die Nährmittelanzeiger, die die Versorgung eines der meterhohen Brocken überwachten. Beim zweiten Anzeiger in seinem Areal brauchte er eine schweißtreibende halbe Stunde, um die spiralförmigen Ablagerungen des körnigen Geschwürs wegzubrennen. Die krümeligen Überreste verfütterte er an die dieser Atmosphäre angepaßten Pflanzen im nächstgelegenen Bottich, dann marschierte er weiter durch die trüben gelben Schwaden.

Areal 35 war das künstliche Duplikat einer weit entfernten Welt, in der Metalle eine Art von Eigenleben führten. Mineralien »wuchsen«, »blühten« und »starben«.

Proben der unterschiedlichen Metalle hatten eines mit ungewöhnlichen Eigenschaften angezeigt – eine unglaubliche Leichtigkeit kombiniert mit einer Widerstandsfähigkeit und Biegsamkeit, die jedes bisher bekannte Element und jede Legierung übertraf.

Die Geologen der Company hatten großes Interesse an diesem

Mineral mit seinem enormen kommerziellen Potential entwickelt. Leider gab es dabei zwei Probleme:

Der Heimatplanet des Minerals war ein menschenfeindlicher Planet. Das war noch einfach zu bewältigen. Die Ingenieure der Company waren in der Lage, beinahe jede Umgebung nachzubilden. Und da die Arbeit in der Exotiksektion von verurteilten Migs verrichtet wurde, sah man die Verlustrate als ausgesprochen nebensächlich an.

Das zweite, weit größere Problem bestand darin, das Material zu verarbeiten. Nach einigen Jahren intensiver Forschung hatte man »Viren« auf Metallbasis vom Heimatplaneten der Mineralien so mutieren lassen, daß sie als biologische Werkzeuge für die Bearbeitung der Kristalle eingesetzt werden konnten.

Das so geformte Metall wurde in Bereichen verwendet, die besonders hoher Belastung ausgesetzt waren: als Überlastungssicherung im Antriebsbereich oder zur Unterstützung der Kernsensoren in Atomreaktoren, andererseits auch als allerletzter Schrei in der Schmuckindustrie. Der Preis war selbstverständlich astronomisch. Stens Vorarbeiter hatte einmal ein faustgroßes Stück auf den Wert des Jahresgehalts eines Vertrags-Manags geschätzt.

Die Wachstumsrate und die Größe jedes Kristallklumpens wurden sorgfältig kontrolliert und computerüberwacht. Trotzdem hatte Sten herausgefunden, wie man die Nährkontrolle bei einem der Klumpen überlisten konnte. Bereits seit sechs Zyklen war auf einem der großen Klumpen ein kleiner Brocken herangewachsen, Gramm für Gramm und völlig unbemerkt.

Sten kontrollierte »seine« Klumpen. Der kleine Brocken war fast schon erntereif – und damit reif zur Umwandlung in ein nützliches kleines Werkzeug, von dem Sten der Company ganz bestimmt nichts erzählen würde.

Er löste den am Schott befestigten kleinen Kanister mit dem Schneidevirus aus der Halterung und führte die Düse an die Wurzel seines Kristallbrockens. Ein fast unsichtbarer roter Strahl sprühte heraus, mit dem Sten vorsichtig die Wurzel des Gewächses markierte.

Einmal hatte er mitansehen müssen, wie ein Arbeiter ein bißchen von dem Viruszeug über seinen Anzug spritzte. Der Mann hatte nicht einmal genug Zeit, um den Virus zu neutralisieren; er fraß sich durch das Material und als die Sauerstoffversorgung des Schutzanzugs mit der Atmosphäre von Areal 35 in Kontakt kam, explodierte der Mann in einem fettigen, in dem trüben Dunst kaum sichtbaren Feuerball.

Sten wartete einige Sekunden, dann neutralisierte er den Virus und riß den Brocken von seinem Mutterklumpen ab.

Anschließend trug er den Auswuchs zu seiner Biofräse, klemmte ihn fest, verschloß und versiegelte den Arbeitsbereich der Fräse. Dann schloß er seine schwerfällige, provisorisch angehängte Bluebox an den Stromkreis an, um zu verhindern, daß die Benutzung der Fräse von der Kontrollsektion von Areal 35 aufgezeichnet wurde.

Sten stellte die Tastatur der Biofräse auf manuelle Bedienung, und seine Finger flogen über die Tasten. Viren sprühten über den Metallbrocken. Sten wartete, bis sie neutralisiert waren, dann sprühte er erneut.

Und wartete.

In der Exotiksektion konnte man die Zeit nur auf zwei Arten bestimmen. Die eine bestand darin, nach Todesfällen zu zählen. Da die Ausfallquote pro Jahr über 100 Prozent lag, fühlte sich Sten stets unangenehm daran erinnert, daß er statistisch gesehen überreif war. Die andere Methode lag in einer Handvoll Erinnerungen.

Der schweinsgesichtige Vorarbeiter hatte gewartet, bis die Wachen Sten von seinen Handschellen befreit und sich hastig in die Hauptsektion von Vulcan zurückgezogen hatten. Dann hatte er Sten seine fleischige Faust ins Gesicht geknallt.

Sten ging zu Boden, kam wieder hoch und schmeckte Blut.

»Willst du nicht wissen, wofür das war?«

Sten schwieg.

»Das war ohne besonderen Grund. Wenn du nicht parierst, wird's wesentlich schlimmer.

Du bist jetzt in der Exotischen. Hier laufen wir nicht so locker 'rum wie weiter nördlich. Hier tut jeder Mig, was ihm gesagt wird.

In der Exotischen gibt's mehrere Abteilungen. In jeder herrschen andere Umweltbedingungen. Gearbeitet wird meistens in geschlossenen Schutzanzügen. Alle Abteilungen sind sogenannte Höchste Gefahrenbereiche. Das heißt, dort arbeiten nur Freiwillige. Leute wie du. Du bist ein Freiwilliger.

Gegessen und geschlafen wird in der Baracke. Dort verbringst du auch deine Freizeit. Die Baracke ist die nächste Kapsel hinter der Wachsektion, in der du dich jetzt befindest.

Nördlich der Baracke hast du nichts zu suchen, es sei denn, du hast den Eindruck, dein Arbeitsplatz bringt dich nicht schnell genug um.

Noch eins: was sich in der Baracke abspielt, geht dich nichts an. Das einzige was zählt, ist, daß die Maschinen in jeder Schicht besetzt sind und daß du nicht versuchst abzuhauen. Andere Regeln gibt's hier nicht.«

Er zuckte mit dem Kopf zur Seite, und zwei Wachleute der Exotiksektion zogen Sten nach draußen.

Der Brocken war schon fast auf die richtige Größe zusammengeschrumpft. Sten kontrollierte seine »Farm« erneut, kam wieder zur Biofräse zurück und machte sich an den letzten Schliff.

Stens erster Arbeitsplatz war das, was der Vorarbeiter die »Kinderschicht« nannte.

Es handelte sich um den Prototyp eines Hochgeschwindigkeits-Drahtwerks. Stickstoffatmosphäre. Leider waren die Abläufe noch nicht ganz ausgereift. Die Beschickung der Preßvorrichtungen klemmte. Der Fördermechanismus arbeitete mit zuviel Druck, und meistens rollten sich die Drahtrollen wieder auf.

Und jedesmal, wenn das Werk zum Stillstand kam, ging jemand drauf. Der unverarbeitete Draht, der sich hinter der verstopften Beschickung staute, riß einem Mann den Arm ab. Ein abgerissenes Drahtende konnte einen wie ein Schwert in zwei Hälften schneiden. Eine von ihrer Rolle gerutschte Drahtschlinge wickelte sich um den Hals eines für eine Sekunde unaufmerksamen Inspizienten und guillotinierte ihn.

An diesem Ort arbeiteten etwa hundert »Freiwillige«. Nach Stens Schätzung gab es pro Zyklus einen Toten.

Stens Einschätzung nach hatte der Vorarbeiter eine seltsame Art von Humor an den Tag gelegt. Bis ihm die Augen geöffnet wurden, und er erfuhr, wie schnell die Migs in anderen Abschnitten getötet wurden.

Der Virus hatte den Klumpen in einen stumpfen schwarzen Block verwandelt, 10 x 15 x 30 Zentimeter groß. Sten drückte die SPEICHER-Taste, bestätigte die Neutralisationskontrolle und ging zu einer anderen Konsole. Rasch entwarf er ein dreidimensionales Modell des Werkzeugs, das er herstellen wollte, und verwendete dafür die Maße der Innenseite seiner leicht geschlossenen Faust.

Sein Werkzeug würde nur einem einzigen Menschen zu Diensten sein.

»Du trittst mir deinen Synthalk ab, solange ich will?«

»Genau.«

»Was willst du dafür?«

»Du weißt, wie man kämpft. Der Vorarbeiter und seine Schläger trauen sich nicht an dich heran.«

»Die sollen sich mal! Ich habe in allen Ecken und Enden der Galaxis gelernt, wie man sich verteidigt. Ich hab sogar eine Ausbildung bei der Garde absolviert, mein Junge!« Der kleine Mann strahlte vor Stolz. »Willst du's wirklich lernen?«

»Genau.«

»Gut. Gut. Warum nicht? Hier unten gibt's ja sonst nicht viel zu tun. Es sei denn, auf den Tod zu warten.«

Sten legte den TRANSFER-Hebel um und gab sein Modell als Fertigungsprogramm in die Biofräse ein. Er wartete, bis das PROGRAMM AKTIV-Lämpchen aufleuchtete, und drückte dann auf den START-Knopf.

Winzige, auf mittelstark eingestellte Laser leuchteten auf und bewegten sich auf den Metallblock zu. Virenflüssigkeit sprühte auf den Block, wieder zersetzte sich Metall. Dann legten die Laser eine »Maske« über bestimmte Bereiche, und der Virus formte aus dem Block ein wirkliches Abbild von Stens Modell.

Die Stunden der Schicht vergingen, und die Fräse summte fröhlich vor sich hin. Einmal, als ein Wachmann vorbeikam, mußte Sten die Prozedur unterbrechen. Doch die Wache kümmerte sich nicht um Stens Maschine.

»Grundstellung. Jetzt. Verdammt. Der Stock bleibt immer vor deinem Körper. Direkt oberhalb der Hüfte. Dann bist du für jede Art von Verteidigung bereit.«

»Was mache ich bei einem Messer?«

»Du kennst den Stock – du bist in der Lage, das Messer ungefähr zehn, zwölf Zentimeter oberhalb der Magengrube des Angreifers, der damit auf dich losgeht, zu versenken. Jetzt. Eins – schwing die Rechte nach oben. Der Stock zeigt genau von oben nach unten. Jetzt Schritt nach ... Nein. Nein. Nein! Der Stock geht seitlich zum Hals des Angreifers. Du willst ihn doch nicht zum Tanz auffordern. Nochmal!«

Eine Stunde vor Schichtwechsel leuchtete die BEARBEITUNG ERLEDIGT-Lampe auf. Sten flutete das Innere der Fräse mit Neutralisator. Er hütete sich vor überstürzter Eile.

»Du bist in einer Kneipe. Ein Typ schlägt den Hals einer Flasche ab. Kommt auf dich zu. Was tust du?«

»Ich trete ihn.«

»Nein. Nein. Nein. Dabei tust du dir nur weh. Du mußt etwas werfen. Egal, was. Wenn die Arme unten sind, schmeiß ihm was ins Gesicht. Wenn er weit ausholt, schieb ihm einen Stuhl in den Unterleib. Alles klar? Du triffst ihn also. Er weicht zurück. Was tust du dann?«

»Treten. Kniescheibe. Brustkorb, wenn ich nah genug rankomme. Hals.«

»Sehr gut! Er geht zu Boden. Was dann?«

»Er kriegt seine Flasche ins Gesicht.«

»Sten, so langsam bin ich richtig stolz auf dich. Jetzt aber mit frischem Mut nochmal von vorne. Übe bis zum Ende der Freischicht. In der nächsten Freischicht zeige ich dir, was man alles machen kann, wenn man *selbst* ein Messer in der Hand hat.«

Sten entriegelte den Deckel zur Arbeitskammer und hob sein Werkzeug heraus.

Seins. Zum erstenmal im Leben gehörte ihm etwas, das nicht von der Firma geborgt oder geleast war. Daß die Materialkosten etwa dem Lösegeld für einen Handelsfürsten entsprachen und seine Herstellung fast soviel Energie wie die Versorgung einer ganzen Kuppel verbraucht hatte, machte den Besitz nur süßer.

Sten hielt einen schmalen Dolch mit doppelter Schneide in den plumpen Handschuhen seines Anzugs. Der knochenähnliche Griff war paßgenau für Stens Finger entworfen, die sich mit dem tödlichen Griff des Messerkämpfers um ihn schlossen. Genau so, wie er es von dem kleinen Mann gelernt hatte.

Der Dolch hatte keinen Schutz, lediglich zwei Kerben zwischen Heft und Klinge, die am oberen Ende fünf Zentimeter breit war und sich über fünfzehn Zentimeter bis zur nadelfeinen Spitze verjüngte. Insgesamt war das Messer 22 Zentimeter lang und nur zweieinhalb Zentimeter dick.

Womöglich hielt Sten die tödlichste Klinge in Händen, die je hergestellt worden war. Die Kristalle fügten sich zu einer haarfeinen, nur fünfzehn Moleküle breiten Schneide, die so scharf war, daß sie allein mit dem Eigengewicht der Klinge einen Diamanten zu zerschneiden vermochte.

Sten verstaute das Messer in einer leeren Materialbox an seinem Anzug. Die Scheide dafür lag schon bereit.

Hite hatte das für ihn erledigt.

Er und Sten hatten sich in einem ungenutzten Areal mit normalen Umweltbedingungen versteckt. Er hatte Sten mit einem Betäubungsmittel in Vollnarkose versetzt und sich dann an die komplizierte Arbeit gemacht.

Die Scheide war in der Innenseite von Stens Unterarm verborgen. Mit aus der Mikrochirurgie organisierten Instrumenten hatte Hite einen Abschnitt von Stens Haut abgelöst und zurückgeklappt. Dann hatte er direkt auf das Unterhautgewebe eine Schicht lebender Plasthaut aufgetragen und die gehärtete U-Form, die Sten bereits gefertigt hatte, dorthinein verschweißt. Dadurch würde die Messerklinge nichts mehr berühren – nicht einmal die U-Form.

Ein Handgelenksmuskel wurde über den Eingang der Scheide verlegt, damit das Messer nicht verrutschte. Dann setzte Hite die echten Hautschichten über den chirurgischen Veränderungen zurück an ihren alten Platz und schweißte Sten wieder zusammen.

Es dauerte mehrere Zyklen, bis alles verheilt war. Doch Hite war zufrieden, als er sah, daß die Plasthaut nicht abgestoßen wurde und sich die Haut über der Scheide wieder zu regenerieren begann.

Der Schichtsummer in Stens Anzug quäkte los. Sten schaltete die Fräse ab und begab sich zur Schleuse.

Niemand wußte genau, was Hite seinen Aufenthalt in der Exotischen verschafft hatte. Es war bekannt, daß er einmal Arzt auf einer Pionierwelt gewesen war. Es war bekannt, daß er aus unbekannten Gründen einen Kontrakt als Tech auf Vulcan unterzeichnet hatte. Offensichtlich hatte er einen unglaublichen Fehler begangen.

Hite erzählte niemandem – nicht einmal Sten –, was er verbrochen hatte.

Er war nicht nur der einzige Arzt, der den Migs zur Verfügung stand, er war auch schon seit mehreren Jahren in der Exotiksektion.

Außerdem war er der einzige Freund, den Sten jemals hatte.

»Sten, mein Junge, du lachst einfach zu wenig, das ist dein Problem.«

»Lachen? Ich schmore hier im Arsch von Vulcan ... Alle wollen mich umbringen, was ihnen zweifellos irgendwann gelingen wird – und du willst, daß ich lache?«

»Aber sicher, Junge. Gibt es denn etwas Komischeres als das alles hier?«

»Den Witz verstehe ich nicht.«

Hite beugte sich zu ihm. »Weil dich die Götter hassen. Ganz persönlich.«

Sten dachte nach. Dann lächelte er zögernd – und fing an zu lachen.

»Das ist dein zweites Problem, Junge: du lachst zuviel.«

»Hä?«

»Was gibt es dabei zu lachen? Du steckst im Arsch von Vulcan und alle wollen dich umbringen. An deiner Stelle würde mich das ziemlich nervös machen.«

Sten starrte ihn an. Dann schüttelte er den Kopf und jaulte laut auf.

Sten stand in der Schichtkammer, ließ unter Hochdruck Desinfektionsmittel in seinen Anzug strömen und verschloß ihn wieder. Er wartete. Kein Leck zeigte sich. Sten warf das Desinfektionsmittel in den Recycler und hängte den Anzug an den Haken.

In der Exotiksektion benutzte man gebrauchte, von den Techs abgelegte Anzüge. Lecks waren nicht gerade selten. Innerhalb der Areale blieb nicht genug Zeit, sie zu flicken. Sten gähnte und schlenderte durch die Baracken zu seiner Unterkunft.

Das Messer ruhte verborgen in Stens Arm. Seine offene Hand hielt es griffbereit in Position. Er konnte es kaum erwarten, es Hite zu zeigen.

In den Baracken roch es wie in der *Pinte.* Hier war immer wieder angebaut worden. Nirgendwo gab es eine Soziopatrouille. Ein paar Schlägertypen durchsuchten die schäbigen Habseligkeiten eines jungen Mannes, der in einer Blutlache auf dem Boden lag. Einer von ihnen grinste Sten an. »Heute ist Frischfleisch angekommen.«

Sten zuckte mit der Schulter und ging weiter. Der Ethanol-Stand war wie immer dicht umlagert. Vor seiner Koje blieb er stehen. Die weibliche Mig, die in der Koje über ihm wohnte, hatte Stens Zudecke als notdürftigen Vorhang benutzt. Von der anderen Seite ertönte zweistimmiges Grunzen.

Sten machte sich auf den Weg zu Hites Behausung. Der alte Mann war krank gewesen, und Sten hoffte, daß er wieder einigermaßen auf dem Damm war. Er wollte ihn noch das eine oder andere über den Pioniersektor fragen.

Vor Hites Koje stand ein Haufen Männer. Der Vorarbeiter und eine Handvoll seiner Spießgesellen; neben ihnen schwebte eine Robottrage.

Zwei der Schlägertypen hoben eine graue, reglose Gestalt von der Koje herunter und warfen sie unachtsam auf die Trage.

Sten fing an zu laufen, als sich die Trage automatisch in Bewegung setzte. Er rammte seine Faust auf ihre Bedienungselemente und das Ding blieb stehen.

»Hat keinen Zweck mehr«, sagte einer der Schläger. »Der alte Knabe ist tot.«

»Was ist passiert?«

»Wahrscheinlich einfach gestorben; eines natürlichen Todes.«

Sten wandte sich ab – doch dann drehte er Hites Körper um. Noch immer tropfte Blut aus dem Schnitt in seiner Kehle. Sten blickte den Vorarbeiter an.

»Er wollte nicht zur Schicht. Also ist er gestorben, wie Malek schon sagte. Ganz natürlich.«

Der Vorarbeiter lachte. Das hätte er besser nicht getan.

Sten stürzte sich auf ihn, wurde jedoch von einem der Schläger angerempelt und ging zu Boden, rollte sich ab und kam wieder auf die Beine.

Dann hörte er wieder die Stimme des kleinen Mannes in seinem Kopf. *Du bist nie wütend. Du willst niemals etwas. Du bist eine willenlose Antwort.*

Einer der Schläger kam heran, und Stens Fuß schoß nach vorne. Die Kniescheibe des Mannes splitterte deutlich vernehmbar, und er kippte um.

»Schnappt ihn euch!«

Die Schläger setzten sich in Bewegung. Ein großer Kerl packte Sten von hinten und quetschte ihn mit beiden Armen zusammen. Sten bekam einen Arm frei und stieß die Faust mit ausgestrecktem Daumen nach hinten. Der Kerl heulte auf und ließ Sten fallen. Aus seiner Augenhöhle quoll Blut.

Sten wirbelte herum. Sein Fuß beschrieb einen Halbkreis und landete seitlich am Hals seines Gegners. Es knackte, dann klappte der Kerl zusammen.

»Schnappt ihn euch, ihr Blödmänner!« brüllte der Vorarbeiter.

Die beiden übrigen Burschen blickten den Vorarbeiter an, dann wieder Sten, als müßten sie zuerst abwägen, welcher schlimmer war. Einer von ihnen riß die Stütze einer Koje heraus, der andere fischte ein glitzerndes Messer aus der Tasche, das aus einem Handmeißel zurechtgeschliffen war.

Sten ließ die rechte Hand mit einer lockeren Bewegung sinken und machte eine Faust. Das Messer glitt in seine Hand. Kalt. Angenehm. Perfekt.

Der Mann mit der Metallstange war als erster heran, schlug zu.

Sten hielt das Messer hoch ... und die Klinge durchschnitt den Stahl glatt. Einen Augenblick glotzte der Mann ungläubig auf den Stahlstumpf in seiner Hand, dann zuckte Stens Hand kurz auf, und die Klinge glitt durch seine Kehle wie durch warme Butter.

Als Sten herumwirbelte, deutete der Messerstecher eine plumpe Finte an und zielte dann auf Stens Bauch. Sten fing den Stoß ab ...

Der Vorarbeiter starrte entsetzt auf den Arm seines Spießgesellen, der zuckend auf dem Boden lag, die Finger hielten das Messer noch immer umklammert.

Jetzt sucht der Vorarbeiter sein Heil in der Flucht. Allerdings in die falsche Richtung. Er rannte weg von der Wachstation, auf die Areale zu.

Sten holte ihn kurz vor der Schichtkammer ein. Der Vorarbeiter wandte sich um, die Augen vor Panik weit aufgerissen. Schützend riß er beide Hände empor ...

Sten traf einmal.

Der Vormann schrie aus Leibeskräften, als seine Eingeweide aus seinem Bauch quollen und sich über den Boden ergossen.

»Das war ohne besonderen Grund.«

Als der Alarm losschrillte, war Sten bereits bei seinem Anzug.

Im Innern von Areal 35 konnte Sten deutlich hören, wie gegen die Schleusentür gehämmert wurde. Er machte sich deswegen nicht allzu viele Gedanken. Er hatte die Luft aus der Kammer gepumpt und das innere Schott offenstehen lassen. Bis sie da durch waren, würden sie eine Zeitlang brauchen.

Die Wachen mußten davon ausgehen, daß Sten in der Falle saß. Es gab keinerlei Verbindung zu einem anderen Areal. Rings um Areal 35 war nur das Vakuum.

Sten nahm das Virenspray vorsichtig aus der Halterung und eilte auf die gewölbte Außenwand der Kuppel zu. Er riß das Feinsprühventil ab, und als das rote Virenspray gegen die Wand klatschte, stolperte er wieder zurück, hinter den umgestürzten A-Grav-Schlitten.

Der A-Grav-Schlitten war das größte Ding, das er in der Eile in die richtige Position hatte bringen können. Sämtliche Verankerungen waren ausgefahren, und Sten hoffte nur, daß der Lastentransporter standhielt, wenn alles andere sich verabschiedete.

Die Wand knackte, schälte sich und warf dicke Blasen, bis ... Die Wand löste sich einfach auf und explodierte in Schwärze. Ein Wirbelsturm aus Gasen entwich heulend in den Weltraum hinaus. Kristallbrocken, Fahrzeuge und Werkzeug von unschätzbarem Wert rutschten auf das Loch zu und rissen sich einen Weg ins Freie.

Der A-Grav-Schlitten knirschte. Hier und da bogen sich Verankerungen und brachen ... und dann riß sich der Schlitten mit einem mahlenden Krachen los und donnerte auf das Loch zu. Er knallte quer vor das Loch, paßte jedoch nicht zwischen den beiden Hauptträgern hindurch.

Mit einem Mal verstummte das Heulen. Was von Areal 35 noch übrig war, lag still und ruhig da.

Blut lief über Stens Gesicht. Er war gegen den Rand seines Helmvisiers gestoßen. Mit einem Zwinkern verschaffte er sich wieder einigermaßen freie Sicht und untersuchte den Anzug umsichtig auf Lecks.

Dann ließ er sich um den Schlitten herumgleiten und schwebte aus dem Loch hinaus ins Freie.

Einen Moment lang wurde ihm in der Schwärze und dem kalten Sternenlicht fast schwindlig.

Jedenfalls war er aus der Exotiksektion entkommen. Und – wie er mit einem Grinsen quittierte – er hatte einen seiner größten Träume verwirklicht. Er hatte Vulcan verlassen.

Dann bewegte er sich vorwärts. Weg von dem Loch, weg von der Exotiksektion. Nach Norden, auf das einzige Loch zu, in dem er sich vielleicht würde verstecken können – in der wuchernden Hauptmasse von Vulcan.

Er hatte keine Ahnung, wohin er ging. Zuerst tastete er sich Schritt für Schritt voran, doch als er mutiger wurde und feststellte, daß in den Schuhen ausreichend Magnetismus vorhanden war, um ihn vor einem Abtreiben ins All zu bewahren, wagte er Sprünge von mehreren Metern.

Einige Male schreckte er zusammen und blickte sich nach einem nichtvorhandenen Versteck um, als Reparaturmodule und Patrouillenschiffe auf ihn herabstießen.

Dann wurde ihm klar, daß sie sich lediglich um die kostspielige Explosion kümmerten, die mittlerweile einige Kilometer hinter ihm lag, unten in der Exotischen. Selbst wenn sie ihn sahen, würden sie einen einzelnen Mann in einem Schutzanzug nicht mit der Zerstörung in Verbindung bringen.

Jedenfalls jetzt noch nicht.

Er hielt durch, solange es ging. Als die Luftversorgung des Anzugs in seinen Ohren zu rauschen anfing und er den Regulator gurgelnd anspringen hörte, begab er sich zu der nächsten Luke, die er erblickte. Wahrscheinlich ein Ausstieg für routinemäßige Instandsetzungsarbeiten.

Sten machte sich an der Verriegelung zu schaffen, und plötzlich glitt die Luke auf. Er krabbelte in die winzige Schleuse, verschloß die Außentür und drückte auf den grünen Knopf.

Die Innentür öffnete sich quietschend – wenigstens gab es auf der anderen Seite Luft, die den Schall leitete – und Sten trat hinaus.

In beide Richtungen erstreckte sich ein langer, verlassener Korridor. Auf dem Gang lag dick der Staub und mehrere Deckenleuchten waren kaputt. Sten ließ sich an der stählernen Wand in die Hocke gleiten. Er war frei. Er war endlich wieder zu Hause.

Er ließ sich diese beiden Gedanken noch einmal durch den Kopf gehen und mußte lächeln. Sein Lächeln verwandelte sich in schrilles Gelächter.

Frei. So lange, bis sie ihn faßten. Zu Hause? Auf Vulcan?

Er lachte trotzdem, so wie Hite es ihm beigebracht hatte.

Es war wohl die einzig vernünftige Reaktion.

Kapitel 10

Thoresen sprang vom A-Grav-Schlitten herunter und hastete zum Shuttle hinüber. Noch ein paar Minuten, dann lag die Erstwelt hinter ihm und er befand sich wieder auf dem Weg nach Vulcan. Er war wegen der Unterredung mit dem Imperator noch immer reichlich nervös, und es hätte ihn nicht sehr verwundert, wenn er kurz vor dem Start doch noch verhaftet worden wäre.

Als ein Trupp Gardisten um die Ecke bog, zog sich alles in ihm zusammen. Doch sie unterhielten sich angeregt und waren offensichtlich nicht hinter ihm her. Er entspannte sich wieder.

Zugleich sehnte sich ein gewisser ungezähmter Teil in ihm beinahe nach einer Konfrontation. Thoresen war es nicht gewohnt, vor anderen Menschen zu katzbuckeln. Das Gefühl der Angst behagte ihm ganz und gar nicht. Er ging an den Soldaten vorüber und dachte daran, daß er sie erledigen konnte. Auf der Stelle. In Gedanken spielte er die Möglichkeiten durch. Dem ersten würde er sofort die Kehle herausreißen. Der zweite würde kurz darauf sterben, wenn er ihm die Nase brach und den Knochen ins Gehirn trieb. Der dritte – Thoresen verwarf den Gedanken. Als er die Laderampe hinaufstieg, atmete er wieder freier.

Kurz darauf saß er an Bord des Shuttles, auf dem Weg zu dem Passagierraumschiff, das im Orbit der Erstwelt wartete. Nachdem er es sich bequem gemacht hatte und seine Anspannung zum ersten Mal nach seiner Abreise von Vulcan nachließ, überdachte Thoresen sein Treffen mit dem Imperator noch einmal.

Es gab mehrere Möglichkeiten: a) Der Imperator war senil. Unwahrscheinlich. b) Der Mann wollte wirklich nur einige Adjutanten beschwichtigen. Unsinn. Das war nun wirklich nicht sein Stil. c) Der Imperator wußte von Projekt Bravo. Falsch. Schließlich war Thoresen noch am Leben. d) Der Imperator hegte einen Verdacht, konnte jedoch nichts beweisen. Das Treffen diente dazu, Thoresen auf den Zahn zu fühlen und eine versteckte Warnung auszusprechen. Diese Möglichkeit kam ihm am wahrscheinlichsten vor.

Na schön. Was würde der Imperator als nächstes unternehmen? Das war leicht. Er würde genauere Nachforschungen anstellen – und noch mehr Spione nach Vulcan entsenden.

Der Baron hatte die Situation wieder einigermaßen im Griff und grinste in sich hinein. Er schloß die Augen, um ein Nickerchen zu halten, doch bevor er in den Schlaf sank, fiel ihm noch etwas ein. Er muße die Sicherheit beauftragen, sämtliche Außenweltler genau zu überprüfen. Auf die persönlichen Verhöre einiger Spione freute er sich schon jetzt.

Kapitel 11

Als Sten auf das Mädchen traf, war er bereits einen Monat lang auf der Flucht. Sie mußte ungefähr fünfzehn Jahre alt sein und trug einen unförmigen, schmuddeligen schwarzen Overall; Gesicht und Hände waren fettverschmiert. Um ein Haar hätte sie ihn getötet. Ihr Name war Bet. Sten fand, daß sie die schönste Frau war, die er je gesehen hatte.

Sten war überhaupt nur so weit gekommen, weil er sich meist in den Belüftungsschächten verkroch, die Vulcan wie einen Kaninchenbau durchzogen. Ihre Größe variierte von Hauptsträngen mit zwanzig Metern Durchmesser bis zu schulterbreiten Versorgungsröhren für einzelne Zimmer. In allen hatte sich der Dreck vieler Jahre abgelagert, und in regelmäßigen Abständen wurden sie von riesigen Filtergittern blockiert. Sten durchstieß die Gitter mit Hilfe einer kleinen Bohrmaschine, die er in einem Warenlager gestohlen hatte.

Da die Belüftungsschächte überall hinführten, verschafften sie ihm jederzeit raschen Zugang zu Lebensmittellagern und leerstehenden Wohnungen. Die einzige wirkliche Gefahr bestand darin, direkt im Lüftungssystem auf einen der Arbeitstrupps zu stoßen, die die Filter warteten. Mit etwas Vorsicht konnte man sie jedoch leicht umgehen. Sten hatte außerdem seltsame Kratz- und Klopfgeräusche gehört, die er den Delinqs zuschrieb. Bis jetzt war er ihnen aus dem Weg gegangen, da er sich ausmalen konnte, daß sie ihn nicht mit offenen Armen empfangen würden.

Was er wirklich fürchtete, waren die Vernichtungsaktionen, die die Firma regelmäßig gegen die Delinqs anordnete. Damals, noch als Mig, hatte er gehört, daß die wenigen Überlebenden ausnahmslos gelöscht wurden.

Alles in allem lebte er ganz gut und hatte sogar seit Beginn seiner Flucht ein oder zwei Kilo zugenommen. Gerade als ihn seine Mahlzeiten zu langweilen anfingen und er immer wählerischer wurde, hatte er eine aufregende Entdeckung gemacht.

Die Hydroponic-Farm war eine leuchtend grüne Welt, die sich bis zu den Nebelschleiern am Horizont erstreckte. Hochaufragende violette Farne standen da, dahinter alle möglichen Pflanzen, eine Reihe nach der anderen, einige frisch erblüht, andere voller reifer Früchte und Schoten. So etwas hatte Sten – abgesehen von der Vidbibliothek – noch nie in seinem Leben gesehen.

Kein einziger Mensch war zu sehen. Nur einige Agrobots der simpelsten Bauart versorgten die Pflanzen und ernteten Obst und Gemüse. Sten schwang sich aus dem Schacht und landete auf dem Boden. Er war weich und grün. Sten blickte zu seinen Füßen hinunter. So sah Gras also aus!

Langsam wanderte er durch die Pflanzenreihen und roch – frische Luft? Blumen? Erde? Er pflückte eine Handvoll ... waren das Weintrauben? Er knabberte daran, und bei diesem erfrischenden Geschmack mußte er unwillkürlich lächeln. Dann zog er sein Hemd aus und sammelte Früchte ein, bis es beinahe aus den Nähten platzte.

Ein leiser Schritt. Sten wirbelte herum, das Messer glitt in seine Hand. Er zögerte. Es war ein Mädchen.

Sie war mit einem Betäubungsknüppel der Soziopatrouille bewaffnet, der an einem meterlangen Glasfiberstab befestigt war. Sie hatte ihn noch nicht gesehen, und Sten zog sich geräuschlos zwischen die Pflanzen zurück. Dann zögerte er wieder. Sie benahm sich nicht wie eine Mig oder eine Tech. Sie mußte eine Delinq sein.

Plötzlich fiel ihm einer der Sprüche seines Vaters ein: »Der Feind meines Feindes ist mein Freund.« Er trat hinter einem großen Farn hervor und zeigte sich ihr.

Das Mädchen erblickte ihn und erstarrte mitten in der Bewegung. Dann ließ sie den Betäubungsknüppel kreisen und zog den Arm zurück; sie war bereit, den improvisierten Speer auf Sten zu schleudern.

»Warte.«

Das Mädchen blieb stehen, noch immer wurfbereit. Sie zeigte kein Anzeichen von Furcht. Als seine Messerhand zuckte und die Klinge verschwand, weiteten sich ihre Augen kaum merklich. Er streckte ihr die Hände mit nach außen gekehrten Handflächen entgegen.

»Wer bist du?«

»Ich heiße Sten.«

»Bist du auf der Flucht?«

Sten nickte.

»Von woher?«

»Exotiksektion.«

Der Betäubungsknüppel hob sich drohend.

»Lügner! Niemand kann von dort ...«

»Ich habe ein ganzes Areal weggeblasen. Bin in einem Anzug an der Außenseite entlangmarschiert. Seitdem lebe ich in der Lüftung.«

Das Mädchen sah ihn finster an.

»Wir haben von einem Unfall gehört, aber das ist unmöglich.«

Sten wartete ab.

»Deine Muskeln kommen von hartem Training. Und diese Narben auf deinen Beinen ... Du bist ein Flüchtling.«

»Und was mache ich hier?«

Das Mädchen lächelte kalt. »Keine Ahnung – vielleicht versuchst du, uns zu infiltrieren. Komische Sache. Vielleicht bist du ja wirklich auf der Flucht.«

Sten zuckte die Achseln.

»Zeig mir nochmal deine Hände«, befahl ihm das Mädchen. »Handflächen nach außen.«

Sten tat wie verlangt. Das Mädchen untersuchte seine schwieligen und von Arbeit gezeichneten Hände, betrachtete die dreckverkrusteten, eingerissenen Fingernägel genauer.

»Das könnte Tarnung sein. Zieh dich aus.«

»Was?« entfuhr es Sten.

»Zieh die Klamotten aus. Wenn du ein Infiltrator bist, hast du einen weichen Körper wie einer von diesen Sozioschweinen.«

Sten zögerte.

»Der Knüppel ist frisiert«, sagte das Mädchen gleichmütig. »Für zwei Sekunden liefert er 200 Prozent mehr als normal. Dann ist er fertig. Aber derjenige, den es erwischt hat, kann sich ebenfalls recyceln lassen.«

Sten suchte den Verschluß und stieg dann aus seinem Anzug.

Das Mädchen ging einmal um ihn herum und blieb dann einen Moment nachdenklich vor ihm stehen.

Plötzlich lächelte sie ein wenig.

»Ein sehr guter Körper.«

Ihr Lächeln verschwand wieder.

»Ist gut. Zieh dich wieder an. Ich heiße Bet.«

Während er wieder in seine Sachen stieg, schüttete sie seine »Ernte« aus seinem Hemd und reichte es ihm. Sie fing an, sich durch die Gemüse- und Fruchtsorten zu pflücken, warf einige zu grüne Exemplare achtlos weg und stopfte die anderen in einen Sack.

»Du hast Glück, daß ich gerade vorbeikam«, sagte sie. »Die meisten Flüchtlinge werden noch im ersten Monat geschnappt.«

»Bist du eine Delinq?«

Sie warf ihm einen vernichtenden Blick zu.

»Andernfalls wäre ich nicht mehr am Leben. Wir wissen, wie wir uns vor den Suchtrupps in Sicherheit bringen. Wir wissen, wo man sich versteckt, dort, wo sie so gut wie nie nachsehen ... Ein guter Delinq schafft an die ... sagen wir fünf Jahre.«

Sten war schockiert.

»Wann bist du abgehauen?«

Sie schulterte den Sack und ging auf einen Lüftungsschacht zu.

»Komm mit, ich bringe dich zu Oron.«

Sie schob sich in den Schacht, winkte ihn an sich vorbei und setzte den Filter wieder vor den Ausstieg. Dann zog sie etwas, das wie ein schmales Stirnband aussah, aus ihrem Overall, schaltete das daran befestigte Lämpchen an und bedeutete Sten, daß sie vorangehen würde. Die sanfte Berührung ihres Körpers ließ Stens Mund sofort trocken werden. Er holte tief Luft und kroch dann hinter ihr her.

Als Sten und Bet aus dem Schacht in das schon vor langer Zeit stillgelegte Lagerhaus sprangen, sahen die Delinqs nicht einmal auf.

Ungefähr dreißig von ihnen, alle in gestohlene Nobelgewänder aus den Vorratslagern Vulcans gekleidet, feierten einen Fischzug in einem Warenlager mit besonders erlesener Beute; die meisten von ihnen waren betrunken oder standen unter Drogen. Etwas derart Seltsames hatte Sten noch niemals gesehen: eine Party, bei der es fast völlig still war. Jedem Delinq war das Flüstern zur zweiten Natur geworden, selbst in den relativ sicheren Verstecken.

Noch eigenartiger waren die Kinder. Das jüngste schätzte er auf nicht älter als zwölf – ein Mädchen, das den Körper eines etwa dreizehnjährigen Jungen mit Öl einrieb. Der älteste der Anwesenden, durch deren Treiben ihn Bet führte, war noch nicht ganz zwanzig. Sten kam sich wie ein alter Mann vor.

Oron lag bequem ausgestreckt im Bürotrakt der Lagerhalle. Auf den ersten Blick wirkte er wie Anfang Vierzig, doch ein genaueres Hinsehen verriet, daß der weißhaarige Mann mit dem kraftlosen Arm kaum älter als Sten sein konnte.

Am schlimmsten sah sein Gesicht aus. Eine Hälfte davon war beweglich, die andere starr wie eine Totenmaske.

Neben ihm saß ein dickes Mädchen, das sich voller Hingabe durch einen Berg Früchte naschte. Hinter ihm, auf einem mit Fellen überhäuften Bett, lagen zwei nackte Mädchen, beide sehr schön. Entweder schliefen sie, oder sie waren mit Drogen vollgeknallt.

»Das ist Sten«, sagte Bet. »Er ist ein Flüchtling.«

An das fette Mädchen gewandt fragte Oron: »Wer ist sie?«

»Bet. Du hast sie in der letzten Schicht zur Hydroponic-Farm geschickt«, sagte das Mädchen, ohne ihre Fresserei zu unterbrechen.

Stens Muskeln spannten sich. Sein Handgelenk krümmte sich leicht, jederzeit bereit, das Messer hervorschnellen zu lassen. Wenn das hier Bets Bande war – wieso kannte Oron sie nicht? Oron fiel Stens Verblüffung auf. Die eine Hälfte seines Gesichts grinste.

»Fadal ist mein Gedächtnis«, sagte er und deutete auf das Mädchen neben sich. »Ich bin … Ich bin …« Seine Augenbrauen zogen sich zusammen.

»Gelöscht«, antwortete Fadal für ihn.

»Richtig. Ich hab was angestellt, als ich noch jung war, und dafür haben sie mich … gelöscht. Dabei ist irgend etwas schiefgelaufen. Es … hat nicht geklappt. Besser gesagt … nur teilweise.«

»Und wie kannst du –?« setzte Sten an.

»Ich weiß immer genau, was in dieser Schicht gerade passiert. Aber in der nächsten Schicht habe ich vergessen, was in der vorherigen geschehen ist. Ich kann noch sprechen. Ich weiß, daß ich ein Delinq bin, weiß, daß ich Oron bin. Manchmal vergesse ich auch das. Und daß ich der Anführer dieser Leute bin. Aber ... man muß mich immer an ... an ... ja, an ihre Namen erinnern. Und daran, welche Aufträge ich ihnen erteilt habe.«

»Er ist der Anführer«, sage Bet, »weil er einen Riecher dafür hat, wo wir als nächstes zuschlagen sollen. Und dafür, rechtzeitig vor einer Säuberungsaktion weiterzuziehen.«

»Oron ist schon seit zwölf Jahren Delinq«, sagte Fadal.

Anscheinend hielt sie das für ein Kompliment. Sten empfand es auch so.

»Du bist also ein Flüchtling«, erkundigte sich Oron. »Willst du dich uns anschließen?«

Sten zögerte, blickte Bet an und zuckte mit den Schultern.

»Klar. Warum nicht?«

»Bürgst du für ihn, Bet?«

Bet war überrascht. Normalerweise gab es einen Test – und eine Befragung. Aus welchem Grund sollte sich Oron diesmal allein auf ihr Wort verlassen? Sie warf Sten, der auf ihre Antwort wartete, einen Blick zu. Dann konnte sie es sehen. Sein Gesichtsausdruck. Er machte sich nichts aus den Delinqs, auch nicht aus Oron. Er war offensichtlich davon überzeugt, auch auf eigene Faust überleben zu können. Er blieb nur ... ihretwegen.

Bei ihrem Nicken spürte Sten, wie sein Herz vor Freude hüpfte.

»Teamfähig?«

Bet fing Orons Blick auf. Plötzlich lachte sie.

»Ja.«

»Bet wird deine Teampartnerin sein«, erklärte er Sten. »Tu das, was sie ... dir zeigt, dann wirst du ... überleben. Jetzt setz dich hin, nimm dir ... Wein. Und erzähl mir deine ... Geschichte.«

Sten nahm ein Glas Wein entgegen und hockte sich auf den Boden. Dann fing er mit seiner Geschichte an, wobei er hin und wieder zu Bet hinüberblinzelte.

Kapitel 12

»Ich will Bilder kucken, Mami, ich will Bilder kucken!«

Freundlich lächelnd ging die Krippenschwester zu dem Jungen hin. Sie drückte ihn an sich und berührte mit der Handfläche einen Knopf; die Wand flimmerte auf und verwandelte sich in einen Bildschirm, über den bunte Zeichentrickfiguren tanzten.

Bets Eltern hatten sie erst vor einigen Zyklen an die Company verkauft. Im Gegenzug wurden ihre Verträge zerrissen, und das Mig-Ehepaar konnte Vulcan als freie Menschen verlassen. Beide Seiten betrachteten das Abkommen als gutes Geschäft.

Normalerweise sah es die Company lieber, wenn Kinder von Migs zu erwachsenen Migs heranwuchsen. Doch es gab auch Ausnahmen, nach denen die Behörden ständig Ausschau hielten. Dem Company-Psychologen, der Bet untersucht hatte, war bei ihren ungewöhnlichen Intelligenzwerten ein leises Pfeifen entschlüpft. Dann besuchten Vertreter der Company Bets Eltern, und die Eltern erzählten ihr, sie würde bald weit weg an einen besseren Ort gebracht werden. Sie legten sie ins Bett, küßten sie, und als Bet erwachte, fand sie sich in einer Krippe der Company wieder, umgeben von anderen, meist viel jüngeren Kindern. Gewöhnlich fing die Company bei Fünfjährigen an, doch Bets Werte waren so eindrucksvoll gewesen, daß sie sich dafür entschlossen hatte, es einmal mit einer Achtjährigen zu versuchen.

Zum ersten Mal in ihrem Leben wurde Bet von Liebe und Zuwendung beinahe erdrückt. Die Krippenmütter herzten und küßten sie, versorgten sie mit Spielsachen. Nur wenige Dinge wurden mit Strafen oder lauten Worten geahndet. Trotzdem traute Bet den Müttern nicht eine Sekunde über den Weg. Da sie schon sehr früh gelernt hatte, sich still zu verhalten, nur dann etwas zu sagen, wenn jemand fragte, und immer das zu tun, was man von ihr verlangte, bemerkte es niemand.

Bet brauchte ziemlich lange, bis sie herausfand, was sie so beunruhigte. Es waren die anderen Kinder – ihre Spielkameraden.

Sten schob sich neben Bet und blickte in die Lagerhalle hinunter. Es sah genauso aus wie in Orons Modell. Überall türmten sich Paletten und Verpackungsröhren auf, in denen sich alles mögliche befand, von Kleidung bis zu Luxuslebensmitteln für die Techs und Manags. Einen solchen Ort bekam normalerweise kein Mensch je zu Gesicht, da sämtliche Funktionen und Arbeiten von Robotern ausgeführt wurden, angefangen von kleinen Inventargehilfen bis hin zu riesenhaften, fast hirnlosen Gabelstaplern.

Bet und ein anderer Delinq sahen sich nach dem Alarmsystem um.

Oron war mit ihm den Plan genau durchgegangen und hatte ihn um Vorschläge gebeten.

»Nein, Sten«, sagte er, nachdem er zugehört hatte. »In dieser Richtung … gibt es keinen … Fluchtweg. Sieh mal.«

Seine Finger zeichneten die Linien der Zeichnung des Lagerraums nach.

»Blockiere die Ausgänge mit Paletten. Doch auch dann, wenn du weißt, daß sie versperrt sind, mußt du immer damit … rechnen, daß jemand durchbricht. Darauf mußt du … vorbereitet sein. Du mußt immer eine andere …«

Er suchte nach dem richtigen Wort.

»Taktik … Als Delinq muß man taktisch denken. Auch wenn dein Plan … perfekt ist, mußt du davon ausgehen, daß er … fehlschlagen kann. Du darfst niemals in eine Situation geraten, aus der es keinen … Ausweg mehr gibt.«

Sten nickte. Oron zeigte ihm, wie man sich am besten den Rücken freihielt.

»Wir legen hier einen Hinterausgang an … stellen hier Posten auf … und hier.«

Bet hatte die erste Alarmvorrichtung gefunden und außer Betrieb gesetzt. Ein anderer Delinq schraubte bereits den Lüftungsfilter los. Ein Seil glitt nach unten und wenige Augenblicke später standen sie auf dem Boden der Lagerhalle.

Bet winkte Sten heran, damit er mit ihr zu einem Computerterminal hinüberging. Die drei anderen Delinqs suchten nach weiteren Alarmanlagen.

»Wir dürfen keinen Hinweis darauf zurücklassen, daß wir hiergewesen sind«, flüsterte sie.

Ihre Finger huschten über die Tastatur. Zuerst rief sie das SICHERHEITSVORKEHRUNGEN-Programm auf und wies den Menschendetektor an, ihre Anwesenheit zu ignorieren. Dann rief sie das WARENVERZEICHNIS auf. Sie sah es sich aufmerksam an, machte sich einige Notizen und änderte die Liste sorgfältig.

»Wir dürfen nur diese Artikel mitnehmen. Niemand wird sie vermissen.«

Sie gab den anderen Delinqs ein Zeichen, und sie machten sich daran, die Beute einzusammeln.

Gerade als einer der Delinqs die letzte Kiste zum aufgestapelten Diebesgut neben dem offenen Schacht schleppte, hörten sie ein leises Quietschen. Als es lauter wurde, gingen alle rasch in Deckung.

Mit ausgestreckten Fühlern kam der Sicherheitsrobot um die Ecke; er suchte nach Anzeichen von menschlichem Leben. Die Delinqs hielten den Atem an, als die Fühler in der Luft herumfuchtelten. Endlich zog der Robot sie wieder ein und rollte in Richtung Ausgang.

Plötzlich kam er quietschend zum Stehen. Einer der Delinqs stöhnte leise auf. Er hatte eine Kiste mitten im Weg stehenlassen, als er in Deckung ging. Das Summen des Sicherheitsrobots wurde etwas lauter. Ein Betäubungsknüppel schnellte hervor, und die Sensoren drehten sich in alle Richtungen, um die Ursache für die Unregelmäßigkeit zu erkunden. Kein Alarm. Er war sich nicht sicher. Obwohl es sehr unwahrscheinlich war, könnte ein Arbeitsrobot die Kiste stehengelassen haben.

Bet gab Sten ein Zeichen. Sie zeigte nach oben, zu einem hochaufgetürmten Kistenstapel. Lautlos verließen sie ihr Versteck und schlichen sich hinter den Stapel. Bet stieg auf Stens Schultern, fand Halt für ihren Fuß und kletterte immer höher hinauf. Kaum war sie oben angekommen, knackte eine Kiste unter ihrem Stiefel, und sie legte sich flach auf den Bauch.

Der Robot rollte dorthin, wo das Geräusch herkam.

Bet erhob sich blitzschnell, kippte eine schwere Kiste um und ließ sie fallen. Der Robot riß seinen Betäubungsknüppel hoch, aber da krachte die Kiste genau auf ihn. Das gesamte Lager war sofort mit dem schrecklichsten Gestank erfüllt, den Sten jemals gerochen hatte. Aus der Kiste ergoß sich eine Flüssigkeit über den Robot, der sofort anfing, sich orientierungslos im Kreis zu drehen.

Bet sprang herunter, und Sten fing sie auf. Beide hielten sich Mund und Nase zu, um sich vor dem erstickenden Geruch zu schützen. Jetzt erst identifizierte Sten ihn als Sensimusk. Mit einem mechanischen Seufzer kam der Robot zum Stillstand und bewegte nur noch seinen Betäubungsstab in schwachen Zuckungen.

Sten blickte Bet an. Sie grinste. Dann trat sie mutig hinter dem Stapel hervor und stellte sich direkt vor den Robot. Er nahm keine Notiz von ihr. Sten folgte ihr, und gemeinsam gingen sie zum Versteck der anderen zurück. Kurz darauf waren alle emsig damit beschäftigt, die Beute in den Schacht zu schieben. Hinter ihnen wedelte der Robot noch immer unschlüssig mit seiner Waffe herum.

Bet haßte ihre Puppe. Sie war weich und kuschelig und so programmiert, daß sie den besten Freund abgab, den ein kleines Mädchen sich nur wünschen konnte. Bet bekam eine Gänsehaut, wenn sie sie an sich drückte.

Damals war sie zehn Jahre alt und für die zweite Phase nach Station B umgezogen. Noch immer gab es viel Liebe von Seiten der Krippenmütter, doch jetzt setzten sie sie als Belohnung für

Aktivitäten außerhalb der Gruppe ein. Die Kinder wurden ermutigt, sich mit sich selbst zu beschäftigen, lieber bewegte Bilder anzuschauen, als miteinander zu spielen.

Bet ließ niemand wissen, was sie ihrer Puppe gegenüber empfand. Sie hatte gesehen, wie andere Kinder, die ihre Puppen mißhandelten oder ignorierten, bestraft wurden. Es war offensichtlich die einzige Sünde, die die Kinder begehen konnten. Sie wußte nicht, wo diese Gefühle herrührten. Ihre Puppe war genau wie alle anderen: ein kleines Mädchen (Jungs hatten Jungenpuppen) mit kleinen dünnen Ärmchen und Beinchen und einem großen Kopf. Das Gesicht zeigte ein fröhliches Grinsen, das Bet als außerordentlich idiotisch empfand.

Eines Nachts konnte sie es nicht länger ertragen, wie sie sich an sie schmiegte und ihr unablässig ins Ohr flüsterte und sie bat, sie solle ihr doch ihre Kleinmädchen-Geheimnisse anvertrauen. Wutentbrannt schleuderte sie das aufdringliche Ding auf den Boden, erschrak jedoch im gleichen Moment fürchterlich. Was hatte sie bloß getan?

»Püppchen, Püppchen, ist schon gut, nicht sterben ...«

Die Puppe öffnete wieder die Augen und fing sofort zu sülzen an: »Ist alles in Ordnung, Bet. Bist du glücklich?«

Bet nickte.

»Sollen wir uns nicht wieder hinlegen und kuscheln und du erzählst mir ... wir erzählen uns ... tolle Geschichten?«

»Ja, Püppchen.«

Sie nahm es mit in ihr Bettchen und legte sich gehorsam daneben.

Auch wenn sie sich in der Folgezeit hin und wieder wiederholte, schien die Puppe den Zwischenfall gut verkraftet zu haben.

Tatsächlich waren die Puppen hochentwickelte Sensoren zur Fernüberwachung durch den Zentralcomputer des Krippenprogramms. Sie waren vollausgerüstete physische und emotionale Überwachungsanlagen. Ein kleiner Entfernungsmesser sorgte dafür, daß der Computer und die Menschen, die ihn bedienten, sofort darüber informiert wurden, falls sich ein Kind von seiner Puppe trennte; besonders in der Nacht war es wichtig, daß jedes Kind sich eng an seine Puppe kuschelte. Nur so konnte das Gerät die nötigen Injektionen verabreichen. Injektionen, die die sinnliche Wahrnehmung lähmten, die emotionale Abhängigkeit verstärkten sowie die körperliche und, was noch wichtiger war, sexuelle Reifung hemmten.

Als Bet ihre Puppe gegen die Wand warf, gerieten ihre Sensoren leicht durcheinander. Sie meldeten weiterhin den geistigen und körperlichen Level einer Zehnjährigen weiter, woraufhin Bet als jäh zurückgeblieben eingestuft wurde und nur noch ein Minimum an Injektionen verabreicht bekam.

Innerhalb von zwei Jahren konnte Bet die Veränderung bei den anderen Kindern feststellen. Die Jungen blieben pausbäckig und kindlich. Die Mädchen kicherten noch immer miteinander und spielten läppische Kinderspiele.

Als sich ihre Brüste und ihre Scham zu entwickeln begannen, achtete Bet darauf, stets allein oder als letzte in der Naßzelle zu sein. Zum Glück entwickelte sie sich so verzögert, daß die Menstruation vorerst noch nicht einsetzte.

Doch Bet wußte, daß etwas ganz schrecklich falsch lief, einmal hinsichtlich der anderen Kinder, aber auch, was die Krippenmütter betraf. Sie spürte, daß sich alles zu etwas entsetzlich Ungutem entwickelte, war jedoch nicht in der Lage, etwas dagegen zu unternehmen.

Für Stens Auffassung waren Bet und Fadal etwas zu weit gegangen. Als Joygirls verkleidet, neckten sie einen stämmigen, dienstfreien Tech. Sten spähte aus seinem Versteck hinüber und schüttelte den Kopf. Weniger über ihr Gehabe – das gehörte zu ihrem Plan –, sondern eher darüber, wie sie sich als Joygirls zurechtgemacht hatten. Seit der Kristallbottich in der Exotiksektion explodiert war, hatte Sten nicht mehr soviel Glitzer auf einem Haufen gesehen. Er beugte sich weiter nach vorne und spitzte die Ohren.

»Seid ihr Mädels nicht ein bißchen zu jung?« sagte der Tech gerade und leckte sich beim Anblick der beiden über die Lippen.

»Keine Sorge, meine Schwester und ich haben jede Menge Erfahrung.«

»Deine Schwester, hm? Das ist ja'n Ding. Seid ihr sicher, daß euer Papa nicht ... Mal angenommen, ich wäre interessiert.«

»Warum denn? Es war doch seine Idee. Bei den Credits, die wir ihm einbringen, ist er in zwei Jahren seinen Mig-Kontrakt los, sagt er.«

»Seine Idee, hm? Ich hab ja schon gehört, daß ihr Mig-Kinder schnell erwachsen werdet, aber ich dachte immer, das sind nur Geschichten.«

Bet und Fadal hakten ihn unter und führten ihn zu den Wohnquartieren. »Komm schon, wir machen einen drauf.«

Der Tech war gerade halb ausgezogen, als Sten die Tür eintrat.

»Verdammt nochmal! Was hat das zu bedeuten?«

Der Tech hätte fast einen Herzschlag erlitten. Wie er sich schamhaft mit einer Hand zu bedecken versuchte und mit der anderen an seinen Kleidern zerrte, sah er fast wie eine üppig behaarte Jungfrau aus. »Ähm, ähm ... Was wollen ... Wer sind Sie überhaupt?«

Sten zog einen riesigen Schraubenschlüssel hervor. »Das da sind meine Schwestern, alles klar?«

Er wandte sich an Bet und Fadal, die in gespielter Angst auf dem Bett kauerten. »Geht nach Hause!«

Sie rannten hinaus. Sten schloß die Tür hinter ihnen und machte einen Schritt auf den Tech zu. »Ich werd dich lehren, mit meinen Schwestern rumzumachen!«

»Ähm, hören Sie doch zu, sie sagten, sie seien –«

»Was? Willst du sie etwa als Joygirls bezeichnen? Du hast vielleicht Nerven!« Mit diesen Worten holte er mit dem Schraubenschlüssel weit aus, als wollte er ihn im nächsten Moment auf den schon kahl werdenden Schädel des Techs niedersausen lassen.

»Warte! Können wir nicht darüber reden?«

Sten ließ den Schlüssel einige Zentimeter sinken. »Worüber denn?«

Der Tech fummelte in seinen Taschen herum, zog seine Karte heraus und hielt sie Sten entgegen. »Ich habe jede Menge Credits, jede Menge. Nenn mir deinen Preis.«

Sten grinste. Oron hatte recht. Das war leicht verdientes Geld.

Stimmen. Bet wachte auf. Die Beruhigungsmittel, die ihr die Puppe verpaßte, reichten für den Körper einer Zwölfjährigen nicht mehr aus. Sie beugte sich über den Rand ihres Bettgestells und schaute zum anderen Ende des Schlafsaals. Lichter. Gedämpftes Murmeln. Sie kletterte von der Pritsche, warf einen Blick auf die Puppe und zögerte. Die Puppe »wußte«, wann sie im Arm gehalten wurde. Aber konnte sie auch erkennen von wem?

Bet hob die Decke auf dem nächsten Bett an. Susi hatte sie noch nie leiden gemocht. Dann schob sie die Puppe unter Susis Arm. Bet schlüpfte in ihren Overall und schlich durch die Station.

Die halbverbotene Tür zum Korridor war offen. Sie blickte sich um. Alle Kinder lagen in tiefem, medikamentös verstärktem Schlaf. Bet atmete durch und ging nach draußen. Der Hauptkorridor war hell erleuchtet. An seinem Ende sah sie das Fenster zum sogenannten Labor offenstehen. Sie hielt sich dicht an der Wand und kroch darauf zu.

Die Stimmen setzten wieder ein. Eine war hoch und klang so, als gehörte sie einem sehr kleinen Kind. »Ich war heute sehr brav, stimmt's, Papi? Ich habe das große Passagierschiff ganz alleine angedockt. Das ist doch prima, oder?«

Eine zweite, tiefere Stimme ertönte. »Aber ja doch, Tommie. Du kannst am besten von allen manövrieren. Ich habe es dem Doktor erzählt, und er hat versprochen, daß du eine Belohnung dafür bekommst.«

»Bonbons? Darf ich Bonbons haben? Ich mag Pfefferminz, das weißt du doch, Papi, oder? Du bringst mir doch Pfefferminz, ja, Papi?«

»Mal sehen, mein Sohn. Mal sehen.«

Bet spähte um die Ecke der Tür. Fast hätte sie laut aufgeschrien. In einem Rollstuhl saß der ausgemergelte Körper eines Mannes. Mit seinem großen Kopf, der auf einem dürren Halsstengel balancierte, sah er fast wie ihre Puppe aus. In seiner Reichweite lagen mehrere elektronische Hilfsmittel. Der Mann hatte das haarlose, irgendwie vergrößerte Gesicht eines kleinen Jungen. Die hohe Stimme kam zwischen seinen Lippen hervor. »Heute hab ich ein paar Migs gesehen, von denen du mir schon erzählt hast, Papi. Ich bin froh, daß die Company *mich* nicht so wie *die* aufwachsen läßt. Sie müssen selbst gehen, und sie stinken. Sie werden niemals erfahren, was es bedeutet, so wie ich zu sein. An einem Tag bin ich ein riesiger Kran, und am nächsten sitze ich an den Kontrollen eines Robotschiffs. Hier sind alle so nett zu mir.«

»Natürlich ist die Company nett zu dir, Tommie«, sagte die zweite Stimme. Sie kam von einem normalwüchsigen Mann im weißen Kittel eines Labortechs. »Deshalb lassen wir dich in die Krippe, und deshalb helfen wir dir auch. Wir lieben dich.«

»Und ich liebe dich. Du bist der beste Papi, den ich jemals hatte.«

Bet zog die Tür geräuschlos zu, wandte sich um und eilte den Korridor entlang auf den Ausgang zu. Sie wußte nicht, wohin, doch sie rannte immer weiter, bis sie außer Atem war. Sie befand sich in einem staubigen, schon lange nicht mehr benutzten Gang. Bet kauerte sich an die Wand und ließ ihren Tränen freien Lauf, hielt jedoch inne, als sie bemerkte, daß das Abdeckgitter des Lüftungsschachts auf Bodenhöhe zerbrochen war. Sie zog daran und riß die Platte ganz los. Dann kroch sie in die Aussparung dahinter und rollte sich zusammen. Nach und nach ließ ihr Schluchzen nach und sie schlief ein.

Als sie erwachte, blickte das halbtote, freundliche Gesicht Orons auf sie herab.

Der hagere Delinq spähte um die Ecke des Schachts und winkte dann nach hinten. Sechs andere Mitglieder der Bande ließen sich leise in den leeren Einkaufskorridor hinab.

Ein kaum hörbarer Pfiff ertönte; der Delinq schaute nach oben zurück. Sten lehnte sich aus dem Schacht heraus und zeigte in Richtung des Ladens, auf den sie es abgesehen hatten. Der Delinq duckte sich in den Schatten und bewegte sich langsam darauf zu.

Sten zog den Kopf zurück und sicherte nach hinten ab.

Jetzt war er schon fast neun Monate bei Orons Gruppe. Oron hatte ihn gut geschult, und Sten war rasch zu einem Jäger seines Vertrauens aufgestiegen und durfte inzwischen eigene Raubzüge planen und anführen. Er war stolz darauf, daß er bei seinen Raubzügen noch keinen einzigen Mann verloren hatte, und daß seine Delinqs immer mit vollen Händen zurückkamen.

Insgeheim wußte er jedoch, daß ein solches Glück nicht ewig anhalten konnte. Früher oder später mußten die Delinqs in eine Säuberungsaktion geraten und aufgerieben werden. So lief das Leben hier unten. Einmal, auf einem Erkundungsgang, hatte er die Ergebnisse einer solchen Aktion gesehen. Die Soziopatrouille hatte es nicht einmal für nötig befunden, die Leichen wegzuschaffen. Obwohl ihre Überreste schon schwarz und halb skelettiert waren, konnte Sten deutlich erkennen, daß einige der Delinqs nicht schnell gestorben waren. Besonders die Mädchen nicht.

Er dachte an Bet. Trotz seiner Freundschaft zu Oron war sie noch immer der einzige Grund, weshalb er bei der Gruppe blieb. Sten liebte sie. Allerdings traute er sich nicht, ihr das zu sagen. Sie war ... Sie war ... Er riß sich aus seiner kurzen Träumerei und hielt wieder aufmerksam Wache.

Die Delinqs hatten den Laden erreicht. Kleine Schneidbrenner flammten auf, und die Gitter gaben nach. Rabet, der hagere Delinq, drehte seinen Brenner um und schlug die Scheibe ein. Die Delinqs eilten herbei und stopften die Schaufensterauslage in ihre Rucksäcke.

Stens Blick wanderte den Korridor hinunter. Seine Augen weiteten sich, als er einen Wachmann mit gezücktem Betäubungsknüppel heranschleichen sah.

Sten fuhr sich mit der Zunge über die Lippen und drehte sich vorsichtig um. Als der Wachmann direkt unter ihm war, schwang sich Sten aus dem Ausgang des Schachts. Seine ausgestreckten Füße landeten direkt im Nacken des bulligen Mannes, der sofort zu Boden stürzte; der Betäubungsknüppel wirbelte davon.

Trotz seiner Leibesfülle kam der Wachmann rasch wieder auf die Beine und hakte ohne zu zögern eine Krawallgranate vom Gürtel. Sten hatte sich über die Schulter abgerollt, stand ebenfalls wieder auf den Füßen und griff sofort wieder an. Im Sprung kam zuerst ein Fuß hoch, dann der zweite, beide Beine waren zunächst angewinkelt und schnellten dann auf der richtigen Höhe los, gerade als der Wachmann sich an der Granate zu schaffen machte.

Stens Füße erwischten ihn voll am Kopf. Sein Hals brach mit einem dumpfen Knacken, und der Mann sank in sich zusammen. Sten drehte sich im Flug zur Seite, brachte die Beine wieder unter sich, landete und duckte sich sofort, die Messerhand bereits kampfbereit ausgestreckt.

Es gab jedoch nichts mehr zu tun.

Die Delinqs starrten auf den toten Wachmann, stopften dann hastig den Rest der Auslage in ihre Beutel und eilten zur Lüftungsklappe zurück.

Als Rabet sich in den Schacht schwang, reckte er den Daumen nach oben und grinste Sten an.

Sten wälzte sich unruhig auf seiner Pritsche. Er fand keinen Schlaf. Immer wieder mußte er an den Wachmann denken, den er getötet hatte, und an die verwesten Leichen der Delinq-Bande. Er mußte weg von Vulcan. Er mußte Bet mitnehmen. Aber wie nur? Pläne wirbelten in seinem Kopf herum, Pläne, die er schon tausendmal durchgespielt hatte. Und alle waren sie zum Scheitern verurteilt. Es *mußte* einfach einen Ausweg geben.

Ein Rascheln. Er drehte sich um und sah, wie Bet hinter dem Vorhang hervorkam und in sein Zimmer schlich.

»Was hast du ...?«

Eine weiche Hand legte sich auf seine Lippen und brachte ihn zum Schweigen.

»Jede Nacht habe ich gewartet. Auf dich. Ich kann nicht länger warten.« Langsam, ganz langsam nahm sie die Hand von seinem Mund und führte dann Stens Hand an den Verschluß ihres Overalls. Einen Augenblick später streifte sie ihn von den Schultern und ließ ihn zu Boden gleiten. Darunter war sie völlig nackt.

Bet näherte sich Sten und fing an, ihm die Kleider auszuziehen. Er schob ihre Hand zur Seite.

»Warte.« Er griff hinter sich und zog etwas unter seinem Kopfkissen hervor. Ein kleines Bündel. Er schüttelte es. Es war ein langes, fließendes Kleid aus Glasleinen, das im schwachen Licht funkelte und glänzte wie ein buntes Kaleidoskop. »Für dich. Ein Geschenk.«

»Wie lange hast du das schon?«

»Schon sehr lange.«

»Oh ... Ich probiere es mal an. Später.« Dann lag sie in seinen Armen und sie sanken auf sein Bett zurück. Fest umschlungen. Doch immer noch schweigend.

Bet kroch hinter Sten durch den engen Schacht. Zweimal wurde er so schmal, daß sie sich regelrecht hindurchquetschen mußten. Sie hatte keine Vorstellung, wohin sie eigentlich gingen. Sten hatte gesagt, es sei eine Überraschung. Sie bogen um eine Ecke und der Schacht endete an einer glatten Metallwand.

»Das ist keine Überraschung«, sagte sie. »Das ist eine Sackgasse.«

»Wart's ab.« Sein Mini-Schneidbrenner flammte auf und er begann, sich durch das Metall zu schneiden. In wenigen Sekunden hatte er eine »Tür« ausgeschnitten, die nur noch von einem kleinen Metallstück gehalten wurde. »Mach die Augen zu.«

Bet gehorchte und hörte, wie der Brenner noch einmal auffauchte, und dann ein dröhnendes Scheppern, als die »Tür« hinunterfiel.

»Jetzt darfst du sie wieder aufmachen.«

Zum ersten Mal in ihrem Leben sah Bet »draußen«. Ein sanft geschwungener Rasen fiel zu einem kleinen See ab. Dort standen hohe grüne Dinger, von denen Bet einmal als »Bäume« hatte erzählen hören; und ein kleines Haus – etwa aus Holz gebaut? – im Stil der Vorfahren, inklusive Schornstein und Rauchfahne. Sten zog sie am Ärmel, und sie folgte ihm staunend.

Als sie nach oben blickte, sah sie einen strahlend blauen, künstlichen Himmel.

Erschrocken wich sie zurück. Er war so weit. Sten legte den Arm um sie, und sie beruhigte sich wieder.

»Einen Augenblick dachte ich, ich würde ... hinunterfallen ... oder hinaus.«

»Du wirst dich daran gewöhnen«, lachte Sten.

»Wo sind wir?«

»Das hier ist die private Freizeitzone von Vizepersonaldirektor Gaitson. Er hat Vulcan heute für zwei Zyklen zu einer Fortbildung verlassen.«

»Woher weißt du das?«

»Hab ein bißchen mit dem Computer gespielt. Ich bin damit inzwischen ganz gut, wenn ich mich einmal selbst loben darf.«

Bet war verwirrt. Es war sehr schön, aber ... Sie blickte sich um. »Was sollen wir denn von hier mitnehmen?«

»Nichts. Wir verbringen hier unseren Urlaub.«

»Urlaub? Das ist ...«

»In den nächsten beiden Zyklen tun wir überhaupt nichts, außer all die herrlichen Dinge zu genießen, die Gaitson hier gesammelt hat. Wir essen nur das Beste, trinken nur das Beste, und wir spielen. Keine Raubzüge, keine Wachmänner, keine Sorgen. Überhaupt nichts.«

Sten führte Bet zum See hinunter. Dort stieg er aus seinem

Overall und watete ins flache Wasser. »Und jetzt nehme ich ein Bad.« Er ging einige Meter hinein. Bet wartete darauf, daß etwas passierte. Sten drehte sich um und grinste. »Na?«

»Wie ist das?«

»Naß.«

Sie lächelte. Dann kicherte sie. Und dann mußte sie laut lachen, laut und aus vollem Hals. So, wie sie als Kind immer gelacht hatte. Bevor sie in die Krippe kam. Ein Verhalten, das so gar nicht einem Delinq entsprach.

Sie tastete nach dem Verschluß ihres Overalls.

»Sten?«

»Hmmm?«

»Bist du wach?«

»Hmm ... Ja.«

»Ich dachte nur ...«

»Was denn?«

»Ich möchte nie mehr fort von hier.«

Schweigen.

»Müssen wir aber. Schon bald.«

»Das weiß ich. Aber es kommt mir so ... so ...«

Er zog sie fest an sich und strich ihr eine Träne von der Wange. »Ich gehe weg«, sagte er.

»Weg? Was meinst du?«

»Weg von Vulcan.«

»Aber das ist unmöglich.«

»Auch als Delinq weiterzuleben ist unmöglich.«

»Aber wie denn?«

»Weiß ich noch nicht. Ich finde schon eine Möglichkeit.«

Bet nahm seine Hand, hielt sie fest. »Möchtest du, daß ich mitkomme?«

Sten nickte. »Klar.« Dann nahm er sie in seine Arme, und sie blieben die ganze Nacht fest umschlungen.

Kapitel 13

Mahoney hechtete im hohen Bogen mit einem Kopfsprung vom Gleitband direkt vor den Eingang der Maschinenhalle. Im Flug zog er sich zu einer Kugel zusammen, kam exakt mit den Füßen auf und rannte auch schon davon.

Er flitzte die Fertigungsstraße entlang, wich einem Transporter aus und ließ sich auf dem Entsorgungsband abrollen. Das Band beförderte ihn aus der Werkstatt heraus und über ein zweites, nach Süden verlaufendes Gleitband hinweg. Mahoney schob sich bis an den Rand, glitt über die Kante und hielt sich mit beiden Händen fest.

Er ließ los und federte auf dem Gleitband nach, atmete tief durch und klopfte sich den Staub vom Overall. Es wurde immer schwieriger, die Deckung aufrechtzuerhalten. Thoresen und seine Sicherheitsabteilung interessierten sich viel zu sehr für die Aktivitäten des Quartiermeisters Sergeant Ian Mahoney, Imperiale Wache, Unterabteilung Qualitätskontrolle der Feldrationen.

Bislang hatte man ihn nicht mehr als jeden anderen Außenweltler auf Vulcan in routinemäßiger Paranoia überwacht; jedenfalls ging er noch immer davon aus. Wenn sie ihn aber jetzt erwischten, dann saß er ziemlich in der Klemme. Es war Mahoney gelungen, sich eine Mig-Karte lange genug auszuleihen, um eine akzeptable Fälschung herzustellen; dann hatte er sich einen Mig-Overall gegriffen und war nach Süden aufgebrochen.

Mittlerweile befand er sich kilometerweit unterhalb des Auges. Hier hatte niemand, der nicht bei der Company angestellt war, etwas zu suchen.

Wenn er hier unten von der Sicherheit oder einer Soziopatrouille aufgegriffen wurde, war es für die Company wahrscheinlich einfacher, ihn in der nächstbesten Lebensmittelfabrik zu recyceln, als sich mit den Formalitäten einer offiziellen Ausweisung abzuplagen.

Da er bei der Anwerbung von Informanten nicht sonderlich erfolgreich gewesen war, hatte sich Mahoney mehr oder weniger freiwillig selbst auf die Socken gemacht. Oben im Auge hatte er das Gefühl festzusitzen. Er kam lediglich mit offensichtlichen Provokateuren und so verschreckten Migs in Berührung, daß die ganze Sache sich im Kreis drehte. Jedenfalls war es wohl weniger waghalsig, auf eigene Faust ins Feld zu gehen, als den ganzen Auftrag abzublasen und wieder auf die Erstwelt zurückzukehren.

Mahoney hatte das dumpfe Gefühl, daß der Imperator sich mit seinen bisherigen Erfolgen nicht zufriedengeben würde:

1. Thoresen steckte tatsächlich bis zu seiner rasierten Schädeldecke in einer Verschwörung, von der nicht einmal sein eigener Aufsichtsrat etwas wußte. Tolle Neuigkeiten. Das hatte der Imperator bereits damals vor einem Jahr auf der Erstwelt gewußt.
2. Thoresen fuhr eine verdeckte Propagandakampagne, die besonders auf die Migs abgestimmt war. Da er sich jedoch hinter so vielen Ratgebern verschanzte und jede Menge Sicherungen zwischen sich und der Kampagne eingebaut hatte, war er weitestgehend unangreifbar. Mahoney vermutete, daß die Kampagne schon eine Zeitlang lief, konnte jedoch außer Zielrichtung und Intensität bislang nichts Näheres herausfinden. Mahoney schnaubte wütend. Jeder kleine Schnüffler aus der zweiten Reihe der Sektion Mantis hätte das herausgekriegt, sonst hätte man ihn sofort wieder zum Mistschaufeln geschickt.
3. Die äußeren Sicherheitssysteme wurden ausgebaut, und es gab hartnäckige Gerüchte, die besagten, daß einige der Produktionsabteilungen der Firma für die Waffenproduktion umgerüstet worden seien. Bis jetzt jedoch ohne jeglichen Beweis. Selbst wenn es Mahoney gelingen sollte, die Richtigkeit dieser Behauptungen nachzuweisen, konnte die Company noch immer frech behaupten, daß sie eine weitere Expansion im Pioniersektor plante.

»Ich habe noch weniger als nichts in der Hand«, murmelte Mahoney. Im gleichen Moment erstarrte er. Weit vor ihm, ein Stück weiter unten am Gleitband, stand eine Soziopatrouille und führte mit Hilfe eines tragbaren Computers Kartenkontrollen durch. Da Mahoneys Fälschung einer solchen Überprüfung nicht standhalten würde, stieg er auf der Höhe einer Querstraße rasch vom Band. Er kam in einer großen Kuppel heraus und entdeckte sofort auf der gegenüberliegenden Seite eine zweite ID-Kontrolle.

Wieder drückte er sich seitlich in einen Nebengang. Grundprogramm: langsam gehen, gleichmäßig atmen, unbekümmerter Gesichtsausdruck, vielleicht ein wenig dümmlich. Du kommst gerade von der Schicht und freust dich auf dein Zuhause. Er bog in einen noch schmaleren Gang ein und ging die Schräge zu einem dritten hinab. Mit großen Schritten bog er um die nächste Kurve.

Dann blieb er stehen. Wartete. Lauschte.

Mahoney wurde verfolgt. Aber er hatte keine andere Wahl. Er bewegte sich so langsam wie möglich und ließ sich von den Spionen immer tiefer in die verbotenen Sektoren von Vulcan treiben.

Der erste Mann beging den Fehler, Mahoney seitlich aus einer Sackgasse anfallen zu wollen. Mahoney duckte sich unter dem Totschläger weg und rammte den Ellbogen in den Kehlkopf des Angreifers. Mit einem seitlichen Fußstoß trat er dem zweiten Gesellen das abgesägte Schockgewehr aus den Fingern, fing es selbst mit einer Hand auf und zog am Kabel der Stromversorgung. Der Wachmann stolperte auf ihn zu, und Mahoney knallte ihm die Fingerknöchel an die Schädelbasis.

Zwei. Er wirbelte herum und sah, daß ihn die beiden lediglich hatten aufhalten sollen. Drei weitere kamen um die Ecke. Einer hatte eine Pistole und zielte direkt auf ihn.

Ein Betäubungsknüppel, der wie ein Speer aus dem oberen Lüftungsschacht geschleudert wurde, bohrte sich in das Auge des Schützen, der daraufhin schreiend zu Boden ging.

Mahoney ging zum Angriff über, wußte jedoch, daß er von den

anderen noch zu weit entfernt war, als ein junger Mann aus dem Schacht heraussprang und die rechte Hand vor- und zurückschnellen ließ.

Mahoney blinzelte, als der Kopf des zweiten Mannes vom Hals fiel und eine Blutfontäne die Deckenverkleidung rot färbte. Der junge Mann duckte sich, vollendete seine Drehung und beschrieb mit dem Messer einen ganzen Kreis; dann sprang er auf.

Mahoney fiel auf, daß der junge Mann seine freie Hand als Führung auf das Handgelenk legte. Weiß der …

Und schon stöhnte der dritte Mann auf, als das Messer tief in seine Brust eindrang. Er sank zur Seite. Der junge Mann beugte sich über ihn, zog das Messer heraus und wischte die Klinge an der Uniform des Toten ab. Jung. Gut. Ein echter Bandit.

Mahoney bewegte sich nicht und wartete, bis der junge Mann auf ihn zukam. Ein weiterer junger Mann – nein, ein Mädchen – sprang aus dem Schacht und hob den Speer auf.

Ungefähr neunzehn, eher klein, vielleicht sechzig Kilo. Zweite Einschätzung: neunzehn und beinahe vierzig. Er sah aus wie jedes andere Straßenkind auf jeder beliebigen Elendswelt, mit dem Unterschied, daß er nicht das übliche unterwürfige Verhalten an den Tag legte. Mahoney dachte sofort, daß er wohl noch nicht viel gekatzbuckelt hatte. Ein Delinq. Fast hätte Mahoney gelächelt.

Sten betrachtete Mahoney, dann die beiden Leichen hinter ihm. Nicht schlecht für einen alten Mann. Sah aus wie Mitte Vierzig, ziemlich kräftig. Trotz Mahoneys Mig-Overall konnte ihn Sten nicht einordnen – was nicht weiter verwunderlich war, da Sten nur drei Klassen von Menschen kannte und bislang nur mit zweien davon in Berührung gekommen war.

»Weiter vorne gibt's noch mehr von denen, mein Freund«, sagte Mahoney. «Wir sollten unsere Vorstellungsrunde ziemlich kurz halten.«

»Wir haben es nicht eilig. Hab noch nie einen Mann gesehen, hinter dem fünf Wachmänner her waren. Was hast du angestellt?«

»Das ist nicht so leicht zu –«

»Sten. Sieh nur!«

Sten nahm den Blick nicht von Mahoney. Bet stand über den drei Leichen und streckte ihm drei Karten entgegen. »Das war keine Patrouille. Sie haben Manag-Karten!«

»Thoresens Sicherheitsleute«, sagte Mahoney. »Sie müssen mir schon vom Auge aus gefolgt sein.«

»Du bist nicht ... Du kommst von draußen!«

»Richtig getippt.«

Sten traf eine Entscheidung.

»Zieh dich aus.«

Mahoney wollte sich weigern, riß sich jedoch zusammen und fluchte statt dessen nur. Der Junge hatte den richtigen Riecher. Also zog er seinen Overall und die Stiefel aus. Einen davon wog er prüfend in der Hand und schlug ihn dann fest gegen die Wand. Der Absatz zerbrach, und die Bestandteile eines winzigen Senders regneten auf den Boden.

Sten nickte. »So konnten sie deine Spur nie verlieren. Du kannst den Overall wieder anziehen.«

Dann bildete er mit den Händen ein Körbchen und hob Bet hinauf in den Lüftungsschacht. Sie streckte ihm die Hand entgegen und er kraxelte hinterher.

Im Schacht angekommen, drehte er sich um, als Mahoney in die Höhe sprang, die Kante des Schachts mit beiden Händen zu fassen bekam und sich hochzog.

»Ein bißchen eng für einen alten Mann wie mich.«

»Es ist nicht dein Alter.«

»Jetzt aber bitte keine Scherze über ältere Menschen und ihre Bräuche.«

»Komm mit«, sagte Sten kurz angebunden. »Nicht reden.«

Mahoney registrierte staunend, wie Sten sein Messer verschwinden ließ ... allem Anschein nach in seinem Arm. Dann rannte er Bet und Sten durch den verwinkelten Schacht hinterher.

Kapitel 14

»Schon gut, Fadal. Ich weiß nicht, warum ... aber ich erinnere mich daran, was ein Imperium ist«, sagte Oron.

Mahoney wollte gerade nachfragen, doch Sten schüttelte den Kopf.

»Informanten?«

»Augen.«

»Ach so. Du willst also meine Leute ... und mich als *deine* Augen einsetzen?«

»Nein«, sagte Mahoney. »Ich bin kurz vor dem Auffliegen.«

Oron warf Fadal einen fragenden Blick zu. Ihr Gesicht war völlig ausdruckslos.

»Thoresen würde nicht seine besten Sicherheitsleute auf mich hetzen, wenn er nicht ziemlich genau wüßte, wer ich bin.«

»Thoresen ... Chef der Company. Dein Feind«, flüsterte Fadal.

»Und was willst du?«

»Ich brauche die Bestätigung für Thoresens Plan. Ich habe mich in den Zentralcomputer und den der Manags eingeklinkt, doch dort gab es keinen Hinweis auf Projekt Bravo, abgesehen von Warnungen vor weiterem Vordringen.«

»Dieser ... Thoresen. Er muß es irgendwo bei sich haben.«

»Mit einer Wahrscheinlichkeit von neunzig Prozent und mehr.«

»Was geschieht, wenn es dort ist?« mischte sich Sten ein. »Und du recht hast?«

»Dann schicken wir die Garde her. Der Imperator wird eine Art Treuhand-Regierung einsetzen. Alles wird anders werden. Für die Migs und für alle anderen.«

»Das reicht nicht«, sagte Bet.

»Bis dein verdammtes Imperium hier eintrifft, sind wir tot. Oder ist dir nicht bekannt, daß wir Delinqs nicht gerade sehr alt werden?«

»Sten hat recht. Ein Flüchtling von einer anderen Bande hat uns mitgeteilt ... wann war das?«

»Vor zwei Schichten«, sagte Fadal.

»Er hat Patrouillen bei den Lagerhallen gesehen. Sie haben mit Straßenkampfwaffen geübt«, sagte Oron und lächelte über seine beachtliche Gedächtnisleistung. »Schon bald wird es eine neue Säuberungsaktion geben. Wir sind inzwischen zu viele, als daß wir ihnen alle entkommen könnten.«

»Wie viele sind in eurer Gruppe?«

»Momentan fünfzehn«, antwortete Fadal.

Mahoney rechnete blitzschnell. Die winzige imperiale Gesandtschaft hatte eine eigene Schleuse nach draußen. Wenn er das bekam, wonach er suchte, würde man nicht allzuviele Nachforschungen anstellen ... »Eine Fahrkarte weg von hier. Für *jeden* von euch. Zu einer Welt eurer Wahl.«

Sten fiel auf, daß es ihm den Atem verschlagen hatte. Er holte tief Luft und starrte Mahoney ungläubig an.

»Ich kann das für euch tun. Ihr dringt in Thoresens Räume ein. Bringt mir alles, was nach Projekt Bravo riecht. Ihr könnt es uns im Raumschiff übergeben. Das Imperium steht zu seinem Wort.«

»Ich glaube nicht, daß wir darüber noch länger ... debattieren müssen. Oder?«

Mahoney erhob sich.

Es gab keinerlei Einwände.

Der Wachmann patrouillierte bis zum Ende des Korridors, gähnte herzhaft, machte kehrt und schlenderte wieder zurück.

Sten glitt aus dem Schacht in den Korridor ... atmen ... atmen ... ein Schritt ... noch einer ... los. Im Gleichschritt mit dem Wachmann, dabei immer näher an ihn heran. Den Blick auf seinen Nacken geheftet. Näher. Im Gleichschritt. Jetzt in der Dreimeter-Aufmerksamkeitszone. Augen weg vom Ziel. Gedanken leer.

Stens linke Hand legte sich um den Hals des Wachmanns. Er zog den Kopf mit einem Ruck zurück, während er das Messer tief in seine Niere trieb. Ersticktes Schnaufen. Der Mann gurgelte. Als der Körper erschlaffte, trat Sten zur Seite, fing ihn auf und zog ihn über den Flur bis zu dem Schacht, in den er ihn hineinstopfte. Dann rannte er den Korridor hinab bis zur Grenze zur Manag-Sektion. Er fand die Verkleidung und sah sich vorsichtig um.

Nachdem die Delinqs die kompletten Pläne für das Auge studiert hatten, die Mahoney für sie in der Belüftung des Besucherzentrums deponiert hatte, fanden sie einen geeigneten Schlüssel.

Offensichtlich waren die Manags empfindlicher als die Techs oder die Migs. Die meisten Verbindungsgänge, besonders die im Trakt der höheren Chargen, verfügten über eine zweite innere, geräuschdämpfende Wand.

Die Verkleidung gab nach, und Sten winkte die anderen herbei.

Vierzehn Delinqs ergossen sich aus den Schächten in den Korridor und eilten geräuschlos auf ihn zu. Einer nach dem anderen verschwand in dem Hohlraum. Oron ging mit kreidebleichem Gesicht in der Mitte der Kolonne. Fadal führte ihn hinter die Wand. Sten fluchte leise und hoffte inständig, daß Orons Erinnerung bald wieder einsetzte; wenn er versagte, würden sie alle im Auge sterben. Selbst wenn es einige wieder nach Süden, zurück ins Reich der Migs schafften, wären sie aufgrund ihres Übergriffs einer endlosen Serie von Säuberungsaktionen ausgesetzt.

Erneut wurde Sten klar, daß sie keine andere Wahl mehr hatten. Bet pflichtete ihm knurrend bei. Schon im nächsten Moment schwankte sie zwischen der Neugier auf andere Welten und der Sorge, ob sie dort hineinpaßten, hin und her. Sten wertete das als gutes Zeichen.

Der Hohlraum hinter der Verkleidung wurde schmaler. Wahrscheinlich eine Sicherheitstür. Sein Brustkorb blieb einen Moment stecken. Panik erfaßte ihn, doch dann fiel ihm ein, daß er ausatmen mußte; jetzt paßte er problemlos hindurch.

Vor den riesigen Doppeltüren zu Thoresens Quartier drängten sie sich eng aneinander. Neugierig berührte Sten das Material.

Rauh. Körnig. Wie matter Stahl. Aber viel rauher. Sten fragte sich, warum Thoresen die anscheinend organische Oberfläche nicht hatte glätten lassen.

Bet stellte den Empfänger auf eine andere Frequenz ein und hielt ihn vorsichtig an die Tür. Mit geschlossenen Augen ließ sie die Finger über die Druckschalter gleiten. In Stens Ohren verstärkte sich ein unhörbarer Druck und ließ wieder nach. Dann ein Klicken. Das Hauptschloß war offen.

Bet zog einen Plastikstab aus ihrem Umhängebeutel, berührte den Wärmeknopf und positionierte ihn vorsichtig in der Mitte der Kontrollfläche. Am Ende des Stabs, der jetzt auf menschliche Körpertemperatur erwärmt war, befand sich ein Duplikat von Thoresens Zeigefingerabdruck. Sten fragte sich, wie Mahoney den wohl beschafft hatte.

Die Tür knackte, und die Delinqs griffen zu ihren Waffen; dann schwangen die beiden Türflügel auf.

Sten und die anderen schlichen im Gänsemarsch hinein.

Die Zeit blieb stehen. Sie befanden sich im Weltall. Sie befanden sich in einem exotischen, freundlichen Dschungel.

Sie waren in der Spitze des Auges. In Thoresens Quartier. Die Deckenverkleidung der Kuppel war geöffnet, und der Weltraum glitzerte auf sie herab. Sten war der einzige, der so etwas schon einmal gesehen hatte, und er besaß die Geistesgegenwart, die Tür leise hinter ihnen zu schließen und sich zunächst einmal umzusehen.

Außer ihnen befand sich niemand in der Kuppel.

Ein Garten. Hier und da ein paar Möbel. Ein Garten, der unmerklich in üppige Wildnis überging, als hätte jemand die Wände eines sehr großen Hauses weggenommen und nur das stehenlassen, was man für ein bequemes Leben brauchte.

Allmählich erholten sich die Delinqs von dem Anblick und drangen weiter vorwärts.

Sten bemerkte, wie ein Bewegungsdetektor in ihre Richtung schwang. Ein paar Schritte, ein Sprung, und er stieß das Messer in die Übertragungsvorrichtung. Sten entdeckte weitere Kameras und zeigte sie den anderen. Die Delinqs nickten, setzten sich in Bewegung und verschwanden im ungewohnten Unterholz.

Sten, Oron und Bet blieben beisammen und sahen sich nach etwas um, was ein Büro sein könnte. An einem Ende der Kuppel befand sich ein gutbestückter *salle d'armes.* An den Wänden hingen Klingen und Schußwaffen aus aller Herren Welten und Zeiten. Auf der anderen Seite schwebte eine eindrucksvolle Platte frei in der Luft. Es mußte eine Art Schreibtisch sein, denn dahinter schimmerte die modernste Computerkonsole, die Sten je gesehen hatte. Direkt daneben stand die stilisierte Skulptur einer riesigen, fetten Frau. Vielleicht ...

Sten blickte Oron fragend an. Seine Augen leuchteten hell. Er winkte ihn und Bet zur Skulptur hinüber.

Sie näherten sich ihr äußerst vorsichtig. Das mußte es sein. Ein dünner UV-Alarmstrahl verlief entlang der Vorderseite der Figur. Sten nahm einen UV-Projektor vom Gürtel, stellte ihn an, justierte die Stärke und hängte ihn direkt vor den Empfänger auf der anderen Seite des Zimmers.

Es dauerte mehrere Minuten, bis er den winzigen Spalt in der Skulptur entdeckt hatte. Sten betastete sämtliche Erhebungen auf der Skulptur. Es war nicht ganz einfach. Vielleicht bestand der Mechanismus aus einer bestimmten Reihenfolge, die herauszufinden eine halbe Ewigkeit dauern würde.

Oron drehte sich um und Sten nahm den kleinen Maser-Projektor aus Orons Rucksack. Er öffnete ihn, richtete die Mündung des Molekularverstärkers auf den Spalt und stellte das Gerät an. Ein kurzer Druck auf den Auslöser, und die Skulptur war pulverisiert. Darunter befand sich eine mit Sensoren bestückte Tür. Mit äußerster Vorsicht holte Sten einen tragbaren Froster aus seinem eigenen Gepäck und klappte ein kleines Stativ auf.

Er öffnete den Froster, und ein weißer Nebel ergoß sich aus dem Zylinder, in dem eine Temperatur nahe des Absoluten Nullpunkts herrschte, in den Raum. Sten streifte den Schutzhandschuh über, setzte den Zylinder auf das Stativ und richtete die Düse auf die gewünschte Stelle der Safetür. Dann entsicherte er die Düse und trat zurück.

Aus dem Zylinder sprühte ein Strahl, der auf der dicken Stahltür des Safes sofort kristallisierte. Bet holte einen Hammer aus ihrem Beutel und schlug sachte darauf. Das Metall zersprang wie Glas. Die drei grinsten sich an.

Sie waren drin.

Papiere, noch mehr Papiere, ganze Stapel imperialer Credits. Sten fing an, sich die Taschen mit Scheinen vollzustopfen, doch Oron winkte ab. Nein.

Da – ein dicker roter Ordner. PROJEKT BRAVO. Sie hatten es gefunden!

Keiner von ihnen achtete auf den jungen Delinq, der in den *salle* spaziert war. Eine lange, archaische Waffe faszinierte ihn so, daß er sie von der Wand nahm. Die Halterung klickte leise nach oben weg.

Stan reichte den Bravo-Ordner an Oron weiter, in dessen Augen plötzlich wieder dieser leere Blick zurückkehrte. Verwirrt blickte er auf den Ordner und stand auf. Der Ordner ging auf, Blätter raschelten zu Boden. Sten murmelte etwas und fing an, sie einzusammeln. Die Ordnung war dahin – alles lag auf dem Boden verstreut. Sten arbeitete so schnell er konnte.

Der erste Feuerstoß erwischte drei Delinqs an der Brust, und die Streuung aus dem Straßenkampfgewehr prasselte auf die Blätter. Der Wachmann in der Tür zog den Abzug ganz durch und schwenkte herum.

Der zweite Schuß traf einen Delinq, der gerade hinter ein Gebüsch hechtete und brannte ihm den halben Brustkorb weg. Erstickte Schreie zerrissen die Stille. Noch mehr Wachleute mit Gewehren in den Händen strömten durch die Tür herein.

Bet riß eine Granate vom Gürtel, machte sie mit dem Daumen scharf, schleuderte sie in Richtung Tür und warf sich zu Boden, als der sengende Hauch des Todes über sie hinwegfauchte.

Sten robbte auf den *salle* zu, duckte sich hinter die erste Deckung, die er finden konnte.

Drei miteinander verbundene Behälter, mit einem langen Schlauch und zwei Griffen. Keine schlechte Waffe.

Auf dem Schild über dem Museumsstück stand zu lesen: ERDE, PRÄ-IMPERIAL, FLAMMENWERFER, RESTAURIERT. Es war Stens Glück, daß Thoresen, wie viele Waffensammler, seine Stücke stets einsatzbereit hielt. Sten schnappte sich die beiden Griffe des Schlauchs und drückte sie zusammen. Er sah die kleine Rauchwolke, die aus der spitz zulaufenden Schlauchöffnung kam; dann spuckte eine schmierige, schwarze Flamme aus der Mündung heraus.

Sie schoß in einem weiten Bogen fünfzig Meter bis zum anderen Ende des Raums – viel weiter, als es die schon seit Äonen toten Erfinder geplant hatten – und hüllte die Wachmänner in eine Napalmhölle ein. Sie heulten auf, denn es war eine sehr unangenehme Art zu sterben, egal, ob man nun das Glück hatte, daß einem die gefräßigen Flammen den Sauerstoff aus den Lungen sogen, oder, was weit schlimmer war, ob einen das klebrige, auf Petroleumbasis entwickelte Napalm bis auf die Knochen verbrannte. Ein Mann jedoch unterbrach sein Schreien gerade so lange, um eine volle Ladung aus seinem Gewehr abzufeuern – gerade als der noch immer verwirrte Oron nach vorne getaumelt kam. Sein Kopf wurde in tausend Fetzen gerissen.

Wie ein Roboter marschierte Sten weiter und ließ die Schlauchmündung hin und her wandern; die Zeigefinger blieben um die Abzüge gekrümmt, seine Augen waren vor Panik weit aufgerissen. Dann spuckte die Flamme ein-, zweimal und tröpfelte wieder in die Mündung zurück.

Sten ließ das Gerät fallen und blieb einfach stehen.

Bet packte ihn am Arm.

»Komm schon!«

Allmählich kam Sten wieder zu Bewußtsein. Die Patrouille, die den Ausgang blockiert hatte, war nicht mehr. Alle tot.

Sten und Bet rannten auf die Tür zu; der einzige andere noch lebendige Delinq kam aus seinem Versteck heraus und eilte hinter ihnen her.

Sie traten in den Korridor hinaus und spähten in beide Richtungen. Es blieb nicht mehr genug Zeit, um sich wieder in ihren Rattengang hinter der Verkleidung zurückzuziehen. Die einzige Hoffnung bestand darin, eine möglichst große Entfernung zwischen sich und Thoresens Quartier zu legen.

Sie hasteten endlose Korridore entlang, versteckten sich, wenn irgendwo ein Wachmann auftauchte. Zu Tode erschrockene Manags flüchteten seitlich in Büros; Türen knallten, Schlösser klickten.

Ein Bodengitter. Sten und Bet hoben es aus seiner Verankerung. Das Gitter löste sich.

Sten blickte hinab. Es ging abwärts, endlos. Weder Ventilatoren noch Querstreben. Er wußte nicht, wozu dieser Schacht gut war, doch das spielte jetzt keine Rolle mehr. Vom anderen Ende des Korridors kam eine Gruppe Wachmänner auf sie zugestürmt.

An der Seite des Schachts führten schmale Steigeisen hinab, und ungefähr zehn Meter weiter unten konnte Sten die Einmündung eines Tunnels ausmachen. Er winkte Bet in das Loch. Sie kletterte umständlich hinein, und Sten bemerkte, daß sie verletzt sein mußte.

Dann folgte er ihr.

Der andere Delinq schüttelte noch immer den Kopf, als ihn eine Ladung voll erwischte und zerriß.

Bet rutschte aus. Ein Fuß verließ die Halterung und baumelte in den Quertunnel. Dreck. Schmiere. Was auch immer. Sie klammerte sich an den Steigeisen fest, und auch der zweite Fuß verlor den Halt. Sie schrie.

Sten griff zu spät nach unten und starrte in die eine halbe Welt messende Tiefe hinunter, in die Bet unaufhörlich schreiend von ihm wegstürzte.

Sten sah, wie sich ihr Körper immer weiter von ihm entfernte.

Bis er ihn nicht mehr sehen konnte. Dann schob er sich plötzlich mit überraschend schnellen Bewegungen in den Quergang und arbeitete sich voran.

Mahoney ging in seinem Büro auf und ab. Als der Alarm losging, hatte er sich ins Netz der Patrouille eingeschaltet und mitbekommen, daß die Eingreiftruppen angefordert wurden.

Plötzlich öffnete sich die Tür, und Sten kam hereingelaufen. Mit leeren Händen. »Sie haben uns erwischt. Sie haben uns erwischt. Bet ist tot.«

Mahoney faßte sich wieder. »Bet? Dieses Mädchen?«

»Ja. Sie ist tot. Tot. Und die Akte, die Sie haben wollten. Oron hatte sie.«

»Wo ist Oron?«

»Oron ist tot. Wie Bet.«

Mahoney unterdrückte sein natürliches Bedürfnis nach einem saftigen Fluch. »Na schön. Die Sache ist versiebt. Aber unsere Abmachung gilt nach wie vor. Der Kreuzer steht bereit.«

»Nein. Ich will nicht mehr weg.«

»Was willst du dann?«

»Eine Pistole. Bet ist doch tot.«

»Du willst wieder dort hinaus?«

»Bet ist tot.«

»Wenn du unbedingt willst. Ich habe zwei dort drüben. Im Schreibtisch.«

Sten drehte sich um und ging zum Schreibtisch. Er hörte nicht einmal, daß Mahoney ihm folgte, sah auch nicht, wie die Hand wie eine Fleischeraxt niedersauste. Krachend brach Sten über dem Schreibtisch zusammen.

Mahoney drehte ihn um und setzte ihn in den Sessel. Erst jetzt erlaubte er sich eine persönliche Reaktion: »Verdammte Scheiße!« Dann hatte er sich wieder im Griff, zog eine Kopie der *Verfassung* aus der Schublade und legte Stens rechte Hand darauf.

»Ich weiß nicht, in welchem Glauben du erzogen wurdest,

wenn überhaupt. Aber es wird genügen. Schwörst du, wie auch immer du heißt – Sten heißt er, Vorname unbekannt –, den Ewigen Imperator und das Imperium mit deinem Leben zu verteidigen? Ich weiß, daß du das schwörst, mein Junge. Schwörst du, alle Befehle, die du erhältst, bedingungslos auszuführen und die Tradition der Imperialen Garde in Ehren zu halten und weiterzuführen, wie es das Imperium verlangt? Auch das schwörst du. Es war bestimmt kein Fehler, dich von der Garde anwerben zu lassen. Und es ist mir eine persönliche Ehre, daß du dir ausgerechnet mein Heimatregiment ausgesucht hast, das 1. Garde-Sturmregiment.«

Er legte das Buch zur Seite, hielt inne und fuhr Sten durchs Haar.

»Du bist ein armer, bedauernswerter Kerl, und es tut mir leid, daß alles so gekommen ist. Das Mindeste, was ich für dich tun kann, ist, dich von dieser Höllenwelt wegzubringen, damit du noch ein bißchen länger am Leben bleibst.«

Dann drückte er auf die Ruftaste.

»Lieutenant. In mein Büro. Ein neuer Rekrut für die Garde. Ist wohl in Ohnmacht gefallen, als er sich der Ehre und der Würde der ganzen Angelegenheit bewußt wurde.«

Mahoney zog eine Flasche Synthalk aus dem Schreibtisch und kippte, ohne sich groß um ein Glas zu kümmern, einen kräftigen Schluck in seine Kehle.

»Na denn – alles Gute, mein Junge!«

Kapitel 15

Thoresen stand knietief in den Entschuldigungen und Versicherungen seines Sicherheitschefs. Je länger er das Bild des Mannes auf dem Bildschirm betrachtete, desto stärker verspürte er das

Bedürfnis, ihm ins Gesicht zu schlagen. »Eigentlich ist kein *wirklich* großer Schaden entstanden«, sagte der Mann. Woher wollte er das wissen?

Thoresen interessierte sich nicht die Bohne für die Verwüstungen in seiner Wohnanlage und auch nicht für die verkohlten Leichen der Sociopatrouille. Aber was war mit Projekt Bravo? Zwar hatte er die Akte wiedergefunden, doch es wäre geradezu idiotisch, wenn er sich darauf verlassen würde, daß niemand genug davon gesehen hatte, um ihm gefährlich zu werden.

Thoresens Kopf zuckte hoch, als er in dem monotonen Gewäsch seines Sicherheitschefs etwas gehört zu haben glaubte.

»Was haben sie da gerade gesagt?«

»Wir haben die Leichen von dreizehn Delinqs gefunden und sie alle identifiziert.«

»Das nicht. Danach.«

»Ähm ... Es besteht die Möglichkeit, daß zwei von ihnen entkommen sind.«

Also doch. Er war nicht umsonst so besorgt.

»Wer waren sie?«

»Nun, Sir«, sagte der Sicherheitschef, »wir haben ein Haarpartikel in Ihrer Anlage gefunden. Die Chromosomenanalyse hat ergeben, daß es sich bei dem Mann höchstwahrscheinlich um –«

»Das muß ich selbst sehen«, blaffte der Baron.

Auf dem Schirm baute sich ein Computerbild auf, das Zelle für Zelle das Bild eines Mannes entwarf. Schließlich zeigte es eine dreidimensionale Gestalt. Es war Sten. Thoresen betrachtete das Bild aufmerksam, schüttelte dann jedoch den Kopf. Er kannte den Verdächtigen nicht.

»Wer ist das?«

»Ein Mig namens Karl Sten, Sir. Wurde bei der Explosion in der Exotiksektion vor einigen Zyklen als vermißt gemeldet und ...«

»Wollen Sie damit sagen, daß der Verantwortliche für dieses Debakel noch immer am Leben ist? Wie konnte es ihm denn gelingen? Vergessen Sie's! Ende.«

»Aber, Sir, ich habe noch weitere Informationen –«

»Ich sehe mir den Bericht selbst an. Das ist jetzt alles!«

Der Baron ließ den Bericht – Stens Lebenslauf – über seinen Schirm scrollen. Es dauerte nicht sehr lange. Schließlich gab es nicht besonders viel zu berichten, wenn man von dem strafrechtlichen und psychologischen Quatsch einmal absah.

Plötzlich ergab sich eine Querverbindung. Das Projekt Bravo. Sten war einer der Hinterbliebenen von Freizeitkuppel 26. Die *Pinte* war wieder auferstanden und suchte ihn heim.

Thoresen schlug auf die Konsole, und das verblüffte Gesicht des Sicherheitschefs erschien erneut auf dem Schirm.

»Ich will, daß dieser Mann gefaßt wird. Jeder verfügbare Mann soll sich an seine Verfolgung machen.«

»Äh ... Ich fürchte, das ist unmöglich, Sir.«

»Weshalb denn?« zischte Thoresen.

»Weil wir ... äh ... weil wir ihn lokalisiert haben. Er befindet sich auf einem Schiff der Imperialen Streitkräfte auf dem Weg nach –«

Thoresen schaltete seinen Gesprächspartner einfach ab. Es war nicht zu fassen. Wie konnte das nur passieren? Dann nahm er sich zusammen. Er würde diesen Sten finden. Und dann ...

Einige Augenblicke später unterhielt sich der Baron leise mit einem kleinen grauen Mann auf einer kleinen grauen Welt. Die Jagd auf Sten war eröffnet.

Buch III

DIE GARDE

Kapitel 16

In den nuklearen Feuerstößen, die von dem Planeten aufzuckten, zeichneten sich deutlich die Silhouetten der Kriegsschiffe ab, die direkt außerhalb der Atmosphäre im All standen.

»H minus fünfzig Sekunden läuft. Rot Eins und Rot Zwei unterliegen individueller Kontrolle. Beginn Eintrittsmanöver.« Die Übertragung vom Kommandoschiff knisterte im Kontrollraum des Truppentransporters.

Sämtliche Kontrollen erwachten zum Leben, und die Flottentransporter drehten aus ihren orbitalen Positionen bei. Bremsraketen flammten auf, als die Schiffe Geschwindigkeit zurücknahmen und dichter an den Rand der Atmosphäre hinabtauchten.

»Foxfire Sechs, habe Bestätigung Abschuß einer Abwehrrakete. Geschätztes Zusammentreffen ... äh, fünfunddreißig Sekunden. Abfangmöglichkeit dreiundachtzig Prozent. Beginn der Ablenkung«, meldete ein Beobachtungs- und Abfangssatellit.

Der Pilot von Foxfire Sechs fluchte und ging mit seinem Angriffstransporter auf Höchstbeschleunigung. Er suchte sich einen beliebigen Ausweichmuster-Chip aus und fütterte ihn in den Computer.

Tief drunten im Bauch des Schiffes fiel Sten nach vorne und blieb mit einem Ruck in den Sicherheitsgurten hängen. Sein Zugführer knallte gegen die Wand der Kapsel. Die Decke rotierte um Sten, driftete unsinnigerweise nach oben und verschwand völlig, als sich die künstliche Schwerkraft abschaltete.

Sten und die anderen Männer von seinem Zug zurrten sich fester in ihren Aufprallschutz; während der Transporter ständig die Richtung änderte, schaltete sich die Schwerkraft in einem Dutzend verschiedener Richtungen an und wieder ab.

Der Lautsprecher im Kontrollraum knackte: »Vier Sekunden bis zum Eintritt in die Atmosphäre. H minus dreißig ... Raketenausweichmanöver eingeleitet.«

Kleine Stichflammen zuckten aus dem B&A-Satelliten, als er ein Dutzend Abfangraketen in Richtung der sechs bleistiftdünnen Rauchfahnen abfeuerte, die sich in Richtung Transporter immer weiter heraufschraubten.

Helles Licht flammte fast bis in die Schwärze des Alls hinein.

»Foxfire Sechs, ich habe einen Treffer bei einem Eurer Vögel. Treffer mit nachfolgenden Kreiselbewegungen auch bei einem zweiten Vogel. Schlage vor, Sie gehen auf Ablenkungsmanöver.«

Der Waffenoffizier des Transporters schickte den heraufkommenden Sprengköpfen zwei Batterien von Gremlins entgegen, die beim Niedergehen Unmengen von Ablenkungsmaterial verstreuten, um die gegnerischen Zielsucheinrichtungen zu täuschen.

Eine der herannahenden Raketen fiel darauf herein und steuerte auf einen Gremlin zu. Die anderen, die womöglich vom Boden aus gesteuert wurden, kamen dem riesigen Truppentransporter allmählich bedrohlich näher.

»Foxfire Sechs, Trefferwahrscheinlichkeit jetzt neunzig Prozent. Schlage Abwurf von Mannschaftskapseln vor.«

Im Innern von Stens Kapsel quäkte der Pieper los, und eine Computerstimme verkündete: »Kapselabwurf nach verkürztem Countdown. Oberflächenberührung in zweiundsiebzig Sekunden.«

Der Transporterpilot schlug mit der Faust auf die Abwurftaste, und das Vehikel schien zu explodieren. Der große Kegel trennte sich vom Rumpf des Mutterschiffs und entließ zwanzig längliche Kapseln. Die Kapseln schalteten sofort auf automatische Steuerung und orientierten sich nach der Robotzieleinrichtung, die bereits aus dem Zielgebiet funkte.

Der mürrische Unteroffizier, der direkt neben Sten festgezurrt war, sagte nachdenklich: »Wahrscheinlich haben sie uns schon im

Visier. Sechs zu fünf, daß sie uns ausknipsen, bevor wir unten angekommen sind. Nein, halt! Sagen wir lieber acht zu fünf. Wetten?«

Sten schüttelte den Kopf, und wieder fing die ganze Kapsel an, sich um ihn zu drehen.

Sechsundvierzig Sekunden waren vergangen, seit die Landeeinheiten Rot Eins und Rot Zwei sich von der Flotte abgesetzt hatten.

Der Himmel rings um den Planeten blitzte im Schein konventioneller und atomarer Explosionen.

Zwei Abwehrraketen detonierten in unmittelbarer Nähe der Mannschaftskapsel. Stens Kapsel wurde gehörig durchgeschüttelt. »Jetzt sind wir in der Atmosphäre«, sagte der Corporal.

Ein simples Radargerät in der Spitze der Kapsel wies den Computer an, die Geschwindigkeit zu verringern. Aus den Seitenteilen der Kapsel klappten große Schwingen heraus, Bremsraketen brüllten auf. Die Vorderkanten der Flügel verfärbten sich zuerst glühend rot, dann weiß, bis der vertikale Sturz der Kapsel in einen weniger steilen Winkel überging. Im Innern der Kapsel war das Windgeheul fast unerträglich laut.

Fast im gleichen Augenblick entließ der Computer aus dem hinteren Ende der Kapsel drei Bremsfallschirme und zündete Raketen, die den Kurs korrigierten und die Kapsel weg vom Ozean und wieder entsprechend der Anweisungen des TZ-Landerobots ausrichteten. Bevor die Kapsel unterhalb Schallgeschwindigkeit geriet, zündete der Computer noch zwei Paar Sturzflugbremsen.

Die Luftverteidigung rund um die Hauptstadt des Planeten, die sich unter Stens Kapsel ausdehnte, feuerte Kurzstrecken-Boden-Luft-Raketen ab. Ein- und Zweimann-Angriffsschiffe hüpften suchend durch die schwarzen Rauchschwaden, dann tauchten sie ab und griffen ihre Ziele an.

Laserfinger erfaßten die Abschußstellungen, und Gleitbomben gingen auf sie nieder, fanden ihr Ziel.

Die zweite Welle von Angriffsschiffen strich über die Innenstadt, Splitterbomben regneten hinab. In der Stadtmitte tobte eine Feuersbrunst, in der solider Stahl und Beton wie Butter in der Sonne schmolzen.

Eine oberflächenorientierte Abwehrrakete erfaßte Stens Kapsel im Anflug, schwenkte auf sie ein und ging auf vollen Schub, verlor die Kapsel jedoch in dem heillosen Durcheinander, das dort unten herrschte. Da er seinen Vogel nicht mehr herumreißen konnte, entschied sich der Steueroffizier der Rakete, sie manuell zur Detonation zu bringen, in der Hoffnung, wenigstens aus nächster Nähe einen möglichst großen Schaden anzurichten.

Stens Kapsel ging auf einer breiten Prachtstraße flach wie ein Pfannkuchen nieder. Bodenberührung! Im gleichen Augenblick erreichte sie die Druckwelle der ferngezündeten Rakete, ein Flügel schrammte über den Straßenbelag, und dann fing die Kapsel an zu kreiseln.

Als Sten die Augen wieder aufmachte, war alles schwarz. Dann zündeten die Hilfstriebladungen und die Rampen der Kapsel klappten nach außen.

Die Männer rannten einer nach dem anderen hinaus auf die Straße.

Sten stolperte, fing sich wieder, klappte instinktiv das Flammenschutzvisier seines Helms herunter, schlug auf die Sicherung seiner Willygun. Magazin rein, fertig. Sten ließ sich auf ein Knie nieder, zehn Meter von seinem nächsten Gruppenkameraden entfernt.

Die Vorpostenlinie der Landungssicherung stand.

Der Sergeant seines Zuges brüllte: »Erste und zweite Gruppe. Vorwärts. Dritte Gruppe. Deckung. Artilleriegruppe, Stellung bei der Statue dort drüben beziehen.«

»Mach schon. Diamond. Los.«

Sten und seine Kameraden marschierten los, immer dicht an den Häuserwänden entlang. Jetzt erst kehrten Stens Ohren ins wirkliche Leben zurück; jetzt hörte er das Knallen der Absätze und das Knirschen seines Koppels und Waffengeschirrs.

Der erste Marschflugkörper aus den Rohren der Gruppe mit den schweren Waffen fauchte durch die Luft, drehte bei und suchte nach einem Ziel.

»Mach schon, blödes Ding. Wir haben keine Zeit zum Herumtrödeln. Mach endlich –«

Die ganze Gruppe warf sich auf den Boden, Schutt rieselte auf sie nieder. Sten rollte sich in eine Einfahrt und kam wieder auf die Beine.

Sofort duckte er sich wieder, als der riesige, graulackierte Kampfpanzer mitten durch ein Gebäude brach und auf seine Gruppe zurumpelte.

Sten löste eine Granate vom Geschirr, machte sie scharf und warf das kleine Ei dem Panzer in den Weg. Die Granate explodierte ein paar Meter zu weit weg, und einer der beiden Haupttürme des Panzers schwenkte herum; Sten preßte sich flach auf den Boden.

Seine Trommelfelle kräuselten sich, und sein Rückgrat schien sich aufzurollen, als die Molekularverstärker der Laserkanone des Panzers den erforderlichen Ladedruck erreicht hatten. Die Schallwellen ließen die Mauer über ihm in ein zerstäubendes Nichts bersten. Sten blieb liegen, bis der Panzer vorbeidröhnte.

Eine seiner Gleitflächen ratterte in nur wenigen Metern Entfernung vorbei. Sten hörte den gurgelnden Schrei, als jemand aus seiner Gruppe von den drei Meter breiten Ketten zerquetscht wurde.

Kaum war der Panzer vorüber, kam Sten wieder auf die Füße, erwischte das lose Ende einer Kettenabschleppvorrichtung und ließ sich hinaufziehen, bis er sich fast auf gleicher Höhe mit dem fauchenden Auspuff befand. Dann zog er eine zweite Handgranate vom Geschirr und ließ sie zwischen die beiden Gefechtstürme rollen.

Er sprang wieder hinunter auf das Straßenpflaster. Der Panzer rollte noch einige Meter weiter, weit genug, daß sich Sten außerhalb der Gefahrenzone des Sensors befand.

Ein Gewehrtürmchen schwenkte zu ihm herum, und das Geschütz entlud sich genau in dem Augenblick, in dem die Granate detonierte. Die Explosion riß einen der Hauptgefechtstürme ab. Er wirbelte durch die Luft und erschlug zwei am Boden kauernde Gardisten.

Sten lag zwanzig Meter hinter dem Panzer und rührte sich nicht. Aus dem Krater, den die Granate in das Fahrzeug gerissen hatte, schossen Flammen hervor, wurden jedoch sogleich von Löschvorrichtungen erstickt. Der zweite Hauptturm drehte sich nach hinten. Sein Maschinengewehr spuckte Feuer, und rings um Sten klatschten die Kugeln gegen Mauern und Pflaster. Er schrie auf, als ihm etwas wie ein glühendheißer Draht durch die Schulter fuhr, kam jedoch noch einmal hoch und hechtete nach vorne; er rutschte über das Pflaster und robbte unter den Panzer.

Schmerzen. Es tat höllisch weh. Sten zwang sich, das vertraute Mantra aufzusagen, und als das Nervenende abstarb, ließ der Schmerz tatsächlich etwas nach. Sein Arm ließ sich nicht mehr bewegen. Unbeholfen kroch Sten wieder unter dem Panzer hervor, warf sich jedoch sogleich flach auf den Boden, als dicht neben ihm Geschosse gegen die Panzerung klatschten.

Ein Trupp feindlicher Infanterie bewegte sich durch die Ruinen heran. Als Sten sich hinter den Panzer schleppte, eröffneten sie sofort das Feuer.

Der Motor brüllte auf, und der Panzer ruckte wieder an. Sten hielt mit ihm Schritt, damit der Panzer zwischen ihm und den feindlichen Soldaten blieb. Er hörte gebrüllte Kommandos, bückte sich und spähte durch die Kettenräder hindurch. Er sah Beine, die auf den Panzer zugerannt kamen, nahm eine Bester-Granate aus seiner Umhängetasche und schleuderte sie über den Panzer. Sein Visier wurde sofort dunkel und schützte ihn vor dem Lichtblitz.

Die Soldaten gingen zu Boden. Sie waren betäubt, ihr Zeitgefühl gestört, so daß sie mindestens eine halbe Stunde außer Gefecht sein würden.

Das Getriebe knirschte, und der Panzer rollte weiter die breite Straße hinab, direkt auf den Standpunkt von Stens Zug zu. Sten hielt sich an einer Verstärkungsrippe fest und schwang sich mit Mühe auf das Schutzblech des Panzers hinauf. Der verbliebene Gefechtsturm feuerte mit halber Kraft in die Straße vor sich. Aus den Türmchen mit den Schnellfeuerkanonen spuckten Feuerstöße, die die Gebäude links und rechts des Wegs bestrichen.

Sten kroch quer über den Panzer auf den großen Turm zu. Aus einem Beobachtungsschlitz blitzte ein Auge hervor, und sofort schwenkte eine Kanone zu ihm herum. Sten sprang direkt auf den Hauptturm des Panzers. Er blinzelte kurz ...

Sten saß in einem Zimmer und hatte einen glänzenden Metallhelm auf dem Kopf, der ihm jegliche Sicht nahm. Aus dem Helm ragten spiralförmige Übertragungstentakel heraus. Trotzdem ritt Sten auf einem schweren Panzer und befand sich inmitten einer Schlacht auf Leben und Tod, irgendwo auf einem namenlosen Planeten.

Stens Fingernägel rissen ein, als der Turm in dem Bemühen, ihn abzuschütteln, nach links und rechts gedreht wurde. Eine Luke klappte auf, und Sten sprang nach vorne, wobei er das Kampfmesser aus der Stiefelscheide zog. Er stürzte sich auf den Soldaten, der mit gezogener Pistole herauskam.

Das Messer erwischte den Mann im Mund. Blut sprudelte über Stens Hand. Der Mann fiel wieder in den Panzer zurück. Sten riß die Luke ganz auf, warf sich zur Seite, als von innen heraus geschossen wurde.

Sten riß sich das Koppel herunter, drückte auf den Auslöser einer der daran befestigten Verzögerungsgranaten und ließ den ganzen Gürtel in die Luke fallen.

Er sprang. Kam irgendwo auf. Spürte, wie Sehnen knackten und rissen, fiel auf die Knie, kroch noch ein Stück weiter weg, über eine niedrige Mauerruine. Dann flog hinter ihm der Panzer in die Luft. Ein vernichtender, sengender Feuerball fauchte über die Mauer hinweg und erwischte Sten. Er spürte, wie sein Körper verkohlte und sich immer tiefer in die Erde einbrannte.

Die Aufnahme schaltete sich ab.

Sten riß sich den Helm vom Kopf und schleuderte ihn quer durch das Zimmer.

Ein Lautsprecher meldete sich. »Sie haben gerade an der ersten Angriffswelle Ihres Regiments, des **1.** Garde-Sturmregiments, auf Demeter teilgenommen. Das Regiment erlitt während der dreiwöchigen Operation Verluste von vierundsechzig Prozent, erfüllte jedoch alle ihm gestellten Aufgaben innerhalb des für die Operation vorausberechneten Zeitplans.

Als Anerkennung für seine Leistung sprach der Ewige Imperator höchstpersönlich dem **1.** Garde-Sturmregiment das Recht zu, eine imperiale Fourragère in Rot, Weiß und Grün zu tragen. Die Ehrenwimpel der Schlacht von Demeter wurden der Divisionsfahne hinzugefügt ...

Zusätzlich wurden zahlreiche Einzelauszeichnungen für erwiesenen Mut vor dem Feind verliehen, darunter das Galaktische Kreuz an den Gardisten Jaime Shavala, an dessen Erlebnissen Sie soeben das Glück hatten, als Teil des Tests teilhaben zu dürfen.

Bevor das Abendessen serviert wird, haben Sie jetzt dreißig Minuten zur freien Verfügung. Die Tests werden morgen fortgesetzt. Das ist alles. Sie dürfen die Testkammer verlassen.«

Sten kletterte aus dem Sessel. Verrückt! Er spürte noch immer ganz deutlich, wo ihn diese Kugel erwischt hatte. Die Tür ging auf, und Sten machte sich auf den Weg in die Kantine. So fühlte man sich also als Held. Als toter Held. Weder das eine noch das andere kam Sten besonders erstrebenswert vor. Andererseits, dachte er sich, war sechsunddreißig Prozent eine bessere Überlebensrate als in der Exotiksektion.

Trotzdem wollte er noch immer gerne wissen, welcher wertvollen Eigenschaften es bedurfte, um sich für die in sicherer Entfernung hinter der Front operierende »Drückebergereinheit« des 1. Garde-Sturmregiments zu empfehlen.

Er setzte sich auf den Rand einer Gedenksäule, die an eine längst vergessene Schlacht erinnerte, und wartete darauf, daß die lange Schlange hoffnungsvoller Rekruten vor ihm etwas kürzer wurde.

Sten nahm einen tiefen Atemzug der nicht künstlich hergestellten Luft und wunderte sich ein wenig darüber, daß er sich glücklich fühlte. Er dachte nach. Bet? Nein, darüber war er noch lange nicht hinweg. Ebensowenig wie er sich vom Tod seiner Familie erholt hatte. Vermutlich, dachte er, kommt man mit solchen Dingen besser klar, wenn man etwas mehr Praxis darin hat. Und Praxis, das wurde ihm plötzlich klar, würde er bei der Garde jede Menge erhalten.

Auch gut. Er stand auf und schlenderte zum Ende der Kantinenschlange. Wenigstens hatte er Vulcan weit hinter sich gelassen – und er würde niemals wieder dorthin zurückkehren. Obwohl er hin und wieder davon träumte, wie es Vulcan wohl bekommen würde, wenn direkt über dem Auge ein satter Planetenzerstäuber explodierte.

Er riß sich von der verlockenden Vorstellung los und konzentrierte sich lieber auf seinen Hunger.

Kapitel 17

Auch Rykor war glücklich. Wilde, arktische Meere wogten dröhnend durch ihre Gedanken. Gletscher kalbten, riesige Eisberge stürzten in die grauen Fluten, und die Wellen schossen fast bis zum grauen, bedeckten Himmel empor.

Kurz bevor sie auftauchte, drehte sie sich auf den Rücken, spie ausgiebig Wasser in die Luft, dann ließ sie ihre Schwanzflosse auf die Wasseroberfläche klatschen und löste sich mit kräftigen, trotzdem eleganten Sprüngen aus der Welle. Jemand klopfte ihr sanft auf die Schulter.

Rykor klappte ein Augenlid zurück und blickte säuerlich zu Frazer, einem ihrer Assistenten auf. »Was ist?« brummte sie.

»Ein Vid für Sie. Von der Erstwelt.«

Rykor schnaufte durch ihre Barthaare und legte beide Arme über den Rand des Tanks. Sie stemmte ihren enormen Körper hoch und hinüber in den A-Grav-Stuhl. Dicke Fettschwarten rutschten an beiden Seiten hinunter, dann hatte der Stuhl alles einigermaßen unter Kontrolle. Rykor drückte auf die Tastatur, und der Stuhl glitt mit ihr durch den Raum zum Hauptbildschirm hinüber. Frazer blieb immer dicht neben ihr.

»Es hat was mit dem neuen Garde-Rekruten zu tun. Derjenige, auf den Sie Ihr persönliches Augenmerk gelegt haben.«

»Hab ich mir doch gleich gedacht«, murmelte Rykor. »Jetzt krieg ich noch mehr Walroßwitze zu hören – was auch immer ein Walroß sein mag.«

Bis auf eine einzige Zeile blinkender Buchstaben war der Schirm leer. Rykor war einigermaßen überrascht, drückte jedoch auf die ZIFFERN-Taste und fügte die Codezeile hinzu. Sie winkte Frazer vom Bildschirm weg.

Jetzt flackerte der Schirm auf, und Mahoney strahlte sie an.

»Ich wollte dir einen Moment deiner wertvollen Zeit stehlen, Rykor, damit du dir einen meiner Jungs ansiehst.«

Rykor berührte einen Knopf und ein zweiter Schirm wurde hell. »Sten?«

»Wie hast du denn das erraten?«

»Erraten? Wenn dein persönlicher Code neben dem Computervermerk steht?«

»Das war schon immer mein großes Problem. Ich kann einfach nichts verheimlichen.«

Rykor ersparte sich eine Antwort. Die Taktik war zu leicht zu durchschauen.

»Und jetzt willst du seine Resultate?«

»Würde ich eine Chefpsychologin belästigen, wenn ich auch ihr Helferlein befragen könnte? Du weißt genau, was ich möchte.«

Rykor holte tief Luft. »Vor allem müßte er wohl – deiner Einschätzung nach jedenfalls – ein Ausbund an Hinterlist sein.« Mahoney schaute sie verdutzt an, sagte jedoch nichts dazu. »Ungewöhnlich hoher Intelligenzquotient, gut abgestimmt mit der Fähigkeit, zeitgerecht zu planen und einem ausgeprägten Urteilsvermögen.

Was eigentlich nicht zusammenpaßt. Er müßte entweder katatonisch oder ein gemeingefährlicher Psychopath sein. Statt dessen ist er viel zu gesund. Wir könnten ihn noch intensiver testen, ich bin jedoch der Meinung, daß er deshalb so gut funktioniert, weil seine Erlebnisse nicht assimiliert sind.«

»Kannst du das näher erklären?«

»Eine Analyse wäre angesagt – damit können diese Probleme und seine verdeckten Emotionen zutage gebracht werden.«

»Wozu eine Analyse?« fragte Mahoney. »Wir basteln uns hier keinen Schöngeist zusammen. Ich möchte nur einen Soldaten haben. Wird er die Ausbildung überstehen?«

»Das kann man unmöglich mit Sicherheit voraussagen. Wenn du meine persönliche Einschätzung hören willst: wahrscheinlich nicht. Er ist schon weit über unser normales Programm hinaus belastet worden.«

»Was für eine Art von Soldat wird aus ihm?«

»Ein absolut widerlicher.«

Mahoney sah überrascht aus.

»Er zeigt kaum emotionale Reaktionen auf die üblichen Stimuli, etwa Anerkennung durch die Gruppe, weiterhin so gut wie kein Interesse an den konventionellen Vergünstigungen für die Mitglieder der Garde. Die Wahrscheinlichkeit ist ziemlich hoch, daß er einen Befehl verweigert, den er als sinnlos oder unnötig gefährlich ansieht.«

Mahoney schüttelte traurig den Kopf. »Da fragt man sich, weshalb ich ihn überhaupt rekrutiert habe. Und dann auch noch in mein eigenes geliebtes Regiment.«

»Höchstwahrscheinlich«, erwiderte Rykor trocken, »weil sein Persönlichkeitsprofil deinem sehr ähnlich ist.«

»Mmmh. Wahrscheinlich halte ich mich deshalb auch so gut es geht von meinem eigenen geliebten Regiment fern. Mal abgesehen vom Tag der Flaggenparade.«

Rykor fing plötzlich an zu lachen. Es hörte sich an wie ein tiefes Grollen, und ihr Körper zuckte in sich fortsetzenden Wellen, was den Stuhl beinahe in die Knie gezwungen hätte. Dann hörte sie ebenso plötzlich wieder auf.

»Ich habe das eigenartige Gefühl, Ian, daß du wieder einmal einen auf ›Alte Kameraden‹ machst.«

Mahoney schüttelte den Kopf.

»Falsch. Ich möchte nicht, daß der Junge durch die Ausbildung gehätschelt wird. Wenn er nicht das Zeug dazu hat ...«

»Dann schickst du ihn nach Hause zurück?«

»Wenn er es nicht schafft«, sage Mahoney ruhig, »dann interessiert er mich nicht mehr.«

Rykor wackelte mit den Schultern.

»Du solltest übrigens wissen, daß der Junge ein Messer in seinem rechten Unterarm stecken hat.«

Mahoney kratzte sich am Kinn. Das war ihm auf Vulcan gar nicht aufgefallen.

»Sollen wir es entfernen?«

»Nein«, grinste Mahoney. »Sollen sich die Ausbilder damit abgeben. Und falls er dumm genug ist, es gegen einen von ihnen zu ziehen, dann sind wir ohnehin aus dem Schneider, stimmt's?«

»Natürlich möchtest du, daß wir seine Fortschritte überwachen.«

»Selbstverständlich. Ich bin mir darüber im klaren, daß seine Überwachung nicht zu den Aufgaben einer Chefpsychologin gehört. Trotzdem wäre es mir lieb, wenn seine Akte unter Verschluß bliebe. Und wenn du ihn höchstpersönlich unter deine Fittiche nehmen würdest.«

Rykor starrte auf den Bildschirm. »Ach so. Verstehe.«

»Natürlich«, antwortete Mahoney mit einem schiefen Grinsen. »Das habe ich nicht anders erwartet.«

Kapitel 18

»Mein Name ist Lanzotta« schnarrte die Stimme.

»Master Sergeant Lanzotta. Für das kommende Imperiale Jahr bin ich für euch der Liebe Gott.«

Sten, der gut verborgen inmitten des zusammengewürfelten Rekrutenhaufens stand, warf einen verstohlenen Blick auf den drahtigen Mann mittleren Alters, der da vor ihnen stand. Lanzotta trug die braune Uniform einer Garde-Kampfdivision und den hochgesteckten Schlapphut der Ausbildungstruppe. Die einzige Auszeichnung, die er außer den schmalen schwarzen Streifen seiner Rangabzeichen trug, waren die umkränzten Sterne einer Planetarischen Kampfspange für mehrmalige Teilnahme an Sturmangriffen.

Er wurde von zwei bulligen Corporals flankiert.

»Auf Kniefälle und Brandopfer lege ich keinen Wert«, fuhr Lanzotta fort. »Anbetung und bedingungsloser Gehorsam reichen völlig aus, um mich überglücklich zu machen.«

Lanzotta lächelte freundlich in die Runde seiner Rekruten. Einer von ihnen, in einen grellbunten Seidenanzug von einem Touristenplaneten gekleidet, beging den Fehler, das Lächeln zu erwidern.

»Ah. Hier haben wir einen Mann mit Sinn für Humor.« Lanzotta machte einige Schritte, bis er direkt vor dem Mann stand. »Findest du das etwa lustig, mein Sohn?«

Das Lächeln war vom Gesicht des jungen Burschen verschwunden. Er sagte nichts.

»Ich dachte, ich hätte dem Mann hier eine Frage gestellt«, sagte Lanzotta. »Ist meine Aussprache etwa nicht deutlich genug, Corporal Carruthers?«

Eins der Muskelpakete, eine Frau, bewegte sich kaum merklich. »Ich habe Sie klar und deutlich verstanden, Sergeant.«

Lanzotta nickte. Seine Hand schoß nach vorne und packte den Rekruten unter dem Kinn. Ohne jede sichtliche Anstrengung hob er den Mann in die Luft, bis seine Füße über der Erde baumelten. »Auf meine Fragen erhalte ich gerne eine Antwort«, erläuterte er. »Ich fragte, ob du das lustig findest?«

»N-nein«, gurgelte der Junge.

»Ich ziehe es vor, mit meinem Rang angesprochen zu werden«, sagte Lanzotta. Dann schleuderte er den Rekruten von sich, der unsanft auf dem Boden landete. »Vielleicht hast du deinen Sinn für Humor noch bitter nötig«, fügte Lanzotta hinzu.

»Heute stehen hier hundert von euch. Ihr wurdet auserwählt, in die Reihen des 1. Garde-Sturmregiments einzutreten.

Ich heiße euch willkommen.

Wie ihr wißt, sind wir überaus wählerisch. Nach dem, was ich so höre, kommt für die Garde nur einer von hunderttausend in Frage.

Unter diesen Umständen könntet ihr Männer und Frauen auf die Idee kommen, euch für so etwas wie eine ›Elite‹ zu halten. Corporal Halstead, sehen diese – was immer das sein soll – in Ihren Augen wie Elite aus?«

»Nein, Sergeant Lanzotta«, brummte der zweite Koloß. »Sie sehen eher aus wie der schäbige Rest der letzten Kleiderspende.«

»Hmmm.« Lanzotta überlegte kurz. »Vielleicht nicht ganz so mies.«

Er schritt die regungslosen Reihen ab und betrachtete sich die Rekruten aus der Nähe. Bei Sten blieb er stehen, musterte ihn von oben bis unten und lächelte dünn. Dann ging er noch einige weitere Reihen weiter, bevor er sagte: »Ich muß mich bei Ihnen entschuldigen, Corporal. Sie hatten recht.«

Lanzotta marschierte wieder an die Spitze der Formation und schüttelte besorgt den Kopf. »Die Imperiale Garde ist die vortrefflichste Kampftruppe in der Geschichte der Menschheit. Und das 1. Sturmregiment ist das beste in der ganzen Garde. Wir haben noch nie eine Schlacht verloren, und wir werden auch nie eine verlieren.«

Er machte eine kurze Pause.

»Der eine oder andere General hat einmal gesagt, die Aufgabe eines Soldaten ist nicht zu kämpfen, sondern zu sterben. Falls einer von euch Pilzflechten es bis zur Prüfung schafft, wird er den Soldaten auf der gegnerischen Seite dabei helfen, für ihre Heimat zu sterben. Wir von der Garde sind nicht an Kanonenfutter interessiert. Wir bilden Kampfmaschinen aus, keine Verlierer.

Ihr werdet ein Jahr hier im Ersatzregiment zur Ausbildung bleiben. Falls ich es dann mit meinem Gewissen vereinbaren kann, werdet ihr zum Einsatz-Sturmregiment versetzt.

In diesem Jahr bleiben euch nur drei Möglichkeiten. Ihr könnt jederzeit alles hinschmeißen; wir schätzen uns glücklich, wenn wir euch aussieben und zum Dienst in einem hundsgewöhnlichen Bataillon abschieben dürfen.

Oder aber ihr lernt, wie man ein richtiger Soldat wird.«

Er wartete.

»Die dritte Möglichkeit: ihr könnt sterben.« Lanzotta lächelte wieder, »Corporal Halstead, Corporal Carruthers und ich werden euch mit Freude töten, wenn wir auch nur einen Moment glauben, daß ihr im Ernstfall eure Kameraden in Gefahr bringen könntet, und wenn das der einzige Weg ist, um euch loszuwerden.

Ich habe einen festen Glauben, Leute. Ich glaube an das Imperium, und ich diene dem Ewigen Imperator. Er hat mich aus dem Misthaufen von einem Planeten, auf dem ich geboren wurde, herausgeholt und mich zu dem gemacht, was ich bin. Ich habe auf hundert verschiedenen Welten für das Imperium gekämpft und werde noch auf hundert weiteren kämpfen, bevor mich irgendein Strauchdieb fertigmacht.« Lanzottas Augen funkelten.

»Aber ich werde das teuerste Stück Fleisch sein, das er jemals geschlachtet hat.«

Wie mit einer unbewußten Geste berührte Lanzotta die Kampfspange an seiner Brust.

»Ich teile euch jetzt die vier wichtigsten Regeln mit, die ihr zu beachten habt, wenn ihr am Leben und weiterhin glücklich bleiben wollt. Als erstes solltet ihr euch darüber klar werden, daß ihr noch zwei Stufen unterhalb von Abschaum steht. Ich werde es euch rechtzeitig wissen lassen, wann ich euch für lebenswürdige Wesen halte. Momentan kann ich mir das nicht einmal vorstellen.

Zweitens: wenn euch jemand vom Korps anspricht, dann steht ihr still, salutiert und sprecht ihn mit seinem Rang an – und ihr werdet genau das tun, was er euch befiehlt.«

Er nickte seitlich zu Carruthers hin. Der weibliche Corporal rannte bis dicht vor einen Rekruten.

»DU!« schrie sie ihm ins Gesicht.

»Ja.«

Die Faust des Corporals versank im Magen des Rekruten, der sofort würgend in die Knie ging.

Carruthers trat einen Schritt zur Seite.

»DU!« schrie sie eine zitternde Frau an.

»Ja ... Corporal«, stammelte die Rekrutin.

»HÜPFEN!«

Das Mädchen starrte sie an. Carruthers Faust knallte gegen ihr Kinn, und sie ging zu Boden.

»SIE HÖREN NICHT ZU, SERGEANT.« Sie trat wieder einen Schritt zur Seite.

»DU!«

»Jawohl, Corporal«, brachte der dritte Rekrut heraus.

»HÜPFEN!«

Der Rekrut fing an, auf und ab zu springen.

»DAS IST NICHT HOCH GENUG!«

Der Rekrut hüpfte ein wenig höher.

Carruthers sah zu, nickte dann zufrieden und ging wieder auf ihren Platz neben Lanzotta zurück.

»Drittens«, fuhr Lanzotta fort, als sei nichts geschehen, »Ihr könnt überall herumlaufen, aber nicht in die Gebäude hinein, es sei denn, es wurde euch befohlen.

Und viertens –« Lanzotta hielt inne. »Die vierte Regel besagt, daß alles, was ihr tut, falsch ist. Ihr geht falsch, ihr redet falsch, ihr denkt falsch, ihr *seid* falsch. Wir sind hier, um euch dabei zu helfen, alles richtig zu machen.«

Lanzotta wandte sich an Halstead.

»Corporal. Schaffen Sie mir diesen Abschaum aus den Augen und probieren Sie, ob Sie noch etwas an ihnen verbessern können.«

»JAWOHL, SERGEANT«, schnarrte der Unteroffizier, salutierte und trabte dann auf eine Seite der Formation.

»Rechts ... um!« brüllte er.

Sten wunderte sich, als sein Körper automatisch auf die Hypnokonditionierung ansprang, auf die er während der Schlaflektionen programmiert worden war.

»Vorwärts ... *Marsch*! Im Laufschritt ... *Marsch*!«

Stolpernd setzte sich der Rekrutenhaufen in Bewegung.

»Das hier ist euer Zuhause, Kinder«, dröhnte Halsteads Stimme durch die Gruppenunterkunft. Sten stand wie alle anderen Rekruten auch neben seiner Pritsche.

»Wir geben euch ein Bett, und ihr dürft euch glücklich schätzen, wenn ihr es vier Stunden pro Nacht seht«, fuhr Halstead fort. »Des weiteren habt ihr einen Spind für eure Sachen. Wir zeigen euch, wie sie dort eingeräumt werden.

Ich weiß, daß die meisten von euch in irgendeinem Gully aufgewachsen sind. Diese Unterkunft wird *saubergehalten*! Aber sie wird nie sauber genug sein!«

Halstead ging zur Tür. »Ihr habt zwei Minuten, um euch umzuschauen. Dann seid ihr wieder draußen zum Kleider- und Ausrüstungfassen.«

Die Barackentür schlug zu. Einen Augenblick herrschte Stille, dann setzte aufgeregtes Geschnatter ein. Sten sah sich seine Schicksalsgenossen genauer an. Sie sahen gesund, durchtrainiert und erschrocken aus. Er war nicht ganz der Kleinste in der Gruppe, aber fast.

»Bauern, alles Bauern«, sagte der Rekrut, der vor der Pritsche nebenan stand. Sten blickte ihn an. Es war der junge Mann vom Touristenplaneten. Er hielt Sten die nach oben gerichtete Handfläche entgegen. »Gregor.«

Sten schlug mit seiner Handfläche darauf und stellte sich ebenfalls vor. »Hast du was gegen Bauern?« erkundigte er sich neugierig.

»Nicht das geringste. Aus diesem Stoff schmiedet das Imperium seine Helden.« Ihm war so, als hätte Gregor verächtlich die Oberlippe verzogen.

»Aus dir nicht?«

Gregor lächelte. »Du hast's erfaßt. Aus mir nicht.«

Sten hob eine Augenbraue.

»Offizier, das ist angesagt«, raunte Gregor. »Du hältst dich zurück und beobachtest. Wenn sie anfangen, die Versager auszusieben ...« Gregor lächelte wieder.

Ganz unvermutet schrillte Halsteads Trillerpreife. Mit klappernden Stiefeln rannten die Rekruten zur Tür hinaus.

»IHR SEID ZU LANGSAM, LEUTE! VIEL ... ZU ... LANGSAM! DIE LETZTEN FÜNF HABEN KÜCHENDIENST!« brüllte Halstead heiser.

»DER NÄCHSTE!« schrie der Corporal. Sten stand nackt in der langen Schlange und fragte sich, ob Halstead auch normal reden konnte. Der Rekrut vor Sten flitzte auf den hochkant gestellten Sarg zu, rannte hinein, stellte die Zehen auf die markierte Stelle, und Halstead schlug die Tür zu.

Er wartete einige Augenblicke, dann riß er sie wieder auf. »RAUS, RAUS, RAUS«, bellte er.

Der Mann sprang heraus und rannte den Flur hinab zur Ausgabestelle, vor der sich bereits die verpackten Uniformen stapelten.

Sten zog den Kopf aus dem Ultraschallrasierer und betastete skeptisch seinen ungewohnt kahlen Schädel.

Carruthers grinste ihn an und brummte: »Genau, und es sieht noch blöder aus, als es sich anfühlt.«

»Vielen Dank, Corporal«, rief Sten und rannte zur wartenden Formation zurück.

Sten rannte wieder zur Baracke; der klobige Transportsack baumelte an seiner Schulter.

»SCHNELLER, SCHNELLER«, brüllte Halstead. »DAS WIEGT GERADE MAL VIERZIG KILO, IHR SCHWÄCHLINGE!«

Aus dem Augenwinkel sah Sten, wie Carruthers auf der Brust eines Rekruten kniete, der unter dem Gewicht des Sacks zusammengebrochen war.

»Du mußt nur eins kapieren, du miese Ratte«, flötete sie, »wir sind hier, um euch zu helfen.« Ohne sich von dem nach Luft ringenden Mann zu erheben, brüllte sie plötzlich los: »UND JETZT STEH AUF!«

»Uuaaah«, gähnte Lanzotta, während er die Reihe der angetretenen Rekruten abschritt. »Ihr glaubt wohl, ihr seht wie Soldaten aus?«

Vor einem Rekruten blieb er stehen. Sofort waren Carruthers und Halstead neben ihm. »Deine Uniformjacke steckt im Gürtel.«

»HAST DU DEN SERGEANT VERSTANDEN?« heulte Halstead und schlug dem Rekruten die Mütze über die Augen. »ER SAGTE, DU SIEHST WIE DRECK AUS«, schrie Carruthers dem Jungen ins andere Ohr. Lanzotta fuhr fort, als wären die beiden brüllenden Corporals gar nicht vorhanden: »Wir möchten doch nur, daß ihr so vorteilhaft wie möglich ausseht.« Traurig schüttelte er den Kopf und ging weiter; Halstead stieß den Rekruten rückwärts auf sein Bett, das seitlich zusammenbrach.

Lanzotta blieb vor Sten stehen.

Sten wartete.

Lanzotta musterte ihn von oben bis unten. Dann blickte er Sten in die Augen. Wieder war da ein feines Lächeln in seinem Mundwinkel, doch er ging kommentarlos weiter.

Etwas flüsterte Sten laut ins Ohr: »Ich glaube, der Sergeant mag dich«, sagte Carruthers. »Er glaubt, daß aus dir mal ein guter Soldat werden kann. Das denke ich auch. Und ich finde, du solltest uns allen zeigen, wie gut du bist.«

Eine kurze Pause.

»RUNTER! LIEGESTÜTZEN! VIELE, VIELE LIEGESTÜTZEN!«

Sten kniete sich hin, stützte sich auf die Handflächen und ging runter. Carruthers setzte sich auf seine Schultern, und Sten lag flach auf dem Boden. »ICH SAGTE LIEGESTÜTZEN!« schrie Carruthers.

Sten schaffte es, sich vom Boden aufzustemmen. Carruthers stand auf.

»AUF DIE BEINE«, brüllte sie. Sten sprang auf und ging sofort in Habachtstellung.

»WIR HABEN UNS WOHL GETÄUSCHT. ICH GLAUBE NICHT, DASS AUS DIR JEMALS EIN GUTER SOLDAT WIRD«, fuhr Carruthers brüllend fort. »AUS DIR WIRD NICHT EINMAL EINE GUTE LEICHE.«

Sten rührte sich keinen Millimeter.

Carruthers funkelte ihn einen Moment lang an und suchte sich dann das nächste Opfer.

»Dein Vater hat dich nicht sehr geliebt, was, Soldat?«

»NEIN, CORPORAL.«

»Deine Mutter hat dich gehaßt, habe ich recht?«

»JAWOHL, CORPORAL.«

»Warum hat dich deine Mutter nicht geliebt?«

»DAS WEISS ICH NICHT, CORPORAL.«

»Sie haßte dich, weil ihr eine Menge Kunden durch die Lappen gingen, bloß weil sie dich abtreiben mußte. Das ist doch richtig so, Rekrut, oder nicht?«

»JAWOHL, CORPORAL.«

»Wer ist der einzige Mensch, der dich liebt, Rekrut?«

»DAS SIND SIE, CORPORAL.«

Sten zuckte zusammen, als Carruthers den Rekruten gegen die Wand schleuderte.

»WO KOMMST DU HER, DU MISSGEBURT?«

»Ryersbad Vier, Corporal.«

»WAS? WAS HAST DU DA GESAGT?«

»Ry ... Ryersbad Vier, Corporal.«

»HOL DIESE MÜLLTONNE HER, REKRUT.«

»Jawohl, Corporal.«

»HALTE SIE HOCH. ÜBER DEINEN KOPF.«

Der Müller ergoß sich über die Schultern des Mannes.

»IN DIE TONNE.«

Der Rekrut kniete sich nieder und senkte den Stahlbehälter über seinen Körper. Sofort fingen Carruthers und Halstead an, donnernd gegen die Tonne zu treten.

»ABSCHAUM – *rumms*! – DU HAST KEINE HEIMAT – *rummst*! – DIE GARDE IST DEINE EINZIGE HEIMAT – *rumms*! – WOHER KOMMST DU? – *rumms*!«

»Von nirgendwo, Corporal«, kam die Stimme gedämpft unter der Tonne hervor.

Halstead stöhnte auf und versuchte, sich die kurzgeschorenen Haare zu raufen.

»Es ist hoffnungslos«, sagte er dann leise. »Völlig hoffnungslos.«

Dann brüllte er wieder los: »REKRUT, WIRST DU WOHL UNTER DIESER MÜLLTONNE HERVORKOMMEN!«

Hilfreich trat er noch einmal gegen den Behälter und stieß ihn um. Der Rekrut erhob sich, die Uniform voller Flecken und über und über besudelt.

»SIEHT SO AUS, ALS HÄTTEST DU GERADE EINE NEUE HEIMAT GEFUNDEN, REKRUT. JETZT NIMMST DU DIESE TONNE UND GEHST DAMIT RÜBER ZUR KANTINE. ICH WILL, DASS DU JEDEM, DER VORBEIKOMMT, SAGST, DASS DAS DEINE HEIMAT IST.«

»Jawohl, Corporal.«

Der Rekrut schulterte den Behälter und stolperte auf die Tür zu.

»In die Kojen«, blaffte Lanzotta.

Die nackten Rekruten sprangen in die Betten. Lanzotta ging zur Tür.

»Ich möchte, daß ihr euch eins merkt, meine Kinder«, sagte er. »Ich kann mit bestem Wissen und Gewissen sagen, daß ich noch niemals einen so miesen ersten Tag mit einer traurigeren Truppe, als ihr es seid, verbracht habe. Es wird mir noch nicht mal Spaß machen, euch umzulegen. Meint ihr nicht auch?«

»JAWOHL, SERGEANT«, ertönte der Ruf aus hundert Betten.

»Das gefällt mir ganz und gar nicht. Gute Nacht, Kinder.«

Lanzotta schaltete das Licht aus.

»Seid ihr alle schön erschöpft?« kam die Frage aus der Dunkelheit.

»JAWOHL, SERGEANT.«

»Was?«

»NEIN, SERGEANT.«

Das Licht ging wieder an.

»Das freut mich«, sagte Lanzotta. »Fünf Minuten. Dann seid ihr draußen zur körperlichen Ertüchtigung angetreten.«

Er lächelte und ging hinaus; die Rekruten starrten sich entgeistert an.

Sten fuhr zur Sicherheit noch einmal mit dem Enthaarungsstift über das Gesicht, schob ihn wieder zurück und schnappte sich seine Duschsachen. Dann eilte er aus der Naßzelle zurück zu seiner Pritsche, riß den Spind auf und verstaute alles sachgemäß mit einem überprüfenden Blick auf die an der Innenseite angehefteten Anweisungen.

Ein Blick auf die Uhr – es blieben ihm noch anderthalb Minuten zum Anziehen. Mit einem zufriedenen Stöhnen setzte er sich auf den Fußboden. Sein Bettzeug war bereits zusammengerollt, obenauf lag das vorschriftsmäßig gefaltete Laken.

»Hilf mir mal, Sten.« Sten erhob sich und packte das andere Ende von Gregors Matratze.

Die beiden Männer sahen einander an und mußten plötzlich kichern. »Mit uns könnte man zweifellos Werbefilme über die Garde drehen«, grinste Gregor. »Hast du übrigens schon etwas Interessantes beobachtet?«

»Auf diesem verdammten Planeten gibt es nichts von Interesse. Abgesehen von diesem Bett – wenn ich nur wieder hineinkriechen dürfte.«

»Sieh dich um. Etwas Interessantes. Es gibt doch Frauen in dieser Einheit.

»Scharf beobachtet, Gregor. Du hast wirklich das Zeug zum Offizier.«

»Halt die Klappe. Aber weißt du, was noch interessanter ist? Jeder schläft allein.«

»Wahrscheinlich ist das oberstes Gebot.«

»Hat sich schon jemals irgend jemand von irgendwelchen Geboten abhalten lassen, wenn er in der richtigen Stimmung war?«

Sten schüttelte den Kopf.

»Sie tun was ins Essen. Daran liegt es. Chemie. Sie wollen nicht, daß man sich an jemanden bindet, der dann vielleicht rausfliegt.«

Sten dachte darüber nach. Nicht sehr wahrscheinlich. Wenn es den anderen so ging wie ihm, kriegten sie abends vor Müdigkeit nicht einmal die Mundwinkel zu einem Lächeln hoch. Er beschloß, das Thema zu wechseln. »Gregor, du hast doch gesagt, daß du Offizier werden willst?«

»Klar.«

»Wie denn?«

»Drei Dinge sprechen für mich. Zuerst ist da mein alter Herr. Frag mich nicht weiter, sonst muß ich angeben, was ich nicht will; aber er ist ein ganz hohes Tier. Unserer Familie gehört fast ganz Lasker XII. Er hat Verbindungen. Wir sind sogar am Hof eingeführt worden.«

Sten musterte Gregor skeptisch. Das war wohl eindeutig ein dicker Pluspunkt.

»Zweitens: Ich habe Militärschulen besucht. Ich weiß also, wovon hier geredet wird. Und ich kann dir flüstern, daß wir dort noch ganz andere Sachen gelernt haben als das, was sie uns hier eintrichtern wollen, während wir versuchen, ein bißchen zu schlafen.«

»Militärschulen? Hat die Garde denn nicht so etwas wie eine Akademie, nur für Offiziere?«

Gregor sah etwas verlegen aus. »Ja, schon, aber mein Alter ... Ich fand, es ist besser, wenn ich alles von der Pike auf lerne. Du weißt schon, damit man später die Truppen, die man befehligt, besser versteht.«

»Mmmh.«

»Und drittens: Ab und zu suchen sie sich einen herausragenden Rekruten aus und zeichnen ihn aus. Direkt aus der Grundausbildung.«

»Und derjenige wirst du sein?«

»Wer denn sonst? Sieh dich doch um. Such dir einen aus.«

Sten ließ seinen Blick über die Rekruten schweifen, die sich in ihre Uniformen zwängten.

»Wie Lanzotta schon sagte: Die sind lediglich Kanonenfutter. Ich will damit nicht sagen, daß ich toll bin, aber ich sehe hier nicht viel Konkurrenz. Außer ... dir vielleicht.«

Sten lachte. »Ich doch nicht, Gregor. Ich nicht. Ich habe schon vor langer Zeit gelernt, daß man unbedingt den Kopf einziehen muß, wenn man nicht gleich von den dicken Dingern erwischt werden will.«

Die Tür flog auf. »ALLES HERHÖREN. KLEINE VERÄNDERUNG IM TRAININGSPROGRAMM. DRAUSSEN WIRD ES ZIEMLICH KALT, FAST ZWANZIG GRAD. WIR WERDEN ALSO EIN WENIG DRILLEN. UNIFORM DES TAGES IST HEUTE WINTERZEUG.«

Gregors Mund stand offen. »Winterzeug? Es ist mitten im Sommer!«

Sten riß seine Spindtür auf und fingerte eine Schneeuniform heraus.

»Ich dachte, du hättest bereits kapiert, was Lanzotta zum Thema Rekruten und Denken gesagt hat.«

Gregor nickte resigniert und fing an, sich umzuziehen.

»Rapport!«

»Sten. Rekrut in Ausbildung.«

Lanzotta lehnte sich auf seinem Stuhl zurück.

»Immer mit der Ruhe, Junge. Das hier ist bloß Routine. Wie du weißt, legt das Imperium großen Wert darauf, daß seine Soldaten ordentlich behandelt werden.«

»Jawohl, Sir!«

»Aus diesem Grunde werde ich dir einige Fragen stellen. Sie werden an die Rechtskommission weitergeleitet. Erste Frage: Hast du seit deiner Ankunft auf Klisura irgend etwas gesehen, was auf körperliche Mißhandlung hindeuten könnte?«

»Ich verstehe nicht recht, Sir.«

»Hast du gesehen, daß jemand aus dem Korps einen Rekruten mißhandelt hat? Das ist eine ernstzunehmende Anklage.«

»Nein, Sir!«

»Warst du jemals Zeuge, daß ein Angehöriger des Korps in herabwürdigendem Ton mit einem Rekruten gesprochen hätte?«

»Nein, Sir!«

»Fühlst du dich wohl hier bei uns, Rekrut?«

»Ja, Sir!«

»Entlassen.«

Sten salutierte, drehte sich auf dem Absatz um und trabte hinaus. Lanzotta kratzte sich nachdenklich am Kinn und blickte Halstead an. »Er?«

»Bin mir noch nicht sicher. Könnte sein.«

Kapitel 19

Der Attentäter ging methodisch vor.

Gedächtnisvermerk: Sten. Thoresen. Zeit ... Die Zeit ist ein unsicherer Faktor. Thoresen noch mehr. Motiv: persönlich. Mögliche Gefahr – nein, eher wahrscheinliche Gefahr für mich selbst. Erfüllung fraglich, es sei denn ...

»Da ist noch etwas hinsichtlich der Bezahlung«, sagte der Attentäter schließlich.

»Das haben wir bereits geklärt. Sie werden gut bezahlt.«

»Ich werde immer gut bezahlt. Es ist eine Frage der Übergabe. Äh ... mein Hintertürchen?«

»Vertrauen Sie uns nicht?«

»Nein.«

Der Baron sank in seinem Sessel zurück und schloß die Augen. Er entspannte sich einfach und genehmigte sich noch ein wenig mehr UV-Strahlung.

»Mir scheint vielmehr, daß momentan weniger Ihr Hintertürchen als Ihr Wissen zum Problem werden könnte.«

»Mein Wissen?«

»Richtig. Wenn Sie die Vereinbarung nicht akzeptieren sollten ... nun, Sie müssen sich im klaren darüber sein, daß Sie einen großen Einblick in sehr viele Dinge erhalten haben. Muß ich noch deutlicher werden?«

Der Attentäter langte lässig über den Schreibtisch und nahm einen antiken Füllfederhalter zwischen die Finger. »Wenn Sie einen dieser Alarmknöpfe auch nur ansehen, stoße ich Ihnen diesen Stift ins Gehirn.«

Der Baron erstarrte einen Moment, dann zog sich ein Grinsen über sein Gesicht.

»Haben Sie bereits an etwas Bestimmtes gedacht?«

»Selbstverständlich«, antwortete der Attentäter. »Wenn ich die Aufgabe also erfüllt habe, gibt es eine Bank in –«

Thoresen winkte gelangweilt ab. »Erledigt. Wie auch immer, das ist erledigt.«

»Es ist nicht genug Geld.«

»Weshalb nicht?«

»Zunächst einmal muß ich in die Imperiale Garde hineinkommen. Das kann bedeuten, daß außer Ihrer Zielperson noch andere Opfer anfallen.«

»Sie wollen sich der Garde anschließen?«

»Möglicherweise. Außerdem ist da noch dieser Mann, der Sten rekrutiert hat, dieser Geheimagent des Imperiums.«

»Ein kleiner Spion.«

»Sind Sie sicher?«

»Der Baron zögerte. »Ja.«

»Trotzdem brauche ich mehr Geld.«

»Das ist kein Problem.«

»Die Zeit?«

»Die schon. Der Auftrag muß sofort erledigt werden.«

Der Attentäter erhob sich. »Dann kann ich es nicht tun. Niemand kann das. Wenn Sie es trotzdem versuchen möchten, kann ich Ihnen mit einigen Namen aushelfen. Ich muß Sie allerdings warnen: jeder, der den Job annimmt, beweist damit zugleich seine Inkompetenz.«

Der Baron blickte ihn nachdenklich an. »Wieviel Zeit?«

»Soviel ich brauche.«

Thoresen holte den Attentäter ein. Er hatte den Allerbesten für diese Aufgabe vor sich. Also ... ja. Es gab keinen anderen Weg. »Na schön.«

Der Attentäter ging auf die Tür zu.

»Einen Moment noch«, sagte Thoresen.

Der Attentäter blieb stehen.

»Die Sache mit dem Füllfederhalter. Wie hätten Sie mich damit umgebracht?«

»Nein.« Der Attentäter schüttelte den Kopf.

»Ich sammle Waffen und Kriegsgerät. Und ich wäre bereit, dafür zu zahlen ...«

Der Attentäter nannte einen Preis und Thoresen stimmte zu. Nur wenige Minuten später hielt er den Ellenbogen genau in der richtigen Stellung angewinkelt.

Kapitel 20

Mit vier Bierkrügen in den Händen kämpfte sich Sten vom Ausgabeautomaten an den Tisch zurück. Er knallte die Krüge auf den Tisch, trank den ersten mit einem Zug aus und schnappte sich sofort den zweiten, bevor die beiden anderen Rekruten sich seiner bemächtigen konnten.

»Na, was hältst du davon, Großkotz Corporal auf Probe Sten?« fragte Morghhan.

»Kommt mir vor wie auf der verfluchten Welt, von der ich

stamme. Jedesmal, wenn man befördert wurde, mußte man am Ende draufzahlen. Der einzige Unterschied besteht darin, daß sie dir die Credits nicht erst später, sondern gleich abnehmen.«

»Ist 'ne schlechte Einstellung, Soldat«, sagte Morghhan und kippte das Bier hinunter.

Sten nahm selbst noch einen kräftigen Schluck und überlegte. Schlechte Einstellung? Wohl kaum. Er fühlte sich noch immer ziemlich wohl, trotz aller gegenteiliger Bemühungen von Lanzotta und seinen Spießgesellen. Gut möglich, daß er momentan in der Garde feststeckte. Aber nur ein paar Jahre. Und hier konnte nichts seinen Kontrakt ins Unendliche verlängern.

Außerdem hatte Sten, wenn schon nicht Freunde, so doch wenigstens ein paar Leute gefunden, mit denen er zusammensitzen und sich unterhalten konnte. Die meisten dachten zwar die meiste Zeit darüber nach, aus welchem Dreckloch Lanzotta wohl hervorgekrochen war, doch Sten fühlte sich wenigstens nicht mehr allein. Der neue Jargon, der hier überall herrschte, unterschied sich nicht besonders von der Sprache der Migs.

Er schob den Gedanken an Bet rasch wieder zur Seite und wandte sich an Morghhan, den schlanken Rekruten, der seiner Meinung nach die letzten drei Wochen des Körpertrainings auf dieser 3G-Welt nicht durchhalten würde.

»Meine Einstellung ist nicht die allerbeste, da hast du recht. Ich habe nicht nach den Streifen gefragt. Sie bezahlen mich schließlich nicht besser, nur weil ich euch Hohlköpfen beibringen muß, wann ihr euch den Arsch abwischen müßt.«

»An deiner Stelle würde ich mich geehrt fühlen«, sagte Bjhalstred leise. »Das zeigt doch, wieviel man im Korps von dir hält. Die denken, daß du einen richtig guten Gardisten abgeben wirst.«

Sten schnaubte verächtlich in Bjhalstreds Richtung. Er wußte noch immer nicht genau, was er von dem Jungen von der Agrarwelt halten sollte. So beschränkt konnte doch keiner sein. Oder doch? Letztendlich konnte es ihm egal sein. Sten zuckte die Achseln und schüttete das restliche Bier in Bjhalstreds Schoß.

Der Junge kreischte auf und wischte sich über die Hosen. »Übungsausbildern ist es nicht erlaubt, andere Rekruten zu maßregeln. Hast du denn bei den Vorschriften nicht zugehört? Sollen wir vor die Tür gehen?«

Sten erhob sich. »Geh du voran.«

»Nö. Geh du und fang schon mal ohne mich an. Ich beschäftige mich inzwischen mit deinem Bier.«

»Schluß damit«, mischte sich Morghhan ein. »Hier, nimm Gregors. Sieht aus, als würde er nicht mehr auftauchen.«

Nachdem sie die Krüge geleert hatten, hielt Sten noch eine Handvoll Credits hoch und rief: »Ich bezahle noch eine Runde, aber ein anderer muß holen gehen.« Bjhalstred war schon unterwegs zum Automaten.

»Weißt du, warum sie dir die Streifen verpaßt haben?« erkundigte sich Morghhan.

Sten schüttelte den Kopf. »Jedenfalls bin ich Lanzotta ganz bestimmt nicht hintenrein gekrochen. Vielleicht ernennen sie einen Rekruten zum Ausbilder, damit sie die Schwachen besser aussieben können – jetzt, wo sie uns endlich beibringen wollen, wie man ein richtiger Soldat wird.«

»Das paßt nicht zusammen.«

»Warum nicht? Seit neun Wochen machen wir nur Muskeltraining. Inzwischen sind wir bis auf wieviele herunter?«

»Dreiundsiebzig. Von einhundert.«

»Noch immer viel zuviel, sagte mir Carruthers. Sie befördern nur zehn pro Kompanie. Inzwischen müßten schon mindestens vierzig Prozent draußen sein, sagte sie. Und daß ab sofort alle besonders getriezt werden.«

»Na und? So oder so, wenn sie wollen, kriegen sie dich.«

»Das sind die reinsten Wahrscheinlichkeitsrechnungen«, stimmte ihm Bjhalstred zu, der mit der nächsten Runde zurückkam. »Und wenn wir gerade von Wahrscheinlichkeit sprechen: da kommt ja Lord Gregor höchstpersönlich.«

Gregor schob sich auf einen freien Stuhl.

»Sieht aus, als würdest du unter einem Hüftschaden leiden«, sagte Morghhan. »Wer hat denn das geschafft?«

»Ich war bei Lanzotta.«

»Fast eine Stunde lang? Man sieht kaum noch Blutspuren.«

Gregor lächelte grimmig. »Bei mir gibt's keine Blutspuren. Aber Lanzotta wird nicht ohne davonkommen.«

Sten sah ihn gespannt an.

»Du warst bei ihm?«

»Du hast's erfaßt. Ich habe ihm gesagt, daß ich einen Brief an meinen Vater schreiben werde.«

»Das hat ihn bestimmt rasend interessiert«, sagte Bjhalstred dumpf. »Jeder junge Rekrut sollte mit seiner Familie in Briefkontakt bleiben.«

»Es ging um die verfluchte Sache mit den Ausbilderstreifen.«

Sten blickte Gregor über sein Bier hinweg an. »Fühlst du dich noch immer hintergangen, weil sie dir keinen Befehlsrang gegeben haben?«

»Genau. Mann, mir steht zumindest die gleiche Chance zu wie jedem anderen auch. Es heißt doch immer, daß sie mit diesen Streifen zukünftige Anführer aussuchen. Warum ich nicht?«

»Vielleicht halten sie dich für zukünftigen Ausschuß«, sagte Morghhan.

»Du kannst es ja 'mal ausprobieren«, erwiderte Gregor düster.

»Schluß jetzt, alle zwei«, warf Sten ein, bevor Morghhan Zeit fand, weiter zu sticheln. »Wir trinken hier in aller Ruhe unser Bier und feiern, daß wir ab jetzt jeden Abend zwei Stunden aus den Baracken raus und einen heben dürfen.«

»Wir kriegen schon genug Zoff von oben, wir müssen uns nicht noch selbst Scherereien machen«, stimmte ihm Bjhalstred zu.

Morghhan schloß die Angelegenheit mit einem herzhaften Rülpser ab und ging mehr Bier holen.

»Ich klopfe keine Sprüche«, sagte Gregor. »Du weißt, daß mein Vater sehr einflußreich ist. Ich möchte nur Gerechtigkeit. Weißt du was? Ich sehe gerade, daß sie dir lediglich einen Doppelstreifen gegeben haben. Da du und ich die einzigen intelligenten Wesen in der Kompanie sind –«

»Schön zu wissen«, fiel ihm Bjhalstred ins Wort. »Da bin ich ja froh, daß ihr beiden Flottenadmirale euch zu einem Bierchen mit einem alten Landser wie mir herablaßt.«

»So habe ich das nicht gemeint«, entgegnete Gregor gereizt. »Sten und ich sind die einzigen, die sich der Tatsache bewußt sind, daß die ganze militärische Karriere hier und jetzt in der Grundausbildung entschieden wird.«

»Militärische Karriere«, brummte Morghhan, als er zum Tisch zurückkehrte. »Jetzt geht's hier aber ans Eingemachte.«

»Laß ihn doch ausreden«, sagte Sten.

»Ich habe meinem Vater geschrieben, daß ich bis vor den Imperialen Gerichtshof ziehe. Ich verlange eine Untersuchung. Warum vergeudet die Garde ihr bestes Material, nur weil die Ausbilder nicht einmal Pisse aus einem Raumstiefel kippen können, wenn nicht gerade ein Vordruck am Absatz angebracht ist?«

»Raus mit der Sprache, Gregor. Du hast meinen Namen erwähnt. Was hat das alles mit mir zu tun?«

»Ich nehme dich lediglich als Beispiel. Du hast nur zwei Streifen erhalten, dabei solltest du Zugführer zur Ausbildung sein oder noch mehr. Wenn ich nicht bereits eine Ausbildung hinter mir hätte, müßte ich zugeben, daß du fast so gut bist wie ich.«

»Aha.«

»Deshalb werde ich dich in meinem Brief erwähnen. Das gibt der Sache mehr Gewicht, und wenn sich mein Vater darum kümmert, springt bestimmt auch für dich was dabei heraus.«

Sten setzte zu einer Entgegnung an, entschied sich dann jedoch lieber dazu, Morghhans Finger von dem überzähligen Bierkrug zu lösen und das Getränk unschädlich zu machen. Dann setzte er den Krug ab.

»Ich glaube nicht, daß ich das möchte«, sagte er so ruhig wie möglich. »Ich werde meinen Weg auch so machen, vielen Dank.«

»Aber –«

»Gregor. So sieht's nun mal aus, wie du immer so schön sagst. Ende der Sendung.«

Gregor starrte Sten an; dann nickte er. »Wie du willst. Aber du machst einen großen Fehler.«

»Meinen Fehler.«

Gregor stand auf. »Wie auch immer – ich muß einen Brief schreiben.« Schon war er verschwunden.

»Corporal zur Ausbildung Sten?«

Stens Blick löste sich von der Tür und richtete sich auf Bjhalstred, der Habachtstellung eingenommen hatte.

»Du hast meine Erlaubnis zu sprechen, Rekrut Spundloch Bjhalstred.«

»Erbitte Einschätzung plus oder minus über das Letztgehörte, over.«

»Bleiben Sie dran. Berechnung erfolgt. Prog 1: Jemand wird entweder Flottengeneral zur Ausbildung oder für die nächsten dreißig Jahre Latrinengefreiter der Garde – ohne Aussicht auf Beförderung. Prog 2: Sie machen mich endgültig fertig. Halstead sagte, daß die Ausbildung morgen früh erst richtig anfängt, und das kann ich ohne einen ordentlichen Kater nicht ertragen.«

Feierlich stießen drei Krüge aneinander.

»Na schön«, sagte Carruthers in beinahe menschlicher Tonlage. »Was ihr jetzt lernt, ist die effektivste und perfekteste Art und Weise, wie man jemanden umbringt. Die besten Techniker des Imperiums haben sich das ausgedacht, damit sogar Flachhirne wie ihr damit klarkommt. Was beinahe an ein Wunder grenzt.

Ich brauche einen Schwachkopf als Freiwilligen. Du, komm her.« Sie winkte Sten heran. »Stell dich hier hin.«

Sten schob sich aus der Tribünenbank, trabte zu einer Stelle vor der untersten Reihe und wartete in Habachtstellung.

Hinter Carruthers erstreckte sich drei Kilometer weit der spärlich mit Bäumen und Büschen bewachsene Schießplatz; an seinem anderen Ende waren einzelne Bahnen markiert.

Carruthers öffnete den Deckel des Stehpults und holte eine Waffe heraus. Ein elegantes schwarzes Dreieck formte den Kolben bzw. den Pistolengriff, und der siebzig Zentimeter lange Lauf endete in einem dicken, umgedrehten Kegel.

Carruthers hantierte ehrfürchtig mit der Waffe herum.

»Das habt ihr wahrscheinlich schon einmal gesehen, ihr kennt es aus den Filmen. Es ist die Infanteriemaschinenpistole Mark XI. Wir nennen sie Willygun. Ob ihr es glaubt oder nicht – sie wurde vor über eintausend Jahren auf Terra erfunden, von einem Designer namens Robert Willy.

Ein hervorragendes Design«, fuhr Carruthers fort. »Das Problem dabei war allerdings, daß die Lasertechnik noch nicht so ausgereift war und niemand genau wußte, wie man mit der Antimaterie umgeht, die diese Waffe so tödlich macht.«

Sie berührte einen Knopf, und aus dem Kolben des Gewehrs glitt ein langes Rohr heraus. »Das ist die Munition. Antimaterie zwo – AM_2 –, die gleiche Substanz, die auch unsere Raumschiffe antreibt. Ein Magazin enthält vierzehnhundert Schuß. Das Geschoß besteht aus einer einen Millimeter großen AM_2-Kugel im Inneren einer Imperiumhülle, die wiederum dafür sorgt, daß die Kugel nicht mit konventioneller Materie in Berührung kommt und das ganze Magazin in die Luft fliegt.

Wir haben einmal interessehalber ausgerechnet, daß ein Magazin dieser Größe genug Energie in sich birgt, um damit ein Patrouillenschiff in voller Geschwindigkeit einmal um dieses ganze Sonnensystem kurven zu lassen.

Ist das nicht höchst interessant, Bjhalstred?«

Bjhalstred schreckte auf.

»Du schläfst doch nicht etwa während meines Vortrags, Bjhalstred?«

»NEIN, CORPORAL.«

»Schön. Sehr schön. Deshalb kommst du jetzt hier nach vorne

und begibst dich in Liegestützposition, damit du nicht in Gefahr gerätst, schläfrig zu werden.

Weiter im Text. Vierzehnhundert Schuß. Wenn das Imperium diese Gewehre auf dem freien Markt verkaufen würde – was selbstverständlich niemals geschehen wird –, so würde jede winzige AM_2-Kugel soviel kosten, wie ein Gardist in drei Wochen verdient. Seht ihr jetzt, wie gut es das Imperium mit uns meint?«

Carruthers wartete.

»JAWOHL, CORPORAL«, dröhnte es.

»Seid ihr nicht überglücklich, daß ihr zu uns gehört?«

»JAWOHL, CORPORAL.«

»Das klingt ein wenig schlapp«, brummte Carruthers. »Infanteriegewehr Mark XI. Zwei Regler. Einer ist für Sichern/Einzelschuß/Dauerfeuer, der andere ist der Abzug. Hier auf dem Kolben befindet sich eine Anzeige für die Batterieladung. Jede Batterie versorgt den Laser mit ausreichend Energie für ungefähr zehntausend Schuß, je nach Atmosphäredruck, falls überhaupt vorhanden, und anderen äußeren Bedingungen.

Mit dem Laser werden die Partikel abgefeuert. Das heißt, ihr müßt euch lediglich nach diesem Fadenkreuz richten. Ihr braucht euch weder um Flugbahn noch Hülsenausstoß noch um sonstwelche veralteten Geschichten zu kümmern, die bei konventionellen Waffen wichtig sind.

Das ist das Besondere an der Willygun. Man trifft alles, vorausgesetzt, man kann sie darauf richten.

Vormachen!«

Sten stieg auf die Plattform. Carruthers übergab ihm das Gewehr. Sten nahm es neugierig entgegen. Leicht. Fast zu leicht, wie ein Spielzeug. Carruthers grinste ihn an. Sie schien seine Gedanken zu lesen. »So etwas sollte man jedoch nicht gerade seinem kleinen Bruder zum Imperiumstag schenken«, sagte sie.

Carruthers öffnete das Pult erneut und nahm ein in Plastik eingewickeltes Objekt von vielleicht fünfzig Zentimetern Kantenlänge heraus. Sie stieg von der Plattform herunter und ging zehn

Meter weit bis zu einem niedrigen Tisch. Dort wickelte sie das Päckchen aus.

»Das hier ist Fleisch«, sagte sie. »Das Zeug, nach dem der Soyamist in der Kantine schmecken soll. Es hat ungefähr die gleiche Konsistenz wie humanoide Lebewesen.«

Carruthers legte das blutige Fleischstück auf den Tisch und ging wieder zur Plattform zurück. »Erschieß dieses tödliche, bedrohliche Stück Rindfleisch, Rekrut«, sagte sie.

Sten hob die Waffe etwas linkisch an die Schulter und zielte. Er zog am Abzug. Nichts passierte.

»Manchmal hilft es, wenn man zuerst entsichert«, sagte Carruthers hämisch.

Sten legte den Hebel direkt oberhalb des Abzugs um, zielte erneut und schoß. Das leise Knistern ionisierender Luft war zu hören.

Sten riß die Augen auf, und seine Kameraden schreckten aus ihrem Halbschlaf. Als das Partikel auf das Fleisch auftraf, sah es aus, als würde der Klumpen explodieren; Blut spritzte mehrere Meter weit.

»Sieh dir das ruhig aus der Nähe an, Rekrut«, forderte ihn Carruthers auf.

Sten kletterte von der Plattform herab und ging zum Tisch hinüber. Es waren nur noch wenige Fleischfetzen übrig. Sten blickte auf den bespritzten Tisch und den Boden ringsum, dann kehrte er wieder zur Plattform zurück.

»Gibt einem schon zu denken, was mit demjenigen am falschen Ende dieser Ladung passiert«, sagte Carruthers. »Jedenfalls wäre er nicht mehr allzu gesund«, fügte sie mit lauterer Stimme hinzu. »Egal wo man etwas Humanoides oder Artverwandtes mit dieser Waffe erwischt – es ist mausetot. Wenn der Treffer nicht gleich ein so großes Loch reißt, daß ihr eure Faust durchstecken könnt, dann erledigt der Schock den Rest.«

Carruthers schwieg eine Weile und ließ die Vorstellung sacken.

»Gibt einem schon zu denken, was?« sagte sie dann nüchtern.

»NA SCHÖN, IHR SCHLEIMSCHEISSER, LANGE GENUG AUF DER BANK GESESSEN. JETZT HOCH MIT DEN ÄRSCHEN UND ANGETRETEN. Wir lassen euch heute ein paar Ziele umnieten.«

Carruthers wartete, bis die Rekruten in Reih und Glied vor ihr standen. Dann fügte sie etwas leiser hinzu: »Wir haben inzwischen ein Drittel von euch Memmen wieder in die Jauchegruben geschickt, aus denen ihr gekommen seid. An dieser Stelle werden wir weiteres totes Gewebe aus unserem Leib herausschneiden.

Es gibt keinen Soldaten, der nicht schießen kann, Leute. Jede Armee, die das zuließe, könnte sich nicht lange halten. Und die Garde hält sich jetzt schon seit über tausend Jahren. Genau da setzen wir an.

Entweder ihr kommt mit der Willygun klar oder nicht, so einfach ist das. Wenn ihr mehr als die Qualifikation schafft, gibt's eine Belohnung. Mehr Lohn und bessere Ausbildung.

Aber zuerst müßt ihr diese Hürde nehmen. Denn was ich in letzter Zeit so mitkriege, werden diese Pflichtbataillone immer mehr für Pionierarbeiten auf neuen Welten herangezogen. Ich persönlich ziehe da jederzeit einen Landeangriff in der ersten Welle vor. Die Überlebenschancen stehen da einfach besser.

Und jetzt: ERSTE REIHE, ACH – TUNG! IMMER EIN MANN PRO STAND. IM LAUFSCHRITT – MARSCH!«

Trotz sorgfältiger Einzelbetreuung und gutem Zureden schafften zehn Rekruten die Qualifizierung nicht. Schon am nächsten Tag war ihr Bettzeug zusammengerollt, die Pritschen verlassen.

Sten konnte nicht verstehen, wie man damit Probleme haben konnte. Carruthers hatte recht. Draufhalten, abdrücken, treffen. Jedesmal.

Als das Gewehrtraining beendet war, hatte sich Sten für die nächste Stufe qualifiziert: SCHARFSCHÜTZE.

Das brachte ihm zehn Credits im Monat mehr ein, sein erstes Ehrenband und noch mehr Training.

Carruthers kniete neben ihm nieder.

»Hast du das Ziel?«

Sten spähte durch die Zielvorrichtung des Gewehrs. »Jawohl, Corporal.«

Carruthers drückte auf den Kontrollkasten neben Sten. Das Ziel ruckte seitlich weg, außerhalb von Stens Blickfeld hinter eine Steinmauer, vielleicht tausend Meter entfernt.

»Gut. Jetzt konzentriere dich auf die Wand. Das Fadenkreuz wird unscharf, stimmt's? Nimm den ersten Knopf auf der Vorrichtung und drehe ihn, bis die Sicht wieder klar und deutlich wird.«

Sten folgte ihren Anweisungen.

»Hast du's? Jetzt nimm den Knopf unterhalb der Vorrichtung und drehe ihn so lange, bis das Fadenkreuz dort ist, wo du das Ziel vermutest. Hast du's? Jetzt probier einen Schuß.«

Sten betätigte den Abzug.

Sein Scharfschützengewehr aus dem vierzigsten Jahrhundert war letztendlich ziemlich einfach konstruiert. Die Munition bestand nach wie vor aus den ummantelten AM_2-Partikeln. Doch statt des Lasers war als Beschleuniger der Ladung ein modifizierter Linearbeschleuniger am Lauf angebracht. Die Zielvorrichtung berechnete die exakte Entfernung zum Objekt, und wenn das Rad zur Fixierung des unsichtbaren Ziels gedreht wurde, versetzte der Beschleuniger der Kugel einen solchen »Drall«, daß sie, wenn nötig, einen Winkel von bis zu neunzig Grad ausführte.

Es war ein Gewehr, das um die Ecke schießen konnte.

Sten hörte die Explosion und sah, wie die Mauer zusammenfiel.

»Treffer.«

Carruthers schlug Sten krachend auf die Schulter.

»Wenn du so weitermachst, dann kriegt die 1. Garde bald einen neuen Soldaten.«

Warum auch immer, aber Sten war plötzlich sehr stolz auf sich.

Sten warf die Mülltonne auf den Haufen und drehte sie dann um. Sauber genug. Er steckte die Mündung des Ultraschallputzers bis auf den Boden der Tonne und drückte auf den Auslöser. Dann knallte er die Tonne noch einige Male auf den Betonboden und trug sie in die Kantine zurück. Die meisten der niedrigen Arbeiten wurden bei der Garde entweder von Zivilisten oder Zeitsoldaten aus den Wehrpflichtbataillonen erledigt. Mit Ausnahme der wirklich widerlichen Tätigkeiten. Die reservierte die Garde für Strafaktionen. Dabei machte Sten das nicht einmal viel aus. Es war immer noch besser als jeder Schichtdienst auf Vulcan.

Außerdem hatte er keine Idee, wie er sich davor hätte drücken können.

Er hatte ganz zufrieden im Sand gesessen und dabei zugesehen, wie Halstead auf Lanzottas Befehle hin Haltung annahm.

»Wir formen hier keine Techniker«, hatte Lanzotta gesagt. »Das wißt ihr bereits. Wir schaffen Killer. Wir brauchen Leute, die sich nach dem Geräusch sehnen, wenn die Augäpfel ihrer Feinde zerplatzen, Leute, die sehen wollen, was geschieht, wenn man jemandem die Kehle mit den Zähnen rausreißt.«

Sten blickte in die Runde der Rekruten. Die meisten sahen einigermaßen schockiert aus. Sten schaltete ab. Er erinnerte sich nur zu gut daran, vielen Dank, Sergeant.

»Wir brauchen einen Freiwilligen.«

Schweigen. Die Kompanie hatte inzwischen gelernt, daß Freiwillige immer die Dummen waren. Dann sagte jemand: »Corporal Sten.«

Sten konnte sich gut vorstellen, daß es Gregor war, doch er machte sich keine weiteren Gedanken darum. Er bemühte sich ernsthaft darum, völlig unsichtbar zu werden. Lanzotta hatte die Stimme auch gehört.

»Sten. Antreten.«

Sten grunzte, sprang auf die Füße und rannte los.

»Jawohl, Sergeant.«

Halstead vollführte eine rasche Bewegung. Nicht schlecht,

analysierte Sten. Trotzdem bleiben seine Arme viel zu lange unten.

»Corporal zur Ausbildung Sten. Dieser Mann ist Ihr gefährlichster Feind. Ihr Auftrag lautet, ihn aufzuspüren und zu vernichten!«

Sten schlenderte auf ihn zu und hob die Hände. Das sah, wie er hoffte, wie eine plumpe Attacke aus; dann lag er auch schon in der Luft. Sten drehte sich im Flug, zog sich zusammen und bremste den Stoß ab, als seine Füße den Gegner berührten. Statt dessen ließ er sich kopfüber in den Sand fallen.

Das müßte reichen. Doch er hörte Lanzottas Flüstern dicht an seinem Ohr.

»Sie tun nur so als ob, Corporal zur Ausbildung Sten. Das können Sie sicherlich viel besser. Ich möchte, daß Sie es noch einmal versuchen, und zwar ohne Ihre beschränkten Kameraden wissen zu lassen, was Sie vorhaben. Greifen Sie Corporal Halstead an.«

Sten bewegte sich nicht.

»Die Alternative lautet: drei Tage Sondermülldienst.«

Sten seufzte und rappelte sich auf.

Halstead kam mit ausgestreckten Händen auf ihn zu. Sten rollte sich blitzschnell auf den Boden, schwang die Beine nach oben und packte Halstead damit im Scherengriff um die Hüfte.

Halstead fiel um, Sten klammerte sich fest und benutzte Halsteads Schwung, um selbst wieder hochzukommen. Halstead richtete sich auf, Sten schob sich an ihn heran und brachte seine Schulter unter Halsteads Taille.

Halstead verlor den Halt und beschrieb einen hohen Bogen über Stens Kopf. Sten hatte genug Zeit, sich zu überlegen, ob er einen vom Korps durch die Gegend schleudern wollte. Dann ließ er Halstead wieder auf den Boden fallen und plazierte zwei Zehentritte zwischen seine Rippen.

Halstead blieb unten.

Sten beherrschte sich und ließ von ihm ab.

Die Rekruten waren wie vor Ehrfurcht erstarrt. Sten blickte Lanzotta an, der einen tiefen Seufzer ausstieß und mit dem Daumen nach hinten wies.

»Jawohl, Sergeant.«

Sten hob seine Mütze auf und trabte in Richtung Kantine davon.

Das war's mal wieder. Egal, was man auch machte, man war am Ende angeschmiert. Sten schnappte sich die zweite Mülltonne und schleppte beide in die Kantine zurück.

Als er durch das winzige Büro kam, grinste ihn der Küchensergeant an.

»Du bist wohl auch froh, wenn du morgen wieder zur Ausbildung darfst, was?«

Sten schüttelte den Kopf.

»Gefällt's dir etwa hier?«

»Keinesfalls, Sergeant.«

»Wo liegt dann das Problem, Rekrut?«

»Morgen fangen wir mit dem Messertraining an, Sergeant.«

»Na und?«

Genau. Na und? Sten mußte plötzlich lachen, während er die Tonnen zurück in ihre Halterungen schob. Na und? Es war immer noch besser als Vulcan.

Selbst Sten fühlte sich ein wenig flau, als der Doc mit flinker Nadel an den klaffenden Wunden arbeitete. Der Körper war von Schrapnellsplittern durchsiebt; überall sickerte Blut heraus.

»Diese Prozedur hat sich seit tausend Jahren nicht verändert«, sagte der medizinische Ausbilder. »Zuerst bringt man den Verwundeten wieder zum Atmen. Als zweites bringt man die Blutung zum Stoppen. Drittens: den Schock behandeln.«

Er war fertig, bedeckte das humanoide Simulationsobjekt mit einer Iso-Decke und stand auf. Er ließ seinen Blick in die Runde schweifen.

»Dann schreit ihr, so laut ihr könnt, nach einem Sani. Wir kommen dann sofort – vorausgesetzt, daß uns nicht irgendein Schlaumeier für das wichtigste Ziel gehalten hat und noch einer von uns am Leben ist.«

»Wenn nicht?« erkundigte sich Pech, der fette Rekrut.

»Wenn keine professionelle Hilfe eintrifft, nehmt ihr euren Sanipack aus dem Gürtel. Wenn die Blutung aufhört und die Innereien noch mehr oder weniger vollständig sind, dürften die Antis aus dem Pack euren Kameraden davor bewahren, sich was Schlimmes einzufangen.«

Er lachte.

»Wenn ihr natürlich gerade auf einem Planeten seid, von dessen Bazillen wir nichts wissen, könnt ihr allenfalls eine gut präparierte Leiche zurücklassen.« Der Doc warf einen Blick auf den bereits ziemlich abgespeckten Pech. »Was in deinem Fall ein hartes Stück Arbeit wäre, Pech.«

Sten und die anderen glucksten. Der Doc war der erste Ausbilder, der sie annähernd wie vernunftbegabte Wesen behandelte.

Der Doc öffnete einen großen Schrank und winkte Sten heran, der ihm dabei half, einen weiteren Dummy herauszuheben. Dieser hier hatte einen Kampfanzug an.

»In voller Montur sieht alles ganz anders aus«, sagte der Doc. »Der Sanipack sollte bereits im Inneren des Anzugs liegen und angeschlossen sein, dann funktioniert er automatisch; wenigstens manchmal.«

Wieder lachte der Doc schnaubend.

»Wenn der Anzug jedoch durchlöchert ist, bleibt euch nichts anderes übrig, als ihn zu versiegeln und den Verwundeten zu einer Sani-Stelle zu schaffen. Darüber erfahrt ihr mehr beim Klamottendrill. Hier und jetzt brauche ich aber einen Blödmann – ich meine, einen Freiwilligen.«

Sein Blick wanderte über sein Publikum und leuchtete auf, als er bei Pech angelangt war. »Komm mal her, Soldat.«

Pech trabte zum Katheder hinauf und stand stramm. »Rühren. Rühren! Du machst mich ganz nervös. Gut. Dieser Dummy hier ist dein bester Kumpel. Ihr habt gemeinsam die Ausbildung hinter euch gebracht. Gemeinsam seid ihr hinter allen möglichen ...« – er tat so, als würde er sich Pech genau ansehen – »hinter allen möglichen ... äh, Amöboiden hergewesen. Jetzt ist ihm gerade der Arm weggerissen worden. Was tust du also?«

Der Doc machte einen Schritt zurück. Pech trat nervös von einem Fuß auf den anderen.

»Los doch, Soldat. Dein bester Freund verblutet vor deinen Augen. Beweg dich!«

Pech überwand sich zu einem Schritt nach vorn, und der Doc drückte auf den Schalter, der in seinem Handgelenk verborgen lag. Der Arm des Dummys explodierte. »Blut« spritzte über das Katheder und über Pech.

Pech erstarrte. »Komm schon, Mann, beweg dich.«

Pech zerrte den Sanipack von seinem Gürtel und ging näher heran. Noch mehr pulsierendes »Blut« besprenkelte sein Gesicht. Pech öffnete den Deckel des Packs und zog einen Druckverband heraus.

»Vierunddreißig, fünfunddreißig, sechsunddreißig, siebenunddreißig ... vergiß es, Soldat.«

Pech schien ihn nicht zu hören und fummelte verzweifelt mit dem Verband herum. Schließlich hörte der »Blutstrom« auf zu pulsieren.

»Dein Freund ist soeben gestorben«, sagte der Doc scharf. »Hoch mit dir.«

Pech kam hoch, wie benommen. Der Doc blickte erneut in die Runde, um sicherzugehen, daß alle diese Lektion mitbekommen hatten. Dann wandte er sich wieder an Pech.

»Die Farbe in diesem Blut geht zwei Tage lang nicht ab. Vielleicht hilft dir das, darüber nachzudenken, wie du dich fühlen würdest, wenn der Dummy wirklich dein Kumpel gewesen wäre.«

Pech erholte sich nie von diesem Zwischenfall. Einige Wochen später verschwand er nach einer Reihe von Ausrastern. Herausgeschnitten.

Sten blinzelte, als die Welt sich wieder vor seinen Augen zusammensetzte. Er und die fünf anderen Rekruten starrten sich entgeistert an. Halstead klappte das Heilligkeitsvisier seines Schutzhelms auf.

»Wie lange warst du weg?« fragte er.

Sten zuckte die Achseln. »Eine Sekunde, vielleicht zwei, Corporal?«

Halstead hielt ihm die Armbanduhr hin. Zwei Stunden waren vergangen. Er hakte eine weitere der winzigen Bester-Granaten aus seiner Tasche los.

»Sofortiger Verlust des Zeitgefühls. Man weiß nicht, was mit einem geschehen ist, und man glaubt nicht, daß etwas nicht stimmt. Diese Granaten gehören zu den effektivsten Infiltrationswaffen, die ihr einsetzen werdet.

Die Kompanie ist draußen auf dem Geschicklichkeitsparcours. Meldet euch bei Corporal Carruthers.«

Sten salutierte, und die Rekruten rannten davon.

Sten konnte den Mann nicht aus seinen Gedanken vertreiben. An dem ganzen Zwischenfall war nichts Ungewöhnliches gewesen, und doch tauchte das Bild dieses Offiziers immer wieder bei den unpassendsten Gelegenheiten vor seinem inneren Auge auf.

Es war an dem Tag gewesen, als er den Läufer spielen mußte; er war am Schreibtisch eingedöst und hörte nicht, wie die Tür auf- und wieder zuging.

»Bist du allein hier, Gardist?«

Sten schreckte hoch und stand sofort stramm.

Vor ihm stand ein hochgewachsener, schlanker Mann. Sten blinzelte und starrte auf die Uniform. Fast unmerklich wechselte sie den Farbton und paßte sich der getäfelten Wand im Hintergrund an. Der Mann trug eine Mütze aus dem gleichen weichen Material; erst später erfuhr Sten, daß man diese Art Mützen Barett nannte. Es war verwegen in die Stirn gezogen.

Auf dem Barett prangte ein geflügelter Dolch. Die einzigen anderen Abzeichen auf der Uniform waren die Sterne eines Captains auf der einen Schulter und auf der anderen der schwarze Umriß einer Art von Insekt.

Sten wußte nicht, weshalb er plötzlich stotterte.

»Ähm ... jawohl, Sir, sie ... die anderen ... sie sind alle draußen im Gelände.«

Der Offizier reichte Sten einen versiegelten Umschlag.

»Das ist für Sergeant Lanzotta – persönlich. Sorgen Sie also dafür, daß er ihn direkt ausgehändigt bekommt.«

»Jawohl, Sir.«

Dann war er wieder weg.

Als sich eine Woche später die Gelegenheit ergab, erkundigte sich Sten bei Carruthers nach diesem Mann. Der Corporal stieß einen Pfiff aus, als Sten ihr seine Uniform beschrieb.

»Das ist die Sektion Mantis!«

Sten schaute sie verdutzt an.

»Soll das heißen, daß du noch nie davon gehört hast?«

Sten schüttelte den Kopf und kam sich vor wie ein Trottel vom letzten Hinterwäldler-Planeten.

»Das ist der durchtriebenste Soldatenhaufen in der ganzen Armee des Imperiums«, sagte Carruthers. »Die *wirkliche* Elite. Sie arbeiten immer allein, Humanoide und Außerirdische. Das Imperium schöpft die Besten aus der Garde ab und läßt sie dann im Mercury Corps verschwinden – Geheimdienst.«

Sten erinnerte sich an Mahoney und nickte.

»Jedenfalls tragen sie bei Mantis diese tollen Tarnuniformen – wenn man sie zu sehen kriegt. Meistens sieht man sie sowieso nicht, und das ist auch besser so.«

»Wieso denn?«

»Wenn du einen dieser Jungs im Feld siehst, dann weißt du, daß die Kacke am Dampfen ist. Jeder von denen hat wahrscheinlich eine ganze Armee von Feinden im Kielwasser.«

Carruthers lächelte, was recht selten vorkam. Wenn sie etwas liebte, dann waren es Kriegsgeschichten. »Ich erinnere mich noch genau. Wir waren auf Altair V, mit einem ganzen Regiment. Einsatz zur Friedenssicherung. Aber plötzlich waren wir umzingelt.

Wir schrien auf allen verfügbaren Wellenlängen um Hilfe und versuchten irgendwie durchzuhalten. Es sah ganz so aus, als wären diesmal wir mit dem Sterben an der Reihe.«

Carruthers lachte. Sten vermutete, daß sie gerade einen Scherz gemacht hatte, und lachte mit.

»Eines Abends taucht diese Frau beim Kommandoposten auf. Eine Angehörige der Sektion Mantis. Sie kam durch die feindlichen Linien, durch unsere eigenen Wachtposten, durch die Nachschublinien – wir haben sie erst entdeckt, als sie plötzlich neben unserem Kommandierenden Offizier beim Abendessen saß. Als sie gegessen hatte, borgte sie sich einige AM_2-Magazine und Bester-Granaten und verschwand wieder.

Ich weiß nicht, was sie getan hat, geschweige denn, wie, aber ungefähr zwölf G-Stunden später tauchten sechs Zerstörer des Imperiums auf und hauten uns raus.«

Carruthers blickte Sten durchdringend an, woraufhin er sich wesentlich besser fühlte. Er hatte den Eindruck, daß eine lächelnde Carruthers ein Anblick war, an den er sich keinesfalls gewöhnen wollte.

»Normalerweise läuft es allerdings nicht so ab«, erzählte sie ihm. »Wenn du jemals wieder einen von diesen Typen siehst, Soldat, verkriech dich unter dem nächsten Stein. Denn eins ist so sicher wie die Tatsache, daß sich dein Schwanz dort befindet, wo eigentlich dein Kopf sein sollte: Es kann nicht lange dauern, bis irgend etwas Fürchterliches über einen hereinbricht – vergiß das nie, verstanden?«

Sten hatte nur zu gut verstanden.

»Ihr werdet *alle* mit einem Kampfanzug umgehen lernen«, sagte Lanzotta. »Es könnte gut sein, daß einige von euch in einem dieser Dinger sterben werden. Und genau wie ich werdet ihr die

Erfahrung machen, daß euch so ein Anzug schneller umbringen kann als der Feind; ihr wärt nicht die ersten.«

An diesem Punkt schalteten Sten und die anderen ihre Aufmerksamkeit auf Schlummerfunktion. Sie glaubten, daß sie Lanzotta inzwischen durchschaut hatten. Alle seine kleinen Vorlesungen waren nach dem gleichen Muster gestrickt. Zuerst die Einleitung. Dann folgte Lanzottas Lieblingsteil: eine Geschichtsstunde. Auf diese wiederum folgten die Informationen, die sie wirklich brauchten – und genau an diesem Punkt hörten sie wieder aufmerksam zu.

»Dieses Thema liegt mir besonders am Herzen«, fuhr Lanzotta fort. »Ich habe sogar selbst eine Studie zu diesem Anzug angefertigt. Denn mit diesem Stück unserer Ausrüstung haben die Techniker unbestreitbar den Gipfel der Absurdität erreicht.«

Surr. Klick. Jedes einzelne Rekrutenhirn schaltete auf einen noch tieferen Zustand der Bewußtlosigkeit um. Lanzotta gab Halstead ein Zeichen. Halstead ging zu einem Terminal und drückte einige Tasten. Als es laut schepperte und raschelte, waren die Rekruten sofort hellwach. Ein langes Regal voller Kampfanzüge kam ratternd in den Unterrichtsraum gerollt.

Sten blickte auf die Anzüge, diesmal mußte er sein Interesse nicht heucheln. Viele von ihnen erkannte er aus den virtuellen Kriegserlebnissen wieder. Es handelte sich um riesige, gepanzerte Dinger, die entfernt an eine menschliche Form erinnerten. Einige verfügten zwar über eine Art Arme, bewegten sich jedoch auf Panzerketten fort.

Das erste, was auffiel, war die Anordnung nach Größe. Am Anfang des Regals wirkten sie klein und eher lächerlich. Dann wurden sie immer größer und sahen immer komplexer aus, bis ungefähr ins zweite Drittel der langen Reihe. Ab da wurden sie wieder kleiner, sahen jedoch weitaus widerstandsfähiger aus.

Lanzotta marschierte die Reihe der Anzüge entlang und blieb vor dem größten stehen. »Bei diesem hier haben sich die Techs, wie ich persönlich bestätigen kann, wahrhaft übertroffen. Es kam allen so logisch vor. Allen, mit Ausnahme der Gardisten. War ja auch logisch. Es gab Kugeln, also bauten sie kugelsichere Westen.«

Lanzotta blickte in die Runde seines gebannt lauschenden Publikums, als erwartete er eine Frage. Doch keiner war so einfältig.

»Ich will jetzt nicht erklären, was eine Kugel war«, sagte Lanzotta, »außer, daß es sich dabei um ein Projektil handelte, das einem ein ebensogroßes Loch reißen konnte wie die Willygun. In gewisser Hinsicht war es sogar schlimmer.«

So, wie Lanzotta grinste, wußte Sten, daß er damit eigentlich *schlimmer* meinte.

»Je größer die Kugeln wurden, umso mehr packten die Techs auf die Schutzkleidung. Bis wir schließlich mit diesem Anzug gegen alles gerüstet waren. Laser, Atombomben, biologische Waffen, Null-Bomben, egal was – wir waren so gut wie unverwundbar.«

Sten betrachtete den Anzug ganz genau, er wollte herausfinden, wo der Haken an der Sache lag.

»Vor ungefähr fünfzig Jahren hatte ich das große Vergnügen, diesen Anzug im Einsatz zu testen. Ich und zweitausend andere meiner Waffenbrüder.«

Lanzotta lache. Jetzt hingen die Rekruten wie gebannt an seinen Lippen. Sollten sie mitlachen? Offensichtlich war Lanzotta der Ansicht, daß er einen Witz losgelassen hatte. Doch Carruthers und Halstead standen mit unbewegten Gesichtern neben ihm. Sie fanden es nicht lustig. Lanzotta setzte ihrer Qual ein Ende, indem er nichts bemerkte und einfach fortfuhr.

»Unser Befehl lautete, eine Rebellion auf einem gottverdammten Planeten namens Moros niederzuwerfen. Unsere Truppen waren mit der modernsten Ausrüstung ausgestattet, die die militärische Forschung zu bieten hatte, darunter auch mit diesen brandneuen Kampfanzügen.«

Sten betrachtete den Anzug noch genauer. Es war das größte Ausrüstungsstück auf dem Regal, das nicht auf Ketten lief. Der Anzug war mit Röhren und Kabeln und Minividschirmen ausgestattet, und überall waren Regler und geheimnisvolle Ausbuchtungen zu sehen. Er sah aus, als wiege er fünfhundert Kilo und könne nur mit einer ganzen technischen Hilfsmannschaft vorwärtsbewegt werden.

»Ich liebe diesen Anzug«, sagte Lanzotta. »Er kann alles. Er wird von AM_2 und künstlichen Muskeln angetrieben. Jeder, der da drinsteckt, ist dreißigmal stärker als ein normaler Mensch. Eine kleine Kompanie könnte in diesen Anzügen mitten durchs feindliche Feuer marschieren, ganz egal, was die auf sie abfeuern. Er widersteht so gut wie allem, und man kann sogar mehrere Monate ohne äußere Versorgung darin leben.«

Voller Bewunderung schüttelte Lanzotta den Kopf.

»Natürlich hatte niemand daran gedacht, die Eingeborenen auf Moros darüber zu informieren. Ihnen erzählte man nur, was für wilde und unerschrockene Krieger wir seien. Sie kannten nicht einmal das Wort Technologie, was hätten sie sich also dabei denken sollen?

Wir landeten, und sie rannten in den Dschungel. Wir verfolgten sie unter dichtem Beschuß von zumeist Speeren und Blasrohren und verbrannten ihre Dörfer. Eines Tages hatten sie keine Lust mehr, ewig davonzulaufen.«

Lanzotta lachte erneut auf. Inzwischen waren Sten und die anderen so von der Geschichte gefesselt, daß es ihnen gar nicht mehr auffiel.

»Was sie herausfanden, war folgendes: Jawohl, wir waren große starke Soldaten mit der Feuerkraft eines kleinen Panzers. Aber wir konnten uns nicht besonders gut bewegen. Und wir waren von unserer gewohnten Umgebung abgeschnitten. Also dachten sie sich diesen einfachen, aber wirkungsvollen Trick aus.

Sie buddelten tiefe Gruben, tarnten sie gut und flohen dann vor unserem Angriff. Natürlich stürzten viele von uns in die Löcher. Rings um die Gruben waren Netze gespannt, die uns zusammenschnürten.«

Lanzotta lachte nicht mehr.

»Und während wir versuchten, uns aus den Netzen zu befreien, kamen sie wieder herbeigerannt und stießen lange, dicke Speere durch die Abfallöffnung des Anzugs. Diese Speere machten große, häßliche Löcher in die Soldaten im Inneren des Anzugs.

Natürlich wurden so die Exkremente in die Wunden getragen. Die Wunden eiterten so stark, daß die Sanipacks vereisten – und viele von uns bei lebendigem Leib verfaulten.«

Lanzotta schüttelte den Kopf.

»Bei diesem Einsatz verloren wir zwei Drittel der Gardisten. Noch mehr bei einer zweiten Landung. Schließlich bestand die einzige Lösung darin, den Planeten zu zerstäuben, sich zurückzulehnen und zuzuschauen, wie Moros verglühte.«

Lanzotta tätschelte den Anzug.

»Planeten zu zerstören ist nicht gerade die feine diplomatische Art. Der Imperator war sehr ungehalten.«

Als er zu seinem letzten Punkt kam, mußte Lanzotta grinsen.

»Die *neuen* Techs«, sagte er, »entwarfen einen völlig neuen Anzug.«

Sten hätte sich am liebsten irgendwo verkrochen. So, wie Lanzotta jetzt dreinblickte, wußte er, daß es ein sehr tiefes Versteck sein mußte, eins, das obendrein mindestens so widerstandsfähig wie Titanium sein mußte.

»Es ist eine Sünde und eine Schmach in den Augen des Herrn«, schäumte Smathers. »Es war meine Pflicht, Ihnen dieses Verhalten sofort zu melden.«

Lanzotta starrte zunächst ihn an, dann die beiden Männer, die hinter ihm strammstanden. Sten ignorierte er – momentan noch.

»Colrath, Rnarak, sagt er die Wahrheit?«

»JAWOHL, SERGEANT.«

Lanzotta seufzte und wandte sich an Smathers.

»Smathers, ich muß Sie leider enttäuschen. Der Garde ist es vollkommen egal, was ihre Angehörigen miteinander tun, solange sie nicht im Dienst sind und am nächsten Morgen pünktlich antreten.«

»Aber –«

»Aber Sie stammen von einem Planeten, der von der Plymouth-Bruderschaft besiedelt wurde. Schön. Ihr Glauben hat schon so manchen ausgezeichneten Gardisten hervorgebracht. Doch alle mußten lernen, daß ihre Überzeugungen allein für sie selbst gelten. Und seit wann fällt es Ihnen ein, Ihrem Sergeant ins Wort zu fallen?«

Smathers blickte zu Boden. »Entschuldigung, Sir.«

»Entschuldigung angenommen. Aber sind Sie denn jemals mit einem Mann im Bett gewesen?«

»Selbstverständlich nicht!« Smathers starrte ihn entsetzt an.

»Da Sie diese Erfahrung niemals gemacht haben ... Ist Ihnen denn niemals der Gedanke gekommen, Sie könnten etwas Elementares versäumt haben?« fragte Lanzotta.

Smathers sah aus, als würden ihm jeden Moment die Augäpfel herausfallen.

»Wie auch immer«, setzte Lanzotta energisch nach, »Sie vergeuden Ihre Zeit damit, sich über Dinge den Kopf zu zerbrechen, die Sie nichts angehen. Und da Sie anscheinend so versessen darauf sind, Sündenpfuhle auszumisten, habe ich für Sie ein dankbares Objekt in der Baracke. Dort brauchen wir noch einen Freiwilligen für den Latrinendienst – Sie sind angenommen.«

»Sie werden mich doch nicht –«

»Nein, werde ich nicht«, beruhigte ihn Lanzotta. »Und jetzt raus.«

Smathers marschierte schnurstracks zur Latrine der Mannschaftsunterkunft.

Lanzotta wandte sich an Colrath und Rnarak.

»Die Garde interessiert sich zwar nicht dafür, was ihr tut und was ihr nicht tut, trotzdem müssen wir Rücksicht auf die Überzeugungen unserer Kameraden nehmen. Ich bin empört darüber, daß Sie beide keinen privateren Ort für Ihre Freizeitgestaltung finden konnten und statt dessen den Schlaf und das Wohlbefinden der anderen Rekruten gestört haben. Sie dürfen Smathers beim Saubermachen helfen.«

Beschämt trotteten die beiden Männer zur Tür. Jetzt richtete Lanzotta seine Aufmerksamkeit auf Sten.

»Corporal zur Ausbildung Sten!«

»Jawohl, Sergeant.«

»Warum haben Sie sich nicht selbst um diese Angelegenheit gekümmert?«

»Das habe ich versucht, Sir, aber Smathers bestand darauf, Ihnen die Sache vorzubringen.«

»Das ist sein gutes Recht. Besonders wenn er es mit einem Corporal zur Ausbildung zu tun hat, der unfähig ist, einen einfachen Barackenstreit in den Griff zu bekommen.«

»Jawohl, Sir.«

»Sie werden zuallererst Ihre Streifen abnehmen.«

»Jawohl, Sir.«

»Zweitens werden Sie den dreien in der Latrine Gesellschaft leisten.«

»Jawohl, Sir.«

»Wegtreten.«

Sten folgte den anderen hinaus. Beim nächsten Mal, überlegte er sich, würde er allen Beteiligten eine Menge Ärger ersparen und Smathers einfach zur Schnecke machen.

Kapitel 21

Im Grunde, überlegte Sten, scherte er sich nicht die Bohne darum. Er fuhr mit dem Anodisierer über jedes kleinste Metallstück an seinem Koppel und hängte ihn dann wieder in seinen Spind zurück.

Dann sah er auf.

Vor ihm stand Tomika mit dem Seesack in der Hand.

Zum tausendstenmal fiel ihm auf, daß sie das Netteste war, was ihm während der ganzen Grundausbildung über den Weg gelaufen war. Dabei hatte er sich bemüht, wirklich bemüht.

»Wer liegt denn bei dir in der Koje?«

»Meine linke Hand«, sagte er.

Sie warf ihr Zeug auf sein Feldbett und fing an, das Kopfkissen in Form zu klopfen. Sten blieb der Mund offenstehen.

»Äh, Tomika? Ich hab dich ja schon einmal gefragt und –«

»Ich fange nichts mit Corporals an, da habe ich meine Prinzipien.«

Sten fiel plötzlich auf, daß ihm die Sache nicht nur wichtig, sondern daß sie auch äußerst amüsant war. Sein Lachen verstummte, als sein Blick auf Gregor fiel.

»Jetzt siehst du, was ich meine«, sagte Gregor. »Du hast dich geirrt.«

»Ich irre mich ständig, Gregor. Woran lag es denn diesmal?«

»Sie sind unentschlossen. Sie wollen mir nicht den Rang verpassen, der mir zusteht. Und jetzt haben sie dich gebrochen. Kapiert?«

»Nö. Meiner Meinung nach hab ich das selbst vermasselt.«

»Es ist doch ganz offensichtlich. Du mußt nur mit offenen Augen durch die Welt gehen.« Sten fand, daß Gregor es allmählich übertrieb.

»Nicht korrekt, Soldat. Es paßt nicht zusammen.«

»Von meinem Vater habe ich gelernt, daß jedes Unternehmen, das nicht auf neue Impulse reagiert, dem Untergang geweiht ist. Auch der Garde geht es nicht anders. Sie sind nur an Kanonenfutter interessiert. Jeder, der nicht in ihr Schema vom idiotischen Helden paßt, wird zur Strafarbeit verdonnert. Und wenn sie einen Fehler machen, so wie bei dir, dann degradieren sie einen wieder, sobald sie es merken.«

»Glaubst du das wirklich, Gregor?« fragte Tomika.

»Allerdings«, sagte Gregor. »Ich habe meinem Vater noch einen Brief geschrieben, Sten. Er wird sich darum kümmern, daß alles wieder ins Lot kommt.«

Sten setzte sich auf. »Du hast mich doch nicht erwähnt?«

»Nein, natürlich nicht; du wolltest es ja nicht. Aber du wirst es noch bedauern, ganz bestimmt.«

Gregor lachte, drehte sich um und ging zu seiner Koje zurück.

»He, Ex-Schmalspur-Corporal zur Ausbildung Sten? Ohne die zwei Streifen fühlt man sich nur noch als halber Mann, was?«

Sten antwortete ihr nicht. Er hörte nur Gregors Gelächter, während er in sein Feldbett stieg.

»Und was passiert, wenn ich das hier mache?«

Tomika giggelte. Sten setzte sich plötzlich in seinem Bett auf und legte eine Hand über ihren Mund. Eine Bewegung. Ein unterdrücktes Kichern. Tomika langte nach oben, packte Sten und zog ihn wieder auf das Kopfkissen herab.

»Nein, Sten«, keuchte sie. »Warte.«

Sten wartete – einige bange Herzschläge lang.

Dann fing das Geschrei an.

Jemand schaltete das Licht an und Sten hüpfte aus seiner Koje. Das Geschrei kam aus Gregors Richtung.

Sten machte einige Schritte und nahm instinktiv Kampfhaltung ein. Dann brach er plötzlich zusammen und lachte hemmungslos.

Gregor schrie noch lauter und fing an, um sich zu schlagen.

Sten und die anderen Rekruten versammelten sich um Gregors Pritsche. Der Mann hatte ernsthafte Probleme.

»Es ist die Riesenspinne von Odal«, sagte jemand mit gespielt unheimlicher Stimme. »Du sitzt in der Falle, Gregor.«

Gregor saß tatsächlich in der Falle. Jemand mußte am Tag zuvor eine Sprühdose mit Klettergarn aus dem Trainingscenter geklaut und Gregor im Schlaf vom Feldbett bis zum Schrank, von den Stiefeln bis zur Koje, von den Kampfschuhen bis zum Spind und dann bis zu seiner Nase verknüpft haben.

Der hartnäckige, unglaublich klebrige Stoff ergab ein sehr wirkungsvolles Spinnennetz. Wer auch immer das Netz gewoben hatte, hatte den Festiger von der Sprühspritze entfernt, so daß Gregor sich immer enger in die Fäden verstrickte, je heftiger er zappelte.

Er hing jetzt schon hilflos in dem zähen Gewebe und stöhnte.

Sten blickte Tomika an. »Wer hatte denn mit Gregor ein Hühnchen zu rupfen?«

»Eigentlich jeder«, kicherte das Mädchen. »Er wird bestimmt einen prächtigen Offizier abgeben.«

»Ich wette drei zu eins, daß ihm das hier keine Lehre sein wird«, sagte Sten. »Nicht nur das, er wird vielmehr –«

»Na, amüsieren sich meine Kinderchen auch schön?« Die Rekruten erstarrten zu Salzsäulen.

Sten konnte sich nicht erklären, wie Carruthers ein Flüstern mit 116 dB hinkriegte. »Gibt es einen besonderen Grund dafür, daß wir nicht alle strammstehen?«

»Acht-tung!« brachte jemand zustande. Carruthers schob sich durch die Menge, warf einen Blick auf Gregor und schnalzte nachdenklich mit der Zunge.

»Die Riesenspinne von Odal. Ich wußte zwar, daß wir Läuse und ein paar Ratten hier haben, aber ich dachte, wir hätten die Spinnen im letzten Durchgang ausgeräuchert.«

Carruthers wandte sich um.

»Morghhan! Warum gehst du nicht zur Ausgabe rüber und holst einen Kanister Lösungsmittel? Ich bitte doch sehr darum.«

Die hintere Tür knallte zu, noch bevor Carruthers ihren Satz beendet hatte.

»Riesenspinnen, hmmm. Eine ernste Sache.« Das Flüstern verwandelte sich in Brüllen. »REKRUT STEN! WELCHE UNIFORM ZIEHEN WIR ZUR SPINNENJAGD AN?«

»Äh ... Ich weiß nicht, Corporal.«

»VIER, DREI, ZWEI, EINS. DU BIST EIN EHEMALIGER CORPORAL UND MUSST DAS WISSEN! REKRUT TOMIKA, DU HÄTTEST ES IHM SAGEN MÜSSEN!«

Carruthers ging zur Tür.

»In fünf Minuten seid ihr draußen angetreten, in voller Spinnenjagdmontur. Stellt euch darauf ein, den Rest der Nacht auf der Jagd nach Riesenspinnen zu verbringen – da draußen müssen mindestens fünf von den Biestern herumkriechen!«

Sie knallte die Tür hinter sich zu. Die Rekruten blickten einander erschrocken an. Da flog die Tür noch einmal quietschend auf.

»Jeder, der nicht die dafür vorgesehene Uniform anhat, kriegt zwei Tage Küchendienst. Das wäre alles, Kinder. Die Zeit läuft.«

Als Bjhalstred Corporal Halstead mit einem Kampfwagen überfuhr, wußte Sten, daß er sich die ganze Zeit über nicht in ihm getäuscht hatte. Der Bauernjunge war nicht blöde. Niemand konnte Bjhalstred vorwerfen, er habe Halstead absichtlich umgenietet. Es war ein Unfall. Klar, dachte Sten bei sich. Klar doch.

»Das hier«, verkündete Halstead, »ist ein weiteres Werkzeug des Imperiums, das eigens für Schwachköpfe wie euch entwickelt wurde. Auf einer Anzeige läßt sich die Batterieladung ablesen. Wenn man hier dreht, springt die Kiste an. Mit diesem Hebel wird das Luftkissen reguliert. Ein bis zwei Meter Bodenfreiheit, ganz nach Wunsch. Der Doppler-Radar hält die Entfernung vom Boden automatisch konstant.

Drückt man diesen Hebel nach vorne, saust die Kiste los. Je weiter nach vorne, desto schneller. Maximale Geschwindigkeit: zweihundert km/h. Bewegt man den Hebel zur Seite, fährt die Kiste eine Kurve. Gibt es einen Freiwilligen?«

Halstead schaute sich seine Rekruten an, bis er einen gefunden hatte, der besonders unauffällig dreinblickte.

»Bjhalstred«, gurrte er. »Komm mal zu mir, mein Junge.«

Bjhalstred schlug vor dem Corporal die Hacken zusammen.

»Noch nie einen Wagen gefahren, was?«

»NEIN, CORPORAL!«

»Warum nicht, Rekrut?«

»Auf Outremer glauben wir nicht an Autos, Corporal. Wir sind Amish.«

»Verstehe.« Halstead überlegte eine Weile und beschloß schließlich, nichts darauf zu erwidern. »In den Wagen.«

Bjhalstred kletterte hinein.

»Du hast doch keine religiösen Vorbehalte gegen das Fahren, oder?« erkundigte sich Halstead.

»NEIN, SIR!«

»Wunderbar. Anlassen, auf zwei Meter Höhe einstellen und dann fährst du hier quer über den Exerzierplatz. Drüben wendest du und kommst wieder zurück.«

Bjhalstred fummelte an den Hebeln herum, bis sich der Wagen geräuschlos vom Boden abhob und in der Luft verharrte.

»Nun?«

Bjhalstred schaute sich das Armaturenbrett verwirrt an, dann nahm er den Kontrollhebel beherzt in die Hand und riß ihn nach rechts.

Als der Kampfwagen um die eigene Achse wirbelte, hatte Halstead gerade noch Zeit, »NEIIIN!« zu schreien, bevor ihn die Stoßstange am Kopf erwischte und aus dem Stand flach auf den Boden schickte. Der Wagen summte elegant vorwärts. Sein Radar reichte aus, um die mit Rekruten besetzte Tribüne, die sich jetzt in Windeseile leerte, zu erfassen, hob das Gefährt sauber über die Sitzreihen hinweg, und dann drehte der Wagen Kreise von exakt fünfzehn Metern Durchmesser. Einen nach dem anderen. Bjhalstred saß wie versteinert vor den Armaturen.

Letztendlich kamen Lanzotta und Carruthers mit einem zweiten Wagen herbei und steuerten ihn direkt neben den führerlos kreisenden ersten. Lanzotta wechselte mit einem lässigen Sprung von einem Führerhaus ins andere und stellte den Motor aus. Der Wagen senkte sich wieder. Lanzotta zog Bjhalstred heraus.

»Momentan«, sagt Lanzotta, »empfinde ich nicht sonderlich viel Zuneigung zu dir, mein Sohn. Du hast einen meiner Ausbilder umgeworfen. Das ist eine böse Sache.

Du willst Corporal Halstead doch bestimmt eine Freude machen, wenn er wieder zu sich kommt, oder?«

Bjhalstred nickte.

»Andernfalls könnte es gut möglich sein, daß er dich umbringt, Rekrut. Dann muß ich einen langen Bericht schreiben, warum er das getan hat. Deshalb bin ich sicher, daß du dich freiwillig meldest, um dem Corporal einen Gefallen zu tun.«

Bjhalstred nickte erneut.

»Siehst du diesen Berg?« fragte Lanzotta und zeigte zum Horizont. »Auf diesem Berg befindet sich ein kleiner Bach, Rekrut. Corporal Halstead ist ganz verrückt nach dem Wasser aus diesem Gebirgsbach. Warum besorgst du dir nicht einen Eimer, läufst rasch hinauf und holst ihm etwas von diesem herrlichen Wasser?«

»Hä?« brummte Bjhalstred.

»Das heißt ›Hä, Sergeant‹«, sagte Lanzotta. »Und ich glaube, du hast mich sehr gut verstanden.«

Bjhalstred nickte, erhob sich langsam aus dem Sitz und machte sich auf den Weg zu den Unterkünften.

Lanzotta beobachtete ihn dabei, wie er im Gebäude verschwand, mit einem Eimer in der Hand wieder herauskam und in der Ferne verschwand. Sten, der das alles aus dem Glied der angetretenen Gruppe mitansah, war sich fast sicher, Lanzottas Schultern leicht zucken zu sehen. Nein, so blöd war Bjhalstred nun wirklich nicht.

Kapitel 22

Lanzotta sah glücklich aus.

Sten lief es kalt den Rücken hinunter. Er wünschte, er hätte sich in der allerletzten Reihe aufgestellt. Heute würde es übel werden.

Halstead befahl der Kompanie Habachtstellung. Lanzotta

brachte ihn mit einer Handbewegung zum Verstummen. »Gerade ist etwas sehr Interessantes passiert, Kinder«, sagte er samtweich.

Dabei ging er ständig auf und ab. Es würde ziemlich übel werden.

»Ich habe gerade Nachricht von einer, sagen wir einmal ›höheren Autorität‹ erhalten. Es scheint so, als würde ich möglicherweise meine Pflicht als Ausbilder nicht den Erwartungen des Imperiums gemäß erfüllen.«

Sten sehnte sich nach einem sehr tiefen, sehr gut abgeschotteten Unterschlupf. Er hoffte, daß er mit seiner Vermutung, was da auf sie zukam, weit danebenlag.

»Möglicherweise lasse ich einigen meiner Rekruten nicht die erwartete Aufmerksamkeit zukommen. Insbesondere, was die vorübergehende Bekleidung von Führungsdienstgraden angeht. Es scheint ganz so, als habe diese Autorität den Eindruck erhalten, daß hier hohe Führungsqualitäten mutwillig unterdrückt würden.

Doch, doch, ein sehr interessanter Brief.«

Lanzottas Lächeln war plötzlich verschwunden. An seine Stelle trat der Ausdruck tödlichen Ernstes. »Es wäre mir höchst zuwider, wenn ich mich in der Ausübung meines Dienstes für das Imperium derart täuschen würde, glaubt ihr nicht? Gregor! Vortreten!«

Sten dachte sich, daß gerade jetzt ein recht passender Zeitpunkt zum Sterben gekommen sei. Gregor trabte an die Spitze der Formation, nahm Haltung an und salutierte.

»Rekrut Gregor? Sie sind jetzt Commander zur Ausbildung.«

»Ach du Scheiße!« tönte es von irgendwo aus den Reihen.

Lanzotta stellte sich momentan offensichtlich taub.

»Übernehmen Sie die Kompanie, Commander zur Ausbildung Gregor. Sie haben eine Stunde, um die Einheit für die Abfahrt zum Kampftraining auf Trab zu bringen.«

Stens Meinung nach war es unmöglich, zu beurteilen, ob jemand Mundgeruch hatte, wenn man ihn nur über Funk schnaufen hörte. Er kratzte sich zwischen den Schulterblättern. Es nutzte nicht viel. Irgendein Genie hatte Vakuumkampfanzüge so konstruiert, daß sie überall dort juckten, wo man sich unmöglich kratzen konnte. Sten redete sich ein, daß es nicht juckte, und widmete sich wieder Gregors Keuchen auf der Kommandofrequenz.

Mach schon, dachte er. Entscheide dich endlich.

»Erster Zug ... Ich meine, Eins-Eins.«

Sten aktivierte sein Mikro.

»Los.«

»Bei dem Schiff handelt es sich um ein Patrouillenboot der C-Klasse. Das heißt, wir entern durch die Antriebsdüsen. Mein Sergeant hat sie überprüft. Sie sind sauber.«

Sten hakte sich von dem Asteroiden los, hinter dem er und sein Zug sich »versteckten«, und trieb ein Stück dahinter hervor.

Die alte Kiste, die da etwa zwei Kilometer von ihnen entfernt im All schwebte, war mehr schlecht als recht als Schiff der C-Klasse zurechtgemacht worden. Trotzdem ...

Sten schaltete sich ein: »Sechs? Hier Eins-Eins. Beantrage Einzelübermittlung.«

Gregor grunzte und schaltete den Rest der Kompanie weg.

»Der Einstieg durch die Düsen ist ein Angriff nach Vorschrift, Sir.«

»Klar, Sten. Deshalb ...«

»Glaubst du nicht, daß die Bösen ebenfalls die Handbücher gelesen haben? Und das entsprechende Abwehrprogramm kennen?«

»Abgelehnt, Soldat. Was willst du denn? Einen irrsinnigen Frontalangriff?«

»Quatsch, Gregor! Ich kann mir nur gut vorstellen, daß sie bereits auf uns warten, wenn wir die Düsen hinaufmarschiert kommen. Wenn du einen Vernebelungsschirm rausschicken würdest, könnte ich meinen Zug in die Flanke bringen.«

»Weiter … Eins.«

Sten zuckte die Achseln. Er konnte es ja wenigstens versuchen.

»Wir knacken die alte Büchse wie eine Konserve. Schälen die Pelle ab und lassen den Innendruck raus. Damit erwischen wir sie eiskalt, und vielleicht können wir sie sogar überrumpeln.«

Wieder schnaufte und keuchte es. Sten fragte sich, warum Gregors Vater seinem Sohn keine Operation spendierte.

»Abgelehnt, Eins. Ich habe meine Befehle erteilt.«

Sten hob mutwillig die Sperre in der Übermittlung auf.

»Klar, Captain. Was immer der Captain wünscht. Alles klar.«

Carruthers krächzende Stimme mischte sich ein.

»Eins. Brechen der Übermittlungsgeheimhaltung. Küchendienst.«

Sten hörte, wie Gregor sein Lachen am offenen Mikro kaum unterdrücken konnte.

»Hier ist Sechs. Im Wechselangriff, jeweils unter Feuerschutz … erste Gruppe … los.«

Stens Zug sauste hinter der Deckung hervor. Sten überprüfte die Anzeigen und korrigierte die Aufstellung automatisch.

Über ihren Köpfen zischten die Laserstrahlen des Ablenkungsfeuers der anderen beiden Züge hinweg. Sten gab einen Zufalls-Zickzackkurs in den Computer seines Zugs ein. Sie bewegten sich auf das Raumschiff zu.

Als sie auf dem Heck des Schiffs landeten, taumelte der halbe Zug bereits hilflos durchs All; sie waren als Ausfälle vom Problemcomputer abgeschaltet worden.

Sten zog den großen Projektor von seinem Tornister nach vorne und richtete ihn aus. Er wollte direkt unterhalb der Luftauslaßdüsen –

Da war plötzlich ein greller Blitz in seinen Augen. Stens Filter durchlief alle Tönungen bis zu Pechschwarz, und Sten starrte auf das blinkende AUSFALL-Signal auf dem Kontrollmonitor seines Anzugs.

Inzwischen hatte er sich daran gewöhnt, »getötet« zu werden.

Doch diesmal hatte es ihm zum erstenmal Spaß gemacht. Er war überzeugt davon, daß keines der Opfer sich den normalen Strafdienst einhandeln würde, wenn sie wieder auf dem Stützpunkt angelangt waren.

Lanzotta hatte ein viel größeres Hühnchen zu rupfen. Das heißt, inzwischen war es bestimmt viel kleiner geworden. Lanzotta stand mit unbewegtem Gesicht regungslos vor ihnen.

Sten entspannte sich und schielte zu Gregor hinüber.

»Sie sind absolut nach Vorschrift vorgegangen, Commander zur Ausbildung?«

»Jawohl, Sergeant.«

»Haben sie vorher den EM-Bereich überprüft?«

»Nein, Sir.«

»Wenn Sie es getan hätten, wäre Ihnen vielleicht aufgefallen, daß Ihr Feind diese Sonnenschirme in Projektoren umgewandelt hatte – die direkt auf das normalerweise schutzlose Heck gerichtet waren. Warum haben Sie das nicht überprüft, Commander z.A.?«

»Keine Entschuldigung, Sir.«

»Haben Sie ein anderes Vorgehen in Erwägung gezogen?«

»Nein, Sir.«

»Warum nicht?«

»Weil ... weil in der Vorschrift steht, daß man ein C-Schiff auf diese Weise angreift, Sir.«

»Und weil Sie in Schwierigkeiten geraten wären, wenn Sie sich nicht an die Anweisungen gehalten hätten. Ist das korrekt, KZA?

»Ähm ...«

»ANTWORTEN SIE, VERDAMMT NOCHMAL!«

Sten und die anderen sprangen fast einen Meter in die Höhe. Es war das erste Mal überhaupt, daß Lanzotta geschrien hatte.

»Ich weiß nicht, Sir.«

»Aber ich weiß es. Weil Sie dachten, solange sie nach den Anweisungen vorgehen, kann Ihnen nichts passieren. Sie wollten Ihre Streifen nicht aufs Spiel setzen. Und deshalb haben Sie eine halbe Kompanie Gardisten umgebracht. Sehe ich das richtig?«

Gregor sagte nichts.

»Packen Sie Ihren Kram zusammen, Mister«, sagte Lanzotta und riß das Ausbildungsabzeichen der Garde von Gregors Overall. Dann ließ er ihn einfach stehen.

Carruthers kam im Laufschritt heran und baute sich vor der Gruppe auf.

»Wegtreten zum Essenfassen. Kampfanzuginspektion um einundzwanzig Uhr.«

Als sie in Zweierreihe zur Unterkunft marschierten, würdigte niemand Gregor eines Blickes. Er stand noch sehr lange allein draußen.

Als Sten und die anderen vom Essen zurückkamen, waren Gregor und seine Ausrüstung verschwunden, als wäre er nie dagewesen.

»First Sergeant! Rapport!«

»Sir! Ausbildungskompanie A, B und C vollständig angetreten. Dreiundfünfzig Prozent, sechs ins Lazarett abgemeldet, zwei zum Test entlassen.«

Der »Sergeant in Ausbildung« salutierte. Sten salutierte zurück, machte zu Lanzotta hin kehrt und salutierte erneut.

»Alle vollzählig angetreten, Sergeant!«

»Es ist jetzt achtzehn Uhr, Commander z.A. Sie übernehmen das Kommando über Ihre Kompanie und bringen sie auf der Straße zum Übungsgelände 16. Dort bilden Sie mit Ihren Männern eine Standard-Verteidigungslinie. Sie müssen bei Sonnenuntergang auf Posten sein, was um neunzehn Uhr sein wird. Noch irgendwelche Fragen?«

»Nein, Sergeant Lanzotta!«

»Die Kompanie gehört Ihnen.«

Sten salutierte und drehte sich wieder um.

»KOMPANIE ...«

»Zug Ach-tung«, stimmten Stens Zugführer an.

»Rechts UM! Waffen aufnehmen! Vorwärts ... Marsch ... im Laufschritt ... Marsch.«

Der lange Zug marschierte in die einbrechende Dämmerung hinein. Sten trabte im Laufschritt neben seinen Leuten her. Inzwischen konnte er im Schlaf gehen, marschieren oder laufen – mit halbgeschlossenen Augen und siebzigprozentiger Aufmerksamkeit. Lanzotta hatte leicht übertrieben, als er ankündigte, die Rekruten bekämen vier Stunden Schlaf pro Nacht.

Am Anfang vielleicht noch, doch das war lange her. Seit die Ausbildung sich unaufhaltsam der Prüfung näherte, wurden die Zügel straffer angezogen. Jetzt wurden nicht mehr so viele ausgesiebt, doch man konnte wesentlich schneller untergehen.

Lanzotta hatte es Sten erklärt, als er ihm die Balken eines Commanders zur Ausbildung übergab: »In den ersten Monaten haben wir versucht, euch körperlich fertigzumachen. Wir mußten uns von den Versagern, den Weichlingen und Bluffern trennen. Jetzt kommt der Feinschliff. Die Fehler, die ihr in der Kampfausbildung macht, sind die Fehler, die euch oder andere Gardisten im Ernstfall direkt zu Dünger umwandeln. Außerdem sind noch immer viel zu viele Leute in diesem Ausbildungsjahrgang.«

Zu viele Leute. Wenn man – was Sten nicht unbedingt tat – von dem Auswahlprozeß einer aus hunderttausend ausging, so waren drei Kompanien von jeweils hundert Mann auf einundsechzig zusammengeschmolzen.

Tolle Aussichten.

Nicht alle waren rausgeschmissen worden. Ein Unfall mit einem Kampfwagen hatte vier Tote gefordert; zwei Rekruten waren beim Alpintraining tödlich abgestürzt; und ein undichter Anzug hatte einen weiteren Rekruten zum Objekt einer dieser nicht enden wollenden Regimentszeremonien gemacht.

Lanzotta fand es immer sehr beeindruckend, daß ein Rekrut vor seiner Beisetzung noch rasch zu einem vollwertigen Regimentsmitglied gemacht wurde. Sten hielt das für einen reichlich bescheidenen Trost. Totsein, da war er sich ziemlich sicher, dauert ganz schön lange, und als Wurmfutter interessiert man sich nicht mehr groß für Feierlichkeiten.

Wie auch immer.

Inzwischen hatten sie es von Gruppen- über Zug- bis zu ausgewachsenen Kompaniemanövern geschafft.

Sten fragte sich bereits, welche netten Überraschungen sich Lanzotta wohl für den Abend ausgedacht hatte, setzte sich jedoch sogleich wieder seine geistigen Dämpfer auf. Er brauchte die kleine Erholungspause. Sein Mund stimmte fast von allein einen Marschgesang an, er stellte seine Füße auf Autopilot und schlief ein.

Mit geschlossenen Augen lauschte Sten auf die Geräusche hinter der Hügelkuppe. Vier Minuten und siebenundzwanzig Sekunden. Die Geräusche der Nachttiere waren wieder auf normale Lautstärke zurückgegangen. Die Truppe lag in Stellung. Nicht schlecht.

Lanzotta robbte neben Sten und schaltete ein winziges Landkartenlämpchen an. »Gut. Sie haben sie sehr gut hinaus- und in die Stellungen gebracht. Der zweite Zug liegt noch etwas eng beisammen, und ich finde, Sie sollten Ihren Befehlsstand näher an die Hügelkuppe verlegen. Aber sonst ... wirklich nicht schlecht.«

Sten mußte an sich halten. Lanzotta war sehr zurückhaltend. Dabei wußte er genau, daß diese Übung ein harter Brocken war.

Lanzotta sagte: »Einsatzbesprechung. Ihre Kompanie befindet sich seit zwei Ortstagen auf einer offensiven Säuberungsaktion. Sie mußten, sagen wir, sechsundfünfzig – ungefähr fünfundsiebzig Prozent Verluste hinnehmen.

Ihr Befehl lautet, eine hartnäckig verteidigte feindliche Stellung einzunehmen – dort!«

Lanzotta nahm einen Minisimulator aus seiner Koppeltasche und drückte auf einen Knopf. Auf dem Hügel gegenüber flackerten ein paar Lichter auf.

»Leider war die Stellung zu stark befestigt, und sie mußten sich auf diesen Hügel hier zurückziehen. Sie sind zu weit weg, um auf Artillerieunterstützung rechnen zu können, und aus taktisch-operativen Gründen gibt es weder normale Luftunterstützung noch Satelliten.

Ihre Verwundeten haben sie hinter die Linien zurückbringen lassen; um die müssen Sie sich also keine Gedanken machen. Das Problem ist ganz simpel. Schon sehr, sehr bald wird der Feind mit aller Kraft einen Gegenangriff starten. Wahrscheinlich werden Sie dann diese Position nicht mehr halten können.

Ihr Regimentskommandeur hat Ihnen die Befehlsgewalt über Ihren Abschnitt übertragen. Unsere eigenen Positionen sind dort.« Er zeigte hinter sich und fingerte an dem Simulator herum. Auf der Hügelkette leuchteten mehrere nicht sonderlich abgedunkelte Standpunkte auf. »Zwischen Ihrer Kompanie und den eigenen Stellungen befinden sich allen Vermutungen nach eingesickerte Kräfte in der Stärke von zwei Brigaden in kleinen, mit leichten Waffen ausgerüsteten Stoßtrupps. Sie haben vollkommen freie Hand. Irgendwelche Fragen?«

Sten pfiff leise vor sich hin.

»Commander zur Ausbildung, übernehmen Sie das Kommando. Sie haben zwei Minuten, bis die Sache losgeht.«

Mit diesen Worten verschwand Lanzotta in der Dunkelheit.

Sten gab Morghhan, seinem Sergeant, ein Zeichen. Sie krochen von ihrem angenommenen Befehlsstand weg. Sten ließ den UV-Filter über die Augen klappen und klickte ein geschütztes Kartenlämpchen an.

»*Sauve qui peut,* wie es so schön heißt«, flüsterte Morghhan. »Ergibst du dich gleich, um dem Angriff am Morgen zu entgehen?«

»Wir Killer-Gardisten ergeben uns nie.«

»Glaubst du, er will uns reinlegen?«

»Prognose: Nein. Rückzugsbewegungen gelten als Pfui, haben wir gelernt.«

»Deine Entscheidung, Sten. Ich fange schon mal an, fließend feindlich zu sprechen.« Morghhan robbte zurück zum Befehlsstand und wartete auf Meldegänger.

»Vier und drei und zwei und eins«, sage Lanzotta irgendwo in der Dunkelheit. »Los geht's!«

Er mußte das Simulatorprogramm gestartet haben. Ein hohes Kreischen ... »Feindlicher Beschuß!« schrie jemand, und der Erdboden unter ihm erbebte. Violettes Laserlicht fingerte über ihn hinweg. Sten hoffte nur, daß die Leuchtspurautomaten, die das »feindliche Feuer« simulierten, nicht zu niedrig eingestellt waren, oder auf Zufallspunktfeuer oder auf Bewegungszieleinrichtung.

Sten drückte den Wahlschalter auf seiner Brust auf ALLE KANÄLE und teilte der lauschenden Truppe seinen Plan in knappen Worten mit.

»Sechs ... hier ist Zwo-Eins. Wir haben eine Bewegung direkt vor uns.« Das war Tomika, die amtierende Zugführerin des 2. Zuges.

Sten schaltete auf Befehlsnetz um.

»Einschätzung, Zwo-Eins?«

»Scheinangriff! Wahrscheinlich ein Ausfall. Angenommene Stärke zwei Züge. Verteilt auf einhundert Meter, in einer Reihe.«

»Zwo-Eins? Hier ist Sechs. Feuer zurückhalten. Eins-Eins? Irgendwelche Aktivitäten in Ihrem Abschnitt?«

»Nicht daß ... bleiben Sie dran. Doch! Da kommen welche den Hügel herauf, werde sie – aah, Mist!«

Lanzottas Stimme schaltete sich ein. »Leider hat sich der Führer des 1. Zugs zu weit aus der Deckung gewagt und wurde getroffen. Tödlich.«

Sten ignorierte Lanzotta. »Zwo-Eins. Übernehmen Sie das Kommando. Einschätzung?«

»Bestätigt. Feindlicher Vormarsch. Kompaniegröße. Erste Prognose: Zangenangriff. Feuer eröffnen?«

Sten überlegte fieberhaft. »Negativ. Wenn sie bis auf fünfzig

Meter heran sind, werden sie wahrscheinlich das Feuer eröffnen. Erste und dritte Gruppe ziehen sich geräuschvoll fünfundzwanzig Meter zurück. Die zweite und vierte Gruppe erwidern das Feuer, wenn sie heran sind, die erste und dritte starten einen Gegenangriff. Wahrscheinlich ein weiterer Trick. Spieß! Nehmen Sie den Werferzug und die schweren MGs, decken Sie ihnen den Rücken und brechen Sie die zweite Angriffswelle. Nehmen Sie den Befehlsstand mit, ich wechsle zum 3. Zug.«

Sten schaltete das Mikro aus. »Melder! Los jetzt!«

Sie verschwanden in der Dunkelheit. Sten orientierte sich an den noch dunkleren Schatten der Baumwipfel. Das gegnerische Feuer wurde stärker, und der Boden unter ihnen erzitterte.

Etwas, das wie tausend Sirenen klang, rauschte heran, und Sten sprang zur Seite. »Psycho«, sagte er zu seinem Melder. »Das ist nur Krach. Auf geht's!«

Sten sprang in den Unterstand des Führers des 3. Zugs.

»Was ist hier los?«

Sten hielt den Atem an und schloß erneut die Augen. Er lauschte, bewegte den Kopf von einer Seite zur anderen. Er fluchte. »Verdammter Mist! Panzerfahrzeuge!«

»Ich höre nichts!«

»Aber gleich. Hört sich an wie zwei Einheiten. Zur Unterstützung sind Fußtruppen aufgesessen.«

Er schaltete den Funk ein.

»Werfer ... Ich brauche Beleuchtung. Dranbleiben ...«

Brummen.

»Werfer, hier ist Sechs. Hört ihr mich?«

Brummen.

Ein Melder tauchte aus dem Dunkel auf und rutschte in das Loch.

»Alle Einheiten. Dranbleiben. R-Sieben-Code nicht mehr verwenden.«

Der Funkoffizier wählte einen einfachen Code und stellte die Sender der ganzen Kompanie darauf ein. In wenigen Sekunden würde sich der Code wieder ändern, falls der Feind über geeignete Codeknacker verfügte. Dann würde Sten jedoch seinen Plan durchgegeben haben.

»Zwo-eins. Bringen Sie Ihre Leute auf die andere Seite des Befehlsstands und verstärken Sie Eins-zwo. Los! Zwo. Bereithalten zum Frontalangriff.«

Sten holte tief Atem. Das Training war so realistisch, daß selbst der simulierte Selbstmord schauderhaft wirkte.

»Drei-eins. Ihre Leute halten den Tank unterhalb Ihrer Stellung auf. Unter allen Umständen aufhalten. Wenn unser Ausbruch gelingt, lösen Sie und Ihre Männer sich auf eigene Faust vom Feind.

Achtung! Alle Einheiten. Die Kompanie greift frontal den Ausfall im Sektor des zweiten Zuges an. Wir brechen durch, jeder ist auf sich allein gestellt. Ihr wißt, wo die eigenen Linien zu finden sind. Paßt auf, daß ihr nicht geschnappt werdet und findet euch bis Tagesanbruch beim Regiment ein.

Das wär's. Nur Wasser, Handfeuerwaffen und zwei Magazine mitnehmen. Alles stehen und liegen lassen, auch die Funkgeräte. Viel Glück. Los!«

Sten schaltete sein Funkgerät ab. Hinter ihm tauchte Lanzotta auf.

»Ein kleiner administrativer Hinweis, Commander zur Ausbildung Sten. Wenn die Funkgeräte abgeschaltet sind, kann die Manöverleitung keine Verluste mehr vermelden.«

Sten fand noch die Zeit zu einem Grinsen: »Daran habe ich überhaupt nicht gedacht, Sergeant.« Was auch stimmte.

Sten wandte sich noch einmal an seine Truppe.

»Ihr habt mich verstanden. Schmeißt alles hin und dann ab durch die Mitte.«

»Lanzotta hat gerade den Werferzug ausgelöscht. Er sagt, als Gegenschlag für dein Feuerwerk.«

Sten stöhnte auf.

»Lenden?«

»Schieß los, Sten.«

»Spring fünf Meter hinunter und leuchte mal den Weg aus.«

»Dann bin ich tot.«

»Dann bist du tot.«

»Vielleicht bringen sie uns Leichen wenigstens schnell wieder zurück.« Der Melder sprang aus dem Loch heraus und zog eine Leuchtkapsel aus seinem Koppel. Er drückte auf den Auslöser, und die Flamme zischte in die Höhe. Ein Abtaster erfaßte ihn und löschte ihn aus. Der Simulations-Übermittler wechselte auf Rot. Lenden fluchte und machte sich auf den Weg zum Sammelplatz.

Die Leuchtrakete explodierte, und Sten sah in ihrem Licht zwei ... fünf ... sieben gepanzerte Raupenfahrzeuge, die sich den Fuß des Hügels heraufschoben.

»Putz sie weg!«

Der Zugführer bearbeitete seine zentrale Werfertastatur, und die Hochdrucktanks, die am Fuß des Hügels plaziert waren, erwachten zum Leben. Das austretende Gas vermischte sich mit der Atmosphäre und der befehlshabende Lieutenant setzte die Mixtur in Brand.

Um den Fuß des Hügels bildete sich ein fauchender Feuerball. Drei der Panzerfahrzeuge fingen Feuer und explodierten.

»Vorsichtig zurückziehen. Gebt Feuerschutz. Ungefähr sechzig Meter, dann bildet einen inneren Verteidigungsring ...«

Sten kroch aus dem Loch und rannte geduckt zum Befehlsstand zurück.

Als er sich neben Morghhan auf den Boden warf, stand sein Plan fest.

Vor ihm zogen Schatten in Richtung auf die Stellungen des zweiten Zuges vorüber. Plötzlich verdoppelte sich das Feuer aus dem letzten Verteidigungsring des 3. Zuges.

Dankbar legte Sten seinen Tornister und das Kommandofunkgerät ab, nahm sein Gewehr vor die Brust und folgte ihnen.

In dem Büro herrschte Totenstille.

Sten blickte starr geradeaus.

»Vier Überlebende, Commander zur Ausbildung. Sie sind aufgerieben worden.«

»Jawohl, Sergeant Lanzotta.«

»Mich würde Ihre Ansicht zur Wirkung einer solchen Aktion im Zusammenhang mit wirklichen Kampfhandlungen interessieren. Auf den Rest des Regiments, meine ich.«

»Ziemlich hart, vermute ich.«

»Ganz bestimmt, vermute ich. Aber Sie wissen nicht, warum. Nur unter zwei Bedingungen nimmt die Truppe massive Verluste hin und bleibt trotzdem uneingeschränkt kampfbereit. Erstens: Die Verluste müssen in sehr kurzer Zeit erfolgen. Eine langsame Dezimierung zermürbt jede Einheit, ob Elite oder nicht.

Zweitens: Diese Verluste müssen der Erreichung eines Ziels gedient haben. Verstehen Sie das, Sten?«

»Nicht ganz, Sir.«

»Dann muß ich deutlicher werden. Betrachten wir noch einmal das Debakel der letzten Nacht. Wenn ihr diesen Hügel gehalten hättet und wärt dabei bis auf den letzten Mann umgekommen, dann wäre das Regiment stolz auf euch. Das wäre ein ehrenvolles Gedenken und wahrscheinlich auch ein Trinklied wert gewesen. Die Männer hätten sich von dem Bewußtsein, daß sich in ihren Reihen solche Helden befanden, angespornt gefühlt. Trotzdem wären sie bestimmt ziemlich froh darüber, zu jenem Zeitpunkt nicht mit Ihnen zusammengewesen zu sein.«

»Verstehe.«

»So aber ist Ihre Einheit bei dem Versuch draufgegangen, den eigenen Arsch zu retten. Ist ja alles schön und gut, wenn Sie sagen, es ist besser, durchzukommen und am nächsten Tag auch noch kämpfen zu können. Aber mit dieser Haltung gewinnt man keine Kriege. Daß Sie das nicht verstanden haben, war Ihr Fehler als Commander. Verstehen Sie das?«

Sten schwieg.

»Ich habe Sie nicht gefragt, ob Sie damit übereinstimmen. Aber verstehen Sie es wenigstens?«

»Jawohl, Sir.«

»Na schön. Aber ich habe Sie nicht deshalb ablösen und Unterkunftsarrest anordnen lassen. Ihre Testergebnisse deuten auf ein hohes Maß an Intelligenz hin. Ich habe Sie zerbrochen, weil Sie bewiesen haben, daß Sie komplett ungeeignet für die Garde sind. Sie können kein Gardist sein. Sie werden mit sofortiger Wirkung von der Ausbildungsliste gestrichen.«

Stens Unterkiefer klappte nach unten.

»Ich werde Ihnen auch das erklären. Stellen Sie sich einen Soldaten vor. Er nimmt ein Messer, schwärzt sich das Gesicht, läßt sämtliche Waffen zurück und schleicht sich ganz allein duch die feindlichen Linien. Er findet den Unterstand des feindlichen Generals, tötet ihn und kehrt zurück. Ist dieser Mann jetzt ein Held? In gewisser Hinsicht schon. Aber er ist gewiß kein Gardist.«

Lanzotta holte tief Luft.

»Die Garde versteht sich als verlängerter Arm des Imperators. Auf diese Weise kann er eine schlagkräftige Truppe an einem ganz bestimmten Ort einsetzen und einen ganz bestimmten Auftrag erfüllen lassen. Die Garde kämpft und stirbt für den Imperator. Als Kampftruppe, nicht als Individuen.«

Sten sah völlig verdattert aus.

»Von einem Gardisten erwartet man Mut. Im Gegenzug stärkt ihm die Garde den Rücken. Moralisch und seelisch im Training und in der Kaserne, physisch im Kampf. Für die meisten von uns ist das ein faires Geschäft. Können Sie mir folgen?«

Eigentlich fragte sich Sten vielmehr, was in Zukunft aus ihm werden sollte. Würde man ihn zu einem Wehrpflichtigenbataillon versetzen? Oder gleich wieder nach Vulcan zurückverfrachten? Sten versuchte, Lanzotta zuzuhören.

»Ich fahre also fort. Ein Gardist versucht immer, besser zu sein. Er sollte in der Lage sein, die Pflichten seines Sergeants zu übernehmen und den Auftrag zu erfüllen, sollte sein Sergeant ausfallen. Ein Sergeant muß in der Lage sein, die Pflichten seines Kompanieführers zu übernehmen.

Und das heißt – ganz egal, wie taktisch brillant er auch sein mag –, wenn er nicht instinktiv das Wesen der Männer begreift, die er befehligt, dann ist er weniger als unbrauchbar. Er stellt eine Gefahr dar. Und ich habe euch immer wieder gesagt ... meine Aufgabe besteht nicht nur darin, Gardisten aus euch zu machen. Ich muß diesen Männern auch dabei helfen, am Leben zu bleiben.«

»Ist das alles, Sir?« fragte Sten tonlos.

»Vier Überlebende. Von sechsundfünfzig Mann. Ja, Sten. Das ist alles.«

Sten erhob die Hand zum Salutieren.

»Nein. Ich nehme keinen Gruß von Versagern an – und erwidere ihn auch nicht. Wegtreten!«

Sten aß zu Mittag, dann gab er seine Trainingsausrüstung zurück. Als er sich auf das Bett legte, fühlte er sich von den anderen wie durch eine dicke Wand isoliert. Von seinem Gefühl her wäre es ihm lieb gewesen, wenn einer seiner Freunde etwas gesagt hätte. Wenigstens: auf Wiedersehen. Aber so war es besser. Sten hatte schon so viele Leute ausscheiden sehen und wußte, daß es allen leichter fiel, wenn der Ausgeschiedene einfach unsichtbar wurde.

Er fragte sich, weshalb es so lange dauerte, bis er abgeholt wurde. Gewöhnlich war ein Ausgeschiedener eine oder zwei Stunden nach seinem Rausschmiß verschwunden. Er vermutete, daß es mit der Schwere seines Versagens zu tun hatte. Das Korps wollte ihn wohl noch eine Zeitlang als lebendes Anschauungsobjekt dabehalten.

Das verschaffte Sten ein wenig Zeit, eigene Pläne zu schmieden.

Wenn sie ihn zu einem Wehrpflichtigenbataillon versetzten ... er zuckte die Achseln. Das war eine Sache. Da er dem Imperium nichts mehr schuldete, würde er bei der nächstbesten Gelegenheit desertieren. Vielleicht. Vielleicht war es ja auch einfacher, wenn er seine Zeit absolvierte und sich in einen Pioniersektor entlassen ließ. Wahrscheinlich konnten sie nie genug Leute für die Siedlerplaneten bekommen, und jeder, der auch nur teilweise an der Ausbildung der Garde teilgenommen hatte, war eine willkommene Bereicherung.

Vulcan hingegen … Stens Finger legten sich intuitiv über den Messerschaft in seinem Arm. Sollte er jemals zurückkehren, würde die Company ihn töten. Da war es besser, wenn er sich gleich aus dem Staub machte, bevor er hier abgeholt wurde. Andererseits gab es immer eine Chance …

Eine verdammt kleine, dachte er und starrte ausdruckslos an die dunkle Decke.

Sten nahm die Bewegung kaum wahr. Seine Finger packten das Messer, doch Carruthers' Arm hielt ihn bereits fest.

»Folge mir.«

Sten, der noch immer angezogen war, schwang sich von der Pritsche. Automatisch rollte er die Matratze zusammen und nahm sein kleines Handgepäck mit.

Carruthers ging zur Tür, Sten hinterher. Erst jetzt fiel ihm auf, daß Carruthers ihm so auffällig in den Arm gefallen war, als wüßte sie von dem Messer. Er fragte sich, warum sie es nicht konfisziert hatten.

Carruthers blieb neben einem automatischen Waffentransportvehikel stehen. Sie zeigte auf den einzigen Sitz, und Sten setzte sich darauf.

Carruthers gab einen Zielkode ein, und der Wagen summte. Carruthers trat zurück. Und salutierte.

Sten starrte sie an. Versager zählten nicht, doch Carruthers hielt den Gruß. Sten war völlig durcheinander. Ganz automatisch erwiderte er den Gruß.

Carruthers drehte sich um und eilte im Laufschritt davon, während sich der Wagen erhob.

Sten sah nach vorne. Der Wagen rauschte mehrere Zentimeter

über dem Boden in einem Bogen aus dem Ausbildungslager heraus und stieg dann an die zwanzig Meter in die Höhe. Der Bildschirm flackerte auf: ZIEL VERBOTENE ZONE. ERLAUBNISKODE EINGEBEN. Der Computer des Wagens knurrte und schrieb eine Reihe von Zeichen auf den Schirm. Die Anzeigen verschwanden, dann erschien: ERLAUBNIS FÜR M-SEKTOR GEWÄHRT. WIRD WEITERGELEITET. NACH ANKUNFT BITTE AUF ESKORTE WARTEN.

Jetzt wußte Sten überhaupt nicht mehr, was gespielt wurde.

Kapitel 23

Mahoney goß den hochprozentigen Medalkohol andächtig in den Schnapsbecher und versenkte den kleinen Zinnbehälter im Zweiliter-Bierkrug. Dann reichte er Carruthers den Krug und wandte sich den anderen drei Anwesenden zu: »Muß noch jemand nachtanken?«

Rykor hob eine Schwanzflosse und spritzte eine kleine Kaskade aus ihrem Tank in Mahoneys Richtung. »Vielen Dank, mein Bewußtsein bedarf keiner Erweiterung mehr«, brummte sie.

Lanzotta schüttelte den Kopf.

Mahoney hob seinen eigenen Bierkrug. »Auf das Versagen.«

Sie tranken.

»Wie hat er es aufgenommen, Sergeant?«

»Weiß nicht genau, Colonel. Ein bißchen geschockt, der Junge. Wahrscheinlich hat er befürchtet, wir würden ihn sofort wieder auf diesen Müllhaufen verfrachten, von dem er stammt.«

»Ist er wirklich so dumm?«

»Ich habe ihn nach allen Regeln der Kunst fertiggemacht, Colonel«, sagte Lanzotta. »Ich gehe davon aus, daß er auch jetzt noch keinen Verdacht geschöpft hat.«

»Vermutlich. Im Leuteschinden macht dir so schnell keiner was vor, Lan.« Mahoney hielt einen Moment inne. »Rykor, tut mir leid, wenn ich dich noch einmal langweilen muß, aber ich muß die beiden kurz darauf hinweisen. Eigentlich ist es eine Formalität, aber wir sind uns hoffentlich im klaren darüber, daß die ganze Angelegenheit absolut geheim ist. Und da wir unter uns sind, können wir den ganzen Colonel-Mist wohl eine Weile vergessen.«

Carruthers rutschte unruhig auf ihrem Stuhl herum und steckte die Nase tiefer in ihr Glas.

»Ich brauche eine ganz knappe abschließende Beurteilung. Rykor?«

»Ich habe keinen Grund, meine ursprüngliche Einschätzung zu modifizieren. Sein Ausbildungsverhalten war, wie vorausgesagt, rekordverdächtig. Sein Profil hat sich nicht maßgeblich verändert. Sten hätte auf keinen Fall ein erfolgreicher Soldat der Garde werden können. Seine Unabhängigkeit, seine instinktive Ablehnung gegenüber jeder Autorität und seine Vorliebe für Aktionen auf eigene Faust sind sogar besonders deutlich hervorgetreten. Für deine Zwecke ist er jedoch ideal.

Die speziellen persönlichen Traumata, über die wir zu Beginn seiner Ausbildung diskutiert haben, sind in gewisser Hinsicht unverändert geblieben. Andererseits ist er jetzt, da er die Ausbildung erfolgreich absolviert und hervorragend gelernt hat, mit anderen Leuten klarzukommen, in sich selbst noch stärker gefestigt als zuvor.«

»Carruthers?«

»Ich weiß nicht, wie ich es ausdrücken soll, Sir. Aber er ist nicht gerade jemand, den ich mir als Teampartner aussuchen würde. Er ist kein Feigling. Aber ganz verläßlich ist er auch nicht. Zumindest nicht in, sagen wir einmal, der heißen Phase eines brandgefährlichen Angriffs.«

»Der Sir ist gestorben! Vielen Dank. Hol dir noch was zu trinken. Und bring mir bitte gleich was mit.«

»Ich könnte Carruthers' Beurteilung etwas weiter ausführen, doch das ist nicht nötig«, sagte Lanzotta. »Besser kann man es auch mit hochgestochenen Worten nicht ausdrücken.«

»Ich bitte dich, Lanzotta. Laß dir nicht alles aus der Nase ziehen. Du weißt genau, worauf es mir ankommt.«

»Von mir bekommt Sten die allerbeste Empfehlung für die Sektion Mantis. Er erinnert mich an einige andere Heißsporne, die ich für dich bändigen sollte.«

Carruthers wirbelte herum und verschüttete dabei einige kostbare Tropfen Bier.

»Sie waren bei Mantis, Sergeant?«

»Er war mein Sergeant«, sagte Mahoney.

»Und ich bin davongekommen. Carruthers. Du weißt nichts von alledem. Aber es ist etwas völlig anderes, sich gegen eingegrabene feindliche Truppen ins Kampfgetümmel zu stürzen oder einem Schmalspurdiktator die Kehle durchzuschneiden, während er sich gerade mit einem Mädchen im Bett wälzt. Erinnerst du dich daran, Colonel?«

»An welches Mädchen?«

Mahoney machte eine wegwerfende Handbewegung, und Carruthers gab Lanzotta sein Bier plus Schnapsbecher. Lanzotta starrte ausdruckslos vor sich hin, dann hob er das Glas an. »Ich hab's nicht getan. In solchen Sachen war ich nicht besonders gut.«

»Ich bitte dich. Du hast es überlebt. Das ist die einzige Beförderung, die zählt.«

Lanzotta sagte nichts.

Mahoney grinste und fuhr ihm freundschaftlich über den kurzgeschorenen Schädel. »Ich würde noch heute jederzeit ein halbes Team dafür hergeben, wenn du wieder bei uns wärst, mein Freund.« Dann wurde Mahoney wieder geschäftlich. »Empfehlungen?«

»Psychiatrische Abteilung: Transfer empfohlen«, warf Rykor spröde ein.

»Transfer empfohlen«, echote Carruthers bemüht.

»Nimm ihn, Mahoney«, sagte Lanzotta und klang plötzlich sehr müde. »Er wird in deinen Händen eine hervorragende Waffe sein.«

Frazer sprang vom Gleitband und eilte zum Zoo. Das bevorstehende Treffen machte ihn nervös, und das Vidpack brannte in seiner Tasche. Er schob die Karte in den Einlaßschlitz, ging am Torwächter vorbei in den Zoo und wartete auf die Hand auf seiner Schulter.

Seine Bürogehilfen-Mentalität sagte ihm, daß er sich keine Sorgen machen mußte – Frazer hatte all seine Spuren verwischt. Die Computer und die Imperiale Bürokratie beherrschte er mit wahrer Meisterschaft. Es konnte unmöglich jemand wissen, weshalb er hier war.

Frazer blieb vor den Käfigen der Säbelzahntiger stehen. Während die Raubtiere hinter den Gittern auf und ab gingen, wurde er immer nervöser. Wie alle Tiere im Zoo war auch der Tiger ein Teil der genetischen Geschichte des Menschen. Wenn er weitergegangen wäre, hätte Frazer Faultiere, Rieseninsekten und übergroße Reptilien sehen können. Die Reptilien roch er bis hierher. Verwestes Fleisch und blubbernde Sümpfe ...

Der Attentäter stellte sich neben ihn. »Haben Sie es dabei?«

Frazer nickte und übergab dem Attentäter das Vidpack. Dann wartete er lange Sekunden.

»Hervorragend«, sagte der Attentäter.

»Ich habe jemanden mit leicht manipulierbaren Daten ausgesucht«, sagte Frazer. »Sie müssen nur noch reinspringen.«

Der Attentäter lächelte. »Ich wußte, daß ich mich auf Sie verlassen kann. Sie sind der Beste. Sie haben den Bogen raus mit den Computern.«

Endlich erkannte jemand Frazers wahre Talente. Nur er war in der Lage, in den gigantischen Informationsberg einzutauchen und das gesuchte Material scheibchenweise herauszuholen.

»Äh ... das Geld?«

Der Attentäter überreichte ihm ein Stück Papier. Frazer betrachtete es. »Kann man es auch nicht zurückverfolgen?«

»Aber sicher. Berufsehre und so weiter. Verlassen Sie sich drauf ...«

Frazer war zufrieden. Er bedauerte nur, daß Rykor nie erfahren würde, wie schlau er wirklich war.

Als sie sich von den Käfigen entfernten, legte der Attentäter einen Arm um Frazer.

»Sie machen sich jetzt sicher Gedanken über meine Loyalität«, setzte Frazer an.

»Ja. Stimmt genau«, erwiderte der Attentäter.

Der Arm wanderte ein Stück nach unten und plötzlich schoß die Hand schräg nach oben. Die rechte Hand legte sich über Frazers Kinn, die linke packte ihn am Genick. Es knackte leise, und Frazer brach tot zusammen.

Niemand sah, wie der Attentäter den Körper zurück an den Rand des Käfigs zog. Er faßte ihn mit beiden Armen um den Brustkorb, hob ihn an und schleuderte ihn über das Gitter hinunter in das Gehege.

Lautes Fauchen und gierige Freßgeräusche waren alles, was von der ganzen Angelegenheit übrigblieb.

Kapitel 24

Der Imperator, daran zweifelte Mahoney jetzt nicht mehr, war komplett durchgeknallt. Er stand über einen riesigen Topf gebeugt, in dem ein übel aussehender Sud brodelte, und murmelte halblaut vor sich hin.

»Noch etwas davon. Ein bißchen von dem. Ein wenig Knoblauch und etwas Fett. Jetzt der Kreuzkümmel ... nur einige Krümel ... noch ein bißchen mehr vielleicht. Nein! Viel, viel mehr.«

Endlich wurde der Imperator auf Mahoney aufmerksam und lächelte. »Du kommst gerade rechtzeitig«, sagte er. »Reich mir mal die Kiste dort.«

Mahoney reichte ihm eine aufwendig mit Schnitzereien verzierte Holzschatulle. Der Imperator klappte sie auf und schüttete eine Handvoll länglicher roter Objekte heraus. Für Mahoney sahen sie wie getrocknete Alien-Exkremente aus.

»Sieh dir das an«, forderte ihn der Imperator freudestrahlend auf. »Die Biolabs haben zehn Jahre daran gearbeitet.«

»Was soll das sein?«

»Pfefferschoten, du Dummkopf. *Pfeffer.*«

»Ach so, äh ... phantastisch.«

»Ist dir denn nicht klar, was das bedeutet?«

Mahoney mußte zugeben, daß ihm das nicht ganz klar war.

»Chili, Mann, Chili! Kein Chili ohne Pfefferschoten!«

»Und das ist wichtig, ja?«

Der Imperator sagte nichts mehr, sondern schüttete einfach die Schoten in den Topf, drückte einige Knöpfe auf seiner Herdkonsole, schöpfte mit dem Löffel einen ordentlichen Happen des Breis herauf und hielt ihn Mahoney zum Kosten hin. Mahoney probierte unter den gespannten Blicken des Imperators. Nicht schlecht, wollte er gerade sagen – dann erwischte es ihn. Sein Gesicht ging förmlich in Flammen auf, Rauch quoll aus seinen Ohren und er rang nach Luft. Der Imperator schlug ihm auf den Rücken und bot ihm zufrieden grinsend ein Glas Bier an. Mahoney kippte es in einem Zug hinunter und kam noch immer japsend allmählich wieder zu sich.

»Sieht ganz so aus, als hätte ich es getroffen«, sagte der Imperator.

»Soll das heißen, daß du das Zeugs absichtlich so zusammengerührt hast?«

»Klar. Wenn es einem nicht die Haare vom Hintern brennt, taugt es nichts. Jedenfalls ist es dann kein Chili.« Der Imperator schenkte noch zwei Gläser Bier ein und forderte Mahoney auf, ihm auf die große, mit einer Unzahl von Kissen und Polstern vollgestopfte Couch zu folgen. »Na, damit hast du dir deinen Sold für diesen Monat redlich verdient. Wie sieht es mit dem nächsten aus?«

»Du meinst Thoresen?«

»Genau, Thoresen.«

»Nullkommanix.«

»Vielleicht sollten wir einfach stürmen.«

»Das wollte ich in meinem nächsten Bericht anregen. Aber es ist nicht ungefährlich. Wir könnten die ganze Sache vermasseln.«

»Wie das?«

»Lester meint, hinter Projekt Bravo stecke noch viel mehr. Und er weiß jetzt, wie er dahinterkommen kann. Sollte er dabei erwischt werden, ist unsere einzige Quelle ausgeschaltet.«

Der Imperator dachte einen Moment nach. Dann seufzte er. »Sag ihm, er soll weitermachen.« Er trank sein Glas aus und schenkte sich erneut ein. »Wie steht es mit der anderen Sache?«

»Die Waffenschieberei? Noch immer keine handfesten Beweise.«

»Aber sie findet statt, soviel ist doch sicher?«

»Allerdings«, sagte Mahoney. »Wir wissen jetzt ganz sicher, daß vier Planeten – alles angeblich unsere Verbündeten – Vulcan mit Waffen beliefern.«

»Wieder dieser Thoresen. Zum Teufel mit ihm. Es reicht allmählich. Schick ihm die Garde auf den Hals, wir machen ihn fertig.«

»Äh, Boss, ich glaube, das ist keine besonders gute Idee. Ich meine –«

»Ich weiß, ich weiß. Schlechter diplomatischer Schachzug. Aber was ist mit meinen ›treuen Verbündeten‹ auf diesen vier anderen Planeten? Es spricht doch nichts dagegen, sie auszuradieren?«

»Ist schon in die Wege geleitet.«

Der Imperator grinste. Endlich ein bißchen Action. »Sektion Mantis?«

»Ich habe vier Teams hingeschickt«, sagte Mahoney. »Ich garantiere dir, daß dieser Schieberei ein Riegel vorgeschoben wird.«

»Ohne diplomatische Verwicklungen?«

»Ohne auch nur einen winzigen Knoten.«

Das gefiel dem Imperator sogar noch besser. Er erhob sich von der Couch und ging zu seinem blubbernden Topf hinüber. Roch daran. Wunderbar. Dann fing er an, zwei Teller vollzuhäufen.

»Du bleibst doch zum Essen, Mahoney?«

Wie der Blitz schoß Mahoney von der Couch hoch und war schon an der Tür. »Danke, Boss, sonst gern, aber heute abend geht es wirklich nicht. Ich habe –«

»Eine scharfe Verabredung?«

»Genau«, antwortete Mahoney. »Was auch immer das sein mag. Jedenfalls nicht so scharf wie dieses Zeug.«

Damit war er draußen. Der Imperator widmete sich erneut seinem Chili und fragte sich, welches Mitglied des Hofes es wohl verdiente, ihm heute abend Gesellschaft zu leisten.

Kapitel 25

Der Baron verfolgte gespannt am Bildschirm, wie ein Schwarm von Techs um den Laderaum des Frachters herumschwirrte und die letzten Verbindungen und Einstellungen vornahm. Das war's. Nur noch wenige Minuten, dann würde er erfahren, ob all die Mühe und die vielen Credits den Aufwand wert gewesen waren.

Der Test für Projekt Bravo fand Lichtjahre von Vulcan entfernt statt, weit weg von allen bekannten Verkehrsrouten. Das Bild auf Thoresens Schirm wechselte, als die Techs ihre Arbeit beendet hatten, den Laderaum eilig verließen, sich in ein Shuttle quetschten und von dem altertümlichen Frachter entfernten.

Thoresen wandte sich an den Tech neben ihm, der die rasch wechselnden Zahlenkolonnen auf einem eigenen Bildschirm überwachte.

»Alles bereit, Sir«, sagte der Tech.

Thoresen holte tief Luft und gab dem Mann grünes Licht.

»Countdown läuft ...«

Viele Kilometer vom Frachter entfernt blieb das Shuttle im All stehen. Die Techs an Bord machten sich an die Arbeit, fütterten ihre Rechner mit neuen Programmen und machten sich für das endgültige Signal bereit.

Der Frachter war völlig ausgeweidet worden. An Bug und Heck hatten die Techs zwei große Apparaturen angebracht, eine Art von Kanonen, die man in vergangenen Zeiten wohl als Relinggeschütze oder Drehbassen bezeichnet hätte, und deren elektrische Mündungen jeweils auf die der anderen Kanone gerichtet waren.

Thoresen nahm den Countdown kaum wahr. Er konzentrierte sich auf die beiden Bilder auf seinem Schirm. Das eine zeigte eine riesenhafte, dumpf leuchtende Leere im Laderaum des Frachters, das andere eine Außenansicht des Frachters mit dem Shuttle im Vordergrund. Der Tech tippte ihm auf die Schulter. Jetzt war alles bereit. Plötzlich fühlte sich der Baron ungemein gelöst. Er grinste den Tech breit an und gab den Kode für den Auslöser ein.

Die »Drehbassen« feuerten, und zwei subatomare, genau gleichgroße Massenpartikel wurden aufeinander geschossen. Sie erreichten beinahe sofort Lichtgeschwindigkeit, dann Überlichtgeschwindigkeit. Thoresens Schirm blitzte auf – und schon war alles vorüber, buchstäblich beinahe bevor es eigentlich angefangen hatte. Als der Blitz sich abschwächte, war wieder etwas auf seinem Schirm zu sehen. Besser gesagt, nichts. Nur das unendliche gähnende Weltall. Kein Frachter, kein –

»Der Shuttle!« schrie der Tech. »Er ist weg. Sie sind alle –«

»Vergessen Sie den Shuttle«, fuhr ihn Thoresen an. »Was ist geschehen?«

Mit fliegenden Fingern forderte er eine Wiederholung der Aufnahmen an; diesmal in verminderter Geschwindigkeit.

Mit einer Art Kometenschweif im Schlepptau sausten die Partikel aufeinander zu. Sie durchdrangen die magnetische Blase, den glühenden Punkt im Laderaum des Schiffs, und trafen aufeinander ... trafen aufeinander ... trafen aufeinander ... Dann waren sie verschwunden ... kurz darauf wieder sichtbar ... tauchten in das Raum-Zeit-Kontinuum ein und wieder daraus hervor ... bis sie von einem einzigen, vollkommen anderen Partikel ersetzt wurden. Thoresen lachte laut auf. Er hatte es geschafft! Plötzlich fiel die magnetische Hülle in sich zusammen. Ein enormer Lichtblitz breitete sich aus, und sowohl der Frachter als auch der Shuttle verschwanden in einer enormen Explosion.

Der Baron wandte sich an den Tech, der noch immer unter Schock stand. »Ich möchte, daß der Zeitplan beschleunigt wird.«

Der Tech glotzte ihn ungläubig an.

»Aber ... Die Männer im Shuttle ...«

Thoresen runzelte die Stirn, warf einen Blick auf den leeren Bildschirm und verstand, was sein Gegenüber meinte.

»Ach so. Dieser unglückselige Zwischenfall. Es dürfte nicht allzu schwer sein, das Team zu ersetzen.«

Er machte sich auf in Richtung Labortür, blieb dann aber noch einmal stehen. »Vergessen Sie nicht, dem neuen Team mitzuteilen, daß sie sich etwas weiter von dem Frachter zurückziehen sollen. Techs sind ziemlich teuer.«

Lester lächelte und klopfte dem Tech anerkennend auf die Schulter. Der Mann stammelte vor sich hin; Tränen rollten über seine Wangen. Lester beugte sich näher heran, um ihn besser verstehen zu können. Nur Babygebrabbel. Nichts, woraus er hätte schlau werden können.

Es war ziemlich einfach, dachte Lester. Leichter, als er es sich vorgestellt hatte. Er arbeitete schon seit einem halben Dutzend Zyklen an diesem Tech. Andeutungen hinsichtlich Geld, einer neuen Identität sowie lebenslangem Wohnrecht auf irgendeiner Spielwelt, absolut schuldenfrei. Der Mann war zwar interessiert, hatte jedoch zuviel Angst vor Thoresen, als daß er sich zu mehr bereit erklärt hätte, als zuzuhören und Lesters Freibier zu trinken. Eines Tages war er jedoch soweit. Beinahe hysterisch hatte er bei Lester um einen sofortigen Besuch gebeten.

Ein schrecklicher Unfall sei passiert, erzählte er Lester, wollte jedoch auch auf verstärktes Nachfragen nicht mehr preisgeben. Er schüttelte nur den Kopf. »Nein, der Baron …« Lester wußte sofort, daß er es jetzt wagen mußte.

Er stellte sich neben den Mann, drückte ihm ein Hypo auf den Nacken, und einen Augenblick später hatte er einen lallenden Idioten vor sich. Allerdings einen Idioten, der Lester alles erzählte, was er wissen wollte. Lester half dem Mann zum Bett hinüber. Er würde eine Zeitlang schlafen und dann mit einem ausgewachsenen Narkobierkater aufwachsen. Der Techniker würde sich an nichts mehr erinnern.

Jetzt mußte sich Lester nur noch mit Mahoney in Verbindung setzen. Was er ihm über Projekt Bravo mitzuteilen hatte, würde Thoresens Karriere zu einem abrupten Ende verhelfen.

Plötzlich ertönte ein lautes Krachen; Plastik splitterte. Lester wirbelte herum und erstarrte, als er den Baron, begleitet von zwei Wachmännern, durch seine eingetretene Zimmertür hereinkommen sah. Thoresen warf einen Blick auf den schlafenden Tech und grinste.

»Kleine Party, Lester?«

Lester antwortete nicht. Was hätte er auch sagen sollen? Thoresen gab den Männern einen Wink. Sie packten den Tech und trugen ihn zwischen sich hinaus.

»Jetzt weißt du wohl Bescheid?«

»Ja«, erwiderte Lester.

»Jammerschade. Ich mochte dich eigentlich ganz gerne.« Thoresen machte einen Schritt auf den alten Mann zu und packte ihn an der Kehle. Lester rang nach Luft und spürte, wie sein Kehlkopf zerquetscht wurde. Es vergingen einige Minuten, bis der Baron Lesters Leichnam fallen ließ. Er drehte sich erst um, als einer der Wachmänner zurückkehrte. »Sieh zu, daß es gut aussieht«, sagte Thoresen. »Eine plötzliche Krankheit, *et cetera, et cetera.* Und mach dir keine Gedanken wegen seiner Familie. Das übernehme ich.«

Kapitel 26

Sten pfiff tonlos vor sich hin und schlug die Tür mit dem Absatz hinter sich zu. Um H'mids abgetrennten Kopf auf dem Tresen summten bereits die Fliegen.

Sten bückte sich und tippte mit dem Finger in die Blutlache, die sich um den Leichnam ausgebreitet hatte. Noch klebrig ... also kaum länger als eine Stunde her. Sten untersuchte den Rücken und zog das winzige W-Stück heraus, das zwischen seinen Schulterblättern klemmte.

Dann schlich er in geduckter Haltung hinter dem Tresen entlang und rannte geräuschlos die Treppen zur Wohnung des Ladenbesitzers hinauf. Auch dort war alles verlassen. Keinerlei Anzeichen einer Durchsuchung oder Plünderung. Schlecht, sehr schlecht sogar. Vorsichtig spähte er aus einem der Fenster hinaus und zog den Kopf sogleich wieder zurück.

Zwei Dächer entfernt lagen drei Q'riya flach auf den Bäuchen und beobachteten die Straße unter sich. Und unten ... stand noch einer, direkt auf Stens Fluchtweg. Sehr schlecht getarnte, auf Hochglanz gewienerte Stiefelspitzen schauten unter den gestreiften Gewändern hervor.

Wollten sie ihn jagen oder saß er bereits in der Falle? Sten versuchte es erneut. Sie wollten ihn holen. Die Fensterläden des gegenüberliegenden Lebensmittelgeschäfts waren geschlossen.

Sehr ungewöhnlich zu dieser Tageszeit. Drinnen hielt sich wahrscheinlich eine Gruppe von M'lan auf – die private Schlägertruppe des Q'riya-Stamms.

Sten lehnte sich an die Wand ... einatmen, dabei bis auf vier zählen, ausatmen ebenfalls bis auf vier, Atem anhalten bis auf sechs. Das Ganze zehnmal. Der Adrenalinspiegel sank. Sten versuchte, sich einen Ausweg einfallen zu lassen. Er nahm von H'mids Arbeitstisch eine Handvoll Broschen, in die noch keine Edelsteine gesetzt waren; dann holte er die bauchige Glasflasche mit der Säure aus dem Regal. Wahrscheinlich blieben ihm nicht mehr als zehn Minuten, bis sie erkannt hatten, daß sie die Ratte herausscheuchen mußten.

Unten rumpelte ein Karren vorbei. Ideal. Sten ließ die Flasche vorsichtig hinunterfallen, mitten auf die trockene Getreideladung des Karrens. Dann zielte er ... die Hand folgte dem Rhythmus des schwankenden Karrens ... und feuerte.

Das Glas zersprang. Rauch kräuselte auf, und der Karren ging in Flammen auf.

Rufe. Schreie ... überall Rauch auf der Straße.

Besser hätte er es nicht treffen können.

Sten stopfte die Zipfel seines Gewands hinter die Schärpe, schleuderte die Sandalen von den Füßen und schwang sich auf das Fensterbrett. Dann ließ er sich außen an der Wand hinunter und sprang.

Unten angekommen, ließ er sich flach zu Boden gleiten. Der Fensterladen flog laut scheppernd auf, und direkt über ihm fuhr ein Schuß in die Lehmwand. Sten kam hoch ... drei hastige Schritte quer über die Straße, und er hechtete durch das offene Fenster.

Drinnen rollte er sich ab, zog den Abzug seines Gewehrs auf Dauerfeuer durch und bestrich die Innenseite der Fensterwand mit einer Salve.

Drei M'lan fielen gurgelnd zu Boden, der zweite holte pfeifend Luft durch seine zerfetzte Kehle. Sten schickte einen zweiten

Treffer in die Stirn des Mannes und war schon zur Hintertür unterwegs. Er rannte hinaus und fluchte. Ein typischer Kaninchenbau mit einer baufälligen Treppe, die vorbei an beengten Elendsquartieren der Fal'ici hinunterführte. Sten sprang über das Geländer und landete mitten unter ihnen. Rufe, Geschrei. Dann vereinzelte Schüsse von der Straße her.

Sten machte sich deswegen keine Gedanken. Die Fal'ici gaben keine Informationen an die M'lan weiter, nicht einmal, wenn man sie mit vorgehaltener Pistole dazu zwang.

Endlich kam er aus dem Gewirr der schmalen Gassen wieder auf eine Straße hinaus. Hervorragend. Ein Glücksfall. Marktgedränge. Unübersehbares Geschiebe. Darunter auch eine Doppel-Patrouille der M'lan. Jemand mußte ihnen einen Tip gegeben haben. Kaum hatten sie die rennende Gestalt erblickt, machten sie sich auch schon an die Verfolgung.

Sten setzte über einen Schubkarren und die Deichsel eines Karrens, dann drehte er sich um und warf H'mids Broschen hoch in die Luft. Kaum ließ die Sonne das blanke Gold aufblitzen, herrschte auf der Straße ein unbeschreibliches Tohuwabohu. Die Leute kamen aus Öffnungen in den Mauern gequollen, die Sten bisher noch nicht einmal bemerkt hatte.

Mittendrin in dieser brodelnden Menge waren die M'lan. Sten hielt es für nicht unwahrscheinlich, daß der eine oder andere Fal'ici sich im allgemeinen Durcheinander vom Gold abwenden und die Chance nutzen würde, einige Zentimeter geschliffenes Glas in den Hals eines dieser Söldner zu rammen.

Er zwang sich, etwas langsamer zu gehen, zog sein Gewand wieder herunter und schritt jetzt lässig, aber bestimmt aus. Einer Blumenverkäuferin warf er eine Münze zu und zog die größte Blume aus ihrem Karren. Er steckte die Nase in die Blüte und marschierte weiter.

Wie epi ...? Epi ... verflucht nochmal! Er mußte sich unbedingt im Versteck bei Doc danach erkundigen.

Sten ließ über eine Stunde vergehen, um sicherzugehen, daß er nicht verfolgt wurde. Er hielt nicht allzuviel von den Geheimdiensttruppen der Q'riya, doch es liefen mehr als genug von ihnen herum, um eine erfolgreiche Razzia durchzuführen.

Er schien jedoch sauber zu sein und ging die Straße hinauf, bis er vor dem Tor des unauffälligen Hauses, das dem Team der Sektion Mantis als Basis diente, angekommen war. Dann verschwand er dahinter.

Drinnen herrschte noch größeres Chaos. Alle möglichen Ausrüstungsgegenstände wurden hastig mit tausendmal geübten Handgriffen in Taschen und Rucksäcken verstaut. Alex stand mit schußbereiter Willygun neben der Tür. Sten erfaßte die Lage sofort.

»Sind wir aufgeflogen?«

»Genau, Kumpel«, sagte Alex. »Die Bürogehilfin, die Vinnettsa anwerben wollte, hat Schiß gekriegt und wurde geschnappt.«

»Hat sie geredet?«

»Garantiert. Angeblich bringen die sogar Grabsteine zum Reden.«

»Jemand hat H'mid den Kopf abgeschlagen und ihn so plaziert, daß ich ihn bestimmt finde«, sagte Sten. Er ging zum Tisch hinüber und packte den Weinspender. Mit dem Daumen auf dem Deckel hob er die Tülle an den Mund und trank. Nachdem er abgesetzt hatte, fiel sein Blick auf den etwa einen halben Meter großen Teddybären, der auf dem einzigen bequemen Sessel im ganzen Raum saß. Auf der Stirn des Wesens zeichnete sich ein nahezu wohlwollendes Runzeln ab.

»Doc?«

»Typisch Mensch«, brummte der Teddybär glücklich. Ich nehme es als Beweis der göttlichen Existenz. Wenn es nicht einen Gott oder etwas Ähnliches gäbe, würdet ihr noch immer im Urwald hocken und das Obst mit den Zehen schälen. Und zwar muß es einer mit einem ziemlich schrägen Sinn für Humor sein, wenn ich das noch hinzufügen dürfte.«

Vinnettsa kam die Treppe heruntergerannt; sie rollte den Draht zusammen, der zum Sender auf dem Dach führte.

»Mach schon, Doc. Wir haben keine Zeit für solche Spielchen.«

Doc hielt die gespreizten Finger weit von sich. Eine Geste der Menschen, die er sich angewöhnt hatte. Dann sprang er auf und fing an, die Funkausrüstung in einen Rucksack zu packen.

Ida kam in aller Seelenruhe aus dem Wandschrank hervor, der den Zugang zum Computerraum tarnte. Sie testete das Gewicht ihres Compacks und sagte: »Doc hat recht. Derartige Finessen kann man nur von uns erwarten. Warum wohl haben sie noch nie ein reines Rom-Team ins Feld geschickt?«

Alex gluckste: »Weil unser Imperator nich' gerne 'n Planeten unter der Nase weggeklaut kriegt, deshalb.«

Ida überlegte kurz. »Wenn wir einen klauen würden – und dieser Gedanke liegt bei einem Rom durchaus nicht so fern –, dann müßte er sich keine Sorgen mehr darum machen, oder?«

Sten blickte sich um. Frick und Frack hingen abwartend von einem der Deckenbalken herab.

»Haben sie uns entdeckt?«

»Nein«, quiekte Frick. «Wir sind erst vor zehn Minuten drübergeflogen. Wir haben nichts gesehen.«

Das war gut möglich. Die beiden fledermausartigen Wesen waren nicht gerade mit erstaunlicher Intelligenz gesegnet. Vielleicht hatte Sten auch nur die falsche Frage gestellt. Doch die Information war wohl korrekt.

Das Team war bereit zum Abmarsch und kam zur letzten Besprechung zusammen.

»Wie's aussieht, sind wir am Arsch gepackt«, sagte Alex leise. »Was meint ihr, soll'n wir wirklich 'ne Evakuierung anleiern?«

Jorgensen gähnte. Er lag ausgestreckt neben seinen Siebensachen, die entsicherte Pistole in der Hand.

»Seid ihr alle sicher, daß wir uns aus dem Staub machen sollen? Mahoney wird uns ordentlich eins überbraten, wenn wir unverrichteter Dinge zurückkommen.«

Sten blickte Doc an, der nervös die Fühler hin- und herbewegte.

»Miyitkina«, sagte Sten. Das war Jorgensens Trancewort. Der schlanke Blonde verfiel sofort in eine aufmerksame Starre.

»Möglichkeiten«, blaffte Vinnettsa.

»A. Auftrag abbrechen und Rückzug. B. Auftrag weiterführen und davon ausgehen, daß wir nicht aufgeflogen sind. C. Alternatives Programm ausarbeiten.«

»Analysieren«, sagte Sten.

»Möglichkeit A. Auftragspriorität hoch. Zur Zeit unvollständig erfüllt. Nur als letzte Möglichkeit in Betracht ziehen. Überlebenswahrscheinlichkeit neunzig Prozent, falls Durchführung innerhalb von fünf Stunden.«

»Weiter«, drängte Vinnettsa.

»Möglichkeit B. Datenmenge ungenügend, um genauere Berechnungen durchzuführen. Annahme, daß Agent vor Ort beim Verhör nachgegeben hat. Nicht bestätigt. Überlebenswahrscheinlichkeit weniger als zwanzig Prozent.«

Die Teammitglieder blickten sich an. Die Abstimmung erfolgte im Stillen. Wie gewöhnlich wurden Frick und Frack nicht gefragt.

»Zwo Miyitkina.« Jorgensen erwachte aus seiner Trance.

»Welcher Plan?« erkundigte er sich.

»Die Heldenvariante«, sage Alex.

»Könnte schlimmer sein«, meinte Jorgensen. »Allerdings muß ich dabei viel rennen.«

Sten schnaubte verächtlich. Alex schlug ihm auf den Rücken – eine freundliche Geste, die Sten beinahe durch die Wand befördert hätte. Der kleine stämmige Mann von der Drei-G-Welt war manchmal einfach vergeßlich.

Pfeifend saugte Sten Luft in seine malträtierten Lungen.

»Sten, du bist doch'n mutiger Kerl. Wie heißt es immer so schön: Das Blöken des Lämmchens befreit den Tiger. Oder so ähnlich.«

Sten nickte düster und fing an, die Waffen zu verteilen.

Der Attentäter beobachtete ihn von der anderen Seite des Zimmers aus. Wie auch immer, die Zukunft des Attentäters hing vom Erfolg des Teams ab. Zumindest momentan noch.

M-PRIORITÄT
OPERATION BANZI

Nicht in Allgemeine Befehle an die Garde aufnehmen; nicht in die Imperialen Archive aufnehmen; Kopien ausschließlich an Quelle und Operationszentrale Mercury; in keiner Form veröffentlichen. IMPERIALE ANORDNUNG.

STEN
EINSATZAUFTRAG

1. Voraussetzungen:

Saxon. Umweltbedingungen: mehr oder weniger wie auf der Erde. Größtenteils Wüste. Ausgedehnte Nomadenkultur (VGL. FICHE A) vorherrschend. Einziger Raumhafen, größte Stadt und Manufakturkomplex: Atlan (VGL. FICHE B), in einem der wenigen fruchtbaren Täler von Saxon gelegen. Der Existenz eines großen Flusses und der Umwandlung seiner Wasserkraft verdankt Atlan sein Aufblühen. Atlan, und somit die Außenweltpolitik von Saxon, wird von der ausgedehnten Stammesfamilie der Q'riya (VGL. FICHE C) kontrolliert, angeblich ein Zweig des größten Beduinenvolkes der Fal'ici. Die Q'riya kontrollieren Produktion und sämtlichen inner- wie außerweltlichen Vertrieb der Güter. In Atlan wird ihre Autorität von der wahrscheinlich zu diesem Zweck geschaffenen und auf erblicher Basis organisierten Gruppe namens M'lan durchgesetzt (VGL. FICHE D). Der Einflußbereich der Q'riya reicht nicht über die Grenzen Atlans hinaus; unter den Nomadenstämmen herrscht Semianarchie. Hauptausfuhrprodukt Atlans sind Waffen, deren Produktion größtenteils erst nach Einführung entsprechender Maschinen durch GELÖSCHT ... GELÖSCHT ... GELÖSCHT ermöglicht worden ist. Auch Gegenstände primitiver Kunst werden außerweltlich vertrieben, stehen jedoch nicht sehr hoch im Kurs.

2. Auftrag:

Unterbindung außerweltlicher Lieferungen derzeit produzierter Waffensysteme und, falls möglich, Einschränkung oder Vernichtung der Produktionskapazität.

3. Ausführung:

Das Team vor Ort entscheidet über konkrete Ausführung des Auftrags – am besten durch politische Mittel, im Notfall auch militärisch. Auftrag darf keinesfalls als Imperiale Mission erkennbar sein. Entsprechende Verwicklungen unter allen Umständen vermeiden. Wiederholung: Unter allen Umständen (VGL. ANHANG, AUFTRAGSUMFANG). Begrenzungen der Mission: Opferrate unter den Fal'ici so gering wie möglich halten. Weitere Existenz der Q'riya in gegenwärtiger Position nicht von Belang. Veränderung gegenwärtiger sozialer Ordnung nicht von Belang.

4. Koordination:
Unterstützung aufgrund oben genannnter Bedingungen für OPERATION BANZI nur begrenzt möglich, abgesehen von Standard-Evakuierungs-Programm, bestehend aus ...

5. Leitung und Signal:
OPERATION BANZI untersteht der direkten Kontrolle von IXAL Code, das Mantis-Team operiert nach Codeplan ...

Kapitel 27

Die Wachen schleuderten Sten mit einem eleganten Schwung in die Dunkelheit der Zelle. Er fiel auf einen Körper, der sich nicht im geringsten über die Belästigung beschwerte. Sten rollte sich von ihm herunter und wollte sich gerade entschuldigen, als ihm der Geruch in die Nase drang. Den Kameraden hatte schätzungsweise schon drei Tage lang nichts mehr belästigt.

Sten erhob sich. In der höhlenartigen Zelle war es fast stockfinster. Sten hyperventilierte und versuchte, in der Dunkelheit etwas zu erkennen. Wahrscheinlich war der Anblick nicht einmal eine Kerze wert, befand er.

Das Gefängnis entsprach dem Anthro-Profil Saxons. Man baute eine ausbruchssichere Zelle und warf alle hinein, die einem nicht genehm waren. Man gab ihnen gerade soviel zu essen, daß sie nicht allzu lautstark verhungerten, und vergaß sie dann. Was sich in den Mauern der Zelle abspielte, ging niemanden etwas an.

Er hoffte nur, daß Sa'fail noch am Leben war.

Sten tastete sich zu einer Wand und lehnte sich mit dem Rücken dagegen. Es dauerte ungefähr zehn Minuten, bis der Obermotz und seine Prügelknaben aus der Dunkelheit auftauchten.

Sten hielt sich nicht lange mit Fragen auf. Er rammte seinen Handballen gegen die Stirn des Anführers und schlitzte ihm mit einem seitlichen Hieb die Kehle auf. Der Mann ging gurgelnd zu Boden. In der gleichen Bewegung, mit der Sten sich von dem toten Anführer erhob, verpaßte er dem zweiten Angreifer einen Fausthieb hinter das Ohr.

Er schleuderte die zweite Leiche dem dritten Mann in die erhobenen Fäuste und drehte sich dann mit zum Stoß erhobenem Fuß halb um die eigene Achse. Der dritte Mann zog es vor, unten zu bleiben.

»Sa'fail. Von den Schwarzen Zelten. Wo ist er?«

Der Schläger verzog das Gesicht. Denken gehörte nicht zu seinen bevorzugten Fähigkeiten. Sten wartete geduldig.

Der Kerl starrte Stens Fuß an und grunzte. »Dort, in der Ecke. Die Schrecklichen bleiben immer unter sich.«

Sten grinste dankend und schnellte den Fuß vor. Knorpel krachten, der Mann heulte auf und fiel um. Sten beugte sich über ihn. Er mußte ihn nicht töten. Der Schläger hatte wahrscheinlich in der nächsten Stunde zu viel mit seinen Blutungen zu tun, als daß er sich um Sten kümmern konnte – und mehr Zeit, das hoffte er jedenfalls, würde er nicht brauchen.

Er arbeitete sich durch die Kadaver voran und rief leise den Namen des Nomaden. Dann fand er ihn. Sa'fail hatte seine Gefolgschaft um sich geschart. Sten ließ im Dämmerlicht seinen Blick über sie schweifen. Erstaunlich gesund für Gefangene. Er fragte sich, ob sie ihre Mitgefangenen wiederverwerteten, um bei Kräften zu bleiben.

Der Nomade setzte sich auf und strich sich über den Bart.

»Du bist keiner aus dem Volk«, sagte derjenige, der Sa'fails Adjutant sein mußte.

»Nein, das bin ich nicht, o Held der Wüste, der den Abschaum der Q'riya erzittern läßt«, erwiderte Sten in fließendem Wüstendialekt. »Aber ich habe dich schon lange aus der Ferne bewundert.«

Der Nomade lachte trocken auf. »Ich fühle mich sehr geehrt, daß deine Bewunderung dich bis hierher in meinen Palast geführt hat.«

»So gern ich weiter Komplimente austauschen würde, o Herrscher der Wahdis«, sagte Sten, »ich muß dich und deine Männer bitten, euch dicht an jene Wand dort drüben zu begeben. Es bleibt euch –« Sten überlegte einen Moment – »nicht mehr viel Zeit.«

»Was geschieht dann?« wollte der Adjutant wissen.

»In Kürze wird dieses ganze Gefängnis nicht mehr existieren.«

Die Nomaden unterhielten sich murmelnd, bis Sa'fail sie mit einer Geste zum Schweigen brachte.

»Es handelt sich, wie ich annehme, nicht um einen schlechten Scherz?«

»In diesem Falle würde ich ihn noch weniger lustig finden als du.«

»Auch dazu bliebe dir dann nicht mehr viel Zeit.«

Sa'fail überlegte kurz. Dann erhob er sich mit einer eleganten Bewegung.

»Wir werden tun, was dieser Fremde von uns verlangt. Was auch immer geschieht, die Langeweile wird von uns genommen.«

Das Drom spuckte nach Alex. Er duckte sich und stieß dem Tier vier Finger in die Seite. Er würgte nach Luft und wäre beinahe eingeknickt. Die anderen Mitglieder des Mantis-Teams haßten Droms, Saxons stinkende, widerspenstige Transporttiere. Alex störten sie nicht weiter. Ihm war bereits einmal das Glück vergönnt gewesen, bei einem Festakt der Garde auf der Erde die Bekanntschaft eines Kamels zu machen.

Andererseits scherte er sich auch nicht besonders um das Schicksal dieses speziellen Droms. Das Tier rülpste laut.

»So schnell wirst du dein letztes Essen nicht vergessen«, murmelte er und entfernte sich von dem angebundenen Tier. In die Gewänder eines Händlers gehüllt und mit einem gefälschten Tagespaß versehen, war er von den Sicherheitsleuten, die rund um das Gefängnis postiert waren, durchsucht worden.

Stellt mich ruhig auf den Kopf, hatte er sich gedacht. So leicht findet man keine Bombe, wenn sie gerade von einem Tierchen verdaut wird. Und die Gewehre unter dem Müll in meinem kleinen Karren habt ihr auch nicht entdeckt.

Er ließ sich am Fuß der Mauer nieder und ließ die letzten Sekunden verstreichen.

Frick hielt sich dichter an Frack. Halb verbale, halb instinktive Kommunikation, wortlos: keine besonderen Vorkommnisse. Die anderen Team-Mitglieder standen bereit. Fricks Greifflügel löste den Transceiver aus.

»Nichts. Nichts.« Er schaltete das Funkgerät aus und glitt mit seinem Gefährten zur Stadtmauer hinunter.

Wenn es noch irgendwelche Team-Mitglieder gab, mit denen man sich in Verbindung setzen konnte, dann würde man sich außerhalb der Stadt treffen. In wenigen Sekunden war es soweit.

Vielleicht in dem Moment, in dem die Ladung losgeht, dachte der Attentäter und verwarf den Gedanken sogleich wieder. Wir brauchen jedes Gewehr, das uns zur Verfügung steht.

Jorgensen fummelte nervös an der S-Ladung herum, die um seinen Nacken geschlungen war. Wenn die eingebauten Sensoren keine dauerhaften Lebenssignale des Trägers mehr empfingen, wurde eine Sprengladung gezündet, die nichts mehr übrigließ, anhand dessen man einen Mantis-Soldaten oder seine Ausrüstung identifizieren konnte.

Wieder rückt die eigene Farm einen Tag näher, dachte Jorgensen säuerlich. Nur unter diesem Gesichtspunkt konnte man die

Sache betrachten. Er entrollte den Teppich und zog seine Willygun heraus.

»Mir ist wohl bewußt, daß du das absichtlich getan hast«, schnurrte Doc. »Dabei weißt du doch, wie ablehnend wir auf Altair dem Tod gegenüberstehen.«

»Nein«, entgegnete Vinnettsa. »Habe ich nicht. Aber selbst wenn, so wäre es eine verdammt gute Idee.«

Doc saß direkt im Eingang eines Mausoleums; seine kleinen dicken Pranken hielten die Pistole fest umschlossen. Vinnettsa überprüfte ein letztes Mal den Raketenwerfer und ihre Willygun und ließ das Gewehr an dem elastischen Gurt wieder unter den Arm schnalzen.

»Rache. Noch so ein unangenehmer, typisch menschlicher Charakterzug«, sagte Doc.

»Kriegt ihr euch denn nie in die Wolle?«

»Natürlich nicht. Anthropomorphismus. Natürlich sind wir hin und wieder gezwungen, die Entscheidung, die das – ihr würdet es das ›Schicksal‹ nennen – getroffen hat, etwas zurechtzurücken.«

Vinnettsa wollte gerade antworten, als der Donner der ersten Explosion über den Friedhof rollte.

Und dann rannten die beiden aus der Grabstätte heraus und auf die Unterkunft der Wachen zu, die im Innern eines Tunnels direkt vor ihnen lag.

Eine Woche zuvor hatten bestochene Wächter die Ladung im Innern des Wachthauses am Haupttor einzementiert.

Die erste Explosion war nicht sehr beeindruckend. Alex hatte den Sprengsatz aus etwas Sprengstoff, einem Lehmmantel und jeder Menge Glasperlen, die er auf dem Basar besorgt hatte, zusammengebastelt. Jetzt wurden die Murmeln wie Kanonenkugeln herausgeschleudert und setzten die zehn Wachen, die sich in der unmittelbaren Umgebung des Tors aufhielten, außer Gefecht.

Alex hatte die Ladung unterhalb der Gürtellinie anbringen lassen. »Je mehr Geschrei und Geheul und Verwundete, um so größer die Ablenkung.«

Vinnettsa schob den Marschflugkörper in den Werfer, senkte das Gerät leicht schräg nach unten und zielte. Während sie bis zehn zählte, hörte sie das Gebrüll der Offiziere, die ihre Eingreiftruppen antreten ließen, um sie durch den Tunnel ins Gefängnis zu schicken.

Vinettsa berührte den Auslöser. Die Rakete kam fauchend heraus, gab ein zögerndes Räuspern von sich und fraß sich durch den Erdboden.

Vinnettsa warf sich flach auf den Boden, als das Geschoß die Steinmauern durchschlug und im Innern des Tunnels explodierte.

Dann richtete sie sich wieder auf und sah gerade noch, wie das Tunneldach einstürzte. Ein zusätzlicher Effekt, dachte sie, und machte sich auf zu Alex' Standort.

»Wenn ich blöd wäre, wäre ich jetzt nicht hier. Zweite und dritte Ladung.« Alex drückte auf die unter seinem Gewand versteckte Fernbedienung. Zwei weitere Ablenkungsexplosionen gingen an verschiedenen Seiten des Gefängnisses hoch.

»Die Garde ist meine Familie. Mehr brauch' ich nicht. Nummer vier und fünf.« Wieder drückte er.

»Und jetzt wird es Zeit, daß wir uns verdrücken.« Er fingerte am Schalter für die Hauptladung herum und drehte sich interessiert um.

Das Drom hörte auf zu existieren. Ebenso die Mauer.

Die Druckwelle blies die Hauptmauer um, deren riesige Steinbrocken die dicht dahinterliegende, innere Mauer des Gefängnisses durchschlugen. Das Gebäude stürzte in sich zusammen. Gefangene heulten vor Angst und Schmerzen auf.

Alex hob die Willygun vom Boden auf und hielt sie schußbereit vor sich.

Einige blinzelnde Gefangene torkelten benommen ins Freie.

»Weiter! Geht schon!« brüllte er sie heiser an. Mehr Ermutigung brauchten sie nicht. »Komm her, Sten, mein Junge. Die Zeit drängt. Meine Mutter hat keine Waschlappen aufgezogen.«

Sten sowie ein älterer, bärtiger Mann und mehrere andere Männer, die an ihrer zerfetzten Kleidung als Nomaden zu erkennen waren, kamen heraus auf die Straße gerannt.

Alex sah, wie ein Wachtrupp im Laufschritt um die Ecke kam und auf ihn zuhielt. »Ihr werdet's nicht glauben, aber damit hab ich fast gerechnet«, murmelte er und löste die letzte Ladung aus. Eine Sprengladung, die er vor einigen Sekunden auf dem Pflaster ausgelegt hatte, explodierte direkt zwischen den herbeistürmenden Wachen.

Alex rannte los und warf Sten ein Gewehr zu. »Können wir los?« fragte er. »Mir wird's langsam langweilig, hier so nichtsnutzig herumzulungern.«

Sten lachte, ließ sich auf ein Knie nieder und schickte eine Geschoßgarbe die Straße hinunter. Dann folgten die noch immer völlig verdutzten Nomaden den beiden Soldaten, die schleunigst das Weite suchten.

Doc winkte eifrig mit der Pfote. Zwei Willyguns knatterten. Die vier Wächter am Tor kippten nach hinten um, als die Geschosse in ihrer Brust explodierten.

Jorgensen und Vinnettsa knieten sich schußbereit auf den Boden, als Sten, Alex und die Nomaden herbeigerannt kamen. Alex rannte immer weiter, bis zum Tor, und wickelte noch im Laufen eine kleine Mine aus. Er beugte sich darüber, stellte den Timer ein und kam dann rasch zurück. »Und jetzt alle runter, sonst schaut ihr euch gleich die eigenen Kronjuwelen an.«

Die Nomaden sahen sich verständnislos an. Sten winkte wütend, und dann warfen sie sich gemeinsam mit dem Team in den Straßenstaub.

Die folgende Explosion fegte die Stadttore nach draußen. Auf die nebeneinanderliegenden Soldaten regneten Eisen- und Holzsplitter nieder.

»Den hab' ich wohl eine Idee zu hart kalkuliert«, brummte Alex. »Dafür dürft ihr mir hintenrein treten.«

Schon waren sie auf den Beinen und rannten hinaus in die Wüste.

»Wir warten hier«, befahl Sa'fail. »Meine Männer beobachten die Stadt. Sie kommen herunter und sehen nach, wer so dumm ist, sich ohne Soldaten aus Atlan herauszuwagen.«

Das Team bestimmte gewohnheitsgemäß einen Wachtposten und verzog sich hinter einige Felsen. Vinnettsa zog eine Getränkedose aus ihrem Gürtel und reichte sie herum.

»Die Fal'ici stehen in eurer Schuld«, sagte Sa'fail zu Sten, nachdem er einen Schluck getrunken hatte.

Sten warf Doc einen Blick zu. Das war sein Spezialgebiet. Der Bär kam in die Mitte und drehte sich um 180 Grad. Seine Fühler wackelten sanft.

Sten spürte, wie die Spannung nachließ. Alle Anwesenden, ob Nomaden oder Soldaten, fühlten sofort, daß dieses kleine Geschöpf ihr Freund war. Das war Docs Überlebensstrategie. Dabei handelte es sich bei seiner Spezies um hervorragende Jäger, die auf ihrem Heimatplaneten beinahe den gesamten Wildbestand ausgerottet hatten. Sie haßten alles und jeden, gingen auch hemmungslos aufeinander los, abgesehen von der Brunftzeit und einer kurzen Zeitspanne nach der Geburt der Jungen. Was sie ausstrahlten, war Liebe, Vertrauen. Sehr zum Leidwesen des armen Geschöpfs, das an den angenehmen Gefühlen teilhaben wollte, die von den kleinen Bärchen ausgingen.

»Und warum haßt du uns nicht?« hatte sich Sten noch während der Mantis-Ausbildung erkundigt.

»Weil sie mich so konditioniert haben«, erwiderte Doc düster. »Sie konditionieren uns alle. Ich liebe dich, weil ich dich lieben muß. Was nicht heißt, daß ich dich besonders gut leiden kann.«

Doc verbeugte sich vor Sa'fail. »Wir erweisen dir unsere Ehre, Sa'fail, wie es einem Mann von Ehre gebührt, dem Angehörigen eines ehrenwerten Volkes.«

»Das sind wir Fal'ici aus der Wüste. Dieser Abschaum in der Stadt hingegen …« Sa'fails Adjutant spuckte in den Staub.

»Ich vermute«, fuhr Sa'fail fort, »daß ihr mich aus einem bestimmten Grund befreit habt.«

»Allerdings«, schnurrte Doc sanft. »Du könntest uns einen Gefallen tun.«

»Euch gehört alles, was der Stamm von den Schwarzen Zelten euch zu bieten vermag. Doch zuerst müssen wir noch eine Rechnung mit den Q'riya begleichen.«

»Es wird sich schon bald zeigen«, sagte Doc, »daß sich mehr als eine Rechnung zur gleichen Zeit begleichen läßt.«

Im Zelt war es stickig, heiß und verqualmt. Wie kommt es nur, fragte sich Sten, daß ein Nomade immer nur gegen den Wind romantisch wirkt? Keiner der Prinzen schien sich mehr aus einem Bad zu machen als der geringste seiner Stammesangehörigen.

Er grinste, als er sah, wie Sa'fail am anderen Ende der Tafel der Zeremonie zufolge Doc eine Handvoll Speisen gebündelt in den Mund schob. Wenn er wieder alle Finger zurückerhält, darf er sich glücklich schätzen, dachte Sten.

Aber es funktionierte reibungslos.

Unauffällig tätschelte er Vinnettsa, die neben ihm saß. Die Stammeskrieger hatten ihr und Ida nur widerstrebend den gleichen Status wie den anderen Mitgliedern des Mantis-Teams zugestanden. Was dazu beitrug, war die Tatsache, daß Vinnettsa eines Nachts von drei Stammesangehörigen angefallen worden war und nur vier Schläge gebraucht hatte, um sie alle auf der Stelle zu töten.

Alex tippte Sten auf die Schulter. »Ich gebe dir das hier als Ehrenbeweis, Kumpel.«

Sten machte den Mund auf, um zu fragen, um was es sich

handelte, doch Alex stopfte ihm den Brocken sofort hinein. Sten biß einmal zu, und sein Hals sagte ihm, daß diese Konsistenz nicht so ganz stimmig war. Er riß sich zusammen und schluckte alles auf einmal runter. Auch sein Magen wollte sich nicht mit diesem Stück Nahrung anfreunden und knurrte protestierend.

»Was war denn das?«

»Ein kleiner Augapfel. Von irgend 'nem Herdentier, glaub' ich.«

Sten schluckte sofort noch ein paarmal, um sicherzugehen.

Die Zelte draußen erstreckten sich mehrere Kilometer über den Wüstensand. Das Mantis-Team war mit seinen Schützlingen im Basislager von Sa'fail angekommen, und sofort waren Reiter in die Wüste losgestürmt. Nach und nach hatten sich die einzelnen Stämme eingefunden. Es hatte Sa'fail viel Mühe und seine ganze, nicht zu unterschätzende Überredungskunst gekostet, die anarchischen Stammesfürsten zu überzeugen, daß sie ihm folgen sollten, und nur durch fortgesetzte und laute Verhandlungen wurde die dürftige Allianz zusammengehalten.

Nur noch ein Tag, betete Sten. Mehr brauchen wir nicht.

Er und Vinnettsa saßen kameradschaftlich auf einem Felsbrocken, hoch über den schwarzen Zelten und den blinkenden Lagerfeuern. Einige Meter von ihnen entfernt schritt ein Wachtposten auf und ab.

»Morgen«, überlegte Sten laut, »falls alles entgegen aller Wahrscheinlichkeit klappt ... Was passiert dann?«

»Dann verlassen wir diesen Planeten«, antwortete Vinnettsa, »und verbringen eine ganze Woche in der Badewanne, wo wir uns gegenseitig ... hm, vielleicht fangen wir ja mit dem Rückenschrubben an.«

Sten grinste, schielte zu dem Posten hin, der gerade in die andere Richtung sah, und küßte sie.

»Und Atlan ist eine Wüste und die Q'riya werden langsam ins Feuer verfüttert.«

»Meinst du, daß es hier dann besser wird?«

Sten nickte.

»Der springende Punkt ist, ob es schlechter geworden wäre. Mal ehrlich, Sten, mein Liebster, interessiert dich das wirklich?«

Sten überlegte sorgfältig. Dann stand er auf und zog auch Vinettsa auf die Füße.

»Nö. Absolut nicht.«

Dann gingen sie den Hügel hinunter zu ihrem Zelt.

Der Attentäter beobachtete Sten dabei. Es wäre möglich gewesen, man hätte es sogar einem Stammesangehörigen in die Schuhe schieben können. Aber dieser Wachtposten. Die Chance stand noch immer zu schlecht. Morgen mußte sich aber eine Gelegenheit ergeben. Der Attentäter verlor allmählich die Geduld.

Das Team trennte sich kurz vor dem Angriff. Doc, Jorgensen, Frick und Frack schlossen sich der Angriffswelle der Nomaden an. Es war nicht gerade Cannae.

Die Nomaden schlichen in der Dunkelheit vor dem Morgengrauen mit langen Steigleitern die Hügel hinab. Unterhalb der Mauern stellten sie sich in einzelnen Angriffsgruppen auf. Die Wachen waren nicht sonderlich auf der Hut. Der einzige Vorteil der Attacke bestand darin, daß sie auf diese Weise seit Menschengedenken noch nicht durchgeführt worden war. Was, wie Doc Sten mitteilte, seit mindestens zehn Jahren bedeutete.

Die Bogenschützen der Nomaden zückten ihre Geheimwaffen – einfache, aus Lederstreifen gefertigte Bogen, die die Mantis-Spezialisten ihnen erklärt und bei deren Anfertigung sie in den Monaten vor dem Angriff geholfen hatten. Sehnen surrten und wurden sofort wieder gedämpft. Wachsoldaten sackten zusammen. Dann wurden die Leitern angelegt.

Die Bogenschützen feuerten, so lange sie konnten – also bis jemand erfolgreich die Mauerkrone erreicht hatte, ohne niedergestochen zu werden; dann stießen sie ein Freudengeheul aus und schwärmten mit den anderen die Leitern empor.

Die vier Mantis-Soldaten hielten sich in Sa'fails Nähe auf. Es würde sich für die Nomaden äußerst günstig auswirken, wenn er den Angriff überlebte. Doch wie die meisten Barbarenanführer war er davon überzeugt, daß sein Platz ungefähr drei Meter vor der ersten Angriffswelle war.

Überall erschollen Schreie, Gebäude gingen in Flammen auf, und das Geklirr der Schwerter hörte sich an wie eine Mischung aus Schmiede und Metzgerei. Überall rannten Zivilisten durcheinander, um sich in Sicherheit zu bringen; doch Sicherheit gab es nirgendwo mehr.

Die M'lan kämpften bis zum letzten Mann. Entweder waren sie zu dumm, um ihre Lage richtig einzuschätzen, oder schlau genug, um sich auszurechnen, daß es nicht mehr viel zu verhandeln gab.

Jorgensen lief es kalt über den Rücken, als er sah, wie die Nomadenhorden in die Haremsgebäude der Q'riya eindrangen.

Doc zurrte an seinem Mantelzipfel.

»Wie die Kinder«, brummte er. »Sie haben ihren Spaß, sie freuen sich unbändig.« Seine Fühler zuckten, und Jorgensen unterdrückte den flüchtigen Wunsch, seinen Fuß auf dieses pandaähnliche Wesen zu setzen.

Es schien kein Ende zu nehmen.

Vinnettsa blickte aus einer Entfernung von drei Kilometern auf die brennende Stadt hinab. »Das dürfte genügen. Diese Nomaden brauchen mindestens fünf Jahre, bis sie alles wieder aufgebaut haben.«

»Womöglich«, sagte Sten. »Aber diese Maschinen arbeiten größtenteils automatisch. Man muß den Strom abstellen, um auf Nummer Sicher zu gehen.«

»Außerdem werdet ihr mir doch nicht noch eine schöne große, richtig zufriedenstellende Explosion vergönnen, oder?« warf Alex ein.

Sten lachte. Dann machten sie sich auf. Drüben im Kraftwerk, das am Eingang des Tals aufragte und die Energiequelle für all die hochmodernen Waffenfabriken weiter unten am Fluß war, wartete noch mehr Arbeit auf sie.

Unter Alex' Führung legten sie vorsichtig eine Ladung nach der anderen aus und verbanden sie mit zeitgeschalteter Sprengschnur. Diesmal gingen sie absolut auf Nummer Sicher und installierten sogar einen kompletten zweiten Sprengstoffsatz.

»Das bringt zwei Vorteile«, sagte Alex. »Einmal geht garantiert nix schief, und zum anderen müssen wir den ganzen Kram nicht wieder zurückschleppen.« Mühelos hob er einen Betonblock hoch, der an die dreihundert Kilo wiegen mußte, und bettete seine Ladung darunter.

»Ihr geht ans andere Ende und checkt nochmal alles durch. Ich kümmere mich um diese Seite.«

Sten und Vinnettsa eilten den langen, hallenden Korridor zurück.

Sten beugte sich über die ersten Sprengsätze, überprüfte die Zündverbindungen, zog vorsichtig an Drähten und suchte mit den Fingerspitzen nach etwaigen Unterbrechungen.

Zehn Meter von ihm entfernt hob Vinnettsa die Pistole. Vorsichtig. Mit beiden Händen. Auftrag war schließlich Auftrag.

Alex fluchte: »Ich bin auch schon zerstreut.« Sten hatte seine Kombizange mitgenommen. Alex drehte sich um und sprintete durch den Korridor. Das Bild, das sich ihm darbot, ließ ihn erstarren.

Vinnettsa zielte und genoß die letzte Sekunde vor der Vollendung.

Ohne nachzudenken wirbelte Alex herum, riß einen großen, scheibenförmigen Isolator aus einer Apparatur heraus und schleuderte ihn davon.

Der Isolator drehte sich wirbelnd, sauste leicht eiernd durch die Luft, war fast zu kräftig geschleudert ... da betätigte Vinnettsa den Abzug.

Im gleichen Augenblick erwischte sie der Isolator direkt oberhalb des Ellbogens. Knochen krachten, und Blut spritzte auf, als er ihr den Arm mitsamt der Pistole abtrennte.

Sten erhob sich mit gezogener Pistole und sah Vinnettsa. Mit schmerzverzerrtem Gesicht versuchte sie, die zweite Pistole aus der Schärpe zu ziehen, hob den Arm –

Der erste Schuß explodierte an der Betonwand, und Sten bewegte sich zur Seite.

Er reagierte automatisch, wie er es gelernt hatte: die rechte Hand hoch, die linke am Abzug; Abzug nach hinten ziehen, nach hinten und nicht wieder loslassen.

Vinnettsas Kopf explodierte in einer violetten Fontäne aus Blut und Gehirnmasse. Ihr Körper sackte seitlich weg.

Stens Schulter knallte ebenfalls auf den steinernen Fußboden. Er blieb einfach liegen. Alex stapfte herbei und beugte sich über ihn.

»Alles klar, Kumpel?«

Sten nickte. Er hatte noch keine Zeit gehabt, viel zu spüren.

Alex blickte ihn völlig verwirrt an: »Das Mädel muß durchgedreht sein.«

Sten kam wieder auf die Knie.

»Biste verletzt, Sten?«

Sten schüttelte den Kopf. Alex hob ihn auf die Füße und schaute dann zu Vinnettsas Leichnam hinüber.

»Ausgerechnet jetzt ham wir keine Zeit zu trauern«, sagte er. »Aber später wer'n wir bestimmt'n paar Tränen vergießen. Sie war'n gutes Mädel.« Er machte eine kleine Pause. »Wir ham noch was zu erledigen, mein Junge. Wir ham noch Arbeit.«

Alex' Sprengung war ein Meisterwerk. Das Kraftwerk erzitterte, dann fielen sämtliche Mauern in sich zusammen. Große Stücke aus dem Dach wurden bis in den See geschleudert, und einige tausend Liter Wasser schwappten über den Rand.

Doch die Staumauer hielt.

Das Team hatte ausreichend Zeit, sein Handwerk zu begutachten. Auch der lichterloh brennenden Innenstadt von Atlan konnten sie noch einige Blicke schenken, bevor der Kreuzer der Imperialen Flotte sanft neben ihnen aufsetzte.

Kapitel 28

Das Museum der Sektion Mantis war ein kleines, niedriges Gebäude aus schwarzschimmerndem Marmor. Weder Inschriften noch Zeichen wiesen auf seinen Zweck hin.

Sten schritt langsam die Stufen zum Eingang empor. Er steckte seinen Finger in eine Vertiefung und wartete, bis irgendwo ein Mantis-Computer seine Einträge überprüft hatte und ihn einließ. Er trat ein und blickte sich um. Hinter ihm schloß sich die Tür mit einem Klicken. Ein doppelter Lichtstrahl flackerte auf, tastete ihn ab und erkannte ihn als der Sektion zugehörig an.

Das Museum bestand aus einem einzigen großen Raum, der nur von den Punktstrahlern erleuchtet war, die die einzelnen Exponate hervorhoben. Sten erblickte Mahoney am gegenüberliegenden Ende und ging auf ihn zu, wobei er das eine oder andere Ausstellungsstück im Vorübergehen betrachtete. Ein zerfetzter Kampfanzug. Verkohlte Dokumente in wertvollen Rahmen. Zerstörte Maschinen. Etwas, das wie das Bein eines riesigen Reptils aussah. Nirgendwo gab es einen Hinweis darauf, worum es sich bei diesen Dingen handelte, oder an welche Geschehnisse sie erinnern sollten. Die einzige Beschriftung befand sich an der Stelle der Wand, vor der Mahoney stand. Namen – vom Boden bis zur Decke, allesamt Gefallene aus den Reihen der Sektion Mantis, Helden oder Versager, je nach Standpunkt.

Mahoney seufzte und wandte sich Sten zu.

»Ich suche immer wieder meinen eigenen Namen dort oben«, sagte er. »Bis jetzt hab ich ihn noch nicht gefunden.«

»Haben Sie mich deshalb hierherbestellt, Colonel? Soll ich meinen dazukratzen, um Mantis weiteren Ärger und Kosten zu ersparen?«

Mahoney warf ihm einen finsteren Blick zu.

Sten zuckte die Achseln. »Ich hab's vermasselt. Ich habe Vinnettsa getötet.«

»Hattest du denn eine andere Wahl? Ist sie durchgedreht? Kampfkoller? Hättest du in der Lage sein müssen, die Sache anders zu regeln?«

»Sowas in der Richtung.«

Mahoney lachte ein bitteres kleines Lachen. »Leider muß ich deine romantischen Illusionen zerstören, Sten. Vinnettsa ist nicht durchgedreht. Sie hat wirklich versucht, dich umzubringen.«

»Aber warum denn?«

Mahoney klopfte ihm auf die Schulter. Dann griff er in eine Tasche, zog eine kleine Flasche heraus und reichte sie Sten. »Nimm einen Schluck. Der bringt dich wieder auf die Reihe.«

Sten nahm mehrere große Schlucke. Als er die Flasche zurückgeben wollte, winkte Mahoney ab.

»Behalte sie. Du brauchst sie bestimmt noch.«

»Verzeihung, Colonel, aber –«

»Sie war ein Attentäter, Sten. Ein hochbezahlter Profi.«

»Aber sie ist doch von unseren Sicherheitsleuten überprüft worden.«

Mahoney schüttelte den Kopf. »Falsch. *Vinnettsa* ist überprüft worden. Die Frau, die du getötet hast, war nicht Vinnettsa. Wir haben eine Weile gebraucht, aber jetzt sind wir eindeutig sicher. Die echte Vinnettsa ist im Urlaub ums Leben gekommen. Es geschah auf einem Pionierplaneten, deshalb sind wir nicht sofort unterrichtet worden. Ein Angestellter namens Frazer hat den Bericht entgegengenommen und verschwinden lassen – und so den Weg für den Attentäter geebnet.«

»Was geschah mit Frazer?«

»Getötet. Wahrscheinlich von der Attentäterin; um ihre Spuren zu verwischen.«

Sten dachte darüber nach. Alles hörte sich logisch an. Aber es ergab keinen Sinn. »Warum macht sich jemand soviel Mühe, nur um ausgerechnet mich umzubringen? Das muß doch eine ganze Stange Credits gekostet haben.«

»Das wissen wir nicht.«

Sten ging die Liste seiner Feinde durch und, klar keine Frage, da war schon der eine oder andere dabei, der ihm nach dem Leben trachten könnte. Aber die hätten die Angelegenheit eher in einer Bar oder einer dunklen Gasse erledigt. Er schüttelte den Kopf. »Ich kann mir nicht vorstellen, wer dahintersteckt.«

»Ich schon. Vulcan.«

»Unmöglich. Sicher, sie waren hinter mir her. Aber ich war ein Delinq. Ein Niemand. Nein, nicht einmal die Dickschädel von Vulcan würden einen Attentäter bezahlen, um jemanden wie mich zu kriegen.«

»Trotzdem haben sie es getan.«

»Wer? Und warum?«

Mahoney deutete auf die Flasche. Sten reichte sie ihm, und er nahm einen großen Schluck.

»Das könnten wir herausfinden«, sagte er dann.

»Wie denn?«

»Gehirnsonde.«

Bei dem Gedanken an gelöschte Gehirne und Oron lief es Sten eiskalt den Rücken hinunter. »Nein.«

»Mir gefällt die Sache auch nicht besser als dir, mein Sohn«, sagte Mahoney. »Aber es ist die einzige Möglichkeit.«

Sten schüttelte den Kopf.

»Hör mal zu. Es muß etwas mit dem kleinen Auftrag zu tun haben, mit dem ich dich und deine Freunde damals betraut habe.«

»Aber wir haben nichts erreicht.«

»So wie ich es sehe, ist da jemand ganz und gar anderer Ansicht.«

»Thoresen?«

»Genau der.«

»Ich verstehe noch immer nicht –«

»Ich verspreche dir, daß ich mir nur das ansehe, wonach ich suche. Ich konzentriere mich auf die letzten paar Stunden, die du auf Vulcan verbracht hast.«

Sten übernahm den Flachmann von Mahoney. Trank ausgiebig. Dachte nach. Dann sagte er: »Also gut. Ich mach's.«

Mahoney legte ihm einen Arm auf die Schulter und führte ihn nach hinten, wo es noch einen Ausgang gab.

»Hier entlang«, sagte er. »Dort wartet ein A-Grav-Schlitten auf dich.«

... Sten schob sich aus dem Lüftungsschacht in der Wand, die Augen fest auf den Wachmann gerichtet ...

»Nein«, sagte Mahoney, »das ist es nicht.«

Sten lag ausgestreckt auf dem Operationstisch. An seinem Kopf sowie den Armen und Beinen waren Elektroden befestigt, deren Kabel in einem kleinen Stahlkasten verschwanden. Die Box wiederum war an einen Computerschirm angeschlossen.

Mahoney, Rykor und ein Tech im weißen Kittel betrachteten den Bildschirm und sahen, wie Sten den Wachmann zum Schacht schleifte und hineinschob. Rykor überprüfte Stens Lebensfunktionen auf einer anderen Anzeige und gab dem Tech ein Zeichen. Der drückte einige Tasten, und weitere Bilder erschienen auf dem Schirm.

Sten und die anderen Delinqs vor Thoresens Tür. Neben ihm war Bet. Sie zog einen Plastikstab aus einer Tasche; zielte damit auf die Mitte der Türverkleidung ... Bet ... Bet ... Bet ...

»Augenblick«, schnarrte Rykor.

Der Tech hielt die Sonde an. Bets Bild erstarrte auf dem Schirm. Rykor beugte sich über Sten und injizierte ihm ein Beruhigungsmittel. Stens Körper entspannte sich. Rykor kontrollierte den Medcomputer und nickte dann dem Tech zu.

... Sten betrat Thoresens Wohnanlage ... Sie befanden sich in einer anderen Welt ... in einer exotischen, heiteren Dschungellandschaft ... mit der Ausnahme ... Sten entdeckte einen Bewegungsmelder ... sprang auf ihn zu ... stieß das Messer hinein.

»Wir sind gleich dort«, sagte Mahoney. »Überspringen Sie mal ein paar Minuten.«

... Papiere und noch mehr Papiere ergossen sich aus Thoresens Safe ... Dann hatte Oron es gefunden, einen dicken, roten Aktenordner mit der Aufschrift PROJEKT BRAVO.

»Anhalten«, sagte Mahoney. »Genau hier anhalten.«

»Hast du das gesucht?« erkundigte sich Rykor.

»Genau das.«

»Und jetzt willst du, daß ich – wir – dich alleinlassen.«

»Genau.«

Rykor gab dem Tech ein Zeichen, woraufhin er sie hinausschob.

»Vergiß nicht, auf seine Kontrollwerte zu achten«, sagte sie. »Wenn sie auch nur zu flackern anfangen, stellst du sofort die Sonde ab.«

»Ich kann damit umgehen«, gab Mahoney zurück.

Widerstrebend verließen Rykor und ihr Tech den Raum. Mahoney widmete sich erneut der Sonde und spulte weiter.

Orons Gesichtsausdruck verwischte sich, und der Aktenordner ergoß sich auf den Boden. Sten versuchte in aller Eile die herausfallenden Seiten zusammenzusammeln. Er las nicht einmal, was darauf stand, doch sein Gedächtnis speicherte die Bilder.

Mahoney fluchte vor sich hin, als er eins nach dem anderen dieser Bilder anhielt. Mit klammen Fingern gab er dem Computer den Befehl, die Anzeigen zu kopieren. Verflucht nochmal – es war die ganze Zeit über dagewesen! In Stens Erinnerung!

Kapitel 29

Mahoney stand vor dem Imperator stramm.

»AM_2«, flüsterte der Imperator vor sich hin. »Ja, doch, das paßt zusammen. Er könnte in der Lage sein ...«

Er richtete seinen Blick auf Mahoney, überlegte einen Moment fieberhaft und sagte dann: »Rühren, Colonel.«

Mahoney stand etwas lässiger, aber doch formell bequem.

»Das also sind die Fakten«, sagte der Imperator. »Thoresen scheint kurz davor zu stehen, künstlich Antimaterie Zwei herzustellen. Das also ist sein Projekt Bravo. Schön. Was hältst du davon? Vermutungen? Bloße Annahmen meinetwegen.«

»Das ganze Imperium basiert auf Antimaterie Zwei«, antwortete Mahoney. »Du kontrollierst die Herstellung. Keiner außer dir weiß, wo sich die Quelle befindet. Aus diesem Grund –«

»Ich bin der Imperator«, sagte der Imperator. »Und zwar aufgrund von AM_2. Und da ich noch recht bei Trost bin, und da ich ... immer bin und sein werde, garantiere ich der Galaxis absolute Stabilität.«

»Thoresen glaubt wohl, daß er dich ablösen kann«, sagte Mahoney.

Der Imperator schüttelte den Kopf. »Nein, da unterschätzt du Thoresen. Der Baron ist ein listiger Mann. Wenn es ihm gelingt, AM_2 herzustellen – was nebenbei bemerkt nicht einmal mir möglich wäre –, dann wäre es immer noch weitaus teurer als das, was ich anbiete.«

»Was also hat er vor?« fragte Mahoney.

»Vielleicht Erpressung«, antwortete der Imperator. »Eine Drohung wäre viel billiger und auch gewinnträchtiger. Wenn jedermann in der Lage ist, AM_2 herzustellen, werde ich überflüssig. Selbstverständlich ist er nicht schlau genug vorauszusehen, daß eine Verbreitung seines Wissens den Niedergang des Imperiums nach sich zöge. Was niemand will, auch nicht Thoresen. In der Zwischenzeit müssen wir jedoch darauf gefaßt sein, daß uns Thoresen plötzlich für irgend etwas einen sehr hohen Preis abverlangt.«

»Und das wäre?«

»Spielt keine Rolle«, sagte der Imperator. »Du schnappst dir also ein Mantis-Team. Zuerst entfacht ihr eine Revolte. Schritt zwei: Festnahme von Thoresen – lebendig, hast du mich verstanden?«

»Jawohl, Sir.«

»Wenn auf Vulcan eine Revolte ausgebrochen ist, bin ich offiziell gezwungen, die Imperiale Garde zur Wiederherstellung der Ordnung ins Spiel zu bringen. Und dann wird selbstverständlich ein anderer als Thoresen an die Spitze der Company gesetzt.«

Der Imperator nahm ein volles Glas in die Hand, hielt es einen Moment lang spielerisch in der Hand, nahm einen winzigen Schluck und stellte es wieder ab. Dann blickte er Mahoney erneut an und hob eine Augenbraue.

Mahoney salutierte knapp und drehte sich auf dem Absatz um. Dann marschierte er zur Tür und ging hinaus. Der Imperator betrachtete sein Getränk. Doch, er hatte an alles gedacht. Der Rest lag in Mahoneys Händen.

Kapitel 30

Sten und seine Teamkameraden saßen rund um den Konferenztisch versammelt. Mahoney hatte den Platz am Kopfende eingenommen.

»Und deshalb ist dieses Team«, sagte Mahoney, »mit Stens Hintergrundwissen hinsichtlich Vulcan die logische Wahl für diesen Auftrag.

Was die Mission selbst betrifft, stelle ich mir ein Vier-Stufen-Programm vor …«

Sten hatte keine Sekunde gezögert, als Mahoney fragte, ob sie sich für diesen Auftrag freiwillig melden würden. Er hatte einen besonderen Grund, dabeizusein, und selbst wenn die anderen aus seinem Team abgelehnt hätten, hätte er Mittel und Wege gefunden, sich in jedes andere Team hineinzudrängen.

Er hatte einen besonderen Grund. Als Mahoney in seinen Erinnerungen geblättert hatte, war ihm etwas entgangen. Im Ordner mit dem Projekt Bravo. Allerdings gab es auch keine Veranlassung, sich länger bei diesen Blättern aufzuhalten. Der Abschnitt war überschrieben mit: FREIZEITKUPPEL 26: ZUSAMMENFASSUNG DER GESCHEHNISSE. Die *Pinte.* Thoresen hatte den Befehl zu ihrer Zerstörung gegeben. Und damit seine Familie ermordet.

Mahoney kam zum Schluß. Er ließ den Blick über die versammelte Mannschaft wandern und verharrte bei Sten.

»Noch irgendwelche Fragen?«

»Nein, Sir«, sagte Sten. »Keine Fragen mehr.«

Buch IV

RÜCKKEHR NACH VULCAN

Kapitel 31

Thoresen war sehr zufrieden mit sich. Er spazierte durch seinen Garten und blieb hier und da bei einer Blume stehen, um sich an ihrem Anblick und ihrem Duft zu erfreuen. Bis auf einige wenige Pannen verlief alles nach Plan. Er machte sich keine Gedanken mehr über Drohungen von Seiten des Imperators. Alle möglichen undichten Stellen waren beseitigt worden. Sogar die lästige Angelegenheit mit dem kleinen Mig Sten hatte sich in Wohlgefallen aufgelöst.

Sten war tot. Da war er sich absolut sicher. Thoresen hatte gerade eben die Bestätigung von seinem Hauptkontakt auf der Erstwelt erhalten.

»Ich habe es geschafft, die Sicherheitsprogramme der Garde zu knacken«, hatte Crocker geprahlt. »Diese Information stammt direkt aus ihrem Computer.«

»Was soll das heißen?« fragte der Baron. »Abgesehen davon, daß du mehr Geld haben willst?«

»Das heißt, daß Ihr Sten ein für allemal abserviert ist. Er ist bei einem schlimmen Unfall während der Ausbildung umgekommen. Auch ein weiblicher Soldat wurde dabei getötet.«

Thoresen grinste. Wie passend. Die letzte Rate für seinen Attentäter fiel also flach.

»Gute Arbeit. Und was hast du über meine Beziehungen zum Imperator herausgefunden?«

»Das sieht alles sehr gut aus«, antwortete Crocker. »Als es kürzlich eine – ziemlich bedeutungslose – Beschwerde über Vulcan gab, übermittelte der Imperator persönlich einen Verweis an die beschwerdeführende Partei. Darin machte er deutlich, daß er es nicht duldete, wenn ein Patriot wie Sie in Verruf gebracht wird.«

Thoresen pflückte eine Blume und roch daran. Das konnte er unter keinen Umständen glauben. Er war sicher, daß der Imperator ein Spielchen mit ihm spielte. Aber er war nicht besorgt deswegen. Das einzige Spiel, das der Imperator spielen konnte, hieß Abwarten. Und Projekt Bravo stand kurz vor dem Abschluß.

Nein, der Baron durfte zweifellos überaus dankbar und zufrieden sein.

Kapitel 32

Der ferngesteuerte Raumschlepper drehte den riesigen Brocken in seinem Traktorstrahl und schob ihn mit der Nase näher an einen anderen Brocken heran. Ida fluchte, versuchte das Manöver wieder in den Griff zu bekommen, rutschte weg, und die Brocken kollidierten. Sten und die anderen krachten gegen eine Innenwand des Felsens und taumelten dann nach einem dumpfen Knall gegen die gegenüberliegende Wand.

»Würdest du dieses verflixte Ding endlich in Bewegung setzen?« schrie Sten Ida an. »Du verwandelst uns in Soyamatsch.«

»Ich versuch's ja gerade«, brüllte Ida zurück. Sie schob sich wieder in ihren Sitz und fing von neuem an, auf der Computertastatur herumzutippen.

Sten und die anderen Mitglieder des Mantis-Teams befanden sich im Innern des ausgehöhlten Erzbrockens, der in ein Miniraumschiff verwandelt worden war – wenn man einmal davon absah, daß er über keinen Antrieb verfügte. Das erledigte der ferngesteuerte Schlepper. Und deshalb fluchten alle auf Ida, die verzweifelt versuchte, die Fernsteuerung aus dem Innern des Brockens heraus zu beeinflussen.

»Es liegt nicht an mir«, beschwerte sie sich. »Diese verdammte Fernsteuerung hat nicht mehr Hirn als eine Mikrobe.«

»Jetzt beleidige mal nicht die armen Tierchen«, sagte Alex. »Du bist doch diejenige mit dem vielen Grips – Autsch! Was soll das, Mädel?«

Ida grinste sie an. Der letzte Ruck war nicht ganz unbeabsichtigt gewesen.

»Wir halten wohl besser die Klappe«, meinte Sten »und lassen sie fliegen.«

Ida widmete sich wieder der Tastatur. Endlich schien ihr der Schlepper etwas besser zu gehorchen. Der Brocken direkt neben ihnen rückte in sichere Entfernung. Die Antriebseinheiten des Schleppers blitzten auf, und langsam trieben sie hinter ihm her, Richtung Vulcan.

Sten hatte sich die perfekte Methode zum Eindringen ausgedacht. Vulcan schickte nur unbemannte Schlepper zur Minenwelt, wo ausschließlich Robots für den Rohstoffabbau eingesetzt wurden. Nicht weit entfernt vom Mantis-Team transportierte ein anderer hohler Gesteinsbrocken ihre gesamte Ausrüstung.

Als sie bereits dicht an Vulcan herangekommen waren, hämmerte Ida wieder wie wild auf die Tasten und erstellte ein ECM-Schutzschild, um die Schnüffler von Vulcan zu täuschen; dann legte sie einen Finger auf die Lippen und ermahnte sie, ab sofort still zu sein. Eine Überprüfungskapsel schnupperte über sie hinweg und gab dem Schlepper grünes Licht.

Noch ein Rumpeln, ein unterdrückter Fluch, dann zog sie der Schlepper auf das gähnende Maul eines riesigen Frachthafens zu. Dort kamen sie schließlich knirschend und dröhnend zum Stillstand.

»Meine Güte, Ida, sei doch ein wenig humaner«, stöhnte Jorgensen.

»Genau das ist ihr Problem«, sagte Doc. »Sie ist viel zu menschlich.«

Kurz darauf glitten sie auf einem Gleitband dahin, das sie zu dem höllischen Geräusch riesiger, mahlender Zähne führte.

»Jetzt steigen wir wohl besser aus«, meinte Sten. »Und zwar schnell.«

Sie warfen die Luke auf und kletterten hinaus. Ungefähr hundert Meter vor ihnen erwarteten sie die gewaltigen Kiefer eines mahlenden Gesteinzerkleinerers. Sten und Ida rissen den anderen Brocken auf und holten ein Ausrüstungsstück nach dem anderen heraus. Jorgensen klopfte zufrieden auf seinen Rucksack. Aus seinem Innern kam das klägliche Jaulen von Frick und Frack, die auch wieder ins Freie wollten.

Die Team-Mitglieder trugen die Ausrüstung bis zum Rand des Laufbands, warfen sie hinunter und sprangen hinterher.

»Beim nächsten Mal fährst du«, sagte Ida, während sie ihre Sachen auf einem A-Grav-Schlitten verstauten.

»Geht nicht«, entgegnete Sten. »Ich glaube, du hast mir den Arm gebrochen.«

Er duckte sich unter ihrer Faust weg und sprang rasch auf den Schlitten. Die anderen schwangen sich hinter ihm auf die Ladefläche. Sten schaltete auf Handsteuerung und setzte den Schlitten in Richtung ihres Verstecks in Bewegung.

Er hatte den Ort schon als Delinq ausfindig gemacht. Es war viel besser als nur ein Unterschlupf. Es war ein Basislager mit direktem Zugang zu Nahrungsmitteln, Getränken und nicht ganz so öffentlichem Nahverkehr.

»Der Imperator könnte nicht feudaler logieren!« Jorgensen stieß einen anerkennenden Pfiff aus.

Sogar Doc staunte über Stens Fund. Sie standen im großen Ballsaal eines ehemaligen Luxuslinienschiffes aus den frühen Tagen des interstellaren Raumflugs, als eine Reise noch mehrere Monate dauerte und die konkurrierenden Schiffe sich gegenseitig mit Angeboten für ihre gutbetuchten Kunden überboten. Es gab Konferenzräume, Gesellschaftsräume und noch mehrere andere Ballsäle wie derjenige, in dem sie gerade standen. Er war mit funkelnden Kronleuchtern und blankpolierten Böden ausgestattet. In der perfekten Nicht-Umwelt von Vulcan war alles so erhalten geblieben, wie es die Company vor mehreren Jahrhunderten zurückgelassen hatte, als das Schiff vorübergehend als Quartier für die Manags diente, die den Bau von Vulcan überwachten. Man hatte es damals von einer pleitegegangenen Gesellschaft aufgekauft, an Ort und Stelle geschafft und später, als Vulcan immer größer wurde, einfach verlassen.

Hunderte von Metern weiter oben, in der Nähe der Saaldecke, zogen Frick und Frack ihre übermütigen Kreise und quietschten vor Vergnügen. Endlich waren sie wieder frei.

»Tja«, sagte Ida, »die Fledermäuse fühlen sich offensichtlich wohl hier, dann wird es auch für uns gut genug sein.«

Sie war weniger glücklich, als Sten ihr den Schiffscomputer zeigte und sie sofort begann, sich an die Arbeit zu machen. »Wie primitiv«, stöhnte sie. »Das Zeug gehört ins Museum.«

Sten hatte inzwischen genug zum Thema Diplomatie gelernt, um zu wissen, wann er den Mund zu halten hatte. Als er den Raum verließ, saß sie schon tief über die Bedienungselemente gebeugt, erweckte sie zu neuem Leben und machte sich daran, einen Weg in den Zentralcomputer von Vulcan zu finden.

»Meiner Meinung nach müssen wir uns zuallererst daran machen, ein paar Leute anzuwerben«, sagte Doc.

Mit baumelnden Beinen rückte er seinen untersetzten Körper auf dem Sessel zurecht. Sie befanden sich in der Kabine des Kapitäns und verschlangen das Manag-Menü, das Ida per Computer zusammengestellt und geordert hatte.

»Soll das heißen, daß ich nicht sofort was in die Luft jagen kann?« wollte Alex wissen.

»Immer mit der Ruhe, Alex«, sagte Sten. »Dazu kommen wir noch früh genug.« Er wandte sich an Doc. »Du kannst nicht einfach auf einen Mig zugehen und ihn heranwinken. Er wird dich für einen Spion der Company halten und sofort das Weite suchen.«

Jorgensen rülpste und schleuderte einige Peskatrauben zu

Frick und Frack hinüber. »Füttert mich mit Informationen, vielleicht kann ich was austüfteln.«

Sten schüttelte den Kopf.

»Nein. Wir fangen bei den Delinqs an.«

»Nach dem zu urteilen, was du uns über sie erzählt hast«, warf Ida ein, »werden sie sofort versuchen, uns die Kehle durchzuschneiden.«

»Irgendwelche Gegenvorschläge?« konterte Doc.

Sten war überrascht. Normalerweise kamen von Doc nur klare Aussagen. Keine Fragen. Dann fiel ihm auf, daß Doc sich trotz ihrer Vorbereitungen immer noch in die Feinheiten von Vulcan einzufühlen versuchte.

»Schießen.«

»Nein, auf keinen Fall. Wir werden nicht auf sie schießen.«

»Ich meine – verdammt! Ist schon gut. Weiter.«

»Vielleicht sollten wir eine Vorbildfigur ins Leben rufen. Einen Helden, dem sie nacheifern können.«

»Das verstehe ich nicht.«

»Natürlich nicht. Hör gut zu, ich erkläre es ...«

Sie mußten nicht lange warten, bis sie Docs Plan in die Tat umsetzen konnten. Ida hatte sich in das System des Hauptquartiers der Soziopatrouille eingeklinkt, einen Monitor angehängt und den Schiffscomputer angewiesen, sie zur rechten Zeit zu wecken.

Sie saßen in der Falle. Sämtliche Ausgänge waren verschlossen, und die Soziopatrouille hatte Verstärkung herangeholt. Die relativ große Delinqbande war mit Polizeigewehren ausgerüstet und befolgte die knapp erteilten Befehle ihrer Anführerin mit militärischer Präzision.

»Ihr drei, dort hinter die Kisten. Du und du, dort rüber!«

Ein lautes Bersten zeigte an, daß die Wachmänner das äußere Schott durchbrochen hatten. Die Anführerin blickte sich noch einmal um. Besser konnten sie sich nicht verteidigen. In wenigen

Minuten würden sie alle sterben. Sie begab sich auf ihren Posten hinter einem Kistenstapel und wartete.

Ein zweites, noch lauteres Knirschen und Bersten ertönte, und der Haupteingang flog in einem Regen aus Metallsplittern nach innen. Schreie von Verwundeten gellten durch den Raum. Die Anführerin kam wieder hoch und feuerte eine Ladung auf die uniformierten Gestalten vor dem Eingang ab. Vereinzelt knallten Schüsse hinter ihr, als auch die anderen anfingen, zurückzufeuern. Es war hoffnungslos. Die Wachmänner kamen im Schutz eines riesigen Metallschilds immer näher.

Dann ein Ruf über ihren Köpfen.

»Runter!«

Die Anführerin sah, wie sich eine schlanke Gestalt von einem Kabelkanal aus auf einen Kistenstapel fallen ließ. Der Mann befand sich hinter der heranstürmenden Angriffsspitze der Soziopatrouille. Sie hob die Waffe, hätte beinahe abgedrückt. Wieder ertönte der Ruf.

»Flach auf den Boden!«

Sie ließ sich fallen, und Sten feuerte eine Garbe aus seiner Willygun auf die Wachmänner ab. Sofort brach unter den Angreifern Hysterie und blanke Panik aus. Nur wenige versuchten, sich zu wehren. Sten setzte seine Willygun wie einen Gartenschlauch ein, er sprühte von links nach rechts und dann wieder zurück. Der ganze Spuk war in wenigen Augenblicken vorüber. Auf dem Boden lagen zwanzig tote Wachmänner.

Sten sprang von den Kisten herunter und ging auf die Delinqs zu. Sie krochen wie benommen aus ihren Verstecken und starrten Sten an. Einer der Jüngeren machte ein paar mutige Schritte auf ihn zu.

»Wer ist euer Anführer?« fragte ihn Sten.

»Das bin ich.« Die Stimme kam von hinter ihm.

Als er sich umdrehte, trat die Frau hinter einem Kistenstapel hervor. Er erstarrte.

Bet.

Sie fiel und fiel und fiel. Sie schrie nach Sten. Jeder Muskel war vor Schmerz angespannt. Wie als Kind, als sie in ihren Alpträumen immer in unermeßliche Tiefen gestürzt war.

Und dann war alles weich. Als wäre sie in einem weichen Kissen gelandet; trotzdem fiel sie immer noch weiter. Das Kissen wurde immer fester, und dann ... war sie etwa unten angekommen? Jetzt wurde sie nach oben geschleudert, fing an, sich zu drehen und zu überschlagen, und dann fiel sie wieder, langsamer diesmal.

Bis sich Bet über einer riesigen Maschine mitten in der Luft schwebend wiederfand. Ein McLean A-Grav-Schlepper, mit dem schweres Gerät durch die Schächte transportiert wurde.

Vorsichtig glitt sie vom Luftkissen und ließ sich auf den Boden fallen. Sie spähte in die Dunkelheit hinauf. Nichts. Sie rief Stens Namen. Über ihr erschollen Geräusche; ein Lichtstrahl schoß herab. Sie warf sich zur Seite, als die Wachmänner auf sie feuerten, kam wieder auf die Füße und rannte davon.

Bet streckte sich behagtlich auf dem Bett aus und kuschelte sich liebkosend an Sten.

»Ich hätte nie gedacht, daß ...«

Er verschloß ihr die Lippen mit einem Kuß und zog sie näher an sich heran.

»Was gibt es da zu denken? Wir leben.«

Ida marschierte auf und ab und warf gelegentlich einen wütenden Blick auf die Tür zu Stens Quartier. Sie war *sehr* sauer. »Ist ja toll«, fuhr sie Alex an. »Sie klimpert mit den Wimpern, und schon verwandelt sich unser Mantiskämpfer in einen verliebten Gockel.«

»Haste denn keine einzige romantische Ader im Leib, Mädel?«

Ida schnaubte verächtlich, gab aber keine Antwort.

»Wir wissen doch, wie sehr er auf Bet steht«, murmelte Alex.

»Klar«, blaffte sie zurück. »Jeder von uns kennt das Psychoprofil der anderen. Ich weiß auch, wie sehr du dich nach einem von deiner Mutter gekochten Haggis sehnst. Aber das heißt noch lange nicht, daß deine gute alte Mama gleich in unser Team aufgenommen wird.«

»Jetzt halt mal meine liebe Mutter da raus. Die könnte einen Panzer mit einer Hand zum Stehen bringen.«

»Du weißt genau, was ich meine.«

»Weiß ich. Trotzdem liegst du schief. Saumäßig schief sogar.«

»Wie das denn?«

»Wenn du das nich' selbst siehst, kann ich's dir auch nich' erklären. Soll Sten für mich erledigen.«

Ida schnaubte noch einmal und fing dann an zu grinsen. »Von mir aus. Komm, gib mir ein Bier.«

»Wir haben keine Chance«, erklärte Bet. »Laß uns einfach abhauen. Weg von Vulcan. So wie wir es uns immer vorgestellt haben.«

Sten schüttelte den Kopf.

»Das geht nicht. Selbst wenn mich die anderen wegließen, würde ich es nicht tun. Thoresen –«

»Scheiß auf Thoresen!«

»Genau das habe ich vor.«

Bet wollte ihm erklären, daß auch Thoresens Tod – falls ihm das gelingen sollte – seine Familie nicht wieder zum Leben erweckte. Aber das war offensichtlich. Sie seufzte. »Wie kann ich dir helfen?«

»Wie lange bist du schon die Anführerin dieser Bande? Seit ich wegging?«

Bet nickte.

»Danach zu urteilen, was ich bislang gesehen habe, sind sie ziemlich gut.«

»Nicht so gut wie Orons Leute damals«, antwortete sie. «Aber die besten, die es zur Zeit gibt. Wir sind bewaffnet und müssen nicht davonlaufen, so wie Oron.«

»Respektieren euch die anderen Delinqbanden?«

»Ja.«

»Sehr schön. Ich möchte, daß du eine Versammlung einberufst.«

»Eine Versammlung? Wozu das denn?«

»Hör mir zu.«

Die Anführer der Delinqs musterten einander argwöhnisch. Auch Bets Versicherungen hatten sie nicht völlig beruhigt. Die Versammlung könnte ein Hinterhalt der Soziopatrouille sein – oder ein Versuch, die ganze Macht an sich zu reißen.

Ungefähr fünfzehn von ihnen lagerten rund um den riesenhaften Tisch, unterhielten sich flüsternd und versuchten, sich nicht allzusehr von dem ausladenden Gastmahl und dem luxuriösen Speisesaal beeindrucken zu lassen.

Der Ort dieser außerordentlichen Zusammenkunft war ein neues Restaurant, das in ein oder zwei Tagen offiziell eröffnet werden sollte. Die neuesten Modelle an Bedienungsrobots surrten geschäftig kreuz und quer durch den Raum und boten den Delinqs vielfältige Spezialitäten an, die eigentlich für die Zungen der Manags gedacht waren. Ida hatte den Platz ausfindig gemacht, nachdem Sten sie beauftragt hatte, einen imposanten Rahmen für das Treffen der Anführer auszuwählen, ein Ort, der ihnen zeigte, wie mächtig das Mantis-Team war. Ida hatte zuerst den Personal-Computer angezapft und sämtlichen zukünftigen Restaurantangestellten befohlen, vorerst an ihrem gegenwärtigen Arbeitsplatz zu bleiben. Einige weitere Tastenkombinationen wiesen eine Verzögerung bei der Konstruktion des neuen Restaurants aufgrund von Materialengpässen aus. Und um ganz sicher zu gehen, hatte Sten einige Arbeitsrobots ein Schild vor dem Haupteingang aufstellen lassen: LEBENSGEFAHR. NICHT BETRETEN. VAKUUM-BEDINGUNGEN NICHT AUSGESCHLOSSEN.

Bet saß am Kopfende des Tisches. Neben ihr Sten. Sie hob die

Hand und lenkte damit sofort die Aufmerksamkeit auf sich. »Seht uns an«, sagte sie. »Schaut euch die Gesichter an, die hier an diesem Tisch versammelt sind.«

Verwirrt kamen sie ihrer Aufforderung nach.

»Zum ersten Mal befinden sich die Anführer aller Banden zum gleichen Zeitpunkt im gleichen Raum. Und was noch erstaunlicher ist: Bisher hat noch keiner dem anderen die Kehle durchgeschnitten.«

Wie wahr, dachten einige. Aber wer weiß, wie lange das noch dauert.

»Überlegt einmal, was das bedeutet. Wir alle gemeinsam unter einem Dach. Gemeinsam stellen wir eine Macht von dreihundert oder vierhundert Delinqs dar.«

Leichte Unruhe machte sich breit.

»Was bringt uns das?« warf ein Anführer namens Patris höhnisch ein.

»Normalerweise überhaupt nichts«, erwiderte Bet. »Wir alle gegen die Soziopatrouille – das ergibt unterm Strich lediglich ein etwas größeres Schlachtfest als sonst. Normalerweise.«

»Wer hat denn was davon gesagt, daß wir gegen die Patrouille losziehen wollen?« fragte ein Boß namens Flynn.

Bet zeigte auf Sten. »Er.«

Die Unruhe wurde deutlich lebhafter.

»Sten hat es geschafft, von hier wegzukommen. Er hat Vulcan verlassen. Und jetzt ist er zurückgekommen, um uns zu helfen.«

Erstauntes Schweigen. Hauptsächlich jedoch der unverschämten Lüge wegen.

»Habt ihr nicht gehört, was meiner Bande passiert ist?« fragte Bet in die Runde.

Überall antworteten nickende Köpfe.

»Habt ihr auch gehört, was den Patrouillensäcken passiert ist, die uns beinahe erwischt hätten?«

Vorsichtiges Nicken. Allmählich dämmerte es einigen, worauf sie hinaus wollte.

»Sten hat sie getötet«, sagte Bet. »Alle. Wenn er nicht derjenige ist, der er zu sein behauptet, wie hätte das alles möglich sein können? Wäre ich dann noch hier, um mich mit euch zu beraten?«

»Sie hat recht«, nickte Patris. »Mein bester Läufer hat selbst gesehen, wie sie die Leichen der Dreckskerle weggeschafft haben.«

Flynn lachte höhnisch auf. »Wenn er so ein großer Held ist – was will er dann von uns?«

Sten erhob sich. Sofort herrschte Schweigen.

»Das ist nicht sehr schwer zu erklären«, sagte er. »Wir werden Vulcan übernehmen.«

Der Versuch, Vulcan zu übernehmen, begann mit einer Reihe von – wie Doc sie nannte – »grauen Aktionen«.

»Unser Ziel ist es, die Unzufriedenheit in den Reihen der Migs anzufachen«, sagte er. »Dann demonstrieren wir ihnen, wie verwundbar die Company ist.«

Doc hielt die vorgeschlagenen grauen Aktionen für seine bislang beste Arbeit. Jorgensen fand, daß es sich ganz einfach um schmutzige Tricks handelte, und wie Alex sie nannte, ließ sich nicht wiederholen, nicht einmal in seinem Kauderwelsch. Nur Ida war begeistert. Für sie ergaben sich unendliche Möglichkeiten, sich zu bereichern.

»Halte dich damit bis später zurück«, warnte Sten sie.

»Worauf soll ich denn warten? Dieser Computer singt für mich jedes Lied, das ich will.«

»Hast du Projekt Bravo gefunden?«

Ida stöhnte auf. »Naja, fast jedes Lied.«

Doc warf ihr einen düsteren Blick zu.

»Ich fange dann mit der Radioübertragung an«, grunzte sie.

Sogar Doc war von dem Trick, den sie sich ausgedacht hatte, beeindruckt. Er beanspruchte eine ganze Kabine des alten Schiffes. Im Grunde genommen war es nichts anderes als ein simpler Radiosender, der mit soviel Saft hochgerüstet worden war, daß man damit ganz Vulcan aus der Umlaufbahn hätte pusten können. Sie koppelte den Sender an einen Mantis-Minicomputer und stellte ihn auf die Frequenz ein, auf der Mig-Nachrichten und Unterhaltung gesendet wurden.

»Einfach diesen Hebel umlegen«, sagte sie, »schon sind wir auf Sendung. Alles, was wir sagen, klingt genauso, als käme es direkt aus ihrem Sender.«

»Du meinst, sowas wie ›Thoresen treibt's mit Xypacas‹?« fragte Sten.

»Ein bißchen anspruchsvoller sind wir schon«, mischte sich Doc ein. »Der Witz liegt darin, daß es sich so *anhört,* als wäre die Textvorlage von der Company abgesegnet.«

Verständnislosigkeit breitete sich auf Stens Gesicht aus. Dann wischte er sie mit einer Handbewegung, die ein gewisses Maß an Mißbilligung ausdrückte, zur Seite. »Ist ja gut«, sagte Doc. »Ich bastele schon etwas zusammen. Kümmere du dich um deine Angelegenheiten.«

Sten und Bet schlenderten an der Fabrik vorbei. Sie sahen wie zwei geschlauchte Migs aus, die sich nach der Schicht noch das eine oder andere Narkobier genehmigen wollten. Ein paar Arbeiter kamen aus dem Fabriktor und stellten sich neben sie auf das Gleitband.

Sten stieß Bet mit dem Ellbogen an und sagte laut: »Sieh mal dort, das ist doch die Kugellagerfabrik 23, oder?«

»Genau«, antwortete Bet. »Hab schon einiges darüber gehört.«

»Die armen Schweine. Bin ich froh, daß ich da nicht arbeiten muß. Na ja, die Company wird sich bestimmt bald darum kümmern.«

Ein stämmiger Mig sah sie mißtrauisch an. »Worum kümmern?«

Sten und Bet drehten sich um. »Arbeitest du etwa da?«

Der Mig nickte.

»Tut mir leid«, sagte Bet. »Mach dir nichts draus.«

Der Fleischkloß und seine Kumpel drängten sich jetzt um sie und Sten.

»Woraus sollen wir uns nichts machen?«

Sten und Bet machten einen leicht nervösen Eindruck. »Langsam, Jungs«, sagte Sten. »Nicht so nahe ran, wenn's recht ist. Wär' mir lieber.«

»Was quatschst du da? Was soll das heißen, nicht so nahe ran? Haben wir vielleicht die Krätze, oder was?«

Bet zupfte Sten am Ärmel. »Komm, wir verschwinden. Wir wollen keinen Ärger haben.«

Sten wollte schon weggehen, blieb jedoch abrupt stehen. »Jemand muß es ihnen doch sagen«, flüsterte er Bet zu und drehte sich wieder um. »Wir arbeiten im Mig Gesundheitszentrum.«

»Und?«

»In letzter Zeit haben wir von hier ein paar ziemlich seltsame Fälle reingekriegt.« Er zeigte mit dem Daumen auf die Fabrik, die die Männer gerade eben verlassen hatten.

»Was für Fälle?«

»Ist noch nicht ganz geklärt«, erwiderte Bet. »Muß irgendwie mit den Schmiermitteln zusammenhängen, mit denen ihr da drin arbeitet.«

Die Migs erschauderten sichtlich. »Was ist damit?« fragte der stämmige Mann.

»Darf ich nicht sagen. Scheint eine Art Virus zu sein. Befällt nur Männer.«

»Und was passiert dann?«

Sten zuckte die Achseln. »Sagen wir's mal so: Hinterher sieht's mit dem Liebesleben ziemlich finster aus.«

»Ein für allemal«, ergänzte Bet.

Die Migs sahen einander an.

Sten zog Bet am Arm mit sich. »Macht's gut, Jungs«, rief er noch über die Schulter zurück.

Die Migs nahmen nicht einmal mehr wahr, wie die beiden über die Barriere sprangen und auf einem anderen Gleitband davoneilten. Sie waren vollauf damit beschäftigt, impotent auszusehen.

Ida schnurrte förmlich ins Mikrofon. Doc saß neben ihr, überprüfte seine Aufzeichnungen und hörte zu, ob sie die Nachrichten auch mit der erforderlichen unglaubwürdigen Stimme verkündete.

»Liebe Mitarbeiter, bevor wir zum nächsten Musikwunsch kommen, haben wir noch eine Bekanntmachung. Eine Nachricht vom Gesundheitszentrum. Die Bediensteten dort sind sehr besorgt wegen eines Gerüchts, das in letzter Zeit die Runde macht.

Ein sehr dummes Gerücht hinsichtlich einer Virenkontamination durch Schmiermittel im Kugellagerwerk 23.

O, Verzeihung – ich meine natürlich die *Non*kontamination durch Schmiermittel in ... Spielt ja keine Rolle, denn das Gesundheitszentrum hat uns bestätigt, daß es keinen Grund für derlei Gerüchte gibt. Es besteht absolut kein Grund zur Beunruhigung.

Es ist absolut unrichtig, daß dadurch männliche Impotenz hervorgerufen wird ... Entschuldigung: Es existiert keine Kontamination, und selbst wenn, so würde sie keine männliche Impotenz hervorrufen.

So, das war die Information vom Gesundheitszentrum. Unser nächster Musikwunsch ...«

Ida schaltete genau in dem Moment auf das reguläre Rundfunkprogramm um, als ein neues Lied angespielt wurde. Mit strahlendem Lächeln drehte sie sich zu Doc um.

»Na, wie war ich?«

»Ich kann mir diese armen Migs und ihre leidende Libido lebhaft vorstellen.«

In der nächsten Schicht fanden sich nur acht Migs zur Arbeit im Kugellagerwerk ein. Nach fünf Minuten wußten auch diese acht über das Rundfunkdementi Bescheid und marschierten zum Tor hinaus. Patris lehnte in seiner Verkleidung als Soziowachmann lässig an der Wand und beobachtete die ausgelassenen Migs in der Freizeitzone. Auch die Frau, die wie ein Joygirl gekleidet war und offensichtlich auf Anmache mit ihm plauderte, war eine Delinq.

Ein hochgewachsener dürrer Mig zog ihre Aufmerksamkeit auf sich. Er bearbeitete einen Spielcomputer. Immer wieder schob er seine Karte ein und erwartete, daß die Lichter und Drehscheiben aufblinkten. Jedesmal ging er leer aus und schob die Karte fluchend zum nächsten Versuch ein.

»Er hängt jetzt schon seit Stunden an der Kiste«, flüsterte Patris dem Mädchen zu.

Sie ließ unauffällig einen Blick zu dem Mig hinüberwandern.

»Wahrscheinlich hat er damit seinen Vertrag um sechs Monate verlängert«, meinte sie.

Sie drehte sich um, bückte sich zu einem Luftschacht hinunter und klopfte leise dagegen.

»Das ist unser Opfer«, sagte sie leise zu dem Delinq, der sich darin versteckt hielt. Ein leises Rascheln, dann war er weg.

Einige Stunden später saß der Mig immer noch an dem Spielgerät. Hinter der Wandverkleidung und dem Glücksspielautomaten hockte jetzt der Delinq und manipulierte die Abläufe mittels einer Bluebox aus Idas Zauberkasten. Er hielt den Mig durch einige kleinere Gewinne bei der Stange, ließ ihn unterm Strich jedoch immer mehr verlieren.

»Mist«, rief der Mig schließlich laut.

Er drehte sich um und entfernte sich von der Maschine. Patris wischte einen unsichtbaren Fussel von seiner Uniform und schlenderte zu dem Spielautomaten hinüber. Er wartete, bis der Mig wieder in seine Richtung blickte, schob dann genüßlich seine Karte hinein und ... Sofort schrillten alle Sirenen los, Glocken bimmelten, sämtliche Blinklichter spielten verrückt.

Der Verlierer war wie gelähmt.

»Verdammter Mist«, sagte er zu dem Mig neben ihm. »Hast du gesehen, was dieser Saukerl eben gemacht hat?«

»Ja. Ein Vermögen gewonnen.«

»Ich habe den halben Tag vor dem Ding verbracht und nicht einen einzigen Credit gewonnen. Kaum kommt er angelatscht ...«

Der Radau der jubilierenden Maschine hatte noch andere Migs angelockt. Sie hörten, was der Verlierer sagte, und warfen Patris finstere Blicke zu. Patris tat so, als würde er sie jetzt erst bemerken. Langsam und mit schwingendem Betäubungsknüppel ging er auf die Meute zu.

»Verzieht euch«, befahl er ihnen barsch. »Hört auf zu glotzen und verzieht euch.«

Die aufgebrachte Menge zögerte. »Das stinkt doch nach Beschiß«, schrie jemand von weiter hinten. Es war das »Joygirl«.

»Das hättet ihr sehen müssen«, rief der Verlierer laut. »Er hat sich meinen Gewinn unter den Nagel gerissen.«

Das allgemeine Gemurmel wurde immer gereizter. Patris drückte auf den Panikknopf, und kurz darauf kam ihm eine ganze Einheit von Wachmännern zu Hilfe geeilt. Er wartete noch einen Moment, bis sie die Menge einkesselte, dann verdrückte er sich ungesehen.

»Liebe Mitarbeiter«, sagte Ida, »wir müssen alle sehr dankbar für die Freizeitzentren sein, die uns die Company zur Verfügung stellt – und ich darf hinzufügen: mit einem nicht unerheblichen Kostenaufwand.

Nehmen wir zum Beispiel die Glücksspielcomputer, die uns jede Menge Spaß und Spannung verschaffen. Die Statistik der Company besagt, daß sie mehr Credits ausspucken als einnehmen.

Natürlich gibt es auch hier immer wieder einmal Verlierer, und diese Verlierer setzen dann bösartige Gerüchte in die Welt. Die Gerüchte sind so widerwärtig, daß es mir außerordentlich peinlich ist, sie hier zu wiederholen. Wie auch immer, die Behauptung, die Maschinen seien so programmiert, daß sie nur höheren Angestellten der Company Gewinne auszahlen, ist völlig aus der

Luft gegriffen und somit falsch. Einige dieser Lügner haben sogar angedeutet, daß die Maschinen nur an die Soziopatrouille auszahlen. Das muß man sich einmal vorstellen! Die gleichen Männer, die mit einem nicht unerheblichen Kostenaufwand von der Company angestellt wurden, um …«

Jorgensen holte zum vernichtenden Schlag aus.

»Das ist doch alles Kinderkram«, sagte er. »Man muß sie dort packen, wo es richtig wehtut.«

»Und das wäre?« erkundigte sich Doc leicht pikiert.

»Beim Bier.«

Die nächste Freischicht von Migs ergoß sich in die Freizeitkuppeln. Sie zückten ihre Karten und warteten auf einen schönen kalten Schluck. Nichts. Kein einziger Tropfen. Die Maschine schluckte zwar die Karten und buchte die Credits ab, forderte dann jedoch den Kunden auf, den Platz für den nächsten freizumachen.

»Einen Dreck werde ich tun«, rief ein kräftig gebauter Mig. Erneut schob er seine Karte in den Schlitz. Wieder nichts. Seine klobige Faust drosch auf die Maschine ein. »Her damit!«

»Ich bin Eigentum der Company«, informierte ihn die Maschine. »Gewaltanwendung jeglicher Art gegen mich und meine Funktionen zieht schwere Strafen nach sich.«

Anstelle einer Antwort versetzte der Mig dem Bierautomaten einen Tritt. Sofort ging ein Alarm los und kurz darauf stürmten fünf Wachmänner herbei. Sie fanden die Kuppel verlassen vor – abgesehen von den zerbeulten Hüllen mehrerer Bierautomaten, die krächzend und ausgeplündert auf dem Boden lagen.

Doc schüttelte den Kopf.

»Nein. Das ist zu durchsichtig. Nicht grau genug. Hör mit dem Bier auf und rede lieber über die Lebensmittelversorgung, Ida.«

Ida drehte sich wieder zum Mikrofon.

»Liebe Mitarbeiter, die Company ist stolz darauf, ein neues Gesundheitsprogramm verkünden zu dürfen. Untersuchungen haben ergeben, daß wir alle viel zu viel Übergewicht haben.

Aus diesem Grund werden die Nahrungsrationen ab der kommenden Schicht um dreißig Prozent reduziert.

Diese dreißig Prozent ... Oh, Entschuldigung, wir haben uns geirrt. Dieses Programm wird erst ab dem ... Was? Falsche Durchsage? Oh, abschalten! Dieses Programm hat noch kein grünes Licht!

Liebe Mitarbeiter, es stimmt keineswegs, daß die Nahrungsrationen demnächst um dreißig Prozent ...«

Sten ging einem angetrunkenen Mig aus dem Weg, verschüttete ein wenig Bier und schob sich dann durch die Menge zu Bet. Er setzte die Biere ab und ließ sich auf dem Stuhl neben ihr nieder.

»Eins kann ich dir sagen«, brüllte ein Mig seinem Begleiter ins Ohr, »diesmal sind sie wirklich zu weit gegangen, aber eindeutig.«

Sten blinzelte Bet zu. Sie lächelte zurück.

»Die verarschen uns doch nach Strich und Faden. Erst mischen sie sich in unser Sexleben ein, dann geben sie uns kein Bier. Und jetzt wollen sie alle Arbeitsverträge um ein Jahr verlängern.«

»Wo hast du das denn gehört?«

»Gerade eben. Hat die Frau im Radio gesagt.«

»Sie sagte doch, daß es nur Gerüchte sind.«

»Klar doch. Wenn's nur Gerüchte sind, warum streiten sie sie dann so energisch ab?«

»Da hat er recht«, schaltete sich Sten ein.

Der Mig drehte sich zu Sten um. Er warf ihm einen abschätzenden Blick zu, dann schlug er ihm grinsend auf die Schulter.

»Klar hab ich recht. So macht's die Company doch ständig:

Erst setzen sie ein Gerücht in die Welt, warten auf die Reaktion, und dann ist es plötzlich wirklich so.«

»Wißt ihr noch, wie es im vergangenen Jahr hieß, sie würden uns drei bezahlte Feiertage streichen?« fragte Bet. »Und was ist dann passiert?«

»Sie haben sie gestrichen«, antwortete der Mig dumpf.

Seine Kollegen setzten die Biergläser an. Nachdenklich. Wütend.

»Na und?« seufzte jemand. »Sollen wir diesmal wieder nur rumsitzen und uns gegenseitig bedauern?«

Allgemeines Kopfschütteln.

»Eins könnt ihr mir glauben«, sagte der Mig. »Wenn ich nur wüßte was, ich würde sofort etwas unternehmen. Ich habe keine Familie, verdammt nochmal, ich würde schon ein Risiko eingehen.«

Die anderen Migs blickten sich vorsichtig um. Die Unterhaltung wurde allmählich gefährlich. Einer nach dem anderen entschuldigte sich, bis nur noch Sten, Bet und ihr neuer Migfreund übrigblieben.

»Hast du das ernst gemeint?« fragte Sten.

»Was?«

»Daß man es der Company heimzahlen müßte.«

Der Mig starrte ihn mißtrauisch an. »Bist du ein Spitzel?«

Er erhob sich halb von seinem Stuhl.

»Selbst wenn – ist mir auch egal, ich habe die Schnauze voll. Könnte mir nichts Schöneres vorstellen, als dir die Fresse –«

Bet hielt ihn am Arm fest. Zog ihn mit sanfter Gewalt wieder auf den Stuhl und spendierte ihm ein Bier.

»Wenn es dir ernst damit ist«, sagte Sten, »dann kenne ich ein paar Leute, mit denen du dich unterhalten solltest.«

»Warum denn? Damit wir uns gegenseitig die Ohren vollheulen, so wie die da?« Er zeigte auf die anderen Migs an der Bar.

»Nein. Wir meckern nicht nur herum.«

Der Mig beäugte sie argwöhnisch. Dann zog sich ein breites Grinsen über sein Gesicht, und er streckte ihnen die Hand über den Tisch entgegen. »Ich bin dabei.«

Sten schüttelte die Hand.

»Hast du auch einen Namen?«

»Mein Vorgesetzter hat eine ganze Menge Namen für mich, aber eigentlich heiße ich Webb.«

Sie standen auf und verließen die Bar.

»Ich glaube, so allmählich verstehe ich, wie die ganze Sache abläuft«, sagte Bet zu Ida und Doc.

»Die grauen Aktionen?« fragte Ida.

Bet nickte.

»Arme Menschen«, meinte Doc. »Das bißchen Gehirn, das sie zur Verfügung haben, quälen sie auch noch mit den offensichtlichsten Dingen.«

Bet warf ihm einen Blick zu, der ihm die Fühler bis auf Nackenlänge stutzte. Dann drehte sie sich um und ging zur Tür.

»Halt, warte doch«, rief ihr Ida hinterher.

Bet blieb stehen.

»Doc«, sagte Ida. »Du bist ein allwissendes Wesen, doch manchmal siehst du nicht, was direkt vor deinem kleinen, fetten Gesicht steht.«

»Und das wäre?«

»Vielleicht sollten wir herausfinden, was Bet auf dem Herzen hat.«

Doc dachte mit jetzt wieder schaukelnden Fühlern darüber nach. Dann strahlte er seine herzlichsten Gefühle auf Bet aus. »Mein Fehler«, sagte er. »Die Schuld liegt bei meinen genetischen Voreinstellungen, die noch immer auf Aggression und Vernichtung aus sind.«

Bet kam besänftigt zurück und ließ sich in einen Sessel sinken. »Ich habe mir etwas überlegt, eine Art ultimative graue Aktion. Für die Migs.«

»Nämlich?« erkundigte sich Ida.

»Es dreht sich um die alte Sage, die auf Vulcan schon seit dem allerersten Mig weitererzählt wird.«

»Sagen? Ich mag alte Geschichten«, sagte Doc. »Man kann soviel daraus machen.«

Bet holte tief Luft.

»Der Sage nach wird irgendwann einmal eine Revolte der Migs ausbrechen. Eine siegreiche Revolte, angeführt von jemandem von außerhalb, der aber früher selbst einmal ein Mig war.«

Doc war noch nicht wieder ganz auf Draht. Seine Entschuldigung hatte ihn aus der Bahn geworfen.

Ida hingegen schaltete sofort. »Du meinst Sten?«

»Genau. Sten.«

»Aah«, seufzte Doc. Jetzt hatte auch er es begriffen. »Der mythische Erlöser. Sten führt sie ins Gelobte Land.«

»So etwas in der Richtung«, antwortete Bet.

»Das perfekte Gerücht«, sagte Ida. »Wir verbreiten die Nachricht, daß der Erlöser gekommen ist.« Sie sah Doc an. »Ist die Zeit mittlerweile reif dafür?«

»Ja«, sagte Doc. »Der Zeitpunkt ist genau richtig.«

Bet zögerte noch. »Ein Problem.«

»Nämlich?« fragte Doc ungeduldig. Er wollte sich sofort an die Arbeit machen.

»Was wird Sten davon halten?«

Ida hob die Schultern. »Wen interessiert das? Mir wäre es lieber, wenn ich es machen könnte. Mit Erlösung läßt sich jede Menge Geld verdienen.«

Das Gerücht verbreitete sich wie eine Bakterienkultur auf einer Petrischale. Auf ganz Vulcan waren die Migs gereizt und wütend und warteten darauf, daß etwas passierte. Dabei wußten sie insgeheim, daß doch wieder nichts geschehen würde. Auch diese Mißstimmung würde sich schon bald in mürrische Akzeptanz und Wohlgefallen auflösen.

»Seht ihr?« erzählte der alte Mig seinen Enkelkindern. »Es ist genau so, wie ich es euch immer gesagt habe. Es gibt eine Möglichkeit, Vulcan zu verlassen. Scheiß auf die Company!«

Sein Sohn und seine Schwiegertochter sahen über die drastische Ausdrucksweise hinweg und nickten ihren Kindern zu. Opa hatte recht.

»Und wie ich schon immer gesagt habe, wird es ein Mig sein, der der Company unsere Verträge genüßlich und tief in den –«

»*Vater!*« sagte die Schwiegertochter warnend.

»Erzähl uns mehr von ihm«, bettelte eins der Kinder. »Erzähl uns alles über den Mig.«

»Na, zunächst einmal war er einer wie wir. Ein Arbeiter. Ein Mig. Dann hat er Vulcan verlassen. Aber er hat uns nie vergessen, und eines Tages …«

»Wenn ich das gewußt hätte, daß ich mit 'nem Erlöser zusammen im gleichen Team arbeite«, sagte Alex. Er verbeugte sich förmlich und hielt Sten den Becher entgegen.

»Klappe halten«, brummte Sten. Bet kicherte.

»Danke vielmals, Bet.« Alex verbeugte sich erneut. »Es ist ganz wunderbar, daß du heute abend in meinen Glauben dieses kleine Loch gebohrt hast, damit das Licht hereinströmt. Ich wandelte nämlich in völliger Dunkelheit, und nur die Dreifaltigkeit gab mir ein wenig Halt.«

»Dreifaltigkeit?« fragte Bet nach.

»Genau.« Alex hob den sich windenden Sten an den Hüften hoch, schwenkte ihn zuerst nach der einen, dann nach der anderen Seite und ließ ihn dann wieder auf seinen Stuhl fallen. »*In nomine* Bobby Burns, John Knox … und meines guten alten Großvaters.«

Diesmal fiel selbst Sten keine imperiale Entgegnung ein, die obszön genug für diese Gelegenheit gewesen wäre.

Kapitel 33

»Bitte vielmals um Verzeihung, Sir«, sagte der Berater, »aber Sie haben keine Vorstellung davon, was sich da draußen abspielt. Lügen. Gerüchte. Jeder einzelne Mig wäre bereit, Ihnen die Kehle durchzuschneiden.«

»Unsinn«, antwortete der Baron gelassen. »So führen sich die Migs immer wieder mal auf.«

Der Berater saß mit Thoresen in dessen Garten und wartete darauf, daß das Fallbeil niederging. Doch das, was er erwartet hatte, trat nicht ein. Er saß hier mit einem vollen Glas in der Hand und plauderte mit dem Baron. Wenn Thoresen einen Angestellten zu sich bestellte, verlief die Unterredung normalerweise nach einem anderen Muster. Besonders bei den vielen Geschichten, die im Zusammenhang mit dem Berater die Runde machten.

»Ich habe Sie wegen Ihrer überall geschätzten Offenheit hergebeten«, sagte Thoresen.

Der Berater strahlte erleichtert.

»Und aufgrund gewisser, wie sollen wir es ausdrücken, angeblicher Indiskretionen Ihrerseits«, fuhr der Baron fort.

Dem Berater fiel das Gesicht herunter. Also war es doch ein Hinterhalt gewesen.

»Man beschuldigt Sie hin und wieder«, sagte Thoresen, »daß Sie sich allzu unverschämt bei den Credits der Migs bedienten.«

»Ich ... niemals ...«, setzte der Berater an.

Thoresen brachte ihn mit erhobener Hand zum Schweigen.

»Wir sind daran gewöhnt«, fuhr er fort. »So war es schon immer. Die Berater beschaffen sich für ihre treuen Verdienste ein wenig Geld nebenbei, ohne dabei der Company auf der Tasche zu liegen; dadurch wird so mancher Arbeitsvertrag ohne kostspieligen Verwaltungsaufwand immer weiter verlängert.«

Der Berater wurde etwas ruhiger. Die Beschreibung des Barons war zutreffend. Dieses inoffizielle System funktionierte schon seit Jahrhunderten.

»Womit ich Probleme habe«, sagte der Berater, »sind diese Gerüchte. Ich verspreche Ihnen – bei meinem Leben –, daß ich niemals die Beträge entnommen habe, die man mir zuschreibt.«

Wieder brachte ihn Thoresen mit einem Wink zum Schweigen. »Natürlich nicht. Sie sind einer meiner vertrauenswürdigsten, naja, sagen wir besser, diskretesten Angestellten.«

»Aber warum –?«

»Warum ich Sie kommen ließ?«

»Ja, Sir.«

Thoresen erhob sich und fing an, auf und ab zu spazieren. »Zur Zeit lasse ich alle meine wichtigsten Angestellten kommen. Die Migs beschweren sich wieder und meckern lautstark. Schon zu den Zeiten meines Großvaters war das so. Ebenso zu denen meines Vaters. Darüber mache ich mir keine Gedanken. Größere Sorgen bereitet mir die überzogene Reaktion meiner eigenen Leute.«

Der Berater dachte an die finsteren Blicke, die er in letzter Zeit erhalten hatte. Es war mehr als nur das übliche Gemeckere der Migs. Er wollte etwas sagen, ließ es aber doch bleiben.

»Wie ich bereits sagte«, fuhr Thoresen fort, »das kehrt periodisch wieder. Ein ganz normaler Zyklus. Trotzdem muß man sehr feinfühlig damit umgehen.«

»Jawohl, Sir.«

»Vor allen Dingen darf man sie nicht reizen«, sagte Thoresen. »Sollen sie ruhig ein wenig Dampf ablassen. Hören Sie nicht auf das, was sie Ihnen vorwerfen. Finden Sie die Rädelsführer heraus. Mit *denen* beschäftigen wir uns, wenn sich alles wieder etwas normalisiert hat.« Er blickte den Berater an. »Habe ich mich klar genug ausgedrückt?«

»Jawohl, Sir.«

»Sehr schön. Ich habe mich nämlich dazu entschlossen, mich dieser Sache selbst anzunehmen.«

»Jawohl, Sir.«

»Ich möchte, daß mir alle ungewöhnlichen Vorkommnisse – egal wie unbedeutend sie auch sein mögen – mitgeteilt werden.«

»Jawohl, Sir.«

»Ohne meine Zustimmung greifen Sie zu keinerlei Gegenmaßnahmen – egal in welchem Umfang.«

»Jawohl, Sir.«

»Dann haben wir uns wohl verstanden. Gibt es noch etwas, das ich unbedingt wissen müßte?«

Der Berater zögerte einen Moment und sagte dann: »Äh, ja. Die Sendungen im Mig-Radio. Sind sie nicht in letzter Zeit ein bißchen zu heftig?«

»Ein hervorragendes Beispiel dafür, worüber ich gerade geredet habe. Überzogene Reaktionen. Die Verantwortlichen haben die Ausstrahlung der bewußten Sendungen geleugnet, aber Tatsachen sind nun mal Tatsachen.«

»Wenn ich fragen darf – was haben Sie unternommen?«

Thoresen lächelte. »Ich habe sie entlassen. Ab sofort werden alle Sendungen von mir abgesegnet.«

Eine unangenehme Pause entstand, bis der Berater bemerkte, daß er gehen durfte. Er stand auf und hätte sich beinahe verbeugt.

»Ich danke Ihnen, daß Sie sich die Zeit genommen haben, Sir.«

»Dafür bin ich da«, entgegnete der Baron samtweich. »Ich habe immer ein offenes Ohr, wenn meine Leute etwas zu sagen haben.«

Er sah dem Berater mit einem abschätzenden Blick nach. Ein umständlicher Mann, dachte er. Aber brauchbar. Falls es noch schlimmer wurde, konnte er ihn immer noch den Migs zum Fraß vorwerfen. Nein. Nicht unbedingt. Jetzt noch nicht. Die letzten Geschehnisse wurden allzusehr verzerrt und überbewertet.

Kapitel 34

Für jemanden, der gerade einen ziemlich großen Coup gelandet hatte, sah Ida recht niedergeschlagen aus. Sie hatte Projekt Bravo entdeckt. Selbst mit Stens Hilfe war die Sache überaus kompliziert gewesen. Es mußte sich offensichtlich irgendwo in der Nähe der *Pinte* befinden; beziehungsweise dort, wo einmal die *Pinte* gewesen war. Doch dieser ganze Sektor war das reinste Labyrinth aus Korridoren, Fabriken, Wohnsilos – und speziell entwickelter Computerfallen, die sich ein Genie ausgedacht haben mußte, das Ida mehr und mehr bewunderte.

»Ich bin von der Annahme ausgegangen, daß Projekt Bravo vollkommen vom übrigen Vulcan abgeschottet sein muß«, erklärte sie der um ihr Terminal versammelten Mannschaft.

»Logisch«, sagte Sten.

Ida funkelte ihn an. »Das bedeutet, daß alle Leute, die daran gearbeitet haben, unter ultradichten Sicherheitsvorkehrungen gehalten werden müssen. Es handelt sich jedoch um hochqualifizierte Leute; um Spezialisten, keine Gefangenen. Also muß man sie bei Laune halten. Das beste Essen und Trinken, Sex, die ganze Palette eben.«

Doc lächelte sein kleines, gemeines Teddybärlächeln. Ida hatte doch mehr Grips, als er ihr zugestanden hätte.

»Ich habe einen Beobachter auf die besonderen Feinschmeckerlieferungen angesetzt. Filme für den gehobenen Geschmack, sowas in der Art.«

»Wo ist dabei das Problem?« wollte Sten wissen.

Ida tippte auf einige Tasten. Auf dem Bildschirm baute sich ein dreidimensionales Modell von Projekt Bravo auf, das alle schweigend betrachteten.

»Einschätzung«, sagte Jorgensen. »Direkter Angriff nur mit unakzeptablen Verlusten möglich. Bei konventioneller Taktik Erfolg der Mission zweifelhaft.«

Doc schaute genauer hin. Seine Fühler wippten zustimmend. Die anderen Team-Mitglieder warteten auf seine Analyse.

»Unter den gegenwärtigen Umständen«, sagte er, »hat Jorgensen recht. Aber was ist, wenn wir eine Stufe höher gehen?«

Jorgensen kalkulierte den Vorschlag sofort durch. »*Schwarze* Operationen ... Input-Frequenz heraufsetzen ... Ziel Bravo ... Ja ... Alternativen ... aber viel zu zahlreich, um sie genauer zu berechnen ...«

Sie tauschten zunächst einmal ihre Meinungen untereinander aus.

»Ich bin dafür, daß wir zur nächsten Stufe übergehen«, sagte Sten.

»Was soll ich denn verdammt nochmal sagen?« flüsterte Sten.

Doc lernte gerade, wie man verächtlich schnaubt. Sein Gesichtsausdruck war noch nicht ganz überzeugend. »Den üblichen anfeuernden Quark. Ihr Menschen seid doch so einfach zu beeindrucken.«

»Wenn es so einfach ist, warum stellst du dich dann nicht auf die Kisten?«

»Ganz einfach«, konterte Doc, »und wie du mir schon wiederholt unter die Nase gerieben hast: Wer glaubt schon einem Teddybären?«

Sten blickte in die Runde der restlichen Team-Mitglieder.

»Erzähl ihnen einfach die Wahrheit, Kumpel«, schlug Alex vor. »Es sind ja keine Schotten, die merken sowieso keinen Unterschied.«

Bet grinste Sten nur an. Sten atmete tief durch und erkletterte die übereinandergestapelten Kisten.

Die über vierzig hier im Warenlager versammelten Migs blickten erwartungsvoll zu ihm hinauf. Hinter ihnen stand die Delinq-Eskorte und beäugte Sten neugierig.

»Ich weiß nicht, was die Company von euch hält«, sagte Sten, »aber mir jagt ihr einen ganz schönen Schrecken ein!«

Nur recht zaghaft wurde hier und da Belustigung sichtbar.

»Mein Vater hat mir immer gesagt: Das wichtigste Werkzeug ist ein Vier-Kilo-Hammer. Den knallte er seinen Vorarbeitern ab und zu zwischen die Augen, um auf sich aufmerksam zu machen.

Was ich jetzt vor mir sehe, sind Vierundsiebzig-Kilo-Hämmer. Ihr und eure Zellen werdet unmißverständlich auf euch aufmerksam machen. Gleich in der nächsten Schicht.«

Die Zellenführer unter ihm brummten aufgeregt.

»Ihr habt alle Jobs, und ihr und eure Familien habt sie schon viel zu lange ordentlich erledigt. Ich muß mich nicht hier oben hinstellen und Fachleuten wie euch erklären, wie man seinen Job erledigt.

Denkt aber immer an eins: Wir sind nur wenige. Wir können nicht viel mehr ausrichten, als ein Lehrling mit einem Spielzeug-Werkzeugkoffer. Wenn wir unsere Werkzeuge gleich zu Anfang zerbrechen, dann wird es uns auch nicht gelingen, unseren Job zu erledigen.«

Die Männer nickten. Sten sprach ihre Sprache. Doc zog die Fühler ein. Korrektes Vorgehen, analysierte er, auch wenn er die Analogien nicht ganz verstand.

Sten wartete, bis das Gemurmel versiegte und hob dann den Arm, fast so, als wollte er salutieren.

»Freiheit für Vulcan.«

Er gab den Delinqs ein Zeichen, die Zellenführer der Migs wieder durch die Schächte in ihre eigenen Areale zurückzubegleiten, und sprang von den Kisten herunter.

»Na, Alex?«

»Also, es war nicht gerade Burns ... aber es wird wohl reichen. Doch, doch, das reicht.«

Der Mig betrachtete die Waffe argwöhnisch. Sie sah nicht unbedingt vertrauenerweckend aus. Eine Ansammlung aneinandergelöteter 20 mm Kupferrohre. Er schraubte die Kappe auf und nahm zwei der Natriumthiosulfat-Tabletten, die in seine Handfläche fielen, schob die Waffe in seinen Overall zurück und ging den Korridor entlang.

Atmen ... atmen ... atmen ... ganz normal atmen ... du bist auf dem Weg zu deinem Vorarbeiter, um ihm eine kleine Panne zu melden. Kein Grund, sich zu beeilen ...

Er drückte auf die Klingel neben der Tür. Schritte waren zu hören, dann spähte der bebrillte Vorarbeiter durch den geöffneten Türspalt.

Er sah verwirrt aus und fragte etwas, das der Mig durch das tosende Rauschen in seinen Ohren nicht verstand. Er zog lediglich die Waffe heraus und betätigte den Abzug. Elektrischer Strom zischte in Tungstendrähte; die Drähte flammten auf und entzündeten die Ammoniumnitratmischung.

Die Mischung riß den versiegelten Behälter mit Blausäure auseinander und blies das Gas in Mund und Hals des Mannes. Der Vorarbeiter gurgelte erstickt und fiel hintenüber.

Alles verlief haargenau so, wie sie es vorher durchgeprobt hatten. Der Mig ließ die Gaspistole auf die Brust des toten Techs fallen und entfernte sich wieder. Beim Gehen zog er die Amylnitratkapsel, die das Gegenmittel für die Blausäure vervollständigte, aus der Tasche seines Overalls und zerkaute sie; dann zog er die Handschuhe aus und verschwand in einem Seitengang.

Idas Hand tastete ungeduldig auf und ab, bis sich die Klappe des Robots öffnete. In seinem Innern bot sich ein verlockender Anblick aufgereihter Desserts.

»Ihr werdet alle noch viel zu fett«, sagte Jorgensen.

»Falsch. Ich werde nicht fett – ich *bin* es bereits. Und ich habe vor, noch fetter zu werden.«

Ida stopfte mit einer Hand eine kunstvoll verzierte Kalorienbombe in ihren Mund, mit der anderen Hand hämmerte sie auf der Computertastatur herum.

»Hast du sie gelöscht?« fragte Sten.

»Schon vor Stunden.«

»Was treibst du denn jetzt schon wieder?«

»Ich bin nur so durch die Netze gesurft und habe den Schlüssel zu den flüssigen Vermögenskonten der Company gefunden. Wenn ich mich jetzt einklinken kann, bin ich in der Lage, alles, was ich nur will, auf ein Konto außerhalb von Vulcan überweisen zu lassen.«

»Du meinst, so etwas wie ein Durchlaufkonto für Freihändler?«

»Das wäre – hoppla!« Ihre Hand huschte über die Tastatur und kappte die Verbindung mit einer raschen Bewegung. »Diese mißtrauischen Säcke haben noch einen heimlichen Sicherheitsschlüssel eingebaut.«

Sten wollte noch etwas sagen, ging dann aber einfach weg. Bet hatte ihnen verwirrt zugesehen.

»Was macht sie da?«

»Sie bessert nur ihre eigene Rente ein bißchen auf«, antwortete Sten.

»*Das* habe ich mitgekriegt«, sagte Bet angewidert. »Ich meine das Löschen.«

»Wir haben uns überlegt, daß die Patrouille und der Sicherheitsdienst der Company bestimmt eine Liste mit Querulanten angelegt hat, Migs, die noch nicht ganz reif zum Gehirnlöschen oder Pulverisieren sind. Ida hat dieses Verzeichnis gefunden und alles gelöscht.«

»Nicht nur das«, meldete sich Ida und wischte sich die Finger an dem Handtuch ab, das der Robot ihr anbot. »Ich habe einen ›Vergiß es‹-Kode eingefügt, so daß jeder neue Vermerk in diesem Verzeichnis automatisch in den Mülleimer wandert.«

Bet war beeindruckt. Ida widmete sich wieder ihrer Tastatur.

»So. Dann werfen wir noch mal einen Blick auf diese Rücklagenkonten.«

»Hier ist die Stimme des Freien Vulcan«, flüsterte es aus einer Million Lautsprecher.

Panische Sicherheits-Techs versuchten fieberhaft, die Quelle des Signals mit Hilfe von Fangschaltungen ausfindig zu machen. Da das Signal jedoch per Kabel über hundert verschiedene Sender eingespeist wurde und mehrmals in der Sekunde wahllos die Ausgangsfrequenz wechselte, war ihre Aufgabe zum Scheitern verurteilt.

»Es geht los. Wir, das Volk von Vulcan, schlagen zurück. Allein in dieser Schicht wurden sieben Leitende Angestellte der Company entfernt, und zwar aufgrund von Verbrechen gegen die Arbeiter, die sie jahrelang unterdrückt und ausgenommen haben.

Das ist nur der Anfang.

Es kommt noch viel mehr.«

Sten ließ sich in den Sessel fallen und wählte auf der Tastatur ein Narkobier aus. Er stürzte es in einem Zug hinunter und tippte sofort ein zweites ein.

»Verluste?«

»Nur einen Toten. Zelle 18. Der Kontaktmann geriet in eine zufällige Kontrolle. Sein Begleiter drehte durch und fing sofort zu schießen an. Er hat alle drei getötet.«

»Wir brauchen den Namen des Mannes«, sagte Doc. »Bei den Menschen sind Märtyrer das Schmiermittel jeder anständigen Revolution.«

Sten steckte die Nase tiefer in sein Bier. Er war noch nicht ganz in der richtigen Verfassung.

»Da unten geht er, der Lumpenproletarier«, sagte Doc anerkennend.

Sten, der in luftiger Höhe über dem Besucherzentrum neben dem Panda in einem Luftschacht lag, stellte sein Fernglas nach. Schließlich entdeckte er den Delinq, der sich im Overall eines

Migs entschlossen seinen Weg durch die Gruppen von Außenweltlern bahnte.

»Hoffentlich hast du ihm gesagt, daß er sich baden soll«, meinte Doc. »Er soll doch das engelhafte Kind sein, das jeder Mensch selbst gerne in der Familie hätte.«

Sten schwenkte mit dem Fernglas zu den vier Migs in den Uniformen der Soziopatrouille hinüber; gerade fingen sie an, den Delinq mit lautem Gebrüll zu verfolgen.

»Langsamer, Junge«, murmelte Sten. »Du hängst sie noch ab.«

Als hätte er ihn verstanden, irrte der Junge einige Sekunden ziellos im Zickzack umher, und die »Patrouille« kam näher, mit hoch über den Köpfen gereckten Betäubungsknüppeln.

»Aah«, seufzte Doc zufrieden. »Ich kann den kleinen Scheißer bis hierher kreischen hören. Was geht vor sich?«

»Mmmh ... jetzt sind sie fast bei ihm.«

Aus der Bar, vor der sich der Delinq hatte einholen lassen, strömten mehrere Raumfahrer.

»Sind sie richtig aufgebracht?«

Sten schwenkte über die Gesichter der Männer.

»Allerdings.«

Die Außenweltler drängten sich um die wüst streitende Gruppe. Einer von ihnen rief etwas von »Schlägertypen«.

»Mach schon«, murmelte Sten. »Bring sie auf Trab.«

Der junge Delinq war ein besserer Schauspieler als die vier Erwachsenen. Er duckte sich, drehte den Kopf und grub die Zähne ins Bein eines der Männer. Der falsche Wachmann schrie auf und schlug mit dem Betäubungsknüppel zu.

Das genügte. Die Raumfahrer verwandelten sich im Handumdrehen in einen wütenden Mob; sie schnappten sich die nächstbesten Flaschen und zerschlugen Glasscheiben. Die vier »Wachmänner« packten den Jungen und rannten auf den Ausgang zu.

Sten drückte eine Taste auf dem Minicomputer neben ihm, und der Krawallalarm heulte los.

»Sag schon, was passiert da unten?« fragte Doc ungeduldig.

»Unsere Leute sind aus der Kuppel raus. Und da kommt auch schon die Krawalltruppe in Schockformation.«

»Was machen die Weltraumheinis?«

»Greifen an.«

»Ausgezeichnet. Jetzt müßten die ersten zwei oder drei Patrouillenleute zu Boden gehen. Einer müßte durchdrehen und seinen Knüppel auf volle Kraft einstellen und ...« Doc lächelte glücklich.

»Schon geschehen. Der erste Wachmann ist erledigt. Herrje!«

»Du erzählst mir hier, daß die moralisch entrüsteten Außenweltler Zeugen wurden, wie man ein niedliches Kind brutal zusammenschlug; dann wurden sie selbst von einem größeren Schlägertrupp angegriffen und wehrten sich ihrer Haut so gut es ging. Sag mir eins, Sten:Fressen sie die Patrouillenleute auch auf?«

»Das sind doch keine Kannibalen!«

»Schade. Dieses menschliche Wesensmerkmal aus erster Hand mitzuerleben war mir bislang noch nicht vergönnt. Du kannst fortfahren!«

Sten schnappte sich einen Schlauch, schob ihn durch das Gitter und öffnete die Behälter mit Brechgas.

Dann packte er Doc und sie krochen eilig davon.

»Hervorragend, Sten. Ausgezeichnet. Die Freihändler sind immer gierig nach Neuigkeiten und Gerüchten. Zumindest wirft es ein schlechtes Licht auf die Company. Mit ein wenig Glück haben wir unter diesen Raumfahrern ein paar Moralisten – was ich jedoch stark bezweifle –, die sich weigern werden, Ladung von hier aufzunehmen. Besonders dann, wenn sie sich fragen, weshalb sie die Company nicht nur in einen Aufstand verwickelt hat, sondern obendrein auch noch mit Gas besprühen ließ.«

Sten kam zu dem Schluß, daß man Doc mit einem Massaker an einer Gruppe Waisenkinder wohl am glücklichsten machen könnte.

ANWEISUNG DER COMPANY – ZUR SOFORTIGEN UMSETZUNG

Aufgrund ungenügender Produktivität werden die folgenden Erholungskuppeln für Migrantenarbeiter (ungelernt) sofort geschlossen: Nummern 7, 93, 70.

Explosionen im Vakuum haben so 'was ganz Eigenes, befand Alex zum hundertsten Mal, als er sah, wie der Frachter sich in einen Feuerball verwandelte. Wie mit dem Zirkel gezogen.

Er nahm seine Sprengstoffausrüstung und verdrückte sich aus der Ladestation.

Außer der Kiste, die gerade den unbemannten Frachter von einer Fremdwelt zerstäubt hatte, waren noch vier andere sorgfältig präpariert. Mit einem Unterschied. Nur jemand mit Alex' Erfahrung konnte erkennen, daß sie niemals hochgehen würden. Diese eine Explosion sollte die Aufmerksamkeit der Freihändler wecken, die anderen würden sie dazu bringen, sich zu weigern, weiterhin Fracht für die Company zu befördern.

ANWEISUNG DER COMPANY – NUR FÜR SICHERHEITSPERSONAL

Mit sofortiger Wirkung werden sämtliche ID-Karten des Personals in folgenden Einsatzgebieten für ungültig erklärt und eingezogen: Besucherzentrum, Fernwarenbestückung und sämtliche Warenlager. Neue Zugangsberechtigungen werden nur auf individueller Basis ausgestellt. Danach unterliegt jeder Angehörige der Patrouille oder des Sicherheitsdienstes, der Personen im Besitz einer alten (XP-Sequenz) Karte nicht in Gewahrsam nimmt, strengsten disziplinarischen Maßnahmen.

Die Sekretärin suchte sorgfältig Gaitsens Schreibtisch ab. Der Lichtstift lag an der richtigen Stelle, die Inputs nur für Manags standen auf STANDBY und der Sessel stand exakt in der richtigen Entfernung vom Tisch.

Effizienz ist alles, Stanskill, hatte Gaitsen immer wieder gesagt. Komischerweise, dachte die Sekretärin, sagte er das nie im Bett. Vielleicht macht er sich dort hauptsächlich Sorgen um sein eigenes Herz.

Sie ging zur Tür, schob sie vorsichtig einen Spalt auf und blickte sich ein letztes Mal um. Alles so, wie es sein sollte und auf dem richtigen Platz, genau so, wie es der Manag wünschte. Sie ging hinaus und ließ ihre große Handtasche, wie angewiesen, im Vorzimmer zurück. Ein kurzer Blick auf die Uhr: Gaitsen müßte gerade aus der Schnellbahn steigen.

Sie kniete sich vor dem Schacht nieder, und der Delinq, der bereits ungeduldig darin wartete, schob die Verkleidung zur Seite. Die Frau kletterte hinein und war verschwunden.

Als sie sich um den rechten Winkel zum nächsten Quergang quetschte, tat es ihr richtig leid, daß sie nicht mitansehen konnte, wie sich Gaitsen in seinen Lieblingssessel plumpsen ließ.

»Alvor?«

»Was?« Der bärtige Zellenführer blickte über Stens Schulter.

»Hat dein Team diesen Braun ausgeschaltet?«

»Hab noch nie von dem Typen gehört.«

Sten nickte und klickte weiter durch den Sicherheitsbericht. Wer auch immer Braun umgelegt hatte – einen kleinen Manag in der Produktionsplanung – mußte eine private Rechnung beglichen haben. Sten dachte einen Moment darüber nach. Nein. Nein. Die »Bewegung Freier Vulcan« würde sich nicht zu diesem Mord bekennen. Das könnte die Company noch mehr aus dem Häuschen bringen.

ANWEISUNG DER COMPANY – NUR FÜR SICHERHEITSPERSONAL

Vor Antritt jedes Routinegangs ist die Route mit dem Gruppenleiter der Schicht nach Aktionsplan R79L abzustimmen. Mit blau markierte Abschnitte sind nur mit Viermann-Teams in voller Straßenkampfausrüstung zu patrouillieren. ES IST STRIKT UNTERSAGT, UNBERECHTIGTE PERSONEN ÜBER DIESE MASSNAHMEN IN KENNTNIS ZU SETZEN.

»Hier ist die Stimme des Freien Vulcan«, klang es aus den Lautsprechern. »Wir würden gerne wissen, wie es euch Manags und Sicherheitsleuten in letzter Zeit so geht.

So, als würde sich eine Schlinge um euren Hals immer fester zuziehen? In letzter Zeit ist so einiges passiert, habe ich recht?

Was ist zum Beispiel mit der Soziopatrouille geschehen, die zur Lagerhalle Y008 geschickt wurde? Sie hat sich nie wieder zurückgemeldet, oder doch?

Und Manag Gaitsen. Muß sehr unangenehm für ihn gewesen sein. Nicht gerade ein schneller Tod. Vielleicht denken alle Führungskräfte, die ihre Sekretärinnen als Joygirls benutzen, einmal kurz darüber nach.

Genau. Das ist sie wieder, die Schlinge. Und sie zieht sich immer fester zu, spürt ihr sie?«

»Haben Sie einen Sucher?« brummte Thoresen finster.

»Nein, Sir. Und, Herr Baron, ich glaube auch nicht, daß wir so schnell einen auftreiben können.« Thoresen löschte den Bildschirm und setzte sich mit einer anderen Abteilung in Verbindung.

»Semantik. Ja, Herr Baron?«

»Haben Sie die Stimmanalyse durchgeführt?«

»Haben wir. Sehr ungewöhnlich, Sir. Kein Mig, kein Tech. Obwohl die Stimme des Freien Vulcan –«

»Sie wurden doch angewiesen, diesen Begriff nicht zu verwenden, Tech!«

»Entschuldigung, Sir. Unserer Meinung nach handelt es sich um eine künstliche Stimme. Tut mir leid.«

Thoresen schaltete ab, notierte sich die Zeit und machte sich auf den Weg in den *salle d'armes.* Dort zog er einen Säbel von der Wandbefestigung und drehte sich zu seinem Fechtlehrer um.

»Los, mach schon«, knurrte er. »Als wäre es ernst!«

Sten warf einen mißtrauischen Blick auf die Hydroponik-Farm. Sie sah noch immer so aus wie zuvor, bevor Alex davongeschlichen war. Die Agrobots kümmerten sich noch immer sorgfältig um die Produkte, die ausschließlich für den Verbrauch der Techs angebaut wurden. »Bist du sicher, daß es klappt?« fragte er skeptisch.

Alex klopfte ihm väterlich auf die Schulter. »Du glaubst wohl nix, bevor du's gesehen hast, Kumpel. Hat dir dein Opa nicht gezeigt, wie man Eier aussaugt?«

Sten folgte ihm zur Frachtschleuse und duckte sich hinein. Alex ließ die Tür beinahe zufallen, blockierte sie jedoch mit einem kleinen Metallstift. »Jetzt siehst du's ja –«

Er zog eine kleine Signalfackel hervor, schleuderte sie in die Mitte der Farm und zog dann den Stift aus der Tür. Kurz bevor die Tür zuschnappte, sah Sten, wie überall im Raum – vom Boden bis zur Decke – Flammen aufsprangen.

»Das hier«, bemerkte Alex, als die Druckwelle gegen das Schott hämmerte, »nennt man eine Staubexplosion. Du mußt nur das Einlaßventil in die Düngerversorgung halten, den Verflüssiger wegbrennen, schon fliegt überall der Staub durch die Gegend. Eine kleine Stichflamme –« Der kleine Mann kicherte zufrieden in sich hinein.

NUR FÜR FÜHRUNGSKRÄFTE

Wir haben eine ungewöhnliche Anzahl von Gesuchen hinsichtlich Versetzungen, vorzeitiger Entlassungen und Vertragskündigungen erhalten. Wir sind überaus enttäuscht von dieser Haltung. Gerade in diesen zugegebenermaßen unruhigen Zeiten ist die Company auf ihre fähigsten Mitarbeiter und deren Pflichterfüllung angewiesen. Aus diesem Grund werden sämtliche Gesuche bis auf weiteres abgelehnt.

Thoresen

Webb schlitzte dem sterbenden Wachmann die Kehle von einem bis zum anderen Ohr auf, erhob sich und wischte sich die Hände ab. Dann ging er zu dem einzigen Überlebenden der zehnköpfigen Patrouille hinüber, der von zwei grimmigen Migs an die Wand gepreßt wurde. »Laßt ihn los, Jungs.«

Die staunenden Migs ließen den Wachmann frei.

»Wir schlagen dir ein Geschäft vor«, sagte Webb. »Wir schlachten dich nicht wie deine ekelhaften Spießgesellen hier. Wir lassen dich laufen.«

Webbs Gefährten blickten ihn verwirrt an.

»Du gehst einfach wieder in deine stinkige Unterkunft zurück und erzählst deinen Freunden, was hier passiert ist.«

Der vor Angst und Schrecken wie gelähmte Wachmann brachte ein kurzes Nicken zustande.

»Und wenn du beim nächsten Mal auf Patrouille geschickt wirst, brauchst du nicht erst wie ein verdammter Held herumzustiefeln. Mach ein bißchen Krach. Du mußt auch nicht unbedingt um jede Ecke schielen, bloß weil da vielleicht etwas vor sich geht, was du sowieso nicht wissen willst. Kapiert? Laßt ihn laufen, Jungs.«

Der Wachmann starrte den Guerillatrupp vor sich ungläubig

an, dann machte er einige Schritte rückwärts. Mit dem Rücken zur Wand schob er sich bis zur Biegung des Korridors, drehte sich rasch um und war auch schon weg.

»Glaubst du, der macht, was du ihm gesagt hast, Webb?« fragte einer der Männer.

»Spielt keine Rolle. So oder so – er wird ihnen nicht mehr viel nützen. Außerdem: Glaubt ihr nicht, daß sich die Sicherheit bestimmt wundert, warum er so ungeschoren davongekommen ist?«

»Versteh ich immer noch nicht.«

»Deshalb bist du auch kein Zellenführer. Noch nicht. Kommt jetzt, wir hauen ab.«

Die fünfköpfige Patrouille duckte sich, als Frick und Frack von den Trägern der Lagerhalle fauchend auf sie herabstießen. Einer der Männer fand noch Zeit, sein Straßenkampfgewehr hochzureißen und einige Kisten zu durchlöchern, dann zündeten die weißen Phosphor-Minikapseln.

Die beiden Wesen drehten sofort schräg nach oben ab, wobei sie neugierig auf die flammende Hölle unter sich blickten, in der sich das Phosphor durch Fleisch und Knochen fraß. Dann schwangen sie sich wieder zu ihrem Warteschacht hinauf.

»Du! Was ist das? Dieser braune Dreck?«

»Soyafleischeintopf«, antwortete Sten. »Darf ich Ihnen etwas anbieten?«

»Bloß nicht. Ich hab schon genug Krankheiten. Ich bediene mich selbst.« Der Medo-Tech schaufelte sich Eintopf aus der Terrine auf den Suppenteller und schob sich weiter in der Schlange.

Sten blickte mit betont nichtssagendem Gesichtsausdruck die lange Reihe hinter der Essensausgabe entlang bis zu Bet. Sie trugen beide weiße Overalls und unterschieden sich durch nichts von den anderen Arbeitern in der Kantine für die Angestellten der Kinderkrippe. Ein Teil von Stens Gehirn fing an, den Countdown herunterzubeten, während ein anderer Teil Bruchstücke der Unterhaltung von den Tischen auffing.

»Verdammtes kleines Monster! Papi hier und Papi da und Papi, ich will heute ein Raumschlepper sein und –«

»Wenn wir sie nicht brauchen würden, könnte die Company sie ebensogut ins All kippen, die kleinen Scheißer –«

»Wie läuft's mit Billy?«

»Allmählich komm' ich mit dem kleinen Schurken auf eine Ebene. Ich hab ihn in eine Überwachungskammer gesteckt und zwei volle Schichten dringelassen. Er wird's schon noch kapieren.«

»Eigentlich gibt es keinen Grund dafür, Doktor, daß die Company sich in solchem Maß um diese Wesen kümmert. Meiner Theorie nach könnte das ganze Programm durch den Einsatz von Schrumpfungsamputation überflüssig werden.«

»Hmm. Interessantes Konzept. Wir sollten mal näher darüber nachdenken ...«

Es war soweit.

Sten legte den Sicherungshebel seiner Willygun um und riß die Waffe hoch; der Zeigefinger lag fest um den Abzug. Die beiden Wachmänner, die am Eingang herumlungerten, klappten mit faustgroßen Löchern in der Brust zusammen.

»Runter! Alles runter!« schrie Bet. Die Küchenhilfen glotzten sie an und warfen sich dann flach auf den Boden, als Sten zwei Granaten aus der Tasche zog und mitten in den Saal warf.

Bet schleuderte eine Handvoll Feuerpillen hinterher, dann ließ sie sich neben das Küchenpersonal fallen.

Einige Sekunden vergingen. Von der anderen Seite der Essensausgabe war kein Mucks zu hören. Dann Schreie. Und eine ohrenbetäubende Explosion.

Sten hob den Kopf und schaute sich nach Bet um. Sie lachte unmotiviert. Er kam auf die Füße und zog sie hoch. Schüttelte sie. Erst als sie fast an dem Müllschacht angekommen waren, der ihnen als Fluchtweg diente, kam sie wieder in die Wirklichkeit zurück.

Jetzt verstand er sie sogar noch ein bißchen besser.

»Hier ist die Stimme des Freien Vulcan. Wir wissen, was es heißt, ein Mig zu sein. Unter dem Stiefel der Company zu leben. Zu wissen, daß es weder Gesetz noch Gerechtigkeit gibt, außer für die, die die Zügel der Macht fest in Händen halten.

Aber jetzt hält die Gerechtigkeit Einzug auf Vulcan. Gerechtigkeit für diejenigen, die seit Generationen in Angst und Schrecken leben.

Migs. Ihr wißt genau, was für Schießbudenfiguren eure Berater sind, und daß eure Beschwerdekomitees nicht mehr als die Kehrseite der von der Company begünstigten Brutalität sind.

Das hat jetzt alles ein Ende. Von dieser Schicht an wird das Freie Vulcan die Rechte durchsetzen, die jedem freien Menschen überall in der Galaxis zustehen.

Wenn euer Vorarbeiter euch zwingt, eine doppelte Schicht zu fahren, wenn ein Mitarbeiter für die Company Spitzeldienste leistet, wenn eure Söhne und Töchter von der Company korrumpiert oder weggeholt werden – diese üblen Machenschaften haben ein Ende. Jetzt. Und wenn nicht, wird das Freie Vulcan mit denjenigen ein Ende machen, die sie weiterhin ausüben.

Wenn ihr ein Problem habt, sprecht darüber. Vielleicht wißt ihr nicht, wer genau zum Freien Vulcan gehört. Womöglich euer Arbeitskollege oder ein anderer Arbeiter ein Stück weiter unten am Band, das Joygirl oder der Joyboy in der Kuppel – vielleicht sogar ein Tech. Aber eure Worte werden gehört, und unsere Gerichte werden sich mit ihnen befassen.

Ihr Leute von Vulcan, wir bringen euch Gerechtigkeit.«

INTERNE ANWEISUNG ZUR POLITIK DER COMPANY – NUR FÜR BERATER UND SICHERHEITSANGESTELLTE

Mir wurde berichtet, daß bei unserem Beschwerdeprogramm ein deutlicher Rückgang der Beteiligung von Seiten der ungelernten Arbeiterschaft feststellbar ist. Wir sind fest davon überzeugt, daß die Unruhe hinsichtlich der kleinen Bande von Unzufriedenen, die sich selbst als »Freies Vulcan« stilisiert, maßlos übertrieben ist; tatsächlich sind wir jetzt endlich in der Lage, den Terror an der Kehle zu packen.

Hohe Sicherheitskräfte werten die Sektoren aus, in denen ein solcher Mangel an Beteiligung offensichtlich wird, da dieses fehlende Engagement auf Unruheherde und Konzentration dieser Unzufriedenen hindeutet. Angemessene Maßnahmen der härtesten Art bleiben unvermeidlich. Es ist deshalb dringend zu empfehlen, daß alle Berater ihre Arbeiter, für deren Wohlergehen sie verantwortlich sind, darüber aufklären, daß nach der Abrechnung mit diesen Unzufriedenen auch diejenigen zur Rechenschaft gezogen werden, die deren lächerliches »Gerechtigkeitssystem« durch aktive oder passive Teilnahme unterstützt haben.

Thoresen

»Mir kam kürzlich der Gedanke«, sagte Ida gedehnt, während sie randvoll mit Alk gefüllte Gläser herumreichte, »daß wir eigentlich alle zu den Leuten geworden sind, mit denen unsere

Eltern damals unter keinen Umständen etwas zu tun haben wollten.«

»Einige von uns«, gab Bet zurück, »gehören sogar zu den Leuten, die sowieso noch nie etwas mit ihren Eltern zu tun haben wollten.«

»Sind wir da nich'n bißchen streng, Mädel?«

»Eltern?« kreischte Frick auf. »Warum sollte sich die Kolonie, unsere Kolonie, drum kümmern?« quietschte Frack zustimmend.

»Wenn ihr Menschen nicht gerade damit beschäftigt seid, euren Mitmenschen Traumata zu bescheren«, sagte Doc, »dann entwickelt ihr schleunigst welche für euch selbst.«

Damit weckte er Stens Neugier: »Wie kommen denn Pandas mit *ihren* Vorfahren zurecht, Doc?«

»Das spielt bei uns keine Rolle. Zunächst einmal stößt das Männchen nach der Begattung sein Glied ab und – verbluten wäre wohl eine annehmbare Analogie – stirbt rasch.« Doc wackelte mit mehreren Fühlern. »Sobald das Junge ausgeschlüpft ist, im Innern des Weibchens, existiert es ... äh, bis zu seiner Geburt als Parasit im Leib des Weibchens. Die Geburt erfolgt dann, logischerweise, in dem Moment, in dem das Weibchen stirbt.«

Bet blinzelte. »Das bedeutet, daß ihr nicht gerade ein ergiebiges Geschlechtsleben vorweisen könnt, oder?«

»Ich habe mich schon oft gefragt, warum das Gehirn beim Menschen nicht unterhalb seines Bauchnabels angesiedelt ist, schließlich beschäftigt sich ein Großteil seiner Gedanken ohnehin ausschließlich mit dieser Körperregion«, entgegnete Doc. »Um aber deine Frage zu beantworten: Diejenigen von uns, die sich wirklich um die Zukunft Gedanken machen, lassen sich sterilisieren. Die Operation verlängert gleichzeitig unsere Lebensspanne um ungefähr einhundert Erdenjahre.«

Sten wußte nicht genau, ob er sich schämen oder laut loslachen sollte.

»Ich hab's ganz deutlich vor mir«, schnarrte Jorgensen. »Du kommst die Straße raufgeschlendert, die Farm liegt ruhig und friedlich vor dir. Du kauerst dich hinter einen Busch, bestreichst die Vorderseite des Hauses mit einer Salve – falls sich Heckenschützen hinter den Fenstern verborgen halten –, dann rennst du hakenschlagend zur Haustür, trittst sie ein, schmeißt eine Granate ins Wohnzimmer, rollst dich wild um dich feuernd in die Küche, und wenn du wieder auf die Füße kommst, rufst du fröhlich: ›Hallo, Mama, ich bin wieder da!‹«

»Ich kapier' sowieso nicht, warum ihr euch soviel Gedanken über so'n Quatsch macht«, meinte Alex abschließend. »Kommt sowieso keiner von uns lebend aus Mantis raus.« Dann kippte er seinen Drink hinunter und schenkte sofort nach. Er wirkte nicht im geringsten betroffen.

Schweiß tropfte vom Gesicht des Beraters auf seine schmutzigen, zerrissenen Gewänder. »An der Geschichte war einfach nichts dran. Meine Geschäfte mit euch Migs –«

»Auch wenn wir dieses Wort verwenden«, sagte ein stämmiger Mig, »aus deinem Mund klingt es irgendwie nicht richtig.«

»Entschuldigung. Natürlich hast du recht. Aber ... ich habe wirklich nie versucht, einen von euch ... Wanderarbeitern zu meiner persönlichen Bereicherung um seine rechtmäßig verdiente Zeit zu betrügen. Das ist eine Lüge. Das müssen sich meine Feinde ausgedacht haben.«

Die fünf Zellenführer brachten gleichzeitig den gleichen ungläubigen Gesichtsausdruck zustande.

Sten beobachtete die »Gerichtszene« interessiert durch die nur von seiner Seite aus durchsichtige Scheibe. Sie befanden sich in einem verlassenen Lagerhaus. Zu seiner Verwunderung stellte er fest, daß er dem Berater keinen Haß mehr entgegenbrachte. Andererseits verspürte er keinen Wunsch, in das Verhör einzugreifen.

»Ihr könnt meine Akte überprüfen«, fuhr der Berater fort. »Ich war seit jeher für meine Fairneß bekannt.«

Was er sonst noch hatte sagen wollen, ging in bitterem Gelächter unter. »Du rührst uns zu Tränen«, sagte Alvor. »Bleibt noch die Kleinigkeit, daß du Migs zu bestimmten Schichten eingeteilt hast, um sie umbringen zu lassen, nur weil sie dir nicht das geben wollten, was du von ihnen wolltest. Ich kenne zwei, wahrscheinlich sogar drei Leute, denen auf dein Betreiben hin das Gehirn gelöscht wurde.«

Der Mig, der den Berater die ganze Zeit über vom anderen Ende des Tischs schweigend betrachtet hatte, stand plötzlich auf. »Eine Frage noch, Jungs. Ich möchte sie diesem Drecksack hier selbst stellen. Was hast du von meiner Janice gewollt, daß sie davongelaufen ist und sich den Delinqs angeschlossen hat?«

Der Berater fuhr sich mit der Zunge über die Lippen. Der Mig packte ihn an den Haaren und zog ihn vom Stuhl hoch. »Du hast meine Frage noch nicht beantwortet.«

»Das ... das war nur ein Mißverständnis; ich war wohl nicht deutlich genug bei meinem Versuch einer Kommunikation.«

»Kommunikation. Das war's also? Sie war erst zehn Jahre alt.«

Sten erhob sich. Doch der Mig, der den Berater noch immer am Schopf gepackt hielt, bremste sich und blickte die anderen Zellenführer an. »Mir genügt das vollkommen. Schuldig.«

Die anderen stimmten ihm einmütig zu.

»Einstimmig«, faßte Alvor zusammen. »Wie lautet das Urteil?«

Sten schaltete die Scheibe auf normale Durchsicht. »Übergebt ihn seinen Freunden. Draußen.«

Der Berater riß entsetzt die Augen auf. Wem? Als ihn die Zellenführer packten, fing er an zu kreischen und unkontrolliert um sich zu schlagen. Sie stießen die Doppeltür auf und warfen ihn hinaus. Halb fallend, halb rennend torkelte der Berater in die Arme der Arbeiter, die draußen bereits sehnsüchtig auf ihn warteten.

Alvor zog die Tür zu, doch der Lärm des Mobs draußen ließ keine Zweifel aufkommen.

Das war der erste.

»Als würde man eine Reihe Dominosteine umwerfen«, sagte Sten. Er und Alex befanden sich auf dem Rückweg zum Schiff. »Noch drei Zyklen mehr, und wir müssen uns nicht mehr im Gebüsch verstecken. Dann bricht die Revolution erst richtig los und wir können die Garde in Bewegung setzen.«

»Gacker mal nicht über ungelegte Eier.«

»Was zum Teufel soll das denn nun wieder heißen?«

»Weiß ich auch nicht, aber meine Oma hat es immer gesagt, wenn was in die Hose gegangen ist.«

»Kannst du nicht ordentlich imperial reden?«

»Mach ich doch. Deine Ohren gehören nur mal anständig durchgepustet.«

»Wahrscheinlich. Aber hör mal zu. Wir haben es so gut wie geschafft. A, wir haben den Widerstand organisiert. B, wir beseitigen alle Mißstände und bringen jeden Manag um, außerdem jeden Tech, der mit geschlossenen Augen bis zehn zählen kann.«

»Stimmt. Soweit keine Einwände.«

»C, wir stellen Waffen her und zeigen den Migs, wie man damit umgeht. D, wir setzen eine Gegenregierung ein, so wie es uns der Konditionierer beigebracht hat. Dann, E, schnippen wir dreimal mit den Fingern und die Revolution ist in vollem Gange.«

Alex streifte das Gewehr von der Schulter und blieb stehen. Ihr Sektor war inzwischen so gesichert, daß sie in aller Öffentlichkeit bewaffnet umherspazieren konnten.

»Du mußt nur eins bedenken, Sten«, sagte er. »Egal ob Männlein oder Weiblein, sobald sie eine Waffe in den Fingern haben, kann man nicht mehr genau kontrollieren, was sie damit anstellen. Ich nenn dir mal'n Beispiel. Mein Bruder, der war auch Mantis. Wurde auf irgendso'ne Barbarenwelt geschickt, weil der Imperator meinte, die brauchen 'ne neue Regierung.

Biste noch auf'm Traktor? Gut. Also, sie bringen die Bevölkerung in Rage, Aufstand und alles, und zeigen ihnen, wie man richtig kämpft. Bringen ihnen bei, stolz auf sich zu sein, sich nicht mehr wie elende Würmer zu fühlen und so.«

»Ich kann dir noch folgen«, sagte Sten.

»Sie hissen also die verdammte rote Fahne der Revolution und die Kiste geht los. Das Volk schlachtet den Adel in seinen Betten ab. Mein Bruder marschiert mit der neuen Regierung an, die sie gebildet haben, um die alten Schurken zu ersetzen. Aber die Leute sind so im Blutrausch, daß sie die neue Regierung genauso zu Hackfleisch verarbeiten wie die alte. Mein Bruder schafft's grade noch, sich zu verzieh'n, aber einen Arm muß er zurücklassen, und Krüppel nehmen sie nich' mehr. Jetzt hockt er wieder in Edinburgh und hütet Schafe, und ich ziehe herum, damit der Name von unserm Clan nich' in Vergessenheit gerät. Aber ich hab wohl zu weit ausgeholt – den Rest kannste dir selber zusammenreimen. Wenn die Scheune erstmal brennt, weiß man nie, was so alles abgefackelt wird.

Mit diesen Worten schulterte er erneut sein Gewehr und ging mit Sten zur Luftschleuse des Schiffes.

Dort wurden sie von Idas Wutgeheul begrüßt. »Verdammte Scheiße!« kreischte sie, und ein Computerterminal flog durch die Luft, bevor es an einem Gemälde zerbarst.

»Was ist los, Ida?«

»Alles in Ordnung. Aber seht mal, was eure verdammten Migs da anstellen!« Sie gestikulierte über die Bildschirme, die im ganzen Raum flimmerten. Sten sah jetzt, daß auch Bet und die anderen Mitglieder des Teams schweigend auf die Schirme starrten.

»Das sind alles Kanäle der Sicherheit. Seht euch nur diese Idioten an!«

»Verdammt nochmal, Ida, sag schon, was los ist!«

»Soweit wir unterrichtet sind«, sagte Doc, »hat die Soziopatrouille mehrere unverbesserliche Migs nach Süden, in die Exotiksektion überführt. Einer dieser Migs muß viele Freunde haben.«

Sten überflog die Bildschirme und genehmigte sich ein Glas aus dem Alkspender.

»Sie haben beschlossen, ihren Kumpel zu retten«, fuhr Ida fort. »Natürlich wurde die Patrouille verstärkt, und auch die Befreier forderten Verstärkung an. Woraufhin fast alle unserer Zellen in Süd-Vulcan in die Geschichte verwickelt sind. Sieh nur!«

»Sieht so aus«, sagte Jorgensen, »als hätten sie alle Waffen ausgegraben und gehen jetzt auf Bärenjagd.«

Ida blickte Sten schnaubend an und spielte dann den Ton zu den einzelnen Schirmen ein. Sten setzte sich und schaute fasziniert zu.

Er sah, wie eine Horde brüllender Migs auf eine Formation von Wachleuten losging, die sich hinter umgestürzten A-Grav-Schlitten verschanzt hatten. Straßenkampfgewehre blitzten auf, und die Migs wurden niedergemäht.

Auf einem anderen Monitor führte ein weiblicher Mig, den abgetrennten Kopf eines Wachmanns hoch über sich schwenkend, eine Gruppe von Widerstandskämpfern in V-Formation gegen einen Patrouillentrupp in den Kampf.

Das Bild fing leicht zu flackern an und erlosch, doch es sah so aus, als wären diesmal mehr Wachleute auf der Strecke geblieben als Migs.

Ein dritter Bildschirm zeigte eine statische Szene am Eingang zur Exotiksektion. Das Schott war verbarrikadiert, auch ringsum hatten die Wachmänner Barrikaden errichtet. Sie wurden aus den angrenzenden Korridoren und aus den Schächten heraus von einzelnen Migs beschossen.

Sten wandte sich ab und trank sein Glas aus. »Verdammte Scheiße!«

»Meine Worte«, bemerkte Ida.

Sten blickte Jorgensen an. »Miyitkina.«

Jorgensens Blick wurde glasig. Er verfiel in Trance.

»Prognose beobachteter Vorfälle.«

»Exakte Berechnung unmöglich. Insgesamt jedoch eher ungünstig.«

»Details.«

»Wenn eine Revolution, besonders eine, die wie die vorliegende von außen initiiert wurde, vor dem günstigsten Zeitpunkt ausbricht, treten folgende Probleme auf: Die fähigsten und motiviertesten Widerstandskämpfer fallen dem verfrühten Aufstand als erste zum Opfer, weil sie spontan und nicht nach einem ausgearbeiteten Plan zum Angriff übergehen; verdeckte Kollaborateure fliegen auf, weil es für sie lebenswichtig wird, sich zu erkennen zu geben; da die Kampfkraft nicht mit voller Effektivität eingesetzt werden kann, steigen die Chancen des noch bestehenden Regimes, die Revolte militärisch niederzuschlagen, in den Bereich größerer Wahrscheinlichkeit. Beispiele für eben Genanntes wären …«

»Programm unterbrechen«, sagte Sten. »Wenn die Sache schiefgeht, wie lange dauert es, bis die Bausteine wieder zusammengesetzt sind?«

»Phraseologie undeutlich«, intonierte Jorgensen. »Aber verstanden. Nach der Niederschlagung einer derartigen Revolte wird die Repression intensiviert; Wiederaufnahme revolutionärer Aktivitäten nimmt geraume Zeit in Anspruch. Vorsichtigen Schätzungen nach: zehn bis zwanzig Jahre.«

Sten machte sich nicht einmal die Mühe zu fluchen, sondern goß sich einfach noch einen Drink ein.

»Sten!« rief Bet plötzlich. »Sieh nur! Auf diesem Bildschirm!«

Sten drehte sich um. Und erstarrte vor Staunen. Der Monitor, auf den sie zeigte, war derjenige, der den Eingang zur Exotiksektion zeigte.

»Aber …«, hörte er Doc murmeln. »Die gehören nicht zu unseren Leuten.«

Allerdings nicht. »Sie« bildeten eine feste Mauer aus Migs, bewaffnet mit Keulen und selbstgebastelten Spießen. Sie liefen im Sturmschritt direkt in das dichte Abwehrfeuer der Soziopatrouille, die sich rund um den Eingang zusammengezogen hatte. Und sie starben, eine Angriffswelle nach der anderen.

Trotzdem gaben sie nicht auf, immer neue Massen kamen heran, kletterten über die Leichen ihrer gefallenen Kameraden und überschwemmten die Verteidiger förmlich. Der Ton war abgestellt, doch Sten konnte ihn sich mühelos dazudenken. Er sah einen Jungen – kaum älter als zehn – auf die Füße kommen. Er schwenkte ... Sten schluckte. An dem Klumpen hingen noch Fetzen von einer Patrouillenuniform.

Weitere Migs rannten nach vorne, Gruppen mit Stahlbänken, die sie in irgendwelchen Arbeitsbereichen herausgerissen hatten. Damit rammten sie gegen die Tore zur Exotiksektion, bis die Flügel nach innen aufflogen.

Jorgensen, der sich noch immer in seiner Kampf-Computer-Trance befand, schwadronierte weiter drauflos: »... trotz allem gibt es auch Beispiele für spontan errungene Erfolge. Beispielsweise der Aufstand der aus rassischen Gründen unterdrückten Bevölkerung der Stadt Johannesburg.«

»Zwo Miyitkina«, brummte Sten.

»Ich hab da'n winzig kleinen Vorschlag«, sagte Alex. »Wir sollten uns unseren Truppen anschließen, sonst passiert die ganze Revolution noch ohne uns.«

Sten stieg durch das zersplitterte Panoramafenster der Kontrollkapsel über der Freizeitkuppel und blickte auf die Gesichter hinab, die sich ihm tausendfach entgegenreckten. Verschwitzt, blutig, dreckig und grimmig.

Seine Aktion war militärisch gesehen nicht besonders sinnvoll. Eine einzige Rakete würde nicht nur das versammelte Mantis-Team auslöschen, sondern sämtliche Widerstandskämpfer, die seit Monaten rekrutiert und sorgfältig ausgebildet worden waren.

Scheiß auf den Sinn, dachte Sten und schaltete das Megaphon ein.

»MÄNNER UND FRAUEN VON VULCAN«, dröhnte seine Stimme durch die Kuppel. Er vermutete, daß noch immer einige Aufnahmegeräte der Sicherheitskräfte intakt waren und er somit beobachtet wurde. Er fragte sich, ob Thoresen ihn nach all den Jahren wohl noch identifizieren konnte.

»Freie Männer und Frauen von Vulcan«, korrigierte er sich. Dann mußte er warten, bis sich das Jubelgeschrei gelegt hatte. »Wir sind nach Vulcan gekommen, um euch dabei zu helfen, eure Freiheit zu erkämpfen. Aber ihr brauchtet unsere Hilfe nicht. Ihr seid mit euren bloßen Händen gegen die Gewehre der Company angerannt. Und ihr habt gesiegt.

Trotzdem lebt die Company nach wie vor. Sie lebt im Auge. Und bevor wir unseren Sieg nicht dort – dort oben im Auge – feiern können, haben wir nichts gewonnen.

Die Zeit ist gekommen ... Die Zeit ist gekommen, daß wir euch helfen. Damit Vulcan endlich frei wird!« Sten schaltete die Flüstertüte ab und begab sich zurück in die Kapsel.

Alex nickte anerkennend. »Tanzen kann man zwar nicht danach, aber war nicht schlecht, deine Rede. Wenn wir jetzt mit dem Gesülze durch sind, könnten wir eigentlich unser Signal loslassen und mal an die richtige Arbeit gehen!«

MYOR YJHH MMUI OERT MMCV CCVX AWLO ...

Mahoney trat zur Seite und ließ den Imperator die dekodierte Nachricht lesen:

STUFE EINS ERREICHT. VULCAN VÖLLIG IN AUFRUHR. BEGINNEN MIT STUFE ZWO.

Der Imperator atmete schwer.

»Setzen Sie entsprechend Operation Bravo das 1. und 2. Sturmregiment der Garde in Bewegung, Oberst.«

Kapitel 35

Der Baron blickte auf die Gestalt, die auf seinem Bildschirm zu sehen war, und runzelte die Stirn. Sie kam ihm bekannt vor. Er betätigte einige Tasten, und die Kamera zoomte näher an Sten heran. Thoresen fror das Bild ein und betrachtete Stens Gesicht. Nein. Er kannte diesen Mann nicht. Thoresen gab dem Computer den Befehl zur Überprüfung und möglichen Identifizierung ein. Wenn er nur ein bißchen Glück hatte, handelte es sich lediglich um einen Mig mit kleinem Hirn und großer Klappe; etwas sagte Thoresen jedoch, daß sich die Angelegenheit keinesfalls so einfach auflösen würde.

Idas Modell des Projekt-Bravo-Laboratoriums sah wie ein grauer, schlaffer Ballon aus, der an einem Ende mit Wasser gefüllt war. Es war nicht gerade besonders aussagekräftig, denn Ida war es noch immer nicht gelungen, die Sicherheitssysteme zu knacken.

Bet und die anderen Team-Mitglieder blickten mißmutig auf das Modell. Sten, Alex und Jorgensen trugen zum erstenmal, seit sie auf Vulcan gelandet waren, die phototropischen Tarnuniformen der Sektion Mantis. Ida und Bet waren in die Overalls eines Ersten beziehungsweise Dritten Techs geschlüpft.

Es gab nicht viel zu sagen. Niemand zeigte großes Interesse an aufmunternden Reden. Sie schulterten ihr Gepäck, setzten sich schweigend auf den A-Grav-Schlitten, und Sten steuerte ihn direkt in die Korridore eines völlig aus den Fugen geratenen Vulcan hinein.

Sobald die Migs offen zu revoltieren begonnen hatten, war Vulcan rasch zusammengebrochen. Bilder von regelrechten Feldschlachten, Plünderungen und Niederlagen der Soziopatrouille überschwemmten den Vid-Schirm des Barons.

Thoresen schaltete den Monitor aus. Es war hoffnungslos. Er

konnte jetzt nichts mehr unternehmen, um die Revolte niederzuschlagen. Er konnte nur noch warten, bis sie sich selbst erschöpft hatte und anschließend sein Reich wieder neu zusammenfügen.

Ein Warnlicht blinkte auf. Thoresen hätte es fast ignoriert. Wahrscheinlich noch ein Bericht eines hysterischen Wachmanns. Nein, er mußte antworten, also schaltete er den Computer an.

Fast hätte sich sein Herz in Eis verwandelt. Der Computer hatte den Anführer der Migs identifiziert. Sten. Aber der war doch ... wie ...? Plötzlich wußte der Baron, daß seine Welt ihrem Ende entgegenging.

Es gab nur eine einzige Erklärung: Sten, die Garde, Projekt Bravo. Der Imperator wußte Bescheid, und es war auch der Imperator, der hinter der Mig-Revolte steckte. Sten gehörte zu einem größeren Team der Sektion Mantis.

Verzweifelt dachte Thoresen über einen Ausweg nach. Was würde als nächstes geschehen? Wie sollte er reagieren? Das war's: Der Imperator suchte einen Grund, um seine Truppen landen zu lassen. Thoresen sollte um Hilfe rufen. Dann würde man ihn festnehmen, Projekt Bravo würde entdeckt werden, und dann ...

Dann wußte Thoresen, was zu tun war. Er mußte zum Laboratorium. Die wichtigsten Dokumente mitnehmen, den Rest vernichten. Solange er das Geheimnis von AM_2 sein eigen nannte, hatte Thoresen den Imperator noch immer genau dort, wo er ihn haben wollte.

Er erhob sich und eilte zur Tür. Blieb stehen. Noch etwas. Der Imperator hatte womöglich Befehl zur Zerstörung des Laboratoriums gegeben. Vielleicht waren Sten und seine Leute ebenfalls bereits auf dem Weg dorthin. Er ging rasch zu seinem Comvid hinüber.

Das ängstliche Gesicht seines Sicherheitschefs erschien auf dem Monitor. »Sir!«

»Ich brauche soviel Leute, wie Sie erübrigen können. Und zwar hier. Sofort!« fuhr ihn Thoresen an.

Der Sicherheitschef stammelte unverständliches Zeug.

»Reißen Sie sich zusammen, Mann.«

Der Mann erstarrte. »Jawohl, Sir.«

Er verschwand. Thoresen überlegt rasch. Gab es noch etwas zu beachten? Irgendwelche anderen Vorkehrungen? Er grinste in sich hinein, zog eine Schreibtischschublade auf und holte eine kleine rote Schachtel daraus hervor. Er steckte sie in die Tasche und stürmte zur Tür hinaus.

Kapitel 36

Hoch über dem Boden des Laboratoriums von Projekt Bravo kurvten Frick und Frack umher. Dicht unter der Decke waren sie dem Sicherheitsteam unbemerkt bis zum Eingangskorridor gefolgt.

Kein menschliches Auge hatte sie gesehen. Schließlich gab es weder Vögel noch Nagetiere auf Vulcan. Was das menschliche Auge nicht kennt, das sieht es auch nicht.

Der wachhabende Sicherheitspolizist stierte auf seine Fingernägel, die er in der letzten Schicht bis auf die Nagelhaut abgekaut hatte. Und er hatte systematisch jeden Wachmann innerhalb von zwanzig Metern verscheucht. Jetzt gab es nichts anderes mehr zu tun, als zu schwitzen und über die eigenen Probleme nachzudenken.

Davon hatte er mehr als genug. Es fing schon damit an, daß er ein Labor bewachen mußte, von dessen Sinn und Zweck er nicht die geringste Ahnung hatte. Außerdem waren diese verdammten Migs in der letzten Zeit völlig außer Rand und Band – sein bester Kollege von der Schicht war mit einem über einen halben Meter langen Glasmesser in der Brust gefunden worden. Und gerade eben war ihm mitgeteilt worden, daß Baron Thoresen hierher unterwegs war.

Am allerwenigsten konnte er es gebrauchen, wenn die Computer so durchdrehten wie jetzt gerade. Er blickte auf den Monitor und schlug zögernd mit seiner kräftigen Faust dagegen. Ohne Erfolg. Er zeigte noch immer an, daß sich im Labor fliegende Objekte befänden.

Der Sicherheitspolizist fragte sich wieder einmal, warum er diesen Job bei der Company angenommen hatte. Dabei hätte er es als Chef der Geheimpolizei auf seinem Heimatplaneten doch ganz bequem haben können. Er blickte auf, als zwei Techs den Korridor entlangspaziert kamen. Wird auch so langsam Zeit, dachte er.

Die mollige Technikerin Erster Klasse stampfte in sein Büro und klappte einen Deckel auf. Na prima, dachte der Wachpolizist. Mir schicken sie natürlich 'ne Lesbe 'runter. Jetzt fehlen mir wirklich nur noch Hämorrhoiden.

Er lächelte die arme Technikerin Dritter Klasse hinter Ida mitfühlend an. Armes Ding, dachte er. Hast's auch nicht leicht. Wahrscheinlich hat die Chefin sich rangemacht, und ihre Assistentin ist nicht drauf angesprungen, und jetzt läßt die Lesbe sie die Werkzeugkisten schleppen.

»Genau das hab ich mir vorgestellt«, knurrte Ida. »Der Computer geht kaputt, und hier fällt ihnen nichts Besseres ein, als den Finger in die Nase zu stecken.« Sie drehte sich zu Bet um und schnaubte: »Männer!«

Der Sicherheitspolizist vergegenwärtigte sich, daß die Schicht noch ziemlich lange dauern würde, und entschied sich, sachlich zu bleiben. »Die Anzeige ist noch da«, fing er an.

»Ich weiß sehr wohl, was noch da ist!« erwiderte Ida. »Wir haben auch Bildschirme.« Sie warf einen Blick auf den Sicherheitspolizisten. »Ich hab's dir doch gesagt, Mädchen, es handelt sich garantiert wieder um so ein kleines Problemchen.«

»Was soll das heißen?« wollte der Sicherheitspolizist wissen.

»Die Handschellen. Wenn man soviel Metallzeug neben ein Terminal hängt, dreht es durch. Möchte wetten, daß es daran liegt.«

»Aber das ist ein automatischer Monitor. Wir haben die Handschellen immer dabei, und noch nie ist etwas vorgekommen.«

»Ach ja, und die verdammten Migs haben auch noch nie an den Computern herumgefummelt, oder? Heißt das etwa, daß wirklich jeder von euch Sicherheitsfritzen Handschellen dabei hat?«

»Genau.«

»Wie blöd kann man denn noch sein? Ruf sie alle heraus.«

»Hä?«

»Alle, die jetzt im Dienst sind, Dummkopf. Vielleicht läßt sich die Störung auf diese einfache Weise beheben. Wahrscheinlich hat jemand einfach nur Handschellen, die falsche Signale aussenden.«

»Wir können nicht jeden einzelnen Sicherheitspolizisten herkommen lassen«, erwiderte der Wächter. Ida zuckte die Schultern.

»Auch gut. Dann geh ich mit meinem Schätzchen hier eben zurück und berichte, daß wir die Situation nicht korrekt untersuchen konnten. Früher oder später wird jemand anderer auftauchen und diesen Computer reparieren.«

Der Wächter warf einen argwöhnischen Blick auf den Monitor. Er zeigte noch immer die fliegenden Objekte an. Dann schaute er die Tech Dritter Klasse an, die ihm ein verstohlenes, doch sehr freundliches Lächeln schenkte. Er traf seine Entscheidung, drehte sich zum Funkgerät um und stellte es an.

»Dritte Schicht – kein Notfall – alle Wachleute sofort in der Zentrale melden. Ich wiederhole, alle Wachleute melden sich sofort in der Zentrale.«

Bet zog zwei Bester-Granaten aus der Umhängetasche und erhob sich. Das gesamte Sicherheitspersonal des Projekts Bravo hielt sich in dem kleinen Büro auf. Ida stand neben der Tür.

»Sind das alle?«

Der wachhabende Offizier nickte.

Bet drückte den Timer der Granaten und stürzte auf die Tür zu. Sie landete direkt auf Ida.

Die beiden Granaten detonierten in einem violetten Blitz.

Die Wachleute brachen zusammen. Bet rollte von Ida herunter und half ihr auf. Ida schnaufte leicht, murmelte etwas in Roma und pfiff gellend durch die Finger.

Sten und die anderen Teammitglieder kamen herbeigerannt.

»Wir halten die Hintertür offen. Ihr bleibt hier.« Ida ging wieder in das Büro hinein, öffnete den Werkzeugkasten, holte zwei Willyguns mit klappbaren Stutzen heraus, entsicherte sie und warf Bet eine zu, während Sten und die anderen bereits ins Labor stürmten.

Dann drehte Ida den Wachhabenden um. »Was tust du da?« fragte Bet neugierig.

»Private Rache«, erwiderte Ida und setzte dem Bewußtlosen einen Fuß zwischen die Beine. »Ich glaube, er hat schlimme Sachen über mich gedacht.« Sie hob den anderen Fuß vom Boden weg. Bet zuckte zusammen, drehte sich weg und blickte den langen, leeren Korridor hinunter.

»Wäre es nicht wesentlich einfacher, die ganze Chose in die Luft zu jagen?« schlug Alex vor.

»Das schon«, sagte Sten. »In dem Fall würden wir jedoch alle Techs dort oben gleich mitbraten.« Er deutete zur Decke hinauf und grinste. »Weiß der Geier, weshalb ich mir wegen denen überhaupt soviel Gedanken mache.«

»Weil dein Auftrag lautet, dieses Laboratorium mit möglichst geringen Verlusten an Menschenleben zu vernichten«, mischte sich Doc ein und wackelte mit seinen Fühlern in Alex' Richtung. »Hör nicht auf ihn. Einfache Hirne brüten einfache Lösungen aus.«

Alex achtete nicht auf Doc. »Wenn du mir sagst, wo ich anfangen soll, kriegst du auch viele kleine Explosionen, genau nach Maß.«

Die Decke des hangarähnlichen Laboratoriums wölbte sich hoch über ihnen. Hoch genug, befand Sten, um hier drin ein eigenes Wetter zu ermöglichen. Frick und Frack kurvten zwischen den Deckenlampen umher. In der Mitte des Labs stand ein kleiner Raumfrachter mit sperrangelweit offenstehenden Ladeluken. Um ihn herum hockten geheimnisvolle Apparate auf der Hauptebene des Labors. Seitlich führten Türen in die Kaninchengehege kleinerer Labors.

»Sprengsätze an jeden Informationsspeicher«, verkündete Sten. »An jeden Computer und an jeden Gegenstand, der dir irgendwie unvertraut vorkommt.«

»Tolle Anweisung«, seufzte Jorgensen. »Das heißt, er jagt alles in die Luft, was ihn nicht an ein Schaf erinnert.«

Alex hob drohend den Finger. »Bei dem Teddybär will ich nix sagen, der kann nich' gegen seine Natur an. Aber bei einem Mann, der seine Tassen noch alle im Schrank hat, kenn' ich kein Pardon.«

Dann machten sie sich an die Arbeit.

Trotz seiner Begeisterung für Waffen und Kriegskunst war Thoresen selbst nie im Krieg gewesen. Als er jedoch die Korridorfluchten betrat, die zum Projekt Bravo führten, spürte er instinktiv, daß er sich besser im Hintergrund halten sollte, und ließ zwei Gruppen der fünfzig Mann starken Kompanie des Sicherheitsdienstes vorangehen. Thoresen war noch immer in der Lage, mit analytischer Schärfe zu erkennen, daß er momentan nur reagierte. Es konnte gut sein, überlegte er, während er immer weiter zurückfiel, daß er bereits zu spät kam.

Bet wischte ihre verschwitzte Handfläche am Kunststoffkolben der Willygun ab. »Tief durchatmen«, sagte Ida ruhig. »Immer zehn auf einmal abfeuern.« Als ihr auffiel, was sie gerade gesagt hatte, lachte sie tonlos. »Oder meinst du, wir sollten lieber mit einer weißen Fahne wedeln? Los!«

Bet zog den Abzug der Willygun bis zum Anschlag durch. Das Gewehr spuckte AM_2-Geschosse in die Gruppe der heranmarschierenden Wachleute.

Schreie. Chaos. Ida machte eine Granate scharf, schleuderte sie mit ausgestrecktem Arm über den Kopf in den Korridor und verkroch sich dann hinter der Metallverkleidung der Plattform. Straßenkampfgewehre brüllten auf.

Bet ließ das leere Magazin aus ihrer Willygun rutschen und schob das nächste hinein. Mit leichter Verwunderung stellte sie fest, daß sie jetzt nicht mehr so viel Angst verspürte wie in dem Moment, als die Patrouille um die Ecke gebogen war. »Ida!«

»Auf!« sagte die massige Frau, ohne den Blick vom Korridor zu wenden. Wieder krümmte sich ihr Finger um den Abzug.

»Wenn ich mit meinen Delinqs hier wäre«, stieß Bet hervor, »würde ich jetzt sagen, es ist Zeit, sich zu verdrücken.«

Ida ließ sich, den Finger nicht vom Abzug nehmend, über den Fußboden rollen und war schon im Eingang zu den Labors verschwunden. Bet folgte ihr. Die beiden Frauen drehten sich noch einmal um, feuerten eine Doppelsalve in den Korridor und rannten dann in Richtung Hauptlabor.

Alex sang leise vor sich hin, während er den Draht für die Reservezündung wieder zur Mitte des Labors hin entrollte.

Er kappte den Draht und schob ihn in die Sprengkapsel. In Gedanken ging er noch einmal seinen Sprengplan durch. Dann warf er Sten einen Blick zu. Sten gab ihm das verabredete Zeichen und Alex stellte die Detonationszeit ein.

»Würde sagen, wir sehen zu, daß wir Land gewinnen. In 'ner Stunde wird es hier nämlich ziemlich ungemütlich.«

In diesem Augenblick kamen Ida und Bet in den Raum gestürzt. Ida kniete sich sofort an der Tür nieder und feuerte in den Flur, aus dem sie gekommen waren.

»Die Patrouille«, rief Bet. Geschosse durchschlugen die Labortüren, und das Team warf sich auf der Suche nach der bestmöglichen Deckung zu Boden. Ida leerte ihr Magazin und kroch dann auf das Raumschiff zu.

Das Team hatte sich im Halbkreis vor dem Frachter verteilt. Sten duckte sich hinter eine große Maschine, die wie eine Quetschpresse aussah. Da stürmten auch schon die ersten von Thoresens Truppen durch den Eingang.

»Kannst du die Sprengung stoppen?« rief Sten.

Alex schoß einen Wachmann nieder, der sich zu weit hereingewagt hatte, und sagte dann seelenruhig und ohne den Kopf zu wenden: »Ich glaub', diesmal hab ich mich selbst reingelegt, Kumpel. Jedes einzelne Feuerwerk ist mit einer Anti-Entschärfungs-Sicherung versehen.«

»Sechzig Minuten?«

»Wir haben jetzt« – Alex warf einen kurzen Blick auf die Armbanduhr – »noch ein bißchen mehr als einundfünfzig Minuten.«

Im Vorfeld der Truppentransporter der Garde schossen sich taktische Jäger durch die umherfliegenden Sicherheitssatelliten, die rings um Vulcan stationiert waren. Die Garde konnte nicht wissen, daß die meisten von ihnen seit Bets Massaker unter dem Krippenpersonal außerhalb jeglicher Kontrolle im All schwebten.

Gepanzerte Raumkreuzer flogen Vulcan direkt an. In den letzten Monaten hatte Thoresen zwar mehrere offiziell verbotene Raketenabwehreinrichtungen angeschafft und sie in einigen der Kuppeln auf Vulcan installiert, doch der Überraschungsangriff der Garde einerseits und die Unerfahrenheit der Bedienungsmannschaften auf Vulcan andererseits ließen nur wenige davon in Aktion treten, bevor sie von den Sprengköpfen der Raumkreuzer außer Gefecht gesetzt wurden.

Es lag auf der Hand, daß bei diesem Einsatz die normalen Truppenkapseln mit ihrem Gießkannenprinzip nicht eingesetzt werden konnten. Also hatte man eigens herkömmliche Frachter für eine Greifbagger-Landungsaktion umgebaut. Entfernungsdetektoren zündeten die Bremsraketen der Transporter und verringerten die Geschwindigkeit auf wenige Kilometer pro Stunde, bremsten dann noch weiter ab, bis die Piloten aus ihren Kanzeln nach hinten hechteten, die Schotten hinter sich dicht machten, und die Transporter die Außenhülle von Vulcan durchstießen und sich bis zur Hälfte in den künstlichen Planeten hineinbohrten.

Die Spitzen der Fahrzeuge wurden abgesprengt, und schon strömten die schwer bewaffneten Gardisten heraus. Sie trafen auf nur wenig Widerstand. Keiner der Wachleute hatte rechtzeitig begriffen, was da eigentlich vorging.

Die Garde teilte sich sofort in kleine, eigenverantwortliche Angriffsgruppen auf und drang unablässig weiter vor. Hinter ihnen rückten die mobilen Lasereinheiten nach, und um die Schiffe herum machten sich Kampfpioniereinheiten daran, die Löcher in der Außenhülle des künstlichen Planeten sogleich wieder zu schließen.

Gemessen an sonstigen Einsätzen war der Widerstand eher schwach. Die Soziopatrouille mochte sich wohl für einen Elitetrupp gehalten haben, doch sie begriff rasch, daß ein enormer Unterschied darin bestand, unbewaffnete Arbeiter oder unzulänglich bewaffnete Widerstandskämpfer aufzumischen oder sich einem Heer ausgebildeter, kampferprobter Gardisten gegenüberzusehen.

Söldner geben nur sehr schlechte Helden ab. Thoresen machte diese Erfahrung, als er sah, wie der Offizier seine Patrouille zum Angriff winkte. Die Hälfte seiner Männer kauerte sich nur noch tiefer hinter die improvisierten Barrikaden, die Thoresen dicht am Eingang zum Labor hatte zusammenschieben lassen. Die andere Hälfte kam widerwillig auf die Beine und ging nach vorne.

Von der anderen Seite her eröffnete das Mantis-Team das Feuer. Der schnellste Wachmann kam drei Meter weit, dann explodierten seine Beine, und er fiel über die Leichen der vorhergehenden Angriffswelle.

Fieberhaft rechnete Thoresen seine Chancen aus. Der Gegner hatte fünf Leute – Frick und Frack, die weit oben hinter einer Verstrebung verborgen saßen, hatte er noch nicht entdeckt –, während sie mit fast siebzig Mann ausgerückt waren. Der Gegner hat noch keinen einzigen Mann verloren, wir dagegen schon fast dreißig!

Der Kommunikator an seinem Gürtel summte. Thoresen nahm ab, lauschte angestrengt und stellte dann hastig den Lautsprecher leise. Er hörte weiter und wurde dabei immer weißer vor Wut. Vor allem war er wütend auf sich selbst. Er war davon ausgegangen, daß der Imperator nicht ohne einen Vorwand einmarschieren würde, doch jetzt hatte ihm der hysterische Tech im Kommunikationszentrum mitgeteilt, daß die Garde bereits gelandet war. Zusammen mit den Sektoren, die sich in der Hand der Rebellen befanden, war bereits ein Drittel von Vulcan erobert.

Thoresen schob sich bis zum befehlshabenden Offizier der Patrouille nach hinten. »Wir brauchen mehr Leute«, sagte er. »Ich koordiniere das am besten von der Sicherheitszentrale aus.« Als er sich aus dem Labor zurück in den Korridor schlängelte, explodierte die Wand über seinem Kopf.

Er rappelte sich hoch und lief bis ans Ende des Korridors. Dort blieb er stehen und zog das winzige rote Kontrollgerät aus der Tasche, berührte das Fingerabdrucks-Schloß und öffnete das Gerät. Er tippte .15 auf den Schirm und schloß den Kreis; dann zwang er sich zur Ruhe und entfernte sich von den Labors seines Projekts Bravo. Ein A-Grav-Schlitten erwartete ihn. »Hinauf zum Auge«, befahl er, und der Schlitten setzte sich in Bewegung.

Hinter ihm, unter dem Fußboden, begann der Countdown der Selbstvernichtungsanlage; ein einzelner Atomsprengsatz mit begrenzter Wirkung, der das ganze Projekt vernichten würde und Thoresen die einzige Chance bot, am Leben zu bleiben.

Ida bestrich die Barrikade der Patrouille mit einem Feuerstoß und grunzte.

»Alex, dir ist hoffentlich klar, daß ich dir nie wieder einen Drink spendiere, wenn wir hier festgenagelt bleiben, bis deine Ladungen hochgehen.«

Alex hörte nicht einmal zu. Sein Blick wich nicht von der Anzeige eines seiner Demopacks. »Sten, unsere eigenen Sprengladungen sind nicht das einzige Problem. Meine Instrumente zeigen an, daß hier irgendein Nuklearsprengsatz aktiviert wurde.«

Sten blinzelte. »Wo denn? Wer hat sie aktiviert?«

»Keine Ahnung. Wäre aber gut, wenn wir sie finden würden. Mein Name ist Kilgour, nicht Nullpunkt.« Er stellte den Apparat auf Richtungsanzeige und ließ die Detektoren den ganzen Raum absuchen. »Ah, wunderbar. Unsere Bombe befindet sich gleich dort drüben.« Er deutete auf die Rechner-Zentraleinheit, ungefähr fünfzig ungeschützte Meter von ihrem Standpunkt entfernt.

»Das stellt uns vor einige interessante Überlegungen«, sagte er. »Erstens: Wie kommen wir dorthin, ohne dabei abgeknallt zu werden? Und dann habe ich das zweifelhafte Vergnügen, das Ding zu aktivieren, dabei weiß ich nicht mal, wann es überhaupt hochgeht.«

»Voll drauflos!« Sten schrie den uralten Schlachtruf, und das Team eröffnete aus allen Rohren das Feuer auf die Barrikaden.

Alex schnappte sich seine Ausrüstung und kam auf die Beine. Im Zickzack rannte er zum Kontrollpunkt hinüber, während rings um ihn die Einschläge krachten.

»Da drüben!«

Jorgensen kam hinter seiner Deckung hoch und feuerte auf den Wachmann, der Alex unter Beschuß genommen hatte. Er war nur für einen winzigen Moment sichtbar, doch der Offizier der Patrouille reagierte sofort. Die eigens zur Niederschlagung von Revolten entwickelte Ladung explodierte auf halber Strecke und streute scharfzackige Pfeile, die pfeifend in alle Richtungen durch das Labor sausten.

Jorgensens Schulter und Arm wurden sofort durchsiebt, dann explodierten die Fliegerpfeile. Die Mantis-Kämpfer hielten eine Sekunde in ihrem Beschuß inne, doch dann behielt die Disziplin die Oberhand, und sie feuerten wieder flächendeckend auf die Barrikade. Sten beobachtete, wie Alex die metergroßen Bodenplatten herausriß und unter der Verkleidung verschwand.

»Unser Brutgenosse, fast. Ja, er –« Frick und Frack erhoben sich aus ihrem Versteck. Frack machte eine ihrer winzigen Flügelbomben scharf und faltete die Schwingen eng an den Körper.

Sie sausten fast senkrecht hinab und machten keinerlei Anstalten, den Sturzflug abzubremsen. Sie und Frick waren sofort tot, als ihre kleinen Körper auf dem Körper des Patrouillenoffiziers aufprallten. Dann gingen die Bomben hoch. Der Offizier verwandelte sich in einen Feuerball, und die Gruppe, die rings um ihn hinter der Barrikade kauerte, wurde von Schrapnellen durchsiebt.

Sten sah, wie Doc aus seinem Versteck in der Nähe von Jorgensens Leiche heraus- und auf die Willygun des Toten zurobbte. Der kleine Panda richtete die Waffe etwas ungelenk auf die Barrikade, fing dann jedoch unter dem – für ihn – enormen Gewicht zu taumeln an. Eine Hand zog den Abzug zurück und hielt ihn in dieser Stellung, bis das ganze Magazin leer war. Das war noch ein unerwarteter Schock für das Team. *Doc* ist in Wirklichkeit gar nicht so …

Sten ließ den Blick über die Barrikade schweifen und schoß einem Wachmann, der sich ganz kurz zeigte, den Arm ab. Als der Mann schreiend zurückwankte, gab ihm Bet den Rest.

Alex kniete unter den Bodenplatten neben dem Atomsprengsatz. Ich kann nur hoffen, dachte er, daß die Anfänger, die das hier zusammengebastelt haben, wenigstens ein wenig Respekt an den Tag gelegt haben. Ich hätte sogar mit einem Riesenkater eine bessere A-Bombe nur mit meinen Zähnen zusammengebaut.

Bei der Bombe handelte es sich um ein idiotensicheres Ding.

Eine Metallkugel, die mit einer Art Modellierton überzogen war. Auf der Oberfläche saßen kleine, zielgerichtete Sprengladungen, die wiederum mit einem Radioempfänger und, wie Alex vermutete, einem Timer verbunden waren.

Er fing an, die Drähte abzureißen und hielt plötzlich inne. Da waren noch einige Extradrähte, deren Bedeutung ihm schleierhaft war. Sprengfallen, dachte er sofort.

Na schön, dachte er weiter, dann eben auf die harte Tour. Er zog also jede einzelne Ladung, eine nach der anderen aus ihrem Schlitz. Fragt sich nur, wieviele ich von denen herausziehen kann, bevor die Bombe hochgeht. Alex wischte sich den Schweiß von der Stirn.

Der Fahrer des Schlittens nahm sofort Höchstgeschwindigkeit auf, und gemeinsam mit Thoresen duckte er sich hinter der Schutzscheibe. Der Schlitten raste den Korridor entlang, und die Widerstandskämpfer der Migs warfen sich zur Seite. Die wenigen, die mit Feuerwaffen ausgerüstet waren, schossen hinter dem Gefährt her.

Es war jedoch viel zu spät. Der Schlitten sauste bereits um die Kurve in einen anderen Gang und war verschwunden.

Thoresen blickte auf. Vor ihm lag der Eingang zum Auge. Als er sah, daß er noch immer von Wachleuten gehalten wurde, seufzte er vor Erleichterung.

»Ich hab's! Ich hab's!«

Sten sah aus dem Augenwinkel, wie Alex' stämmige Gestalt aus dem Raum unter dem Fußboden herausschoß und über das freie Gelände sprintete. Auf den letzten fünf Metern warf er sich auf den Bauch und schlitterte hinter die Deckung. »So, das Ding ist so zahm wie'n Stallhase«, sagte er.

»Damit hätten wir nur noch ein Problem.«

»Genau«, sagte Alex. »Wie kommen wir schnell genug hier raus, bevor uns unser eigener Böller ins All fegt.«

Mindestens fünfzehn Wachmänner harrten noch immer hartnäckig hinter der Barrikade aus. »Ich gehe davon aus«, sagte Ida, »daß sie nicht an einem Waffenstillstand interessiert sind.«

»Korrekt«, entgegnete Doc düster. »Analyse: Da sie so heftig haben einstecken müssen, nehmen sie bestimmt an, daß wir bluffen.« Er jagte ein weiteres Magazin durch die Willygun, die Sten für ihn in Positur gestellt hatte. »Kilgour. Dir ist wohl klar, daß das alles dein Fehler ist. Jetzt werde ich nicht mehr dazu kommen, etwas mehr zu üben.«

»Das ist ein Vorteil, den ich gar nicht bedacht hatte«, stieß Alex hervor. »Es laufen sowieso schon zuviele Schwachköpfe mit Knarren durch die Lande.«

Bet schüttelte ungläubig den Kopf.

»Ida«, sagte Sten plötzlich. »Komm mit. Alex. Wir versuchen einen Superbluff. Wenn sie drauf reinfallen, packt ihr sie von der Flanke.«

Ida kam auf die Füße, und die beiden rannten wie die Geistesgestörten auf die Schleuse des Frachters zu. Verdutzt gaben Alex, Bet und Doc ihnen Feuerschutz.

Sten zwängte die Leuchtkugel durch das Cockpitfenster des Frachters und schob das tragbare Funkgerät in seinen Overall. »Glaubst du wirklich, daß sie darauf hereinfallen?«

Ida hob hilflos die Hände. »Rom glaubt nicht an Totenlieder. Also probieren wir es einfach aus.«

Sten warf einen Blick auf seine Armbanduhr. In zehn Minuten würden Alex' Ladungen hochgehen. Er und Ida eilten zur Schleuse und fingen wieder an, wie wild auf die Wachleute zu feuern. Alex, der einen Moment lang unbeobachtet war, verließ seitlich das behelfsmäßige Fort der Sektion Mantis und schlich sich in die Flanke der Patrouille.

Der Wachmann wartete. Früher oder später mußte sich einer von ihnen ja zeigen. Früher oder später ... er zuckte zusammen, als etwas, das wie eine Explosion aussah, aus dem Kontrollraum des

Frachters quer durch das ganze Labor blitzte. Zufallstreffer, vermutete er. Dann wurden auf einmal die Außenlautsprecher des Frachters ausgefahren und ein leises Knacken zeigte an, daß sie angeschaltet wurden. Das Jaulen einer Sirene ertönte, dann verkündete eine metallische Stimme: »Warnung. Noch zwei Minuten bis zur Zündung. Alle Einheiten sofort das Startfeld verlassen. Ich wiederhole, alle Einheiten sofort das Startfeld verlassen ...«

Jetzt erst fiel dem Wachmann auf, daß die Auspuffstutzen des Frachters direkt auf ihn zielten. Er wußte nicht, was er tun sollte.

»Wahrscheinlich ist der Bordcomputer getroffen worden«, murmelte der Mann neben ihm.

»Was passiert, wenn er die Maschinen startet?« fragte der Wachmann mit tonloser Stimme.

»Dann werden wir gebraten«, antwortete sein Kollege.

Sten hustete und berührte dann den Übertragungssensor auf dem tragbaren Funkgerät. Ida hatte es direkt mit dem Funknetz des Frachters gekoppelt. Sten gab sich Mühe, so gut es ging wie ein Computer zu klingen.

»Achtung, Achtung. Nur noch dreißig Sekunden. Korrektur. Dreißig Sekunden nach der fehlgeschalteten Computerberechnung. An alle Einheiten: korrekte Übertragung: dreißig Sekunden. Zeit bis zur Zündung jetzt: fünfzehn Sekunden ...«

Die kurz vor einer Panik stehenden Wachleute sahen nicht, daß Alex einen Ausfall machte. Selbst wenn, hätten sie mit der Reaktion normaler Menschen nicht mehr genug Zeit gehabt, den Angriff des Soldaten von einer Welt mit hoher Schwerkraft aufzuhalten.

Alex hechtete mit einem Kopfsprung über die Barrikade. Der erste Wachmann, der sich ihm in den Weg stellte, ging mit eingeschlagenem Schädel zu Boden. Alex rollte sich auf seinem erschlaffenden Körper ab und trat mit den Füßen zwei weiteren Angreifern durch die Bauchdecke.

Kaum auf den Beinen, wirbelte er den Körper des zweiten Mannes wie eine Keule um sich.

Jetzt waren Sten und Ida heran, die sofort aus der Hüfte drauflosfeuerten. Sten sah mit offenem Mund, wie Alex einem weiteren Wachmann den Kopf abriß und dann verschwand.

Die beiden Kämpfer rannten auf die Barrikaden zu. Schreie. Dann Stille. Die beiden Wachmänner gaben auf und rannten auf den Ausgang zu. Alex schwang sich auf die Barrikade, hob eine drei Meter lange Werkbank und schleuderte sie wie einen Speer hinter ihnen her.

Sie zerschmetterte den beiden Flüchtenden die Wirbelsäulen. Doc und Bet kamen quer durch den Raum gerast. »Schlage vor«, stieß der Panda im Vorbeirennen hervor, »daß wir auf die üblichen schwachsinnigen menschlichen gegenseitigen Glückwünsche verzichten. Wir haben noch vier Minuten.«

Die vier Mantis-Kämpfer und Bet sprinteten den Korridor entlang. Sten schlug die Notverriegelung hinter sich zu und hoffte, daß das genügen würde.

Die Ladungen gingen genau zu dem von Alex angekündigten Zeitpunkt hoch. Sten, Bet und Alex blickten durch ein Bullauge im Haupteingang auf das wie ein Darm verschlungene Zentrallabor. Ida hielt Doc auf dem Arm. Immer wieder schossen Lichtblitze auf. Durch die Platten unter ihren Füßen spürten sie ein tiefes Grollen. Dann flog Projekt Bravo in tausend Stücke. Die genau ausgerichteten Sprengladungen entfalteten ihre größte Wirkung nach unten und nach außen hin, rissen den Boden und damit sämtliche Versorgungseinrichtungen aus dem Labor, als würde ein Fisch ausgenommen.

So muß es damals in der *Pinte* gewesen sein, dachte Sten.

Das Grummeln und Dröhnen schwoll immer mehr an, und die Warnsirenen heulten los. Aus dem Boden des Labors schossen Schuttfontänen ins All. Nur die obere Sektion, die Unterkunft der Techs, war noch voll intakt.

Ida und Doc sahen Alex an. »Da bin ich aber'n bißchen enttäuscht«, sagte er, ohne ein Wort davon ernstzunehmen. »Mit diesem zweiten Knall hab ich nicht gerechnet. Wäre nicht ehrenhaft, wenn ich mir das alles selbst zuschreiben würde.«

Und dann fiel Bet auf, daß Sten verschwunden war.

Kapitel 37

Es war vollbracht. Sämtliche Spuren von Projekt Bravo hatten sich mit der Explosion in Nichts aufgelöst. Zum ersten Mal seit vielen Stunden fühlte sich Thoresen sicher.

Er goß sich feierlich einen Drink ein. Eigenartig, dachte er. Sein Traum lag in Scherben, und doch fühlte er sich erhaben. Letztendlich hatte er den Imperator doch noch geschlagen. Er mußte nur noch warten, bis die Offiziere der Garde durch die Tür kamen, ihnen für die Errettung vor den Migs dankten und sich in ihre Hände begaben.

Was konnte der Imperator schon tun? Ihn vor Gericht stellen? Weswegen denn? Es gab keinerlei Beweise. Außerdem, dachte sich Thoresen, lag dem Imperator bestimmt nicht allzuviel daran, öffentlich zuzugeben, daß es eine Alternative zu seinem AM_2-Monopol geben könnte.

Womöglich mußte sich Thoresen mit einem geringeren Posten in der Führungsspitze der Company begnügen. Er zuckte die Achseln. Ein paar Jahre vielleicht, dann war er wieder ganz oben. Dann würden sie ihn erst richtig kennenlernen. Alle.

Plötzlich wurde Thoresen klar, daß er ziemlich verrückt war. Er lachte. Seltsam, wenn man so etwas bei sich selbst feststellte. Als wäre man eine andere Person, die einen von außen betrachtet und die eigenen Gefühle und Handlungen beurteilt; die einen genau beobachtet, wie ein Tech eine Mikrobe. Ganz hinten in seinem Gehirn schien etwas zu kribbeln. War Sten wirklich tot? Die Explosion! Eigentlich hatte er sich etwas anderes davon erwartet. Er konnte es nicht genau benennen. Thoresen ertappte sich dabei, wie er wünschte, Sten sei noch am Leben. Seine Finger krümmten sich zu einer Klaue, als er sich vorstellte, wie sie sich in die Kehle des Mig krallten. Sten, dachte er. Sten. Komm zu mir.

Hinter ihm war ein Geräusch. Thoresen lächelte leise und drehte sich um.

Sten war nur noch ein paar Meter entfernt und kam auf ihn zugeschlichen. In seiner Hand funkelte ein Messer.

»Danke«, sagte Thoresen, »daß du so prompt gekommen bist.«

Sten blieb verdutzt stehen.

»Sie kennen mich?«

»Ja. Sehr genau sogar. Ich habe deine Familie getötet.«

Mit einem einzigen Satz war Sten bei ihm und ging mit der Messerhand auf die Kehle des Barons los. Thoresen duckte sich weg und stöhnte kurz auf, als die Messerspitze seine Schulter berührte und eine Blutspur hinterließ. Er trat seitlich aus und verspürte eine freudige Erregung, als er das trockene Knacken von Stens gebrochenem Handgelenk hörte. Das Messer wirbelte davon und verschwand im Gras.

Sten kümmerte sich nicht um den Schmerz und wich einem weiteren Schlag aus; dann schlug er selbst mit seiner gesunden Hand zu. Seine Finger krallten nach Thoresens Gesicht. Und Thoresen wich zurück. Sten nahm geduckte Haltung ein und erwartete den nächsten Angriff, bis er erkannte, daß der Baron ihn nicht mehr angreifen würde. Einige Meter hinter ihm befand sich die Waffensammlung. Thoresen hatte es auf ein Gewehr abgesehen.

Sten rannte ebenfalls zur Wand, wo er einen altertümlichen Schießprügel zu fassen kriegte. Auch Thoresen kam an die Waffe seiner Wahl heran – Sten sah noch, daß es sich um eine erbeutete Willygun handelte – und eröffnete sofort das Feuer. Sten ging auf Tauchstation, riß seine Knarre hoch und feuerte ebenfalls. Die Ladung zerfetzte das Oberlicht der Kuppel. Dunkelheit. Sten rollte sich immer weiter zur Seite, während die AM_2-Geschosse aus der Waffe des Barons die Dunkelheit zerschnitten und ihn überall suchten.

Er kroch hinter einen Baum. Rings um ihn explodierten Erd- und Holzstücke. Dann herrschte wieder Stille. Sten lauschte angestrengt. Er hörte ein leises Rascheln; Thoresen bewegte sich durch die Dunkelheit. Sten nahm an, daß er auf ihn zukam und bereitete sich auf einen Sprung vor.

Dann ertönte ein Klicken. Ein knirschendes Schaben. Thoresen öffnete die Käfige.

Die Tiger kamen sofort aus dem Käfig gerannt. Zwei riesige, mutierte graue Bengaltiger. Leise knurrend zuckten sie mit den Schwänzen.

Thoresen drückte auf eine Kontrolltaste. Ein Kribbeln in ihren Halsbändern sorgte dafür, daß sie sich umdrehten und dann rasch von ihm entfernten.

Sten tastete sich durch das Gebüsch weiter. Wo war Thoresen? Warum ging er nicht auf ihn los? Hinter ihm raschelte es. Weiche Pfoten. Sten wirbelte herum. Im gleichen Augenblick griff der Tiger an. Mit einem gewaltigen Satz sprang er auf Sten los.

Sten ließ sich nach hinten fallen, brachte die Füße zusammen und trat mit aller Kraft fast senkrecht nach oben. Er erwischte den Tiger und konnte ihn über sich hinweglenken. Das Untier landete, zuckte zusammen, wollte sich sofort wieder aufrichten – und brach zusammen. Der Tiger war tot, Stens Tritt hatte ihm den Kehlkopf zerquetscht.

Auch Sten kam wieder auf die Beine und versuchte, den Schmerz in seinem nutzlosen Handgelenk zu vergessen. Übelkeit machte sich in seinem Magen breit. Plötzlich – dort drüben! – ein Geräusch. Das mußte Thoresen sein.

Die Kuppelbeleuchtung wurde wieder angeschaltet. Einen Augenblick lang war Sten von der Helligkeit völlig geblendet. Als die Willygun erneut zu feuern anfing, hechtete er in Deckung. Wieviel Schuß noch? Er hatte Thoresen nicht nachladen gehört.

Allmählich mußte ihm die Munition ausgehen. Sten blickte sich verzweifelt nach einer Waffe um.

In einiger Entfernung stand der Tiger mit peitschendem Schwanz; er setzte zum Sprung an. Dann brüllte er so laut, daß Sten in der Bewegung erstarrte.

Er zwang sich zu einem lauten Lachen, einem wilden, beinahe hysterischen Kichern.

»Den anderen hab ich erledigt, Thoresen«, rief er.

Der Baron feuerte wieder drauflos und erwischte den Tiger, der gerade auf Sten zuflog. Das Tier drehte sich in der Luft und fiel krachend zu Boden. Thoresen feuerte immer weiter, bis ein trockenes Klicken anzeigte, daß das Magazin leergeschossen war. Jetzt kam Sten aus dem Gebüsch gestürmt.

Thoresen sah ihn kommen und suchte verzweifelt nach einem neuen Magazin. Nichts. Er ging einige Schritte zurück und schnappte sich die erste Waffe, die er zu fassen bekam. Die Säbelklinge kratzte leise, als er sie von der Wand zerrte und sofort zuschlug.

Sten stöhnte vor Schmerz auf, als die Säbelspitze über seine Rippen schabte. Er duckte sich unter der folgenden Rückhand weg und griff nach einer Waffe, irgendeiner Waffe.

Der Degen blitzte auf, als Thoresen erneut zuschlug. Die beiden Klingen trafen sich mit lautem Klirren. Sten drehte fast wie aus Reflex das Handgelenk, und der Säbel glitt zur Seite. Er wagte einen raschen Stoß und spürte etwas Weiches – Thoresen. Doch dann schleuderte ihm Thoresens Parade die Klinge fast aus der Hand. Sten wich wieder ein Stück zurück.

Er bog die Klinge, um sich über die Beschaffenheit der Waffe einen Hinweis auf ihre richtige Handhabung zu verschaffen. Er dachte an ein Messer und lockerte den Griff. Thoresen lächelte und kam einen Schritt näher, wobei er den Säbel vor sich hin und her schwang.

Keine Chance, dachte Sten. Thoresens Säbel war zu schwer und obendrein frisch geschärft. Sten hingegen kämpfte nur mit einem dünnen Stück zugespitzten Stahls. Biegsamen Stahls. Plötzlich fiel ihm ein, daß gerade darin ein Vorteil liegen könnte. Wie fest Thoresen auch zuschlug, Sten konnte den Hieb jederzeit ablenken.

Thoresen schlug zu. Die Klingen trafen aufeinander. Der Degen wand sich wie eine Schlange um den Säbel und nutzte dessen eigene Wucht aus, um ihn abzulenken. Dann stieß Sten vor, spürte, wie seine Spitze Fleisch zerschnitt und hörte Thoresen aufstöhnen, als sie tiefer eindrang.

Sten machte einen Satz nach hinten, als der Säbel erneut auf ihn niedersauste. Pause. Thoresen stand keuchend vor ihm und blutete aus mehreren Wunden, schien sonst jedoch unbeeindruckt.

Wieder holte er aus und stürmte auf Sten zu. Sten versuchte zu parieren, doch das Heft des Degens rutschte weg, und er spürte, wie sich der Säbel tief in seinen Arm verbiß. Dann dreht er sich weg, außer Reichweite.

Thoresen wußte, daß er Sten jetzt endlich hatte. So wie die Degenspitze zitternd nach unten sank, durfte er sicher sein, daß er Stens Kampfarm unbrauchbar gemacht hatte. Wie schon zuvor den anderen.

Er kam mit ein paar kurzen Schritten auf ihn zu und führte erneut einen kräftigen Hieb von oben nach unten aus. Sten parierte die Klinge, ließ jedoch eine Lücke in seiner Deckung. Und Thoresen setzte zum letzten Hieb an – einer Rückhand, die Sten enthaupten würde.

Doch dann kreischte er vor Schmerzen auf, als sich die Degenspitze in seinen Ellbogen bohrte. Der Säbel fiel zu Boden und Thoresen griff verzweifelt zu, schloß seine Finger um blanken Stahl. Er riß die Klinge heraus und spürte zugleich, wie sich seine Finger in blutiges Fleisch verwandelten.

Der Baron schlug mit seiner gesunden Hand zu, versuchte, mit der Handkante Stens Schlüsselbein zu treffen. Er spürte, wie der Knochen nachgab und schlug noch einmal zu. Doch Sten blockte den Schlag ab und taumelte nach hinten. Sein linker Arm baumelte nutzlos an seiner Seite. Sten versuchte, auf den Füßen zu bleiben.

Thoresen landete noch einen Schlag; diesmal erwischte es Sten äußerst schmerzhaft an seinem unbrauchbaren Arm. Doch dann stieß Sten mit seinen ausgestreckten Fingern wie mit einer stumpfen Klinge zu. Er spürte, daß Thoresens Rippen wie trockenes Holz brachen. Er machte rasch einen Schritt zurück, um dem Gegenschlag auszuweichen, ließ sich dabei jedoch auf ein Knie fallen. Und Thoresen war über ihm, die Hand zum Hieb auf Stens Nacken erhoben.

Sten stieß mit aller Kraft nach oben. Unterhalb des Brustkorbs. Wieder gaben Knochen nach. Mehr Knochen knackten. Dann war es weich und naß.

Thoresen brüllte vor Schmerzen.

Sten riß ihm das Herz aus der Brust.

Einen schrecklichen Augenblick lang starrte Thoresen Sten an. Dann brach er zusammen.

Sten blickte wie betäubt auf das tropfende Herz in seiner Hand. Dann auf den toten Körper des Barons. Schließlich drehte er sich um und warf das zuckende Organ ins Gebüsch, dorthin, wo die Tiger lagen.

Ein unerwarteter Ruf drang an sein Ohr; er blickte auf. Eine dunkle Gestalt kam auf ihn zugestürzt. Er versuchte, sie mit einem Schlag zu empfangen.

Bet fing ihn auf. Als sie ihn vorsichtig ins Gras bettete, war er bereits bewußtlos.

Kapitel 38

Das Gesicht des Imperators war wie versteinert. Kalt. Mahoney stand vor ihm stramm. Regungslos.

»Alle Spuren von AM_2 wurden restlos vernichtet?«

»Jawohl, Sir!«

»Und Vulcan hat eine neue Regierung?«

»Jawohl, Sir!«

»Thoresen?«

»Äh ... tot, Sir.«

»Aha. Ich dachte, ich hätte befohlen, ihn lebend festzunehmen.«

»Das haben Sie, Sir!«

»Warum wurden meine Befehle nicht befolgt?«

»Keine Entschuldigung, Sir.«

»Keine Entschuldigung? Mehr haben Sie dazu nicht zu sagen als ›Keine Entschuldigung‹?«

»Keine einzige, Sir.«

Mahoney beugte sich über Sten, der sich redlich abmühte, strammzustehen – was nicht ganz einfach ist, wenn man von Kopf bis Fuß in einem L5-Hospitalsystem steckt.

»Ich komme gerade vom Imperator.«

Sten wartete schweigend.

»Er hatte einige ziemlich lautstarke Anmerkungen zu machen. Besonders hinsichtlich der kleinen Widrigkeit, daß seine Befehle nicht befolgt wurden, Soldat. Imperiale Befehle.«

Sten konnte sich das nur zu gut vorstellen, atmete geistig tief durch und machte sich auf das Schlimmste gefaßt. Hinrichtung – falls alles in die Hose ging.

»Haben Sie etwas zu Ihrer Entschuldigung vorzubringen, Lieutenant?«

Sten hätte schon einiges zu sagen gehabt, überlegte es sich aber noch einmal. Warum sollte er seine Worte verschwenden? Er war bereits ein verurteilter Mann ...

»Ich warte, Lieutenant.«

»Äh, bitte um Entschuldigung, Sir«, krächzte Sten. »Aber Sie haben mich eben mit Lieutenant angeredet.«

Mahoney lachte und setzte sich dann auf die Kante des Krankenhausbettes. »Direkte Anweisung vom Imperator höchstpersönlich, mein Junge.« Er griff in seine Uniformjacke und zog ein Paar kleiner Silberstreifen heraus. Zusammen mit Stens Messer legte er sie aufs Bett.

Sten war sicher, daß er entweder träumte, oder Mahoney total übergeschnappt war – oder beides. »Aber ich dachte, äh, daß ich äh …«

»Unser großer Boß war glücklicher als ein Stück Braten im Krautwickel«, sagte Mahoney. »Er hatte sich seine Anweisungen noch einmal gründlich überlegt, konnte dich aber nicht mehr erreichen.«

»Sollten wir Thoresen etwa doch umlegen?«

»Ja, und so gemein wie möglich. Das erspart eine Menge Erklärungen.«

»Das schon … Aber eine Beförderung?« sagte Sten. »Ich bin nicht gerade ein Offizierstyp.«

»Ganz deiner Meinung. Aber der Imperator hat seinen eigenen Kopf. Und ein guter Soldat befolgt die Befehle seines Vorgesetzten, habe ich recht, Lieutenant?«

Sten grinste. »Jedenfalls meistens«, sagte er.

Mahoney erhob sich und wollte gehen.

»Was ist mit Bet?«

»Falls du nicht noch irgendwelche Einwände hast«, antwortete Mahoney, »schließt sie sich deinem Mantis-Team an.«

Sten hatte nicht den geringsten Einwand.

Der Ewige Imperator wischte ehrfürchtig den Staub von der Flasche, entkorkte sie und goß die beiden Gläser randvoll. Mahoney nahm eins davon entgegen und betrachtete es argwöhnisch.

»Schon wieder Scotch, Boß?« wollte er wissen.

»Genau. Aber diesmal ist es der richtige Stoff.«

»Woher stammt er?«

»Verrate ich nicht.«

Mahoney nahm einen winzigen Schluck – und hustete.

»Was zum –?«

Der Ewige Imperator strahlte. Dann nahm er einen großen Schluck und ließ ihn genüßlich auf der Zunge hin und her rollen.

»Genau richtig«, sagte er.

Er füllte sein Glas erneut auf.

»Du hast dich doch um alles gekümmert? Auch um die Sache mit Sten?«

»Ganz nach deinen Wünschen, Boß.«

Der Imperator dachte einige Augenblicke nach.

»Unterrichte mich bitte von seinem Fortkommen. Ich glaube, Sten ist ein Bursche, den man im Auge behalten sollte.«

»Allerdings, Boß.«

Mahoney mußte sich überwinden, sein Glas auszutrinken. Anschließend hielt er es dem Imperator auffordernd hin. Bei seinem Job war es angeraten, den Boß bei Laune zu halten.

Und der Ewige Imperator konnte es auf den Tod nicht ausstehen, alleine zu trinken.